二月河 大河歷史小說
帝王三部曲

절대군주 건륭황제

【일러두기】

· 번역 원본은 1999년 4월 중국 하남문예출판사가 펴낸 제2판 1쇄본을 사용하였습니다.
· 본문에 나오는 인명과 지명 중 만주어를 제외한 모든 한자는 한글발음대로 표기하였으며, 독특한 관직명은 이해하기 쉽도록 의역한 부분도 있습니다. 그리고 소설 진행상 불필요한 부분은 축역하였습니다.

```
(절대군주)건륭황제. 1 / 이월하 저 ; 한미화 옮김. -- 서
울 : 산수야, 2005
352p. ;22.4cm.

판권기관칭: 二月河 大河歷史小說
원서명: 乾隆皇帝
ISBN 89-8097-125-7  04820 ₩ 8,000
ISBN 89-8097-124-9 (세트)

823.7-KDC4
895.1352-DDC21                    CIP2005001246
```

小說[乾隆皇帝]根據與作家二月河的契約屬於山水野. 嚴禁無斷轉載複製.

[건륭황제]의 한국어판 저작권은 작가 이월하와의 독점계약으로 산수야에 있습니다.
신저작권법에 의해 국내에서 보호받는 저작물이므로 출판사의 사전 허락 없는 무단전재와 복제를 금합니다.

二月河 大河歷史小說
帝王三部曲

絕代君主
건륭황제 乾隆皇帝

1

산수야

二月河 大河歷史小說
절대군주 건륭황제 ①

초판 1쇄 발행	2005년 11월 20일
초판 3쇄 발행	2012년 7월 20일
지은이	이월하
옮긴이	한미화
발행인	권윤삼
발행처	도서출판 산수야
등록번호	제1-1515호
등록일자	1993년 4월 30일
주소	서울시 마포구 망원동 472-19호
우편번호	121-826
전화	02-332-9655
팩스	02-335-0674
값	8,000원

ISBN 89-8097-125-7 04820
ISBN 89-8097-124-9(세트)

이 책의 모든 법적 권리는 도서출판 산수야에 있습니다.
저작권법에 의해 보호받는 저작물이므로
본사의 허락 없이 무단 전재, 복제, 전자출판 등을 금합니다.

산수야의 책은 독자가 만듭니다.
독자 여러분들의 소중한 의견을 기다립니다.

〈소설 건륭황제〉에 대하여

성세(盛世)의 비가(悲歌)

【중국 하남일보】

　이월하(二月河)는 장장 십오 년 동안 무려 5백만 자(字)에 달하는 제왕삼부곡(帝王三部曲) 시리즈를 완성하는 중국 문학사상의 기적을 낳았다. 시공을 자유롭게 넘나들며 수백 년 전의 역사를 생생하게 재현해 내는 작가의 문학적인 기백과 재치에 놀라울 따름이다.
　문학적인 측면에서 볼 때 이월하의 제왕삼부곡은 갈수록 성숙한 세련미를 자랑하는가 싶더니 어느새 농익은 향기를 발산하고 있다고 보여진다. 물론 제왕삼부곡이 완성되기까지는 수많은 곡절과 각고의 세월이 있었다. 〈강희대제〉와 〈옹정황제〉는 차치하고 〈건륭황제〉만 하더라도 1992년 9월에 선을 보인 이래 무려 8년만에 대단원의 종지부를 찍었다. 이월하는 20세기 90년대를 고스란히 '건륭황제'에게 내주었다고 해도 과언이 아니다.
　〈건륭황제〉는 강희와 옹정을 토대로 새로운 면모를 갖추었다고 보여지는 바 괄목할 만한 점이 한두 가지가 아니다.
　특히 〈건륭황제〉는 오늘을 사는 우리에게 봉건사회가 흥망성쇠의 길을 걷는 과정을 적나라하게 보여줌으로써 멸망으로 치달을 수밖에 없는 봉건제도의 암흑상을 극명하게 조명해 주었다. 작가는 장장 2천년의 세월을 지속해온 중국 봉건사회가 본격적으로 피폐해가는 마지막 백년의 모습을 서산에 넘어가기 직전의 붉게 물든 석양의 현란함에 비유했다. 그런 이유에서 볼 때 소설〈건륭황제〉는 어떻게든 살아남으려고 몸부림을 쳤지만 결국엔 거대한 역사의 물결에 밀려 역사의 피안으로 사라지고야 만 중국 봉건사회의 마지막 백년의 눈물 겨운 비가(悲歌)이고 장엄한 대서사시라고 하기에 손색없다.

건륭황제는 비교적 순탄하게 부황인 옹정의 바통을 물려받았다. 조부인 강희와 부친인 옹정이 73년 동안 심혈을 기울여 이룩하고 닦아놓은 터전에서 건륭은 60년 동안 정치와 경제, 문화 제반에 걸친 대대적인 성장을 기록했으며 나라와 민중은 역사 이래 최고의 부강을 만끽했다.

소설〈건륭황제〉는 바로 오늘을 사는 우리에게 그 시대의 봉건성세의 성황을 보여준다. 그야말로 방대한 지식체계를 자랑하는 작가 이월하는 오랜 세월의 역사적인 고증과 연구를 거듭한 끝에 특유의 상상력과 추리력을 동원하여 혼신의 노력을 거쳐 봉건사회의 백과전서격인〈건륭황제〉를 완성했다. 나라의 일인자인 천자로부터 왕공귀족들 그리고 사농공상 및 평범한 민초들의 삶의 풍속도를 생동하게 재현해냄으로써 역사소설의 귀재로서의 진가를 남김없이 발휘했다.

작가는 태평성세를 구가하던 봉건제도가 훌륭한 제왕이 굳건히 버티고 있었음에도 결국에는 무너지고야 마는 사실을 통해 역사의 필연 앞에서 인간의 한계는 분명히 존재한다는 사실을 보여주었다. 만백성들에게 천하무적으로 칭송받던 건륭황제도 결코 봉건전제 제도의 얼키고 설킨 내부 모순 앞에선 무기력할 수밖에 없었다. 겉으로 보이는 평화로움과는 반대로 조금씩 좀먹어가는 내부의 부패와 독버섯처럼 만연되는 온갖 부정의 고리들을 건륭황제는 제때에 발견하지 못했고 쌓이고 쌓인 고름은 곧 천지개벽을 이루는 화산이 되어 폭발했던 것이다.

선대와는 달리 비교적 탄탄대로를 달려온 건륭은 말년에 이를수록 자신을 전무후무한 군주로 신격화하며 갈수록 독선과 아집에 빠져 간신과 현신을 구분하지 못하여 나라기강이 날로 해이해 졌다. 그는 문화를 부흥시킨다는 취지에서 천년고서들을 대대적으로 정리하는 운동을 폈지만 결국에는 자신의 입맛에 맞게 획일하게 '문화통일'을 시도했기 때문에 때 아닌 문자옥(文字獄)을 불러오기도 했다. 그는 중국이라는 나라 밖에도 더 큰 세상이 있다는 걸 믿지 않았고 과대망상증에 사로 잡혀 나라 밖의 세상에는 전혀 무관심했다. 따라서 코 큰 양인(洋人)들을 이유없이 배척했고 스스로 우물 안의 개구리를 자처하는 폐관쇄국(閉關鎖國) 정책을 실시하여 말년에 이르러서는 강희황제 시기보다 여러 분야에서 비약하기는커녕 오히려 후퇴하고야 말았다. 또한 생사를 같이 해온 고굉대신들과 가노들에 대해서도 마구잡이로 몽둥이를 휘둘러대는 바람에 수많은 인간비극이 초래됐다.

　역사를 해부함에 있어서 지극히 가상한 것은 작가 이월하가 여러 제왕들을 바라보는 시각이다. 이것은 분명히 짚고 넘어가야 될 것 같다. 그는 결코 자신의 사사로운 감정에 얽매여 제왕을 의도적으로 미화하거나 매도하지 않았다. 그는 제왕들에게 염가의 칭송을 하지 않았을 뿐더러 예리한 칼날을 마구 휘둘러 내키는 대로 싹둑싹둑 자르지도 않았다. 그는 처음부터 끝까지 냉엄한 시각으로 역사를 직관하고 투시하는 자세로 일관했다. 그는 천하의 군주라도 밥먹고 측간에 가는 인간세상의 연화(煙火)를 먹고 사는 인간이라는 데 치중했다. 때문에 그의 작품 속에서 제왕들은 천하무적의 군주이기 전에 할머니를 보면 응석도 부리고 아들 앞에선 눈물도 보일 줄 아는 인간으로 그려졌다. 또한 역사적인 사실에 입각하여 특별한 시대를 산 평범하지 않은 인물들을 무대 위로 끌어냈다.

황제는 지고지존한 독재자이다. 그는 많은 사람들에게 둘러싸여 있지만 실은 혼자의 그림자만을 끌고 살아가는 외로운 존재이다. 소설 〈건륭황제〉에 등장하는 인물들은 앞선 두 작품인 〈강희대제〉와 〈옹정황제〉에 거의 소개된 사람들이다. 소설 〈건륭황제〉에서 인물을 등장시키고 묘사함에 있어서 대담한 발상은 앞에서 많이 소개됐고 회자된 인물들을 전혀 진부하고 지루한 느낌없이 새로이 무대에 등장시켰다는 것이다. 인물들에 대한 중복된 부분은 없고 오로지 새로운 면면을 파고 드는 참신한 느낌만 있을 뿐이다.

〈건륭황제〉는 총 6부로 구성되었고, 제목은 각각 '풍화초로(風華初露)' '석조공산(夕照空山)' '일락장하(日落長河)' '천보간난(天步艱難)' '운암봉궐(雲暗鳳闕)' '추성자원(秋聲紫苑)'이다. 제목을 읽어보면 처량하고 비극적인 기운이 갈수록 짙은 걸 알 수 있다. 이 또한 작가의 역사적인 시각과 깨달음이라고 할 수 있겠다.

건륭황제는 자신의 부친인 옹정과도 닮지 않았고 조부인 강희와도 다른 인물이다. 비록 앞서 간 조상들을 우상과 기치로 받들고 따라가는 노력을 보이긴 했지만 강희와 옹정에 비해 건륭은 자기 나름대로의 특징을 가지고 있다.

건륭은 어린 나이에 집정한 강희와는 달리 순조롭게 정권을 승계받은 행운아이다. 그는 운좋게 조부와 부친세대를 두루 걸치며 어릴 적부터 권력의 암투를 보아왔고 어깨 너머로 슬기로움을 배웠다. 대권을 둘러싸고 벌어진 집안싸움을 먼발치에서 지켜보며 지혜로운 대책을 익혔고 안(安)과 위(危), 득(得)과 실(失), 승(勝)과 패(敗)를 앞두고 지혜롭게 대처했던 선인들의 권모술수를 터득했다. 결코 평범하지 않은 그의 성장기는 그에게 큰 포부를 심어주었고 꿈과 야망을 갖게 했다.

소설 속 인물의 말을 빌자면 강희는 창세지조(創世之祖)이고, 옹정은 입국지조(立國之祖)이며, 건륭은 개업지주(開業之主)이다.

　성격으로 볼 때 건륭은 지식과 경험이 풍부할 뿐만 아니라 감정 또한 여리다. 그는 전면적인 발전이 돋보이는 성격의 소유자이다. 문무가 겸비하고 지혜와 용맹을 구비했으며 성격도 건전하고 자유로운 편이었다. 그의 부친인 옹정처럼 편집증을 보이지 않았을 뿐더러 매사에 침착하고 멋스러운 풍류가 엿보였다. 이런 성격은 그의 생활환경과도 밀접한 연관이 있을 뿐만 아니라 '위정이관(爲政以寬)'이라는 그의 통치술과도 일맥상통한다. 그러나 그의 긍정적인 성격들은 불행하게도 부패한 봉건제왕의 한계를 넘지 못하는데 일조하는 격이 되고 만 것이다. 자신의 풍류를 무절제하고 부도덕한 성욕에 국한시키는가 하면 급기야는 고굉대신이며 처남의 부인과 간통하여 사생자를 낳는 치욕스런 결말까지 보게 된다. 또한 변방에 수시로 출몰하는 비적들의 여자를 첩으로 들이는 일도 다반사였다. 여자를 둘러싸고 전개되는 사건들과 민간에 잘 알려지지 않는 궁중의 비화들은 다른 사람들의 사생활을 엿보고 싶어하는 인간의 심리와 맞물려 드라마나 영화에 탁월한 소재로 등장했다. 모두가 다 혹할 만한 소재임은 틀림없다.

1 乾隆皇帝

제1부 풍화초로(風華初露) | 1권

한밤의 살인사건 · 13
총독 이위의 새로운 막료 · 31
비상사태 · 51
건륭의 등극 · 71
건륭의 치세지도(治世之道) · 90
철의 사나이 · 113
복권(復權) · 134
황숙(皇叔) · 155
민정(民情)을 살피다 · 172
강호(江湖) · 188
공명의 갈림길 · 212
관정(寬政)의 부작용 · 231
어가과관(御街誇官) · 254
불타는 욕정 · 275
재상(宰相)의 귀감 · 295
사교(邪敎) · 315
노신(老臣)들의 퇴장 · 335

1. 한밤의 살인사건

 절기는 입추(立秋)를 넘겼지만 날씨는 조금도 서늘해질 기미를 보이지 않고 있었다. 한바탕 큰비를 쏟아 부을 것처럼 제법 그럴싸하게 기세몰이를 하는 것 같았으나 번번이 땅바닥을 살짝 적시고 지나가는데 그쳤다. 그 뒤에 갠 날씨는 더더욱 무덥고 숨이 막히기가 일쑤였다. 불덩어리 같은 태양이 열기를 퍼부을 때면 땅바닥이 쩍쩍 갈라터지고 솥바닥에 달라붙은 누룽지가 열을 받아 일어나는 것처럼 비 온 뒤 굳었던 땅이 돌돌 말려 일어났다. 역도(驛道)의 부토(浮土)도 마치 센 불에 볶는 밀가루 같았다. 덕주부(德州府)는 성 북쪽의 운하변에 있었고 아문에서 화살이 날아가 꽂힐만한 거리에 부두가 있었다. 평소엔 꽤나 가볼 만한 곳으로 사람들의 발목을 잡아끌었으나 날씨 탓인지 문을 활짝 열어놓은 가게마다 파리만 들락거릴 뿐 행인들은 거의 없었다. 부두 동쪽의 신씨네 여관에는 주인 신씨가 서너 명의 일꾼들과 함께 웃통을 벗어 던진 채 문간방에 앉아 냉차를 마시며 떠들어대고 있었다.
"이봐, 그 소식 들었어?"
일꾼 하나가 신들린 듯 부채질을 하며 한 손으론 갈비뼈가 앙상한 앞가슴을 문질러 눅눅하게 땀에 절은 시커먼 때를 말아내 주물럭거리며 말했다.
"덕상이네 닭집에서 어제 형제끼리 대판 싸웠는데, 실로 가관이더구만. 둘째와 셋째가 맏이를 개 패듯이 팼다는데 내가 갔을 땐 세 놈이 전부 홀라당 벗은 채 핏덩어리가 되어 마당에 널브러져 있더군. 그건 그렇고 세 마누라가 제법 쓸만하던데? 둘째네 마누라 출렁이는 젖퉁이가 날더러 어서 오라고 손짓하는 것 같았어. 셋째네 마누라는 바지가랑이를 허벅지까지 걷어올렸는데, 고년도 꽤나 먹음직해 보이고……."
이같이 말하며 일꾼은 사나흘 굶은 사람이 고깃덩어리를 발견한 것처럼 꿀꺽하고 크게 군침을 삼켰다.
대나무 자리를 깐 의자에 반쯤 드러누워 부채를 부치고 있던 주인 신씨가 푸우! 하고 웃음을 터뜨리며 말했다.
"이봐 돌쇠, 그러지 말고 위로하는 척하며 다가가 그년의 허벅지 사이에 대가리 처박고 냄새라도 맡아보지 그랬나?"
그러자 돌쇠가 히죽히죽 웃으며 도리질을 했다.
"농이라도 그런 소리 하지 마세요. 잘못 건드렸다가 들러붙는 날엔 그 등쌀에 내가 제 명에 못 살 거예요. 신어른같이 풍채 좋으신 분이 올라타야 떡치는 멋도 제격이죠! 아니면 호랑이도 때려잡는 우리 호형이 올라가 찔러주든지. 여편네가 군살을 드르르 떨며 좋아라 할 것 같은데요?"
문 어귀에 앉아있던 호씨가 웃으면서 부채로 돌쇠의 이마를 살짝 때리더니 입을 열었다.

"자식아, 난 저번에 널 보러왔던 네 엄마가 더 좋더라. 어때, 내 아들 안할래?"

호씨의 말에 사람들은 배꼽을 잡으며 뒤로 넘어가기 시작했다. 웃음에 체해 기침까지 해대던 주인 신씨가 벌떡 일어나 앉았다. 그리고는 층층이 겹친 뱃가죽을 쓸어 내리며 한숨을 지었다.

"덕상이네 닭집은 백년 전통의 원조 가게인데, 자손들이 상놈들이라 자기들끼리 물고 뜯고 싸워 다 망하게 생겼구만. 우리 덕주의 원조 닭집이 사라지면 안될 텐데⋯⋯. 저것들이 허구한 날 저 지랄하고 싸우니⋯⋯ 불이 나면 애새끼나 마누라는 내팽개쳐두고 통닭부터 들어낸다는 덕주 통닭의 전통이 언제까지 이어질지 장담 못하겠구만. 두고봐, 저놈들이 법으로 해결하나, 안하나!"

사람들은 잠시 말이 없었다. '덕주통닭' 하면 천하에 그 명성이 자자했는지라 산동성뿐만 아니라 직예성, 하남성에서도 달관귀인(達官貴人)들의 모임엔 쾌마 편으로 전송되곤 했었다. 해마다 가을엔 어용(御用)으로 천여 마리씩 황궁으로 들여보내기도 했다. 그런 원조 닭집에서 형제들끼리 재산분쟁이 끝이 없어 골백번도 더 싸우니 곁에서 지켜보는 사람들도 구경거리를 떠나 안타깝기 그지없었다. 한참 시간이 흘러 신씨가 거칠고 무거운 숨을 토해내며 말했다.

"조상 덕에 그만큼 먹고살았으면 저지랄 하고 형제끼리 물고 뜯는 시간에 선산치레나 할 일이지. 법대로 한다고 별 뾰족한 수가 있을 줄 아나봐? 어부지리 챙기는 재미에 날이면 날마다 법대로 했으면 하고 고대하는 우리 류 태존(太尊)이 있는데, 아예 덕주닭집을 통째로 삼켜버리지 않으면 다행이지!"

이같이 말하며 신씨가 돌쇠에게 말했다.
"뒤뜰 우물에 재워놓은 수박 한 통 가져와. 손님도 없는데 수박이나 실컷 먹게."
신씨의 말에 돌쇠는 좋아라 하며 뒤뜰로 사라졌다.
몇 사람이 다투듯 수박을 먹어대고 있을 때 뒤뜰의 측문이 열리는 소리와 함께 서른 살을 넘긴 듯한 중년의 사내가 모습을 드러냈다. 희고 모난 얼굴에 작은 눈의 사내는 굵고 긴 머리채를 허리춤까지 드리우고 있었다. 푹푹 찌는 날씨임에도 두루마기 차림에 허리띠까지 두르고 있었다. 왼쪽 뺨에 동전만한 흑점이 있고 그 위에 돼지 목털을 연상케 하는 긴 털이 나 있어 보는 이로 하여금 눈살을 찌푸리게 했다. 그 사내를 알아본 신씨가 허허 웃으며 일어섰다. 그리고는 수박트림을 연거푸 해대며 말했다.
"개가 혓바닥을 길게 빼물고 허덕이는 이 날씨에 점잖게 차려입으시고 어디 외출하시려나봐요? 갈 때 가시더라도 이리 와서 수박 한 쪽이라도 들고 가세요. 찬 우물에 담가놓은 거라서 시원한 게 그만입니다!"
"됐소, 먹은 걸로 하겠소."
서이(瑞二)가 음침한 미소를 지어 보이며 말했다.
"우리 하(賀)어른께서 부대 아문(府臺衙門)을 방문하시고자 하는데, 부근에 수레를 대여할 만한 곳이 없소?"
이때 측문의 저편에서 누군가가 고개를 내밀더니 소리쳤다.
"서이! 하어른의 먹이 다 떨어져 가니 올 때 두어 개 사오게."
그러자 서이가 고개를 돌려 큰소리로 말했다.
"알았어, 조서(曹瑞). 여기 시원한 수박이 있는데 하어른께 갖다드려!"

신씨 일행은 그만 서로를 번갈아 보며 어리둥절해지고 말았다.

부대아문이라면 엎어지면 코 닿을 지척에 있는데, 수레를 찾다니? 그리고 이네들은 '장사를 한다'며 벌써 한 달이 넘도록 이 가게에 머물러 있으면서도 도대체 상인들과 왕래하는 모습은 볼 수가 없었던 것이다. 하루에 은 2전(二錢)짜리 방에서 살며 먹는 거라곤 하루 세 끼 채소와 두부뿐이어서 북경으로 과거시험 보러 가는 가난한 효렴(孝廉)들보다 처지가 곤궁한 이네들이 갑자기 '하어른'을 운운하고 나서며 부대아문을 '방문'한다는 게 아닌가! 서이는 황당한 표정으로 눈을 동그랗게 뜨고 있는 신씨 등의 의중을 꿰뚫기라도 한 듯 히죽 웃으며 말했다.

"솔직히 우리 하어른은 산동성 제남(濟南)의 양저도(糧儲道)라오. 악(岳) 순무의 헌명을 받고 이곳 덕주로 국고환수 실태를 조사하러 내려오셨지. 요 며칠 새에 일을 마치고 성(省)으로 돌아가실 것이니 시중 잘 들면 상을 푸짐하게 내리실 거요."

"아니…… 그게!"

신씨는 놀란 나머지 외마디 소리를 지르며 벌떡 일어났다. 잠시 멍한 표정이던 그가 웃어서 실눈이 된 얼굴을 보이며 말했다.

"이거 높으신 어르신을 몰라 뵙고 큰 실례를 했습니다! 설마 이 누추한 가게에 달관귀인이 드셨을 줄은 꿈에도 몰랐습니다. 어쩐지 그제 꿈에 저승에 계신 부모님이 나타나, 네 눈이 어째 엉덩이에 붙었느냐고 하시더니만……. 수레는 얼마든지 있습니다. 대문에서 두어 걸음 가면 수레를 대여해주는 강방(杠房)이 있습니다. 날도 더운데 어르신께서 직접 걸음 하실 것 없이…… 이봐, 호씨! 어서 하어른께 수레를 대어드리지 않고 뭘 하나?"

이같이 말하며 신씨는 소매 끝을 움켜쥐고 의자를 닦는 시늉을 하더니 서이에게 자리를 안내했다. 그리고는 급히 장삼을 찾아 입으며 돌쇠를 불러 말했다.

"어서 달고 시원한 수박 내오지 않고 뭐해? 하어른께도 한 접시 썰어 드려!"

사람들은 신씨의 말에 따라 부산스레 움직였다. 그사이 신씨는 달리 할 말도 없으면서 어색하게 말을 건네며 시간을 보냈다. 곰방대 하나도 다 못 태웠을 정도의 빠른 시간에 벌써 4인 죽교(竹轎)가 가게문 앞에 당도했다. 서이가 만족스레 머리를 끄덕이며 하도대에게 아뢰러 들어가려 할 때 동쪽 측문이 열리는 소리와 함께 아역 조서(曹瑞)를 앞세우고 관복차림의 하도대가 느릿느릿한 걸음으로 모습을 드러냈다.

그는 여덟 마리 맹수무늬의 관포(官袍)에 설안보복(雪雁補服)을 껴입고 있었다. 머리엔 남색 유리정자가 햇빛을 받아 눈이 부셨다. 더더욱 실감이 난 신씨네는 어느새 길게 땅에 엎드리고 말았다. 신씨가 황공하여 중얼거리듯 말했다.

"부디 그 동안 도대 어른을 몰라 뵙고 깍듯이 모시지 못한 죄를 용서해 주십시오. 높으신 어르신을 곁에 모시면서도 여태 제대로 문안인사 한 번 올리지 못한 점 하해 같은 아량으로 널리 양지해 주십시오……."

"몰랐으니 그럴 수도 있는 거지. 그만 일어나게."

하도대가 온화한 어투로 말했다.

"'죄'는 이럴 때 운운하는 게 아니네. 사람들이 알아보면 귀찮으니 일부러 신분을 숨겼던 거네. 덕분에 한달 동안 편히 있었지 않은가? 조서, 자네 내일 이들에게 은 스무 냥을 상으로 내리도록 하게."

음성은 나지막했으나 위엄과 인자함이 동시에 느껴지는 그런 사람이었다. 단지 가끔 기침을 하고 가래가 가랑가랑 끓는 소리가 피곤한 기색이 역력한 수척한 얼굴과 더불어 다소 불안해 보였을 뿐이었다. 말을 마친 그는 가게문을 나서 수레에 올라탔다. 그리고는 지시했다.

"수레를 올리게. 부대아문으로 가세. 서이, 자네는 먼저 가서 류강(劉康)에게 내가 방문할 거라고 전하게."

"어쩐지 어딘가 모르게 귀티가 난다 싶었어!"

신씨가 아스라이 멀어져 가는 수레를 멍하니 바라보며 말했다.

"역시 된 사람은 도량이 넓다니까! 애초에 들어올 때부터 장사꾼 같지는 않았어. 아니나 다를까, 내 안목이 틀림없었어!"

그러자 돌쇠가 입을 비죽거렸다.

"신 육숙(六叔)께선 저 하어른더러 늙수그레한 시골서당의 수재가 틀어박혀 애들이나 가르치지 않고 무슨 일로 비실비실 기어 나왔느냐고 하지 않았어요?"

돌쇠에게 정곡을 찔린 신씨가 부채로 돌쇠의 엉덩이를 때리며 말했다.

"따뜻한 밥 처먹고 허튼 소리는? 내가 언제 그런 망할 소리를 했어? 됐어, 시끄러워! 이렇게 이빨 깔 시간 없으니 호씨는 애들 데리고 하어른의 방을 안팎으로 깨끗이 청소하도록. 그리고 돌쇠는 어육과 먹을 만한 채소 몇 가지를 사오고, 장씨네 가게로 가서 통닭도 두어 마리 사다 놔. 하어른이 돌아오면 멋들어지게 한 상 차려 올려야지! 저 앞 가게에서는 재작년에 새우새끼 한 마리 들었다 나간 걸 가지고 얼마나 눈꼴시게 떠들었다고. 우리 가게엔 도대 어른이 투숙하셨으니 우린 깃발까지 내걸어야겠지?"

이같이 말하며 신씨는 불룩 나온 배를 득의양양하게 흔들어대며 방안으로 들어갔다.
　그러나 신씨의 성의는 수포로 돌아가고 말았다. 이제나저제나 하고 아무리 기다려도 좀처럼 모습을 보이지 않던 하도대는 밤이 으슥하여 자시가 다 된 시각에야 가게로 돌아왔던 것이다. 동행한 사람들 중에는 한 무리의 아역막료들을 대동한 지부(知府) 류강도 있었다. 이들은 수레를 타지 않고 밤길을 걸어오느라 늦었던 것이다.
　나머지 사람들은 가게 문 앞에서 대기하고 류강만 하도대와 함께 뜰 안으로 들어갔다. 신씨네가 공들여 마련한 음식은 류강을 따라온 아역들의 배를 불리는 데 만족해야 했다.
　한편 점심 때 차가운 수박으로 배를 채운 돌쇠는 저녁나절에 골수까지 차가운 기운이 스며드는 우물물로 목욕을 했다. 통쾌한 기분도 잠시, 저녁을 먹고 난 그는 갑자기 뱃속에서 용과 호랑이의 싸움이 벌어지는 바람에 다람쥐 쳇바퀴 돌 듯 측간을 들락거리느라 경황이 없었다. 배탈이 난 것이다. 눈앞이 아른거리고 다리가 후들거렸지만 애써 진정하고 하도대가 씻을 물 두 통을 지게로 지고 뜰로 들고 갔다. 윗방에선 류강과 하도대가 얘기 나누는 말소리가 들려왔고, 뜰 입구에는 부대아문의 아역 이서상(李瑞祥)이 지키고 서 있었다.
　동쪽 측간으로 가려면 이 뜰을 지나야 했기에 돌쇠는 하도대가 도착하기 전처럼 분주히 측간을 드나들 수가 없었다. 자신의 방으로 돌아와 침대에 드러누워 배를 비틀어 잡고 이 악물고 꾹 참고 또 참았지만 결국에는 얼굴마저 시퍼렇게 뜨고 말았다. 돌쇠의 급한 사연을 아는지 모르는지 류강은 좀처럼 물러갈 기미를 보이지 않았다. 참다 못한 돌쇠는 배를 끌어안고 비틀거리며 뒤뜰로 달려갔다. 우물가의 무밭 고랑에 쭈그려 앉은 돌쇠는 두 다리가 저려올 때까지 일어설 줄을 몰랐다. 고개를 들어보니 하늘엔 먹장구름이 가득 덮여 있었다.

한줄기 찬바람이 벌거벗은 엉덩이를 습격하는 순간 돌쇠는 흠칫하며 떨었다. 벌써 수레바퀴가 다리 위를 굴러가는 듯한 우렛소리가 들려왔다. 서둘러 바지를 입고 저리고 기운 빠진 다리를 조심스레 움직여 무밭을 나가려 할 때 갑자기 동쪽 뜰의 끝방에서 뭔가가 깨져 박살나는 듯한 소리가 들려왔다. 순간 돌쇠가 발걸음을 멈추고 귀를 기울이고 있노라니 잠시 후 하도대의 목소리가 바람을 타고 들려왔다.

"자넨 자존심도 없는 사람인가! 사내가 이리 못나게 굴어서야 어느 짝에 쓰겠나! 오늘저녁 여기 죽치고 있을 거라면 맘대로 하게, 난 피곤해서 눈을 붙여야겠네! 내가 깰 때까지 앉아 기다린다면 그때 가서 계속 싸우도록 하지!"

"우리 같은 사람들이나 토닥대는 줄 알았더니 높은 사람들도 싸우는구나!"

대뜸 호기심이 동한 돌쇠가 명멸하는 번개 빛을 빌어 살금살금 끝방 창문께로 다가갔다. 상수리나무 밑에 있는 돌 위에 걸터앉아 귀를 쫑긋 세우고 있으니 방안에선 아무런 소리도 들리지 않았다. 참다못해 일어선 돌쇠는 혀를 내밀어 창호지를 핥아 구멍을 냈다. 그리고는 눈을 가느다랗게 좁히고 안을 들여다보았다.

방안은 어두컴컴했다. 탁자 위엔 닳기 직전인 듯한 기름등잔이 콩알만한 불꽃을 펄떡이며 푸르스름한 빛을 발하고 있어 으스스한 느낌마저 들었다. 한참 들여다보고 있노라니, 그제야 하도대가 온돌 위에 드러누워 눈을 지그시 감고 있는 모습이 보였다. 두 수행원인 조서와 서이가 등을 돌리고 서 있어 그 얼굴은 볼 수가 없었다. 류강은 반지르르한 앞머리를 매만지며 한 손으로 부채를 부치며 방안을 서성이고 있었다.

"전 도대 어른과 길게 싸우고 싶은 생각은 없습니다."

한참 시간이 흘러 어찌할 방도를 생각해낸 듯한 류강이 턱을 쳐들고 오만한 표정으로 하도대를 노려보았다. 입가에 냉혹한 미소를 띄운 그가 느릿느릿 입을 열었다.

"그쪽은 제남 도대이고, 전 덕주 지부입니다. 우린 그야말로 바닷물과 우물처럼 경계가 뚜렷하고 서로 얽혀 돌아갈 일이 없습니다. 그런데 어찌하여 하도대께선 불원천리하고 찾아와 우릴 괴롭히는 겁니까? 나라에 진 빚이라면 어느 곳이나 없는 것이 이상할 정도이고, 공금횡령은 정도에 따라 관원들 모두 자유로울 수 없는 엄연한 현실입니다. 그런데 하필이면 나 류아무개만을 물고 늘어지는 이유가 뭐냐는 겁니다! 대체 저의가 뭡니까?"

하도대는 눈을 뜨지 않았다. 부채를 두어 번 부치더니 말했다.

"자네 말은 어쩜 한마디도 들어볼 만한 말이 없을까! 꼭 마치 내가 주머니가 곤궁하여 자네 류강의 목을 옥죈다는 뜻으로 말하는데, 전 성의 식량과 은전을 통괄하는 내가 돈이 필요해서 자네를 찾을 이유가 있을까? 덕주는 원래 나라에 진 빚이 없었네. 적어도 3년 전 자네가 부임하기 전까지는 말일세. 불과 3년만에 덕주부의 국은(國銀)은 13만 냥이나 줄었지. 자넨 화모(火耗)로 나간 돈이라고 하지만 내가 볼 때는 분명 돈 먹는 벌레가 따로 있어. 그러니 난 자네를 탄핵할 수밖에 없네. 방금 세상천지에 탐관이 아닌 관원이 없다고 했는데, 진짜 사내라면 그런 말은 옹정황제 면전에 가서 올리도록 하게. 난 조정에서 나온 한 마리의 고양이에 불과하다네. 남의 것을 훔쳐먹는 쥐새끼들을 잡는 것이 유일한 취미이고 일인 고양이 말일세. 조정의 양렴은(養廉銀)까지 먹는 고양이가 배가 불룩하여 구석에 똬리를 틀고 앉아 쥐새끼랑 평화롭게 지내는 건 말도 안되지 않겠어?"

"지부 3년이면 은 10만 냥이라고 하는데······."

류강이 징그럽게 웃으며 말을 이었다.

"그런 걸 보면 난 청관(淸官)에 속하네요! 우리 이러지 말고 사내답게 툭 터놓고 거래합시다. 얼마나 필요하십니까?"

"난 그런 사람이 아니야."

"3만?"

"······."

"5만?"

"······."

"6만! 더 이상은 안되겠습니다!"

그러자 온돌에 누워있던 하도대가 "흥!" 하고 코방귀를 뀌었다.

"난 일년에 양렴은만 해도 육천 냥이야. 밥 먹고살기엔 충분하다고. 내게 줄 육만 냥이 있으면 관속에 가지고 들어가 저승에서 쓰도록 하게!"

하도대의 뜻은 칼로 자르듯 분명했다. 류강으로선 더 이상 할말이 없었다. 방안엔 삽시간에 쥐죽은듯한 적막이 감돌았다. 돌쇠는 배아픈 것도 잊은 채 넋을 놓고 들여다보고 있었다. 이때 갑자기 번개가 번쩍하더니 후두둑후두둑 빗방울이 떨어지기 시작했다. 돌쇠는 배탈이 나 고생을 하면서도 덕분에 안목을 넓히게 됐다며 은근히 좋아했다.

어서 들어가 신씨에게 허풍도 조금 섞어 한바탕 떠들 생각에 발걸음을 돌리려던 돌쇠는 그러나 방안 한 귀퉁이에서 벌어지고 있는 광경에 깜짝 놀라고 말았다. 창가 쪽으로 등을 돌리고 있던 조서가 서이의 손에서 자그마한 종이봉지 하나를 받아들더니 탁자 위에 있던 찻잔에 조심스레 털어 넣는 것이었다. 그리고는 주전자의 물을 가득 따라 두어 번 저어 여전히 눈감고 있는 하도대에게로 다가가 말했다.

"하어른, 시원하게 냉차 한잔 마시고 주무세요."

"극약을 탔어!"

돌쇠는 나지막이 뇌까리며 눈을 휘둥그렇게 떴다. 온몸 가득 땀이 질펀한 가운데 그는 마치 바위처럼 굳어지고 말았다! 영문을 모르는 하도대가 천천히 상체를 일으켜 찻잔을 잡았다.

"찻잔을 박살내도 물러갈 생각을 않으니 난 냉차라도 마시고 속 차리는 수밖엔 없겠군."

차가운 어투로 이같이 말하고 난 하도대는 잔을 들어 단숨에 들이마셨다. 그리고는 형형한 눈빛으로 류강을 똑바로 바라보며 말했다.

"난 어려서부터 성현의 책을 읽고 공맹의 도를 따라온 바른 사람이오. 열세 살에 동생(童生)이 되고, 열 다섯 살에 진학(進學)하여, 스무 살에 효렴이 되었고, 스물 한 살에 선제(先帝)를 모시는 진사가 되었지. 옹정제(雍正帝)를 십삼 년 동안 모셔오면서 환해(宦海)의 부침을 거듭했어도 자네처럼 철면피한 사람은 처음 보네! 오늘날에야 난 비로소 한 가지 터득하게 됐네. 소인배가 끝까지 소인배일 수밖에 없는 것은 자신이 소인배라는 사실에 수치심을 느낄 줄 모르기 때문이라는 것을 말이네. 자기가 공금을 횡령한 것도 모자라 나까지 끌어들이려고 수작떨지마! 내 말을 잘 들으면 큰 재앙을 작게 만드는 수도 있네. 가서 자핵문(自劾文)을 진실하게 써오고, 삼켰던 검은 돈을 전부 토해내도록 하게. 내 말에만 따라준다면 이위 총독 앞에서 내가 자네를 위해 몇 마디 해줄 순 있네…… 아이고 배야!"

돌연 하도대가 고통스레 비명을 지르며 배를 힘껏 움켜잡았다. 숨넘어갈 듯하던 하도대가 갑자기 고개를 홱 돌리더니 분노에 가득 찬 두 눈으로 조서를 매섭게 노려보았다. 눈에서는 불을 뿜었지만 숨이 턱까지 차 오른 하도대는 아무 말도 못하고 거친 숨만 몰아 쉬었다. 때맞춰 한줄기 번개 빛이 방안을 훑고 지나갔다. 그 빛을 빌어 본 하도대의 얼굴은 창백하기가 백지 같았고 콩알 굵기의 식은땀이 이마에서 줄줄 흘러내리기 시작했다. 금세 피를 뿜을 것만 같은 두 눈으로 자신의 두 수행원을 노려보며 하도대는 한참 후에야 힘겹게 입을 열었다.

"자네들이 내게 마수를 뻗칠 줄은 정말 몰랐네……."
"그래, 하로형(賀露瀅)!"
조서가 흥! 하고 냉소를 터트리며 앞으로 나섰다.
"우린 더 이상 당신을 시중들기 싫어졌소. 내년 이날은 당신의 제삿날이 될 거요!"

말을 마친 조서가 손짓을 보냈다. 서이까지 달려들어 둘은 굶주린 맹수처럼 하도대에게로 달려들었다. 탁자보를 하도대의 입에 마구 쑤셔 넣은 그들은 죽을 힘을 다해 목을 졸랐다. 맥없이 발버둥치며 마지막 숨을 모으는 하도대의 눈을 똑바로 쳐다보며 서이가 징글맞게 웃으며 말했다.

"다들 주인 잘 만나 신세 고쳤다는데, 우린 거지같이 이게 뭐야?

한 번만 더 당신 같은 청관을 시중들었다간 식구들 다 굶어 뒈지게 생겼어……."

꽈르릉!

순간, 우렛소리가 진동했다. 하늘도 작은 동네의 한 가게에서 발생한 인간세상의 참사에 격분한 것일까. 깊고 무거운 구름층을 가르며 귀청을 째는 천둥소리는 줄지어 터졌다. 오래된 천장에서 부스스 흙가루가 떨어져내려 돌쇠의 목덜미에 들어갔다. 복분대우(覆盆大雨)가 광풍의 포효와 더불어 사나운 채찍처럼 뽕나무를 때리기 시작했다. 혹형에 몸부림치는 뽕나무의 신음소리가 소름 끼치게 하는 밤이었다…….

"허리띠 풀어."

물에 빠진 삽살개 모양이 되어서도 돌쇠는 현장을 뜰 생각을 않고 다시 찢겨진 창호지 틈으로 방안을 들여다보았다. 이서상이 부랴부랴 하도대의 허리띠를 풀어 대들보에 매고 있었다. 땀범벅이 된 류강이 독극물이 남아있는 찻잔을 물에 씻어내며 안색이 파리하게 질린 채 경황없이 말했다.

"목숨이 붙어있을 때 서둘러. 혓바닥을 내밀지 않으면 내일 험시(驗屍)할 때 곤란해질 수 있어……."

이들은 허겁지겁 서둘러 하도대의 축 늘어진 몸을 일으켜 둥그렇게 매어놓은 허리띠에 목을 걸쳐 발이 동동 들리게 했다. 그렇게 하도대는 마지막 숨을 거두고 말았다.

찬 빗줄기가 채찍이 되어 다시금 어깨를 후려쳤을 때서야 돌쇠는 흠칫하며 제정신이 들었다. 자신이 엄청난 사실을 목격했고, 이 공포의 현장은 결코 꿈이 아니라는 사실이 느껴지는 순간 돌쇠는 그제야 어서 빨리 도망가야 한다는 생각이 뇌리를 쳤다. 방안이 잠시 소란스럽기에 발걸음을 떼며 마지막으로 들여다보니 조서는 어느새 하도대의 관복을 벗겨 자신이 대신 입고 있었다. 이번에는 그 모자까지 쓰며 류강에게 말했다.

"우리에게 약속한 돈이 아직 만 오천 냥은 남아 있소. 목숨걸고 한 일이니 혹시라도 떼어먹을 생각일랑 말고 빨리 돈을 맞춰주시오. 아니면 재미없어질 테니……."

이번엔 서이가 말했다.

"불빛에 비친 뒷모습이 하로형과 비슷하기만 하면 되니까 우리가 문까지 바래다줄게."

돌쇠는 더 이상 머물러 있을 수가 없었다. 얼어서 뻣뻣한 두 다리를 조심스레 떼어놓으며 벽에 찰싹 들러붙어 빠져 나오는데, 다시 류강의 목소리가 들려왔다.

"명심해! 내일 내가 재판정에 앉을 것이니 누가 뭐라고 호통을 치고 위협을 주어도 하도대는 틀림없이 자살한 거야……. 알았지? 이 작자의 써놓은 걸 다 태워버려…… 어서……."

끝방 창가에서 빠져 나온 돌쇠는 그제야 안도의 한숨을 토해냈다. 가슴이 사슴새끼라도 품은 듯 크게 뛰었고 충격에 귓전이 어지러운 이명까지 느껴졌다. 배를 만져보니 더 이상 통증이 느껴지지 않았다. 다만 안팎이 허한 것이 금세 쓰러질 것 같았다. 이때 담 너머로 서이의 고함소리가 들려왔다.

"하도대께서 지부어른을 배웅하신다!"

돌쇠가 애써 몸을 가누며 대문께로 와보니 측문 쪽에서 서이가 나무꼬챙이에 등불을 꽂아 높이 치켜들고 앞서 걸으며 지부 류강을 안내했다. 이서상이 그 옆에서 류강에게 우비를 입혀주며 따라갔다. 가짜 하로형이 류강을 측문 앞의 골목까지 배웅하고 있는

한밤의 살인사건 27

장면에서 돌쇠는 긴장된 나머지 금세라도 심장이 튀어나올 것만 같았다. 이때 류강의 목소리가 들렸다.

"그만 걸음을 멈추십시오, 도대어른. 심신이 조금 피로해 보이시는데 편히 주무십시오. 비직(卑職)이 내일 아문에서 기다리고 있겠습니다."

가짜 하로형이 알아듣지도 못할 목소리로 우물쭈물 대답하고는 부랴부랴 방안으로 들어가는 모습을 보며 돌쇠는 살인행위를 저지르고도 아무렇지도 않은 그 담담함에 소름이 끼쳤다!

사람들이 흩어지고 난 다음 어질러진 술자리를 치우러 들어가며 호씨가 투덜대는 가운데 주인 신씨는 돌쇠의 방을 기웃거렸다. 놀란 사슴처럼 눈을 부릅뜨고 침대에 벌렁 드러누운 채 천장에 시선을 박고 있는 돌쇠를 발견하고 막 웃으며 농을 하려던 신씨가 왠지 이상한 느낌에 숨죽이며 다가가 물었다.

"왜 그래, 돌쇠? 얼굴이 누렇게 떠있네? 똥싸개 만나 측간을 들락거리더니 귀신이라도 만난 거야?"

"육숙, 전 괜찮아요."

돌쇠가 정신없는 머리를 흔들며 일어나 앉았다. 눈 둘 데를 모르는 멍청한 눈빛으로 촛불을 멍하니 바라보던 그가 한참 후에야 떨리는 목소리로 말했다.

"그저 머리가 좀 아플 뿐이에요. 엉덩이 드러내놓고 찬바람 맞았더니……"

그러나 신씨가 보기에 돌쇠의 낯빛은 갈수록 이상하게 느껴졌다. 그는 걱정스런 표정으로 말했다.

"아니야 그게 아니야. 꼭 뭔가에 홀렸거나 아니면 크게 놀란 것 같은데……"

신씨가 고개를 갸우뚱하고 있을 때 호씨가 들어서더니 말했다.

"이보오, 동가(東家, 주인을 칭하는 말)! 이제야 생각나서 하는 말인데, 하도대가 머무는 방이 몇 군데 새는 것 같았소. 워낙 점잖은 분이라 말을 안해서 여태 몰랐다지만 알고서야 모른 척할 순 없지 않겠소? 이 비가 곧 그칠 모양새가 아닌 것 같은데……."

그러자 신씨가 무릎을 쳤다.

"그래, 맞아! 하마터면 또 그냥 지나칠 뻔했어. 지부어른이 금방 갔으니 도대 어른은 아직 깊은 잠에 들지 않았을 거야. 자네가 가서 사정 얘기를 아뢰고 도대 어른더러 불편하신 대로 오늘밤은 이쪽 안방에서 주무시는 게 어떻겠냐고 여쭤보게."

호씨가 대답과 함께 물러가려 하자 갈수록 낯빛이 괴이하게 변해만 가던 돌쇠가 괴성을 지르듯 고함쳤다.

"잠깐만!"

이에 호씨가 흠칫하며 돌아서더니 웃으며 말했다.

"귀신이라도 만난 거야? 깜짝 놀랐잖아!"

그러자 신씨가 기다렸다는 듯이 말했다.

"내가 그 얘기하려던 참이야. 멀쩡하던 아이가 배탈났다며 측간을 들락거리더니 저 지경이 됐지 뭔가? 아무래도 이상해 보이는데 자기는 괜찮다니. 만에 하나 무슨 사고라도 나는 날엔 고향에 돌아가 내가 무슨 면목으로 홀로 되신 우리 형수님을 뵙겠어?"

말을 마친 신씨는 크게 한숨을 내쉬었다.

"이리 못 와!"

호씨가 돌아서 가려하자 돌쇠가 발까지 동동 굴러대며 고함을 질렀다. 맨발로 온돌에서 뛰어내려 거구의 호씨를 방안으로 잡아 끄는 그의 표정은 결연해 보이기까지 했다. 무슨 영문인지 몰라 어안이 벙벙해 있는 신씨와 호씨를 귀신불을 뿜는 듯한 눈빛으로 바라보던 돌쇠가 이빨 사이로 퉁겨내듯 말했다.
"육숙, 우리 큰 재화(災禍)에 휘말려들고 말았어요. 법정에 서게 생겼다고요!"

2. 총독 이위의 새로운 막료

 돌쇠의 말을 듣고 난 신씨는 그만 온돌바닥에 주저앉고 말았다. 찻잔을 들어 꿀꺽꿀꺽 냉차 한잔을 단숨에 들이킨 돌쇠가 긴 한숨을 토해냈다. 그리고는 류강과 하도대의 수행원이 결탁하여 하로 형을 살해한 정경을 자신이 본 그대로 신씨와 호씨에게 들려주었다. 그리고는 덧붙였다.
 "방금 류강을 배웅하러 나갔던 하도대는 진짜 '하도대'가 아니라 조서가 죽은 하도대의 옷을 입고 그렇게 꾸몄던 거예요! 그때 하도대는 이미 대들보에 목이 매여 숨이 끊어진 뒤였다고요!"
 신씨와 호씨는 기절할 듯 놀라고 말았다. 공포에 가득한 두 눈으로 돌쇠를 뚫어져라 바라보는 두 사람의 굳은 시체 같은 모습은 자시를 넘긴 시각에 비바람에 떠는 창 밖의 뽕나무와 더불어 음산하고 소름끼치게 했다…….
 "황천보살님!"

축축한 기운을 듬뿍 머금은 찬바람이 휘몰아쳐 들어왔다. 신씨는 온몸을 부르르 떨며 확인하듯 물었다.

"그게 과연 사실이야? 설마 헛것에 홀린 건 아니겠지!"

"믿고 안믿는 건 육숙 마음이에요."

돌쇠가 호씨를 힐끗 쳐다보며 말했다.

"나도 내가 악몽을 꾼 것이길 간절히 바랐어요. 나보다 간 큰 호형이 한번 동쪽 뜰 끝방으로 가서 들여다보세요……. 난 두 번 다시 그곳에 갈 수 없을 것 같아요……."

호씨가 칠흑 같은 창 밖을 내다보았다. 그리고는 말없이 바지가랑이를 걷어올리고 우비를 걸쳤다. 서쪽 갓방에 아직 불이 켜져 있는 걸 보더니 내뱉듯 고함을 질렀다.

"거기 누구야? 오포(午砲)가 울린 지 언젠데 아직 자지 않고 뭐해?"

불은 그 소리와 함께 꺼졌다. 주인 신씨의 군살바위 얼굴엔 수심이 가득했다. 몇 가닥 안되는 머리를 땋아내려 큰 머리에 비해 볼품이 없는 머리채를 매만지며 한숨을 지었다.

"이제 끝장이야. 이래봬도 이 가게는 내가 다섯 대째 물려받고 있는 조상들의 가업인데, 내 손에 와서 망하게 생겼어! 이…… 이를 어찌하면 좋아? 천지신명께 맹세하는데, 난 여태 검은 돈은 한 푼도 먹어 본 적이 없어! 가끔 투숙객이 잠자다 죽는 경우는 있어도 은전만큼은 한 푼도 손대지 않고 고스란히 그 집 식구들에게 돌려주었다고. 그것도 동네방네 애써 수소문해서 말이야. …… 그런데 어찌 이런 일을 당할 수가 있어."

신씨의 목소리는 점점 음색이 변해가더니 급기야는 옷섶을 들어 눈물을 닦았다.

"돌쇠, 넌 그 즉시 크게 소리질러 우릴 불렀어야 했어. 우리가 우르르 달려들어가 범행현장을 잡았더라면 일은 훨씬 쉽게 풀렸을 거 아니야!"

"전 그 당시 완전히 얼어 붙어버렸어요."

돌쇠가 덧붙였다.

"지금에 와서 곰곰이 생각해보니 그때 소리지르지 않은 것이 되레 천만 다행인 것 같아요. 생각해 보세요. 우리가 알게 되면 그자들이 어떻게든 우리도 한 가마에 쪄 죽이려고 할 거 아니에요. 인증(人證)을 없애야 하니까. 지금 생각해도 겁이 나 심장이 터져버릴 것만 같네요!"

돌쇠의 말이 이어지고 있을 때 현장을 보러갔던 호씨가 빗물에 목욕한 채 창백한 낯빛으로 들어섰다. 신씨가 뚫어지게 자신을 바라보자 호씨가 굳어진 머리를 끄덕여 보였다. 그리고는 이를 악물며 말했다.

"저것들이 진짜 담력이 크기로 하늘을 덮고도 남을 정도요. 지금 방안에서 종이를 태우며 하도대의 짐을 챙기고 있네!"

은근히 요행을 바랐던 신씨는 그만 절망하여 비명에 가까운 신음소리를 내며 자리에 털썩 주저앉았다. 그러나 곧 퉁기듯 일어나면서 소리쳤다.

"우리 대여섯이 쳐들어가 저것들을 붙잡아 아문에 끌고 가는 게 낫지 않겠어?"

평소에 유난히 자기 주장이 강하고 머리가 좋은 돌쇠는 그사이 완전히 제정신을 차린 듯했다. 신씨의 말에 호씨마저 호응하고 나설 기미를 보이자 돌쇠가 급히 말렸다.

"그건 절대 안돼요! 그것들은 보나마나 한통속이에요. 공당(公

堂)에서 되레 우리에게 똥바가지를 씌워 물고 늘어지는 날엔 큰일이에요. 우리 가게가 강도소굴이라며 금전을 탐내어 관원들을 죽였다고 모함하면 우리 목이 이사가는 건 시간문제라고요!"

　돌쇠의 말에 두 사람은 경악하여 눈이 호롱불처럼 째지고 말았다. 어찌할 바를 몰라 이들이 좌불안석하고 있을 때 바깥 낭하쪽에서 발걸음소리가 들려오기 시작했다. 세 사람은 일제히 경계하듯 바깥 동정에 귀를 세웠다. 그 사람은 곧추 신씨네가 불을 밝힌 방문을 열고 들어왔다. 신씨가 보니 서쪽 별채에 묵고 있던 이름이 전도(錢度)라는 손님이었다. 제남으로 가는 길에 덕주를 지나간다고 했었다. 비단 두루마기와 마고자를 정갈히 차려입고 있는 모습을 의아스럽게 쳐다보며 신씨가 물었다.

　"전어른, 이 시간에 어쩐 일이십니까?"

　"계산하고 나갈까 해서 말이오."

　땅딸막한 체구의 전도는 대춧빛 얼굴에 팥처럼 박혀 있는 작고 반짝이는 눈이 대단히 맑아 보였다. 두루마기 자락을 살짝 들고 다리를 꼬아 신씨의 맞은편 의자에 앉은 전도가 차 한 모금을 마시고 나더니 시무룩한 표정으로 입을 열었다.

　"오늘 이 가게에서 사고가 난 걸 난 다 알고 있소. 급한 일이 있어 제남으로 가는 사람이 괜히 이런 데서 발목잡힐 순 없지 않겠소?"

　전도가 이같이 말하며 손가락으로 머리 위의 천장을 가리켰다. 깜짝 놀라며 그 손길을 따라 눈길을 돌리던 세 사람은 그제야 이곳 갓방과 서쪽 별채가 통해 있어 말소리가 곧잘 들린다는 사실을 상기하고는 한숨을 토해냈다. 아무 이유도 없이 손님을 붙들어둘 수는 없다고 생각한 신씨가 한숨을 내쉬었다.

"맘대로 하십시오. 그런데 이렇게 비바람이 거센데 걸어가실 수가 있겠습니까?"

이에 전도가 가소롭다는 듯이 말했다.

"비바람이 아니라 칼바람이 몰아쳐도 얼른 이곳을 떠야지. 삼십육계 줄행랑이 상책이라고. 솔직히 난 형명막료(刑名幕僚) 출신이라오. 하남성 전중승 밑에서 몇 년 있어서 잘 아는데, 이런 사건은 적어도 이, 삼년은 질질 끌게 돼 있소. 난 하남순무의 추천서를 갖고 있으니 잘하면 제남에서 입지를 굳힐 수도 있겠지. 그렇게 되면 여러분들이 이 난관을 무사히 통과할 수 있도록 도와줄 수도 있지 않겠소?"

전도의 이 한마디에 돌쇠의 눈이 반짝였다. 돌쇠가 말했다.

"척 보기에도 어르신께선 책을 많이 읽으신 분 같았어요. 맞아요! 삼십육계 줄행랑이 상책이에요. 우리도 괜한 사건에 얽혀 곤욕을 치르느니 도망가버리는 게 낫지 않을까요?"

"말처럼 쉬운 건 없다네, 이 친구야!"

전도가 픽 웃으며 말했다.

"이 사건은 자네들과 무관하지 않은가. 자네들은 그저 '인증'일 뿐이야. 하도대가 '자살'했다고 증명하면 그걸로 끝나는 일이라고. 그런데 여기서 도망가버리면 '죄가 무서워' 도망간 격밖에 더 되겠어? 류강 그 자식이 은근히 바라던 대로 되는 셈이라고. 자네들이 도망가면 그자는 곧 내리막길에 수레 밀듯 모든 죄명을 여러분들에게 덮어씌우지 않겠나?"

노련한 형명막료다운 분석이었다. 신씨네는 마치 구세주라도 만난 양 전도더러 대책을 마련해줄 것을 간절히 청했다. 그러나 전도는 갈 길이 급하여 길게 머무를 수 없다며 기어이 자리를 박차고 일어났다.

"호씨, 가서 전어른의 짐을 꾸려드려. 방값은 받지마."

전도가 그건 안될 말이라며 돈을 꺼내자 신씨가 애걸하듯 돈을 도로 집어넣게 했다. 그리고는 말했다.

"어찌됐건 소인들에게 방향을 제시해 주셨지 않습니까. 집에 노새 한 마리가 있사오니 전어른께 다리쉼이라도 해드릴 수 있었으면 합니다. 소인의 자그마한 성의라고 생각하시어……."

"음……."

전도가 손으로 턱을 잡은 채 눈을 굴렸다. 그리고는 잠시 생각하더니 천천히 입을 열었다.

"자네들이 사건으로부터 완전히 자유로워질 순 없을 것 같네. 두 가지를 명심하게……."

느릿느릿 발걸음을 떼어놓으며 전도가 말을 이었다.

"첫째 류강 등은 자네들을 직접 이 사건에 끌어들이려는 건 아니오. 그들은 그저 자기네들이 떠날 때 하도대가 아직 '살아있었다'라는 사실을 증명해 달라는 거네. 이 점은 그네들이 형을 내리기 전에 '증명'해 주는 것이 좋겠네. 그러나 자네들은 또한 하도대가 평소에 두문불출하는 편이어서 그 정체를 잘 모른다는 식으로 탈출구를 남겨 놓는 것도 필요하겠네. 둘째, 하도대가 '자살'한 데 대해 자네들은 믿을 수도, 믿지 않을 수도 없다는 애매한 입장을 천명하는 걸 잊지 말게. 곤장을 몇 대 맞더라도 말일세. 워낙 예사로운 사건이 아닌지라 언젠가는 조정에 알려질 때를 대비하라는 뜻이네. 손바닥으로 방귀를 막는 건 한계가 있을 테니 말일세."

이같이 조언을 해주던 전도가 웃어 보이며 다시 말을 이었다.

"이 두 가지만 지키면 큰 문제는 없을 듯 싶네. 돈 있으면 아문의 아는 사람을 찾아가 인사치레라도 해놓으면 금상첨화일 테고."
 전도의 말에 두 사람은 연신 머리를 끄덕였다. 이때 호씨가 짐을 노새에 실어놓았다며 아뢰어오자 전도는 곧 신발 끈을 동여매고 장대비가 빗발치는 칠흑 같은 어둠 속으로 사라졌다.

 덕주부(德州府)는 제남에서 3백여 리밖에 떨어져 있지 않았다. 행낭이 별로 없는 전도는 지칠 줄 모르고 전속력으로 달려주는 신씨네 노새 덕분에 밥 먹고 쉬는 시간도 없이 꼬박 열두 시간을 달려 이튿날 새벽 동이 트기 전에 제남에 도착할 수 있었다. 그러나 전도는 서둘러 총독아문으로 달려가지 않고 서성이며 생각했다. 자신은 형명막료 출신인지라 설령 이위(李衛) 총독이 자신을 받아준다고 해도 덕주에 이같이 큰 인명사고가 난 시점에 자칫 이위에 의해 '시금석(試金石)'으로 파견될지 모른다는 생각이 얼핏 들었던 것이다. 불행히도 자신의 예감이 적중하는 날엔 분명 뜨거운 숯덩어리를 껴안는 격이 될 게 아닌가? 날이 희붐히 밝아오자 전도는 더 이상 망설이지 않고 총독아문 맞은 편의 객잔에 머물기로 했다.
 그렇게 객잔에서 3일 동안 머물면서 그는 산으로, 들로, 절로, 호수로 어디라 할 것 없이 구경하고 다녔다. 그사이 덕주부에서 발생한 사건은 제남을 떠들썩하게 만들었다. 하도대가 정신이 온전치 못하여 자살했다는 설이 있는가 하면 대들보에 목매죽은 귀신이 붙었다며 당치 않은 소리를 하는 이들도 있었고, 전생에 지은 악업이 금생에 그 보응을 받았다고 이죽대는 이들도 있었다. 물론 하로형의 사인(死因)이 불분명하고 석연치 않다는 설도 대두되고 있었다. 찻집이며 주막, 저잣거리 사람들이 운집하는 곳이면

으레 덕주부 사건에 대한 억측이 난무했지만 전도는 전혀 귀기울이지 않았다. 총독 이위와 순무 악준(岳濬)은 이미 공동으로 주장(奏章)을 올렸고, 안찰사아문에서는 다른 사건의 심의는 전부 뒤로 미루었다는 소문만이 일리가 있다고 생각했다.

그사이 법사아문의 카얼량이 직접 덕주로 가서 덕주지부와 함께 사건심의를 마쳤다는 설이 나돌자 그제야 전도는 하남성 순무의 추천서를 지니고 총독 이위를 알현하기 위해 총독아문을 찾았다. 명함을 건네고 담배 한 대 피울 만큼의 시간을 기다리고 있노라니 안에서 소식을 전해왔다.

"전선생은 공문결재처 밖에서 접견을 기다리시오."

전도는 아역을 따라 좁고 긴 통로와 꼬불꼬불한 회랑(回廊)을 거쳐 한참 걸어서야 겨우 서화원의 월동문 입구에 다다를 수 있었다. 공문결재처 안에서 끊어졌다 이어지는 말소리와 기침소리를 들으니 이위가 안에서 손님을 접견하고 있는 것 같았다. 전도를 안내한 아역이 까치발로 들어가 무어라고 전했는지 다시 나와 전도에게 말했다.

"총독어른께오선 전선생더러 화청에서 차를 마시며 기다리라고 하십니다. 악순무, 탕번대와 함께 의논하시는 중이거든요!"

그러자 전도가 자그마한 홍포(紅包, 인사치레로 약간의 돈을 넣은 붉은 종이꾸러미)를 아역에게 건네주었다. 그리고는 웃으며 말했다.

"걱정하지 말고 나가서 일 보게. 난 여기서 기다리고 있을 것이니."

그러나 아역은 말없이 홍포를 도로 밀어주며 목소리를 낮춰 말했다.

"이총독 밑에서 일하면 이런 건 사절하는 게 기본입니다."

무표정한 표정으로 물러가는 아역의 뒷모습을 보며 전도는 적이 깊은 감명을 받았다. 공들이지 않은 물건은 풀 한 포기라도 거저 가지는 법이 없다는 이위의 청렴하고 강직한 성품에 대한 칭송이 결코 헛된 것이 아니라고 생각했다!

잠시 명상에 잠겨 있을 때 공문결재처 안에서 누군가 나오며 인사하는 듯한 소리가 크게 들려왔다. 아니나 다를까, 두 관원이 앞서거니 뒤서거니 공문결재처를 나오는 모습이 보였다. 둘 다 마흔 살 가량 되어 보였고, 한 사람은 2품 산호정자, 다른 한 사람은 푸른 보석정자를 달고 있었다. 이들 뒤로 보통 키에 긴 얼굴, 짙은 숯검정 눈썹이 호걸답고 그 밑의 삼각눈이 전광석화 같은 사내가 모습을 드러냈다. 순간 전도는 가슴이 널뛰었다.

그가 바로 천하에 명성이 드높은 '모범총독'이자 당금 황제의 성총을 한 몸에 받는 이위일 것이다!

"운하를 소통시키는 일은 백로 전에 앞당겨 완성하도록 하게."

이위가 한 켠에 서 있는 전도를 일별했다. 그리고는 두 대신을 향해 격의없이 웃으며 말했다.

"똥구멍 빠지도록 한번 잘해봐! 북경에 들어가면 폐하의 면전에서 이 상판대기에 광채가 나게 말이야!"

두 사람이 월동문을 나서자 그제야 이위가 웃으며 전도를 향해 손짓을 했다.

"전선생인가 본데, 왜 그러고 서 있나? 어서 들어오게!"

전도는 첫인상이 편안한 이위를 대하는 순간 이미 긴장이 반은 풀렸다. 조심스레 따라 들어와 이위가 자리하기를 기다려 예를 갖춰 인사한 전도가 손순무의 추천서를 공손히 받쳐 올리며 황송

한 미소를 지었다.

"손순무께오선 소인더러 총독 어른께 꼭 안부를 전하라고 신신당부하셨습니다. 총독어른의 존체가 염려된다고 하시며 빙편(氷片)과 은이(銀耳)를 두 근씩 소인 편에 보냈습니다……."

이위가 편지를 뜯으며 말했다.

"손국새(孫國璽) 그 놈 잘 먹고 잘 싸지? 그밖에 또 뭐라 씨벌렁거리던가? 음, 글솜씨는 많이 늘었는데!"

그사이 이위의 호방한 성정을 가늠해낸 전도가 용기를 내어 말했다.

"손순무께선 총독어른에게 욕설을 퍼부었습니다. 발로 걷어차면 깨갱하며 넘어갈 늙은 말라깽이 누렁이라고 했습니다. 소금덩이 저리 가라 할 정도로 짜다고도 했고요……."

"그래?"

이위가 눈을 휘둥그래 떠 보이더니 돌연 고개를 뒤로 젖히며 크게 웃었다. 급기야는 기침까지 해가며 말했다.

"……좋았어! 욕 한 번 질펀하게 잘했어……. 자식이 그래도 내 몸을 걱정해 준다니 되긴 된 놈이로군!"

호탕하게 웃으며 이위는 추천서를 펼쳐들었다. 그러나 모르는 글자가 너무 많은 듯 도로 탁자 위에 엎어버렸다.

"읽어봤자 뻔하지. 자넬 내 밑의 막료로 들여보내고 싶다 뭐 그런 뜻 아니겠나? 알았어. 손국새 체면을 그 정도는 세워줘야지."

"감사합니다, 총독어른……."

"일러둘 게 있어."

이위가 손사래를 쳤다. 얼굴엔 어느새 웃음기가 가신 듯 사라졌다. 지엄한 표정으로 이위가 입을 열었다.

"우리 집 규칙은 만천하가 다 안다고 생각하네. 내 밑에 들어오는 사람은 일단 성실해야 하네. 난 낫 놓고 기역자도 모르는 무식쟁이라 이 점을 특별히 중히 여기네. 혹시라도 내 약점을 노리고 글로 장난을 쳤다간 변명할 여지도 없이 내 손에 죽을 줄 알어. 둘째, 자네 봉록은 월 이백 오십 냥이네. 천하의 총독들 중에 막료에게 이런 대접을 해주는 사람은 그리 많지 않을 거네. 모자라면 내게 손을 내밀어 더 요구할 순 있지만 아문의 문턱을 더럽히는 일은 없어야겠네. 난 가려운 데 긁어주는 매질은 잘 안하네. 손을 댔다 하면 아예 죽여버리지. 난 거렁뱅이 출신이라 무식하거든. '선소인 후군자(先小人, 後君子)'가 내 좌우명이야. 듣기 거북한 말을 먼저 해놨으니…… 느닷없이 뒤통수쳤다는 말은 하지 않겠지?"

어느새 자리에서 엉거주춤 일어난 전도가 정색을 했다.

"동옹(東翁), 바로 동옹 같은 위인을 경배해마지 않기에 학생은 불원천리하고 찾아와 동옹의 제자가 되길 간절히 소원했던 것입니다. 심려를 놓으십시오. 지켜보면 아시겠지만 전도는 진정한 사내대장부입니다!"

두 사람이 이같이 말을 주고받고 있을 때 아역이 들어와 아뢰었다.

"밖에 열댓 살 가량 되어 보이는 소년이 뵙기를 청했습니다. 내정(內廷)에서 소주(蘇州) 지역으로 공단(貢緞) 독촉차 파견나온 사람이라고 합니다."

"명함은? 어디 보세."

"아뢰옵니다, 총독어른. 지니고 다니는 것이 불편하여 명함이 없다고 합니다."

"그래? 이름도 말하지 않았고?"

"성은 부찰(富察)씨이고, 이름은 푸헝이라 합니다."

순간 이위가 흠칫하더니 벌떡 일어섰다. 그리고는 급히 말했다.

"어서 안으로 모셔, 어서……."

말을 끝맺지 못하고 이위는 급한 기침에 몸을 웅크렸다. 한바탕 오장육부를 드러내는 듯한 기침 끝에 손수건엔 시뻘건 혈흔이 보였다. 누가 볼세라 급히 손수건을 움켜쥐며 가쁜 숨을 몰아쉬며 이위가 말했다.

"푸헝이라면 보친왕(홍력)의 처남이야. 그러니 나의 반주인이지. 전선생, 오자마자 일부터 시켜서 안됐소만 얼른 방 청소 좀 하게. 내가 영접을 나갔다 올 테니."

전도는 서둘러 차방(茶房)에 지시해 차를 내어 오라고 하고 아역들과 함께 탁자를 문질러 닦고 방바닥을 쓸었다. 부랴부랴 책상 위에 어지러이 널려있는 문서들을 정리하여 치웠을 때 밖에서 이위의 웃음 머금은 목소리가 들려왔다.

"폐하께오선 우리 마누라가 만든 신발을 참 즐겨 신으십니다. 모양새는 소주에서 나오는 것보다 못해도 발이 그렇게 편할 수가 없다고 하셨습니다. 안 그래도 몇 켤레 더 만들어 놓고 원단(元旦)에 제가 입경할 때 가지고 가려고 했었는데, 여섯째도련님께서 오셨으니 마침 잘 됐습니다……."

이위는 어느새 푸헝을 앞세우고 방으로 들어섰다.

전도는 삽시간에 눈앞이 황홀해지는 느낌에 사로잡혔다. 아래위 눈부신 백색 사포(紗袍)를 입고 자색 술이 달린 마고자를 껴입은 푸헝의 허리춤엔 장밋빛 와룡대가 달려있었다. 깨끗이 씻어 하얗게 색이 바랜 천으로 만든 신발을 신고 있는 청순한 얼굴의 푸헝은 새까맣고 반짝이는 눈동자가 유리방울 같았다. 날렵한 몸매에 날아갈 듯한 자태는 바람에 살랑거리는 옥수(玉樹)같이 범상치가 않아 보였다. 이를 본 전도는 저 위에 누나라도 있으면 기필코 선녀가 따로 없을 테지, 라고 생각하며 넋을 잃고 바라보았다. 그사이 이위가 가례(家禮)를 올리려 하자 푸헝은 급히 말렸다.
"관두시오. 건강도 여의치 않은 사람이."
푸헝 역시 내내 자신을 바라보는 전도에게 관심이 간 듯 물었다.
"지난번엔 안보이더니 이 사람은……."
이에 온몸 어디를 눌러도 툭 튀어나갈 것만 같이 총명한 전도가 급히 아뢰었다.
"소인은 전도라고 하는데, 전목왕(錢穆王)의 26대 손입니다. 이 총독을 섬기러 이제 막 도착했습니다. 아무래도 아랫것으로서 가례는 폐할 수 없사오니 소인이 동옹을 대신하여 문안인사를 올리겠습니다!"
이어서 읍을 하고서 한쪽 무릎을 꿇었던 전도가 다시 일어나더니 또 한 번 읍을 했다. 그 모습을 지켜보며 이위는 내내 웃기만 했다.
"아주 영리한 친구로군. 이걸 상으로 내릴 테니 받게."
푸헝이 소매 속에서 해바라기 씨만한 금 조각을 꺼내 전도에게 던져주었다. 그리고는 고개를 돌려 이위에게 물었다.
"덕주 사건은 어찌 됐소? 아, 혹시라도 오해는 마시오. 내가 자네의 정무에 간섭하는 건 아니오. 폐하께서 이 일에 각별한 관심을 보이시기에 물어보는 거요. 여태 빚진 관원이 자살한다는 소린 들어 봤어도 빚을 독촉하러 나간 관원이 자살했다는 소린 금시초문이거든. 폐하께선 이미 이부, 형부에 조서를 내리시어 사인을 철저히 규명하라고 하명하셨소. 십칠마마더러 내게 서찰을 보내게 하여 나더러 산동성을 거쳐오며 이 사건에 대해 자초지종을 알아보라고 하셨던 거요. 난 자네의 답변을 듣고 북경으로 돌아갈 것이네."

이위가 잠시 침묵했다. 그리고는 천천히 입을 열었다.

"이 사건은 탕균형(湯鈞衡)이 맡았습니다. 저도 뭔가 이상한 느낌이 들긴 합니다. 탕균형이 류강과 함께 여러 차례에 걸쳐 증인들의 자백을 받아낸 결과를 쾌마로 보내온 걸 읽어보았습니다. 법사아문과 지부아문에서 합동으로 험시(驗屍)를 해본 결과 목매어 죽은 것이 틀림없다고 합니다. 창문이며 출입문이 안으로 잠겨 있는 것만 보아도 타살로 보긴 힘들다고 했습니다. 허나 죽은 이가 생전에 대인관계가 원만한 것이 치정에 얽혀 그 압박으로 자살한 것 같진 않습니다. 처음엔 류강을 잠깐 의심해보기도 했습니다. 하로형은 그 사람의 빚을 독촉하러 갔기 때문입니다. 허나 저희 산동성 번고에서 올라온 보고서에 의하면 덕주부의 빚은 고작 3천 냥에 불과하다는 겁니다. 은 3천 냥을 갚지 못해 사람을 죽일 리는 없다고 생각을 고쳐 했습니다. 더욱이 중요한 건 덕주부의 아역들과 여관 사람들이 일제히 하아무개가 죽기 전에 아무런 이상이 없었고, 그날 저녁 자신을 방문한 류강을 친히 대문 밖까지 배웅했다고 증언했다는 점입니다. 이 일은 법사아문에서 자살로 결안하겠노라며 서두르는 것을 제가 한 번만 더 증인들을 만나본 후에 결론을 내려도 늦지 않다고 붙들어 매어두고 있는 중입니다."

전도는 내심 이위의 치밀함에 탄복했다. 잠시 생각한 끝에 그가 천천히 입을 열었다.

"총독어른, 결례인 줄 압니다만 한마디만 끼어들게 해주십시오.

이는 의심이 가는 사건이므로 절대 성급하게 결안해서는 아니됩니다. 소인도 제남으로 오는 길에 들은 바가 있습니다만 아무리 생각해 봐도 자살로 보기엔 어딘가 미심쩍고 타살로 단정짓기엔 또 증거가 부족해 보입니다. 여섯째도련님께서 북경으로 돌아가시어 폐하께 아뢰시더라도 좀 더 지켜보고 결론을 내는 걸로 하시는 것이 좋을 것 같습니다."

"그래."

이위가 웃으며 말했다.

"바로 '자살로 보기엔 미심쩍고 타살로 단정짓기엔 증거가 부족하다'고 잠정적인 결론을 내리는 게 바람직할 것 같네. 새로 들어온 막료가 속 빈 강정은 아니로군!"

푸헝 역시 머리를 끄덕였다. 전도를 바라보는 눈빛이 부드러웠다. 그는 말머리를 돌려 전도에게 물었다.

"자넨 공명이 어찌되나?"

이에 전도가 급히 상체를 깊이 숙여 아뢰었다.

"만생(晚生, 자신을 낮추는 말)은 옹정 6년에 납연(納捐, 기부금 형식으로 돈을 내고 관직을 삼)한 감생(監生)입니다."

"감생도 과거시험을 볼 수는 있지 않은가."

푸헝이 이같이 말하며 자리에서 일어섰다.

"내일 북경으로 들어가야 하니 그만 역관으로 가봐야겠네. 당장 속시원한 결과가 나오는 것도 아니고 말일세. 며칠 뒤면 우린 또 만나게 될 것이니 오늘은 그냥 보내주게."

그러자 이위도 웃으며 말했다.

"급한 일이 없으시면 며칠 더 묵었다 가시지 그러십니까? 그런데…… 며칠 후에 또 만난다는 건 무슨 말씀입니까?"

그러자 푸헝은 손가락으로 머리 위를 가리킬 뿐 아무런 말도 없이 밖으로 나가버렸다.

그로부터 한 달 후, 과연 내정으로부터 정기(廷寄)가 날아들었다. 비어있는 직예총독 자리를 이위더러 메우라는 내용의 지의(旨意)였다. 산동성 총독아문은 잠시 순무 악준더러 서리하게끔 하라고 했다. 총독아문은 삽시간에 기름가마처럼 들끓기 시작했다. 축하인사가 대부분이고, 벌써부터 얼굴도장 찍기에 여념이 없는 이들도 더러 있었다. 이위는 애써 정신을 가다듬고 문지방이 닳아터지도록 밀려드는 사람들을 접견했지만 결국엔 물러나고 막료를 대신 내보냈다.

아직 인사(人事)에 익숙하지 않은 전도는 사람들을 익히기 전까지는 각 아문으로 공문서를 나르는 업무를 맡게 되었다. 매일 이위의 팔인관교(八人官轎)에 앉아 제남성(濟南城)의 각 아문으로 돌아다니는 기분이 날아갈 것 같은 전도였다.

그렇게 보름이 지난 어느 날, 성 동쪽에 있는 주전사(鑄錢司)로 다녀오던 전도는 안찰사아문 앞을 지나던 중 갑작스레 수레가 휘청하는 바람에 무슨 영문인지 몰라 창 밖을 내다보았다. 창문 너머로 보니 머리에 흰 천을 두른 중년여인이 한 손에 하나씩 아이의 손을 잡고 수레를 막고 나섰던 것이다. 하염없이 눈물을 쏟아내는 여인은 옆구리에 끼고 있던 보퉁이를 머리 위로 들어올리더니 털썩 가마 앞에 무릎을 꿇었다. 그리고는 갈기갈기 찢기는 듯한 처량한 목소리로 오열을 터뜨렸다.

"아이고, 이어른! 대공무사한 우리 이청천(靑天)! 부디 이 민부(民婦)의 한을 풀어주셔야 하나이다. 이년 억울해서 죽고픈 심정

뿐이나이다!"

 느닷없이 닥친 사태에 전도는 놀라 흠칫 떨었다. 순식간에 식은 땀이 돋았다. 청나라의 제도상 외관들 중에는 총독, 순무, 봉강대리들만 팔인대교를 타게끔 되어 있었다. 그는 이위가 전근령을 받고 내무를 정리하느라 경황없는 틈을 타 가마꾼에게 용돈을 찔러주고 이위의 허락도 없이 한껏 멋을 부렸던 것이다. 이 자체로도 제도를 위반한 것이다. 더욱이 곤란한 것은 옹정 2년에 내린 조서 규정에 따르면 왕공귀족, 문무백관 그 누구라 할 것 없이 가마를 막고 억울함을 호소하는 사람에겐 무조건 가마를 세우고 접견하라고 했다. 이는 '영구불변'의 제도일 것이라고 못박기까지 했다.

 팔인대교에 타보는 재미에 흠뻑 빠져 이런 경우는 생각지도 못했던 전도는 당황한 나머지 이마에 콧등에 식은땀이 뚝뚝 흘렀다. 아직 대책도 서지 않은 마당에 대교는 벌써 천천히 내려앉기 시작했다. 불이 발등에 떨어진 이상 마음 다잡고 불똥을 걷어내는 수밖에 없었다. 짐짓 태연한 척하며 수레에서 내려서 보니 사위는 벌써 몰려든 구경꾼들이 수군대고 있었다. 전도는 급히 손사래를 치며 가마꾼들을 향해 말했다.

 "대교는 먼저 들고 들어가도록 하게. 난 천천히 걸어가면 되니까."

 전도의 난감한 사정을 누구보다 잘 아는 가마꾼들이 빈 가마를 둘러 메고 날 듯이 떠나갔다.

 "아주머니, 난 이총독이 아니오."

 가마가 멀어져가자 그제야 반쯤 안심을 한 전도가 미소를 머금고 앞으로 나아가 여인을 부축하여 일으켜 세우며 말을 이었다.

 "그러나 이총독을 가장 가까이에서 모시는 사람이오. 억울한 사연이 있으면 어찌하여 법사아문으로 가서 고소하지 않고 이러는 거요?"
 그러자 여인이 흐느끼며 말했다.
 "이 천한 것은 하리씨(賀李氏)라고 하나이다. 절강성 영파(寧波) 사람이옵니다……."
 여기까지 들은 전도는 여인이 바로 하로형의 안사람이라는 것을 직감적으로 알 수 있었다. 남편의 사인에 불복하여 제남까지 달려온 것일 터였다. 구경꾼들이 겹겹이 몰려들자 길게 지체할 수 없다고 생각한 전도가 웃으며 말했다.
 "여긴 길게 머무를 곳이 못되니 날 따라 총독아문으로 갑시다. 총독어른을 뵙고 속시원히 털어 놓는 게 어떻겠소?"
 하리씨는 눈물이 그렁그렁 맺혀 머리를 끄덕였다. 순무아문의 담장을 따라 곧추 총독아문으로 온 전도는 모자 셋을 정당이 아닌 서재로 데려갔다. 그제야 안도의 웃음을 지으며 전도가 말했다.
 "누추하지만 잠깐 앉아서 기다리오."
 하리씨는 그러나 앉으려 하지 않았다. 몸을 낮춰 예를 갖추며 그녀는 말했다.
 "이 천것은 손님으로 초대받아온 것이 아니옵니다. 총독어른께 여쭤주시옵소서. 총독어른께서 나와주시지 않으면 이년은 밖에 나가 북을 울리는 수밖에 없다고요."
 "잠깐 앉아 있어 보오, 하부인."
 행동거지가 단정하고 비겁하지도 무례하지도 않은 여인의 자태에서 하로형의 처가 분명하다고 확신하며 전도가 말했다.
 "내 추측이 틀림없다면 부인은 제남 양저도로 있던 하도대의 유인(孺人)이 아니시오? 그게 과연 사실이라면 부인은 고명(誥

命)이 있는 사람이거늘 어찌 서 있게 할 수 있겠소?"
 부인은 첫눈에 자신의 신분을 알아내는 전도를 보며 의아해 하는 기색을 보였다. 그리고는 머리를 끄덕이며 자리에 엉덩이를 붙이더니 물었다.
 "그건 어찌 알았나이까? 우리 낭군의 지인이시옵니까?"
 전도가 얼떨떨하여 대충 머리를 끄덕여 보이고는 밖으로 나가 아역에게 귀엣말을 몇 마디 했다. 아역이 대답과 함께 물러가자 그제야 전도는 다시 자리로 돌아왔다. 그리고는 한숨을 짓는 것이었다.
 "하도대와는 일면지교(一面之交)인데, 비보를 접하게 되어서 참으로 개탄스럽소. 허나, 내가 알기론 하도대가 자결했다고 하던데, 부인은 어인 연으로 수레를 막고 억울함을 호소하는 것이오?"
 안찰사아문에서 찬밥 대접을 받고 쫓겨 나왔던 여인은 전도의 극진한 예우에 금세 언 가슴이 사르르 녹아내렸다. 굵은 눈물이 양 볼을 타고 하염없이 흘러내렸다. 구슬피 흐느끼며 그녀가 말했다.
 "어르신께서 알고 계신 대로 전 하로형의 안식구이나이다."
 여인이 눈물을 훔치며 말했다.
 "허나 우리 남편은 절대 자살한 것이 아니옵니다. 누군가가 먼저 극약을 먹인 후에 모해하여 살해한 것이 틀림없나이다!"
 "뭐요?"
 전도가 크게 놀라는 척하며 허벅지를 힘껏 치며 반쯤 일어섰다. 그러나 다시 눌러앉으며 조금 떨리는 목소리로 말했다.
 "부인, 인명은 하늘에 달렸는지라 절대 사람 목숨가지고 허투루 말하는 건 아니라는 걸 알고 있을 줄로 믿소!"

하리씨는 부들부들 떨리는 손으로 갖고 온 보자기를 풀었다. 안에는 온갖 잡동사니들로 가득했다. 옷가지며 은을 헤집고 여인이 맨 밑에서 관복과 신발을 꺼내 탁자 위에 올려놓았다. 그리고는 그것을 가리키며 말했다.
"이것이 바로 타살임을 증명하는 증거물이옵니다. 살인범은 바로 류아무개라는 지부인 걸로 확신하고 있나이다!"

3. 비상사태

　전도는 마음이 다급하고 정신이 혼란스러웠다. 가까이 다가가 옷가지들을 뒤적여보니 별다른 이상이 없어 보였다. 그는 고개를 돌려 하리씨를 바라보았다. 순간 때마침 쓸어오는 하리씨의 눈길과 허공에서 부딪치고만 전도는 급히 속내를 감추며 물었다.
　"하도대의 옷가지들인가 보네?"
　"그렇나이다……."
　하리씨가 고개를 떨구어 눈물을 훔쳤다.
　"신씨네 객잔에서 관부의 검사가 끝났다며 보내온 옷가지들이 옵니다……."
　"우리 집 양반은 강직하고 대쪽같아 그 어떤 어려움이 있어도 한숨을 쉬는 모습을 본 적이 없나이다. 하늘이 무너진다고 해도 이불 삼아 덮고 잘 사람이 평생 재물을 탐하길 하나 여색을 가까이 하길 하나 무슨 상심이 그리 깊다고 그런 죽음을 택하겠나이까?

옷가지들을 챙겨온 사람은 돌쇠라는 청년이었는데, 이것저것 물어봐도 아무 것도 모른다고 하지 않겠나이까. 그러다가 하늘이 도왔는지, 돌쇠가 비를 맞고 와서인지 심한 감기로 그만 우리 집에서 몸져눕고 말았나이다. 옷 보퉁이도 흠뻑 젖었는지라 옷을 털어 햇볕에 내걸었나이다. 그랬더니 이게 웬일입니까? 온 동네 파리떼들이 기를 쓰고 날아들어 옷가지에 들러붙는 것입니다. 아무리 쫓아도 소용없기에 하도 수상하여 자세히 살펴보았더니 옷깃이며 팔꿈치, 웃옷의 뒷등과 어깨에 핏자국이 덕지덕지하지 않겠나이까. 닦아낸 흔적은 있지만 깨끗하게 닦아내지 못했던 것이옵니다. 어르신, 이 모자에도 혈흔이 있지 않사옵니까? 범인이 허둥지둥하며 모자에 묻은 혈흔은 깜빡한 게 틀림없나이다!"

하리씨는 쏟아지는 눈물을 애써 참으며 말을 이어나갔다.

"전 대들보에 목맨 남자는 못 봤지만 전에 사촌 여동생이 목매죽은 모습은 본 적이 있사옵니다. 흉하긴 했지만 깔끔한 것이 혈흔은커녕 가래도 끓지 않았사옵니다. 파리떼가 기승을 부리는 옷가지를 움켜잡고 정신없이 방안으로 달려들어갔더니 정신이 혼미한 돌쇠의 갈라터진 입술 사이로 이같은 말이 간신히 새어나오는 것입니다. '하도대⋯⋯ 전⋯⋯ 하도대가⋯⋯ 억울한 죽음을⋯⋯ 당했다는 걸⋯⋯ 압니다⋯⋯ 다만 힘이 없어⋯⋯ 구해드리지 못했을 뿐입니다⋯⋯.' 그 말을 듣고 나니 주체할 수 없는 힘이 마구 솟구치더군요. 그래서 시어머니께 이 사실을 알리고 노인과 상의한 다음에 식구들 중에 우리 집 양반과 용모며 체구가 비슷한 친척을 데려왔지 뭡니까? 그 사람에게 관복을 입혀 그날저녁 어두운 등불 밑에 세워놓고 제가 돌쇠를 흔들어 깨웠습니다. 그랬더니 어슴푸레하게 지친 눈을 떠 보이던 돌쇠가 귀신이라도 만난 양악! 하고 비명을 지르더니 허둥지둥 침대 밑에 숨어드는 것입니다. 공포에 질려 죽어라 두 손을 비비며 자신은 우연히 류강 등 네 사람의 범행현장을 목격했노라고…… 그때는 후과가 두려워 감히 어찌할 바를 몰랐노라며…… 그러니 귀신이 되어 이렇게 괴롭히지 말고 돌아가 달라며 애걸복걸하는 것이었습니다…….”

여기까지 말한 하리씨는 더 이상 말을 잇지 못했다. 머리를 부여잡고 가슴 터지는 오열을 터뜨렸다. 두 아이도 어미의 양어깨에 턱을 고이고 하염없이 울었다. 그 광경을 지켜보며 처량하기도 하고 한편으론 창피한 마음에 전도는 고개를 끄덕이며 말했다.

“옷가지들은 다시 검사해 보도록 하고 다행히 증인이 생겼으니 자칫 미궁에 빠질 뻔한 사건이 실마리를 찾은 셈이오. 그럼 돌쇠도 이번에 같이 왔소?”

이에 하리씨가 숨넘어갈 듯 흐느끼며 띄엄띄엄 말했다.

“돌쇠는…… 그날저녁으로 도망갔나이다. 설상가상으로 불쌍한 우리 어머니께서 그 자리에서 쓰러지는 바람에 경황이 없어 뒤쫓아가지도 못했나이다. 다리 없는 가재나 다름없는 제가 영파에서 제남으로, 다시 덕주로 쫓아다니며 신씨네 객잔 사람들을 수소문했으나 그네들은 그림자도 보이지 않았나이다. 법사아문에 고소장을 냈더니 이년이 사는 게 귀찮아 자살한 남정네를 두고 흥정하려든다며 절더러 미쳤다지 뭡니까……. 황천보살님, 이런 억울한 일이 어디 있습니까! 남편이 14년 동안 관직에 있는 동안 물론 그럴 사람도 아니지만 만에 하나라도 검은 돈에 손을 더럽히는 날엔 그 날로 우리 모자는 멀리멀리 떠나버릴 거라고 가끔씩 일침을 놓곤 했던 제가 정말 미치지 않고서야 억울하게 죽은 남편을 두고 그런 흥정을 하겠나이까! 아이고 원통해라…….”

그녀는 남편이 남겨놓은 유물을 움켜쥐고 가슴을 쳤다.

"당신, 뭐라고 말 좀 해보세요……. 살아서 인걸(人傑)이었으니 죽어서도 귀웅(鬼雄)이 되어있으련만 어찌하여 아무런 영험을 보이지 않고 이토록 사람을 괴롭히는 거예요……."

"부인, 상심이 과도하면 몸을 상하기 십상이오. 밖에서 다 들었소."

홀연 문 앞에 나타난 우울한 표정의 이위가 말했다. 알고 보니 그는 문 앞에 도착한 지 오래됐던 것이다. 안색이 창백하기까지 한 이위가 갈린 목소리로 무겁게 입을 열었다.

"살인을 저질렀으면 목숨으로 갚아야 하는 건 당연지사요. 부인이 말했듯이 범인은 절대 법망을 비켜갈 수 없을 것이오. 이 사건은 이미 내 손을 떠났지만 난 필히 총독서리인 악준에게 지시하여 재수사를 하게끔 촉구할 것이오. 북경에 가서는 폐하께 주명하고 반드시 공정한 판결이 이뤄지도록 힘쓸 거요."

눈물범벅이 되어 어안이 벙벙한 채 이위를 바라보는 하리씨를 향해 전도가 급히 말했다.

"이분이 바로 이총독이시오."

"아이고, 이청천!"

하리씨가 두 아이를 잡아끌고 털썩 무릎을 꿇었다. 흘러도 흘러도 마를 줄 모르는 굵은 눈물만 뚝뚝 떨굴 뿐 여인은 한동안 아무 말도 할 수가 없었다. 마음이 못내 갑갑한 듯 주먹으로 가볍게 자신의 가슴을 쥐어박으며 하로형의 유물을 뒤적여보던 이위의 표정이 침통했다. 길게 한숨을 토해내며 이위가 말했다.

"부인, 유일한 증인인 돌쇠가 도망갔다고 하니 이 사건은 당장은 결안하기 어렵겠소. 분명한 건 내가 이 사건의 진상을 끝까지 파헤치고야 말겠다는 거요. 집에 돌아가 노모나 편안히 모시고 애들이나 키우며 참고 기다려 보오. 무슨 실마리가 보이면 즉각 사람을 보내 알려줄 테니. 여긴 오래 머물 곳이 못 되오."

이위가 이같이 말하며 밖에 있던 아역을 불러들여 명령했다.

"부인을 데리고 장방(帳房, 재무를 보는 곳)에 가서 내 봉록에서 은 3백 냥을 꺼내 주도록 하게. 그리고 전막료는 내일 믿을만한 사람을 두어 명 파견하여 하부인을 안전하게 집에까지 데려다주도록 하고."

하리씨를 떠나보내고 나서 전도는 즉각 이위가 있는 공문결재처로 왔다. 안락의자에 비스듬히 누워 연신 마른기침을 하는 이위의 신색은 대단히 어두워 보였다. 들어서는 전도를 힐끔 쳐다 보던 그가 눈을 감았다. 전도가 급히 다가가 위로의 말을 건넸다.

"이는 처음부터 동옹의 손을 거쳐간 사안은 아닙니다. 여태 결안하지 못한 건······."

"됐네."

이위가 차갑게 내뱉었다.

"내가 비록 명성이 크고 위망이 높다지만 산동, 강소 두 개 성의 관원들이 내가 전근간다는 소식에 들떠 잠을 못 잔다는 거 아닌가! 자네가 여기저기 아문을 기웃거리면서도 그네들이 잔치분위기에 젖어있는 걸 못 느꼈단 말인가? 덕주지부 류강은 장친왕(莊親王)의 포의노(包衣奴) 출신이고, 악준의 문생이라 작심하고 숨기려고 하면 무슨 일이든 덮어 감추지 못하겠나? 내가 사람을 덕주로 파견해 조사해 본 결과 벌써 3천 냥의 국고를 환수한 걸로 되어 있더라고. 동작이 잰 데는 따를 사람이 없지. 흥, 누가 형명막료 출신이 아니랄까봐!"

비상사태 55

형명막료라는 말에 자신을 빗대어 말한 줄 알고 흠칫하던 전도가 그제야 자신이 아니라는 사실을 깨닫고는 급히 말했다.
"진실은 언제든지 드러나게 되어 있습니다. 각 아문들에서 좋아라 하는 것은 총독어른이 전근을 가는 그것 때문이 아니라 덕분에 자기네들이 한 등급씩 올라가게 됐다고 그러는 것입니다. 평소에 무슨 악감정이 있어서가 아닌 것 같으니 너무 마음쓰지 마십시오, 동옹."
"자네 말도 일리가 있지만 내 말도 맞네."
이위가 이를 악물고 냉소를 터트렸다.
"자나깨나 '청렴'을 부르짖으며 숨통을 조이던 것이 떠나간다니 한숨 돌리게 생겼다며 좋아할 법도 하지. 양렴은 제도를 전국에서 처음으로 도입하여 화모은으로 배불리던 호시절이 사라지니 이젠 인명안(人命案)을 조작하여 돈 좀 만들어 보겠다? 흥! 뛰는 놈 위에 나는 놈 있다는 말은 못 들어 봤나봐?"
되도록 행낭을 간소화하고 공문결재처에서 시중들던 채평과 전도 두 막료만 데리고 이위는 길을 떠났다. 몸이 대단히 허약해 있는지라 난교(暖轎)에 실려 부두에 도착한 이위는 곧 배에 올라탔다. 운하를 통해 북경의 조양문 부두로 도착했을 때는 시일이 꽤나 걸린 가을이었다.
배에서 내린 일행은 골수로 스며드는 추위에 몸을 웅크렸다. 어둠이 깃들기 시작한 동직문을 바라보니 잿빛 전루(箭樓)가 하늘을 가르고 우뚝 솟아있는 게 보였다. 날이 완전히 어두워지진 않았지만 부두엔 벌써 여기저기에 등불이 밝혀지기 시작했다. 남쪽에서 와서 북으로 향하는 각양각색의 배들이 줄지어 다녔고 언덕에는 인파가 파도 같았다. 역관에 여장을 풀고 잠깐 쉬고 있던 이위가 전도를 불러들였다.

"자네를 보니 마치 난생 처음 읍내 구경나온 시골영감 같다는 생각이 드네. 천자의 발 밑에 와보긴 처음이지? 채평더러 시내구경 좀 시켜달라고 하게. 감기기운만 없다면 나도 같이 나가겠는데 말이야!"

"감사합니다, 동옹!"

전도가 좋아라 실눈을 만들며 날렵하게 절을 했다. 그리고는 말했다.

"볼거리가 너무 많은 것 같은데, 그럼 채평이랑 한바퀴 돌고 오겠습니다."

전도가 흥이 도도하여 어깨를 들썩이며 등을 돌려 나가려 할 때 이위가 불러 세웠다.

"밖에 너무 오래 있진 말게. 내가 내일 폐하를 배알하고 주할 일이 한두 가지가 아니니 자네들이 절략(節略) 목록을 짜주어야 할 것이네. 그리 알고 가보게."

전도가 물러가자 이위는 곧 어얼타이와 장정옥에게로 사람을 파견하여 자신이 경사(京師, 북경)에 도착해 있다는 사실을 전하게끔 했다.

저녁을 먹고 난 이위가 소금으로 양치를 하고 있을 때 역승(驛丞)이 종종걸음으로 달려 들어와 아뢰었다.

"어얼타이와 장정옥 두 재상께서 총독어른을 만나러 오셨습니다."

이위가 급히 입을 닦고 관복을 입을 경황도 없이 부랴부랴 밖으로 뛰쳐나왔다. 체구가 크고 작은 차이가 있을 뿐 환갑을 바라보는 나이나 똑같이 1품대신임을 상징하는 홍정자(紅頂子)를 드리운

비상사태 57

모습이 거의 비슷한 두 재상이 계단을 올라오고 있었다. 아무렇게나 신발을 끌고 달려오는 이위를 보며 장정옥(張廷玉)이 웃으며 어얼타이에게 말했다.

"저 친구, 저 허둥대는 모습 좀 보오. 나이를 얼마나 먹어야 점잖아질는지!"

그 사이 다가온 이위를 향해 어얼타이가 웃으며 말했다.

"이보게 우개(又玠, 이위의 호), 자네 모습을 보면 꼭 마치 바쁜데 시끄럽게 찾아왔다며 내쫓으러 나오는 사람 같네."

"무슨 그런 말씀을."

정신을 바짝 가다듬은 모습이 전혀 병을 앓고 있는 사람 같지 않은 이위가 특유의 익살스런 웃음을 지으며 두 사람을 방으로 안내했다. 그리고는 "차를 내어 오라"고 연신 재촉했다.

"전 그저 좀더 가까이 가서 두 분 재상의 이마에 고랑이 몇 개나 더 깊어졌나를 확인하고 싶었을 뿐입니다!"

세 사람은 목을 뒤로 젖히며 크게 웃었다.

오랜만에 만나 담소를 주고받는 세 사람은 보기에 절친한 친구 같았다. 그러나 사정을 아는 사람들은 전혀 빈틈없어 보이는 이들 사이에 깊은 골이 파여 있다는 것을 알고 있었다. 그 옛날 장정옥의 동생 장정로(張廷璐)가 순천부(順天府) 공시(貢試)의 주시험관을 맡았을 때 응시생들로부터 뇌물을 수수하여 관직을 팔아 넘긴 사실이 들통났을 때 부시험관인 양명시(楊名時)가 한밤에 이위를 찾아가 공원(貢院)을 봉쇄해 줄 것을 요청했었다. 이위는 두말없이 양명시의 손을 들어주었고, 그 일로 죄행이 들통난 장정로는 옹정의 지의에 따라 채소시장에서 요참(腰斬)에 처해졌던 것이다. 교분이 지극히 두텁던 이위와 양명시는 그러나 이위가 양강총독 시절 과감히 총대 메고 추진해온 '화모귀공(火耗歸公)' 시책이 양명시를 비롯한 관료들의 심기를 불편케 하는 계기가 되면서부터 소원해지기 시작했다.

한편 어얼타이는 지의를 받고 절강성의 국고환수 실태를 조사하러 간 자리에서 이위의 계략에 걸려들어 3개월 동안 아무런 소득도 없이 빈손으로 북경에 돌아왔던 적도 있었다. 또한 상서방대신 마제(馬齊)가 낙향하여 생긴 빈자리에 장정옥이 당연히 자신을 천거해줄 줄로만 알았던 어얼타이는 장정옥이 비밀리에 자신의 문생을 추천했었다는 사실을 알게되면서부터 두 사람 사이에도 알력이 생겼다. 물론 나중에 만주 귀주(貴胄) 출신이고 전쟁터에서 맹위를 떨쳐 공로를 세운 공신이라는 점이 크게 작용하여 결국엔 자신의 실력으로 입각하여 재상 반열에 오르긴 했지만 어얼타이는 은근히 장정옥에 대한 감정의 응어리를 풀지 못하고 있었다…….

이런 얽히고 설킨 공적이고 사적인 원한이 서로의 가슴속에 응어리진 세 사람이었다. 다만 저마다 변덕 많은 환해에서 부침을 거듭하며 그동안 깊어진 성부(城府)로 인해 희노(喜怒)를 쉬이 얼굴에 드러내지 않을 뿐이었다. 더욱이 옹정이 당쟁에 무척이나 민감했기에 누구 감히 패거리 싸움을 걸어 그 심기를 건드릴 엄두를 내지 못했던 것이다. 한참 친밀하게 이야기가 오가던 중 이위가 표정을 달리하여 물었다.

"폐하의 존체는 어떠하신지요? 푸헝 여섯째도련님이 입경하신 후 폐하로부터 주비(朱批)를 받았는데, 턱밑에 자그마한 혹이 나서 불편하다고 하셨습니다. 어디 용한 의원이 없나 수소문해보았으나 아직 이렇다 할 사람이 없네요!"

"폐하의 존체는 강녕하신 편이네."

어얼타이가 두 손을 맞잡아 들어올려 공수하며 말했다.

"단지 2월부터 서남 지방의 개토귀류(改土歸流)가 여의치 않아 폐하의 심경이 불편하실 뿐이오. 음…… 나랑 형신(衡臣, 장정옥의 호)이 찾아온 이유는 자네랑 상의할 게 있어서네. 직예총독으로 발령이 났어도 서둘러 부임하는 대신 먼저 고북구(古北口)로 가서 직예총독의 신분으로 군사를 검열해보는 게 어떻겠소? 뭔가 필요한 군수품은 없는지 검열결과를 폐하께 주명하는 것이 좀더 시급한 것 같소."

원래 서남 귀주성(貴州省)은 묘족(苗族)과 요족(瑤族)의 잡거지였다. 역대로 토사(土司), 토관(土官), 토목(土目)들에 의해 세습통치 되어오면서 명목상으론 조정의 관할권에 들어있지만 실제는 산이 높아 황제가 먼 격으로 조정의 영향력이 미미한 경우였다. 토사들끼리 이익다툼에 불질을 하는가 하면 그 지역을 경유하는 상인들과 조정의 관원들도 봉변을 당하기가 일쑤였다. 이런 현상이 나날이 심화되어가자 조정에서는 급기야 옹정 4년 어얼타이를 파견하여 토사제도를 폐지시키고 귀주성에 중앙집권의 관청과 주현(州縣)을 설치하여 내지(內地)와 더불어 정령(政令)을 통일하기로 했다. 이것이 소위 '개토귀류' 정책이었다.

장광사(張廣泗)와 하원생(哈元生)등 조정의 대원들이 거칠고 험악하기로 정평이 나 있는 묘족 지역에 투입되어 수년간 각고의 노력을 거듭한 끝에 삼천리 길에 여덟 개의 관청과 주현을 설치하였다. 그러나 작년 12월 묘족들 사이에서 '묘왕(苗王)'이 세상에 나왔다는 요언이 난무하면서 이성을 잃은 묘족들이 조정의 관원들을 마구잡이로 내쫓다보니 올 2월 들어 귀주성 전체는 사방이

봉화에 휩싸이는 형국이 되고 말았던 것이다. 여태 쏟아 부은 심혈이 도로아미타불이 되고 보니 옹정의 심기가 불편할 수밖에 없었다.

"두 분 중당의 뜻이 그러하시다면, 저 이위는 당연히 폐하의 우려를 덜어드려야겠죠."

이위가 의식적으로 앞가슴을 쓸어 내렸다. 그리고는 한숨을 내쉬었다.

"당시 서남 지역에 관청을 설치한다고 했을 때 전 상서방에 서찰을 보냈습니다. 묘족들은 성정이 포악하다 싶을 정도로 맹렬하고 찹쌀떡처럼 한데 들러붙기를 좋아하는 습성이 있어 그리 호락호락한 상대가 아니니 진정으로 패기있고 배짱 두둑한 능력있는 관원을 파견해야 한다고 저의 의견을 피력했었지요. 제가 본데없이 두 분 재상을 뭐라고 하는 것이 아니라 두 분이 파견한 총병(總兵) 한훈(韓勛)에서부터 평월지부(平越知府) 주동계(朱東啓), 청평지현(青平知縣) 구중탄(邱仲坦) 모두 한낱 겁쟁이에 사익 챙기기에만 여념이 없는 자들이었습니다. 한훈은 명색이 총병이라는 자가 3천 병마를 이끌고 묘족들의 반란을 먼발치에서 구경만 하다 온 격이 됐고, 청평지현인 구중탄은 묘족들이 관공서로 쳐들어오자 부하 관원들에겐 '한 발도 물러서선 안된다'며 으름장을 놓고 정작 본인은 측간 간다며 나간 것이 어디론가 종적을 감추고 말았다지요? 나중에 파견된 장광사와 하원생도 둘이 함께 의기투합하여 대적해도 시원찮을 판국에 서로 잘난 척하며 '따로국밥'으로 놀았으니 적들에게 얻어맞을 수 밖에요……. 휴! 더 이상 말을 말아야지, 속에서 불이나 입에서 연기가 폴폴 나오고 있네요……."

말을 마친 이위는 장정옥과 어얼타이를 쏘아보았다. 이밖에도 이위로선 차마 입이 떨어지지 않는 한 가지 불만이 더 있었다. 장광사와 하원생이 무기력하게 허물어지자 다급해진 장정옥과 어얼타이는 시사(詩詞), 가부(歌賦)에 출중한 유명한 재주꾼인 장조(張照)를 흠차대신(欽差大臣)으로 파견하여 둘 사이를 조율시키게끔 옹정에게 조언했던 것이다. 결국 장정옥의 문인도, 어얼타이의 지인도 아닌 백면서생 장조가 흠차대신으로 묘족들의 반란 현장에 투입되었다. 두 재상이 자신의 문하를 추천하기 꺼려하여 애초부터 엉뚱하게 꿰어진 단추였다. 결국 흠차대신으로 간 장조는 되레 장광사와 하원생 사이를 더욱 틀어지게 만들었고, 10만 천병(天兵)이 머리 없는 군룡(群龍) 격이 되어 갈팡질팡하는 오합지졸(烏合之卒)이 될 수밖에 없었던 건 예고된 바였다.

입을 다물고 묵묵히 생각에 잠겨있던 장정옥이 한숨을 지으며 말했다.

"우개의 말이 맞네. 이번엔 내 책임이 크오. 가가호호 환락이 넘쳐나는 것 같지만 속사정을 들여다보면 저마다 세 치 혓바닥에 붙이기 어려운 사연이 있다는 말이 그르지 않네!"

그러자 어얼타이가 즉각 말을 받았다.

"나도 책임이 있소. 이는 형신어른 혼자 떠 안고 자책할 일이 아니오. 우개, 우리 둘은 이미 자핵밀주문을 올렸다네. 조정에서 조만간 상응한 죄를 물을 것이네. 사태가 이 지경에 이른 이상 군사를 재정비하여 다시 붙어보는 수밖에 없는데, 자네 생각엔 누굴 주장(主將)으로 내보내는 게 좋겠나?"

말을 마친 어얼타이가 이위를 응시했다. 장정옥의 시선도 이위에게로 쏠려왔다. 이위가 필히 장광사와 하원생 중 한 사람을 추천할 것이라고 두 사람은 예측했다. 하지만 그와는 달리 이위의 답변은 다분히 의외였다.

"저더러 추천하라고 하시면 전 악종기(岳鍾麒)를 밀어보고 싶습니다."

각자 다른 생각을 품고 있던 세 사람은 이 대목에서 모두 시무룩한 표정이 되고 말았다. 얘기가 계속 이어지고 있을 때 밖이 한바탕 시끌벅적했다. 영문을 몰라 세 사람이 어안이 벙벙해있을 때 양심전(養心殿) 태감(太監) 고무용(高無庸)이 큰 걸음으로 성큼 안으로 들어섰다. 그의 낯빛은 흉흉하여 죽은 사람을 방불케 했다. 곧추 대청 중앙으로 걸어가 남쪽을 향해 똑바로 선 고무용이 오리 같은 목소리를 끌어올리며 말했다.

"지의가 계십니다. 장정옥, 어얼타이 두 재상은 엎드려 지의를 들으십시오!"

느닷없는 변고에 깜짝 놀란 세 사람은 벌떡 일어섰다. 이위가 급히 한 쪽으로 물러났고, 장정옥과 어얼타이가 두루마기 자락을 잡고 털썩 무릎을 꿇었다. 그리고는 머리를 조아렸다.

"신 장정옥, 어얼타이가 성유(聖諭)를 경청하옵니다!"

"장친왕 윤록, 과친왕 윤례, 보친왕 홍력, 이친왕 홍효의 명을 받고 성유를 전한다. 장정옥과 어얼타이는 지금 즉시 원명원에 가서 폐하를 알현하라. 이상!"

"지의를 받들겠나이다, 폐하!"

두 사람은 일제히 머리를 조아렸다. 고무용은 다른 말은 한 마디도 없이 물러나려 했다. 그러자 평소에 극히 익숙한 사이인 이위가 낚아채듯 팔꿈치를 잡아 세워놓고 웃는 듯 마는 듯한 표정을 지으며 물었다.

"이런 개새끼 핥아먹고 난 뼈다귀 같은 놈아! 눈깔은 폼으로 달고 다녀? 어르신이 여기 있는 게 눈에 안보여? 하늘이라도 무너진다는 거야, 무슨 일로 그리 심각한 척하고 그래?"

고무용이 한 번만 봐주라는 표정을 지으며 팔을 빼내더니 종종걸음으로 뛰쳐나갔다. 그러던 그가 문지방에서 걸려 넘어지며 대굴대굴 굴러 계단 밑으로 떨어지고 말았다. 어디 가볍게 찰과상을 입었을 법도 하지만 고무용은 벌떡 일어나 먼지 터는 시늉도 없이 말 위에 올라타고 힘껏 채찍을 날려 저만치 사라지고 말았다!

어얼타이와 이위는 곧 격변이 닥칠 것이라는 예감에 불안했다. 입각 이후 30년 동안 지의를 전달하러 온 태감이 이 정도로 수선을 떠는 경우는 거의 없었는지라 장정옥도 낯빛이 하얗게 변해 있었다. 그러나 어얼타이, 이위와는 달리 장정옥은 필경 두 조대(朝代)와 더불어 살아오며 허다한 궁변(宮變)을 겪은 노신으로서 큰일에 앞서 침착한 대인의 면모가 있었다. 그는 추호의 망설임도 없이 큰 걸음으로 처마 밑으로 나가 계단 위에서 힘껏 고함을 질렀다.

"역승이 누구야? 잘 뛰는 말 있어? 노새라도 좋아!"

부름을 받자마자 역승이 허겁지겁 달려나와 머리를 조아렸다.

"황공하오나 이곳은 수로역참(水路驛站)이온지라 마필은 갖춰지지 않았습니다. 하오나 오늘저녁 석탄을 나르는 손님이 뒷방에 묵고 있사온데, 그 사람에게 노새가 몇 필 있는 것 같았습니다……."

"있으면 끌고 오면 되지, 무슨 군소리가 그리 많아?"

장정옥의 목소리가 초조하게 변해 있었다. 역승은 조금이라도 지체할세라 발뒤축도 땅에 닿지 않는 걸음으로 후원으로 달려가더니 곧 노새 두 마리를 끌고 나왔다. 그리고는 울상이 되어 말했다.

"안장도 없는데 뼈가 앙상한 잔등에 어찌 타려고 그러시옵니까……."

장정옥과 어얼타이는 대꾸도 없이 노새 위에 올라탔다. 그리고는 잠깐 시선을 교환하더니 고삐를 잡아당겨 저만치 뛰쳐나갔다. 두 사람을 수행했던 가인들과 호위 친병들은 저마다 말없이 흩어졌다. 이위가 시계를 꺼내보니 벌써 술시(戌時)가 끝나고 해시(亥時)가 가까운 시각이었다. 이제 막 역참으로 돌아온 채평과 전도는 눈앞에 벌어진 광경에 놀란 가슴을 쓸어내리며 윗방으로 올라갔다. 이위가 의자에 몸을 맡긴 채 멍하니 생각에 잠겨있는 모습을 보며 전도는 머뭇거리며 말을 붙이려고 시도했으나 결국 꿀꺽 삼켜버리고 말았다.

원명원(圓明園)은 창춘원(暢春園) 북쪽에 위치하고 있었다. 서직문과는 40여 리 떨어져 있는 이곳은 옹정이 즉위하기 전 강희황제가 상으로 내린 원림(園林)이였다. 더위 공포증이 있는 옹정인지라 바로 인접해 있는 큰 호수가 그렇게 반가울 수가 없었다. 그 이름 또한 길하여 '복해(福海)'라고 했다. 이곳을 무척이나 좋아하는 옹정은 옹정 3년에 조서를 내려 원명원을 춘하추 세 계절에 걸쳐 청정(聽政)하는 장소로 정했다. 원명원 밖에는 조정의 여러 부처들이 있었고, 안에는 '광명정대전(光明正大殿)'이 설치돼 있었다. 정전 동쪽엔 '근정친현전(勤政親賢殿)'도 있었다. 장정옥과 어얼타이가 목덜미에 땀이 흥건하도록 70리 길을 달려 원명원에 도착하는 데는 반시간밖에 걸리지 않았다. 궁문 앞에 다다르니 고무용과 조본전 두 태감이 열 몇 명의 어린 내시들을 데리고 이제나저제나 하고 목을 빼들고 있었다. 두 사람이 고삐를 태감에게 던져주며 물었다.

"폐하께선 어디 계신가?"

"행화춘관(杏花春館)에 계십니다."

고무용이 대답과 함께 유리등을 들고 부지런히 앞서 걸었다. 다시 뭔가 물으려던 어얼타이는 입을 뗐다 다물었다 하며 벌써 등을 돌리고 저만치 걸어간 고무용을 멍하니 바라보았다. 뭔가 불길한 예감이 장정옥의 머리를 강타했다. 길게 생각할 사이도 없이 벌써 윤록(允祿), 윤례(允禮), 홍력(弘歷), 홍효(弘曉) 등 네 명의 친왕이 궁전 입구로 마중 나오는 것이 보였다. 저마다 안색이 잔뜩 굳어져 있었다. 둘은 재빨리 무릎을 꿇어 문안인사를 올렸다. 그리고는 말했다.

"폐하께오서 심야에 신들을 궁으로 부르셨사온데, 무슨 급한 사연이라도 있으신 겁니까?"

"사실은 우리 넷이 상의 끝에 궁여지책으로 가짜 조서를 꾸며 자네를 불렀던 것이네."

윤록이 한 글자씩 또박또박 끊어 말했다. 어얼타이와 장정옥이 크게 놀라는 표정을 짓는 걸 보며 윤례가 침통한 어투로 말했다.

"폐하께선 이미 용귀대해(龍歸大海)하셨네. 들어와 보면 알 것이네. 현장에 있는 모든 것에 우린 손끝 하나도 대지 않고 보존하고 있네."

순간 장정옥이 넋을 잃은 듯 어얼타이에게서 시선을 뗄 줄 몰랐다. 다리는 위태롭게 떨고 있었고, 낯빛은 창호지가 무색할 만큼 창백했다. 감히 무어라고 말할 수도 없었고, 생각하는 것조차 두려웠다. 주춤주춤하며 도둑 같은 동작으로 살짝 궁전 안으로 들어선 두 사람은 눈앞에 벌어진 광경에 그만 못 박힌 듯 그 자리에 굳어지고 말았다.

높다란 문지방 옆엔 피가 흥건히 고여 있었다. 드문드문 이어지는 핏자국을 따라 보니 저만치 땅바닥에 여자 시체 한 구가 똑바로 누워있는 게 보였다. 뭔가 할말이 남아있는 듯 입술은 반쯤 열려 있었고, 눈가엔 눈물자국이 얼룩져 있었다. 자세히 보니 가슴팍에 섬뜩한 상흔이 있었다.

궁전 안의 다른 물건들은 모두 제자리에 있었고 의자 하나만 넘어져 있었다. 탁자 위의 쟁반엔 호두알 만한 크기의 자홍색 환약이 한 알 놓여있었다. 웬만한 사람은 척 보기에 도가(道家)에서 특별히 만든 환약이라는 걸 알 수가 있었다.

좀더 시선을 앞으로 두니 황제 침상 앞의 정경은 더욱 충격적이었다. 어디라 할 것 없이 혈흔이 섬뜩한 가운데 옹정이 침대머리에 살짝 기댄 채 굳어있었던 것이다. 옹정황제의 턱밑에는 홍기로 찌른 흔적이 있었고, 지금까지도 옹정은 가슴팍을 찌른 비수를 힘껏 움켜잡고 있었다!

두 사람은 마치 악몽을 꾸는 듯한 느낌에 사로잡혀 다리를 위태롭게 후들거리며 조금씩 옹정에게로 다가갔다. 불과 전날까지만해도 자상한 미소를 보이며 대신들을 접견했던 옹정이었다. 자는 듯 눈을 감고있는 표정엔 분노나 경악, 슬픔이나 고통 같은 것은 전혀 찾아볼 수 없어 보는 이로 하여금 더욱 아연하게 했다.

장정옥은 극도의 고통으로 금방이라도 터질 것만 같은 가슴을 부여잡고 몸을 숙여 옹정을 유심히 바라보았다. 왼손을 힘껏 움켜쥐고 있었다. 감히 손을 펴볼 엄두를 내지 못하고 촛불을 가까이 옮겨가 보니 그 손엔 장명석쇄(長命石鎖)가 들어있었다. 장정옥이 고통으로 일그러진 표정을 지으며 침묵하고 있을 때 저쪽 서안(書案) 옆에서 숨죽인 어얼타이의 다급한 목소리가 들려왔다.
"형신, 이리 와 보오!"
장정옥이 급히 촛불을 들고 다가가 보니 청옥(靑玉)으로 만든 서안 위엔 한 줄의 혈서(血書)가 선명했다.

교인제를 괴롭히지 말 것!

옹정의 고굉(股肱)으로서 매일이다시피 그 곁을 지켜온 두 신하는 이 혈서가 옹정이 최후의 순간에 남긴 글씨라는 걸 한눈에 확인할 수가 있었다!
"정사(情死)인 것 같소!"
어얼타이가 입 속에서 우물대며 말했다. 이에 장정옥이 이를 악문 채 눈에 힘을 주며 대답했다.
"절대 밖으로 발설해선 안되겠소."
손가락으로 단약(丹藥)을 가리켜 보이며 장정옥은 더 이상 말이 없었다. 두 사람은 눈짓으로 말을 주고받으며 함께 궁전 밖으로 나왔다. 밖에서 넋이 나간 듯 멍하니 서 있는 네 명의 친왕을 향해 장정옥이 말했다.
"안으로 들어가십시다. 고무용, 자넨 문 앞을 지키고 서 있게. 궁인, 시위 그 누구를 막론하고 절대 엿듣게 해선 안되네."
네 친왕은 차례로 궁전 안으로 들어왔다. 마치 죽은 자를 놀라게 할세라 저마다 발소리를 죽이고 조심스레 두 재상을 따라 궁전 서남쪽 모퉁이로 왔다. 촛불을 응시하는 장정옥의 눈빛이 형형했다. 한참 후에야 그는 비로소 입을 열었다.

"친왕 여러분, 궁전 안의 여러 상황으로부터 유추해볼 때 이는 분명 궁빈(宮嬪)이 군주를 살해한 경우입니다. 허나 성명(聖明)하시고 인의(仁義)로우신 폐하께서 이 궁빈을 괴롭히지 말라고 혈조(血詔)를 내리셨으니 우리로선 추궁도 규명도 책임소재도 따질 바가 못된다고 생각합니다."

장정옥의 어투는 유난히 준엄했다.

"우린 모두가 사적(史籍)을 읽을 만큼 읽었다고 자부하는 사람들입니다. 지금 가장 중요한 건 사직의 안위입니다. 신의 우견으론 보위승계가 시급하오니 서둘러 건청궁(乾淸宮)에 가서 전위유조(傳位遺詔)를 뜯어보는 것이 가장 급선무일 것 같습니다. 새로운 군주가 즉위하셔야 모든 일이 가닥을 잡아갈 수 있다고 생각합니다. 그렇지 않을 경우엔 예측할 수 없는 변란이 우려됩니다!"

장정옥의 말에 윤록이 공감했다.

"장상의 주장은 실로 극언이 아닐 수 없네. 허나 선례에 따라 유조를 낭독하려면 여러 왕공들을 다 불러야 마땅한데, 그네들에게 다 알리려면 시간이 걸릴 테니 날이 밝은 뒤에 건청궁에서 유조를 발표하는 게 어떻겠나?"

"그리는 아니됩니다."

장정옥의 얼굴엔 살얼음이 서려 있었다.

"이는 분명 비상지변(非常之變)입니다. 예의범절이라는 것은 때와 경우에 따라 다소 변동이 있을 수 있습니다. 지금은 새로운 군주가 즉위하기 전까지 이곳 행화관의 정전을 봉하고 태감과 궁녀들의 바깥출입을 전면 금지시키는 것이 시급한 실정입니다. 새로운 군주가 등극하시면 모든 건 지의에 따라 처리해야 마땅할 것입니다."

의사가 거의 타진됐을 때는 인시(寅時)가 다 된 시각이었다. 일곱 명의 왕공귀주들은 즉각 말을 타고 자금성으로 돌아왔다.

장정옥은 그제야 허벅지 사이의 극심한 통증에 이를 악물었다. 손으로 만져보니 피가 한줌이었다. 장시간 안장도 없는 노새를 타고 달리느라 쓸려서 생긴 상처였다. 말에 올라타는 어얼타이도 힘겨워 하긴 마찬가지였다. 북경에 있는 모든 왕공들과 패륵들에게 소식을 전하기 위해 호위들을 포함한 몇 십 명이 탄 말들은 곧 한풍냉월(寒風冷月)의 어둠 속으로 사라졌다.

4. 건륭의 등극

　네 명의 친왕과 두 재상이 대내로 돌아왔을 때는 날이 희붐히 밝아오는 시각이었다. 아침 일찍부터 군기처(軍機處)와 상서방(上書房)에는 장정옥과 어얼타이의 접견을 기다리는 부하관원들과 지방에서 술직차 온 외관들이 몇 십 명은 족히 될 것 같았다. 이들은 모두 서화문 밖에서 하얀 입김을 내뿜으며 새벽 찬별을 바라보고 있었다. 말에서 내려 이위의 관교를 발견한 장정옥이 문지기 태감에게 명령했다.
　"즉각 이위를 불러들이게, 나머지 관원들은 모두 아문으로 돌아가 있으라고 하고."
　말을 마친 장정옥은 곧 사람들과 더불어 무영전(武英殿)의 쪽문을 거쳐 융종문(隆宗門)을 건너 천가(天街)로 들어갔다. 건청문 정문에서 통로를 따라 북으로 가니 멀리 등불이 휘황찬란한 건물이 보였다. 여덟 명의 건청궁 시위들이 장검에 손을 얹고 붙박힌 듯 돌계단 위에 서 있었고, 열두 명의 태감들이 금빛 찬란한 수미좌(須彌座) 앞에 손을 드리운 채 시립하여 있는 모습이 보였다. 궁전 안에는 사방에 64개의 대접 둘레 굵기의 홍촉(紅燭)이 용이 꿈틀대는 듯 타오르고 있었다. 장정옥 일행 일곱은 돌계단 아래에 일자로 늘어서 대전을 향해 삼고구궤의 대례를 올렸다. 일등시위 장오가(張五哥)를 발견한 장정옥이 손짓으로 그를 불렀다.

"지의가 계시네."

그리고는 옹정황제가 오성(五城)의 병마를 동원할 때 쓰던 금패영전(金牌令箭)을 높이 치켜들어 보이며 확인해줄 것을 요구했다.

"물론 장상을 못 믿는 건 아니라는 걸 아실 겁니다."

장오가가 정중하게 말했다.

"이는 규칙입니다. 폐하의 전위조서가 있는 궁전이라 각별히 신경을 쓸 수밖에 없습니다."

장오가는 벌써 나이 일흔을 바라보고 있는 오랜 시위(侍衛)였다. 강희 46년 입직한 이래 28년 동안 시위들은 수없이 물갈이를 했어도 유독 장오가만은 오늘날까지 굳건히 대내를 지키고 있었다. 수십 년을 하루같이 변함없는 충정을 높이 샀던 것이다. 장정옥으로부터 금패영전을 받아든 장오가는 등불 밑으로 가서 유심히 살펴보았다. 과연 그 위엔 금으로 이 같은 네 글자가 아로새겨져 있었다.

如朕親臨

차갑고 노랗게 빛나는 금패를 확인하고 난 장오가가 급히 장정옥에게 되돌려 주었다. 그리고는 소매를 길게 휘둘러 땅에 박으며 한 쪽 무릎을 꿇었다. 소매가 바람에 스치는 소리가 새벽 찬 공기를 가르며 크게 들렸다.

"선제 옹정황제의 유명을 받들어……."

장정옥이 천천히 입을 열었다.

"내각 총리대신이자 영시위내대신 및 상서방대신인 장정옥과 어얼타이가 건청궁 시위와 합동으로 전위유조를 개봉하여 낭독한다. 이상!"

"신 장오가……. 지의를 받들어 모시겠사옵니다……."

한 쪽 무릎만 꿇었던 장오가가 허물어지듯 땅에 길게 엎드리고 말았다. 한참 후에야 그는 비로소 떨리는 목소리로 물었다.

"폐하, 폐하께오선…… 붕어하신 겁니까? 그제 장상을 만났을 때도 장상께선……."

양 볼이 심하게 푸들거리고 혼탁한 눈물이 쭈글쭈글한 두 눈 가득 일렁이는 장오가의 모습을 보니 장정옥 또한 곧 오열을 터뜨리고 말 것 같았다. 그러나, 장정옥은 급히 목소리를 낮춰 말했다.

"여긴 울어선 안되는 곳이오. 훌쩍거릴 때도 아니고. 실의(失儀)하지 않도록 마음을 다잡길 바라오! 어서, 지의를 받들어 움직이세!"

"예……."

장오가가 소맷자락으로 눈물을 닦으며 일어났다. 그리고는 외쳤다.

"친왕 여러분께선 이 자리에 대기하고 계십시오. 신이 두 분 재상과 함께 유조를 취해오겠습니다."

전위유조는 건청궁의 '정대광명(正大光明)' 편액 뒤에 있었다. 여덟 살에 즉위하여 61년 동안 화하구주(華夏九州)를 영명하게 이끌어온 명주(明主) 강희제(康熙帝)가 말년에 태자 윤잉(胤礽)을 두 번씩 폐위시키는 아픔을 겪으면서 태자제도를 없애려는 뜻에서 이 방법을 강구해냈던 것이다.

옹정은 즉위 초에 조서를 내려 이를 '영구불변'의 제도로 규정지었다. 그럼에도 불구하고 대권을 노린 옹정의 여덟째와 아홉째 아우, 그리고 옹정의 셋째아들 홍시(弘時)는 장작 메고 불 속으로 뛰어드는 화를 자초하고 말았던 것이다. 홍시가 죽고 난 뒤, 건청궁은 사실상 전위유조만을 위한 기추금지(機樞禁地)로 신성시 되어왔다.

장정옥과 어얼타이가 장오가와 함께 궁전으로 들어가려 할 때 갑자기 누군가의 말소리가 들려왔다.

"잠깐만!"

세 사람이 일제히 고개를 돌려보니 그 사람은 다름 아닌 보친왕(寶親王) 홍력(弘歷)이었다. 네 폭 짜리 용무늬 조복(朝服)을 입고 있는 홍력의 얼굴은 잘 보이지 않았으나 어둠 속에서 황자관모(皇子冠帽)에서 반짝이는 열 개의 동주(東珠)만은 휘황했다. 언제 보나 단정하고 깔끔한 차림의 스물 다섯의 홍력은 보기에 열여덟 살 정도밖에 되어 보이지 않았다. 가까이 다가선 홍력은 금방 울고 난 듯 눈두덩이 부어있었고, 흰 얼굴엔 수심이 깊었다.

옹정은 슬하에 아들 열을 두었으나 살아남은 아들은 넷이 고작이었다. 그 중에서 홍시가 사사(賜死)당했고, 그 밑에 보친왕 홍력이 있었다. 강희의 백여 명 황손들 중에서 가장 정무에 뜻이 없는 홍주(弘晝)는 매를 조련하고 새 조롱이나 들고 다니며 노는 데만 정신이 팔려 어떨 때는 몇 날 며칠이고 세수조차 하지 않는 경우가 허다할 정도였으니 옹정으로선 큰 유감이 아닐 수 없었다. 막내는 아직 세 살도 안된 젖먹이였다. 그러니 유조에 명시돼 있는 보위 승계자는 두말할 것 없이 보친왕임은 자명한 사실이었다.

이제 그의 부름을 받고 흠칫 놀란 장정옥과 어얼타이가 급히 홍력을 향해 돌아서며 여쭈었다.

"무슨 분부말씀이 계십니까, 넷째마마?"

"홍주도 불러 함께 지의를 들어야 할 게 아닌가."

홍력이 미간을 좁히며 말했다.

"우린 둘 다 선제의 한 점 혈육이네. 이같은 거변(巨變)을 맞아 홍주가 자리에 없어선 안되지."

이같이 말하며 좌중을 쓸어보는 홍력의 눈빛이 나이에 어울리지 않는 노련함과 예리함으로 번뜩였다. 속으론 부질없는 짓이라고 생각하면서도 장정옥은 연신 상체를 굽혀 보이며 말했다.

"천만 지당하신 말씀입니다. 신이 소홀했습니다. 여기서 사다리를 놓고 준비할 동안 장오가, 자네 얼른 건청문 시위를 시켜 다섯째 마마를 모셔 오도록 하게."

여기서 말한 '사다리'란 네모난 나무상자 몇 개를 가리키는 것이었다. 높다랗게 걸려있는 '정대광명' 편액 뒤에 유조를 숨겨둘 때, 훗날 취할 때를 고려하여 층층이 길이가 다른 나무상자를 몇 개 짜놓았던 것이다. 이를 쌓아두면 마치 계단 같은 것이 '정대광명' 편액까지 닿았던 것이다.

어얼타이는 한 쪽에 물러서서 사람들이 '사다리' 쌓는 모습을 멍하니 바라보고 있었다. 어제 오전까지만 해도 옹정은 원명원에서 자신과 장정옥을 접견했었다. 한 시간 동안 서남 묘족들의 반란을 논하며 종실 황친들 중에서 병법에 일가견이 있는 사람을 파견하여 흠차대신인 장조를 교체해야겠다고 했다. 은연중 불가(佛家)의 선종지의(禪宗之義)에 대한 얘기가 나오자 옹정은 웃으며 이렇게 말했었다.

"장조는 짐이 하사한 '득의거사(得意居士)'라는 호를 달고 다니면서도 짐의 진의(眞意)를 깨닫지 못하고 있으니 이보다 더 큰 유감이 어디 있겠나? 책을 몇 수레씩이나 읽은 사람이 인생은 어차피 한바탕 꿈이요, 모든 것은 공허한 존재라는 도리를 깨우치지 못해 은원지심(恩怨之心)을 품고 부하들을 주무르려고 했으니 패할 수밖에 더 있겠나?"

그 말소리가 아직 귓전에서 생생히 맴돌고 있는데, 이젠 더 이상 그 용안과 음성이 들을 수 없는 아득한 과거가 되어 버리다니. 어얼타이는 서글프기 그지없었다. 바로 그때 다섯째패륵 홍주가 술이라도 몇 항아리 마신 것처럼 휘청대며 건청궁 쪽에 모습을 드러냈다. 날은 이미 밝았고 머리가 산발이고 의관(衣冠)이 엉망인 홍주는 허둥지둥 경황이 없었다. 가까이 온 그의 누렇게 뜬 얼굴엔 죽음을 연상케 하는 흉흉한 빛이 감돌았고 눈두덩은 시뻘겋게 부어 있었다. 홍력과 동갑인 그는 못 생긴 얼굴은 아니었으나 지나치게 방치해 둔 탓에 겉보기엔 홍력보다 훨씬 나이 들어 보였고, 풍기는 느낌이 홍력과는 천상천하였다. 혹시라도 울음을 터뜨릴세라 염려한 장정옥이 빠른 걸음으로 다가가 부드러운 말투로 말했다.

"패륵마마, 아직 대국(大局)이 안정된 상태가 아니오니 만사가 제자리를 잡아갈 때까지는 절애(節哀)하셔야 합니다. 이친왕과 나란히 서서 대행황제의 유조 낭독을 대기하십시오."

장정옥의 말이 끝나자 장오가가 다가와 말했다.

"모든 준비가 완료됐습니다. 두 분 재상께선……."

그리하여 이목이 집중된 가운데 장정옥과 어얼타이 그리고 장오가 셋은 무거운 발걸음을 천천히 옮겨 놓으며 계단을 올라갔다. 나무상자를 한 층씩 딛고 올라가 보니 과연 '정대광명' 편액 밑엔 철사로 단단히 고정시켜 놓은 자단(紫檀)나무 함이 보였다. 장오가가 조심스레 꺼내어 열쇠로 함을 열고는 그 속에서 묵직하고 반짝반짝 빛나는 바둑함만한 크기의 금궤를 들어냈다. 그리고는 정중하게 장정옥에게 건넸다. 장정옥은 마치 이제 막 탯줄을 끊은 갓난아이를 받아 안 듯 숨죽인 채 금궤를 받아 천천히 나무상자에서 내려왔다.

붉은 돌계단 위에서 눈 끝으로 어얼타이를 힐끗 쳐다보고 난 장정옥이 금궤를 도로 장오가에게 건넸다. 두 재상은 거의 동시에 허리춤에서 금 열쇠를 꺼내들었다. 금궤의 정면엔 열쇠구멍이 두 개 있었던 것이다. 열쇠구멍에 금 열쇠를 꽂고 동시에 양쪽으로 가볍게 손목을 꺾으니 찰칵! 하는 소리와 함께 금궤는 활짝 속을 드러내 보였다.

안에는 노란 비단으로 겉봉을 한 조서가 고이 놓여져 있었다. 여전히 숨죽인 채 조심스레 조서를 꺼내어 손바닥에 올려놓은 장정옥이 어얼타이와 장오가에게 보여주었다. 그리고는 나지막한 목소리로 말했다.

"이는 만한(滿漢) 합벽(合壁) 국서(國書)네. 국어(만주어)로 된 부분을 어얼타이 공이 읽고 나면 한어로 된 내용을 내가 읽겠소."

말을 마친 장정옥이 곧 몇몇 친왕들에게 말했다.

"지금부터 대행황제의 전위유조를 낭독하겠습니다. 여러분은 무릎을 꿇고 경청해 주십시오!"

"만세!"

만주어(滿洲語)는 대청에서 이미 국어로 정해진 언어로서 만주어를 모르는 만인은 상서방에 입각할 수 없게 되어 있었다. 그러나 그것은 허울뿐이며 대청이 개국한 지 91년 동안 음식과 언어는 벌써 한인들에 의해 동화되었기에 만주어를 아는 사람은 새벽하늘의 별처럼 희소했다. 만어로 낭독하는 어얼타이의 입만 멍하니 쳐다보는 몇몇 왕공들의 표정이 망연했다. 유독 홍력만은 연신 머리를 조아리며 만어로 무어라고 중얼거렸다. 드디어 어얼타이의 낭독이 끝나자 장정옥이 조서를 받아들었다. 그리고는 카랑카랑한 목소리로 읽어 내려갔다.

봉천승운황제조왈(奉天承運皇帝詔曰):

황사자(皇四子) 홍력은 인군(人君)으로서의 모든 자질을 두루 갖추었는 바 보위승계는 보친왕 홍력이 이어받고 대청의 명운을 짊어지고 나갈 것이다. 이상!

— 옹정 원년 8월

모두가 한결같이 짐작하고 있던 대로였다. 사람들은 일제히 머리를 조아렸다.

"신들은 선제의 유명을 높이 받들어 모시겠나이다!"

"나라엔 하루라도 군주가 없어선 아니됩니다."

왕공들이 순순히 유조의 뜻을 받들고 나서자 장정옥은 적이 안도하는 눈치였다. 마음 한 구석에 아슬아슬하게 매달려 있던 바위가 안전하게 내려앉은 느낌이었다. 잠시 후 장정옥이 천천히 입을 열었다.

"선제폐하의 어체(御體)는 아직 봉안(奉安)하지 않고 있습니다. 보친왕께서 즉각 즉위하시어 이에 따른 모든 대정(大政)을 주지해 주십시오."

말을 마친 장정옥은 곧 한발 앞으로 다가가 땅에 엎드려 소리를 죽여 어깨를 들썩이는 홍력을 부축하여 일으켰다.

건청궁 대전은 삽시간에 바빠지기 시작했다. 사다리를 치우느라, 어좌를 바로 놓고 그동안 내려앉은 먼지를 털어 내느라 한바탕 소란스러웠다. 그러나 곧 모든 것이 정상으로 돌아왔고, 궁전안은 이내 안정을 찾아갔다. 이때 날은 이미 완전히 밝아있었다.

건청궁 중앙에 위치한 수미좌에 앉은 홍력은 여전히 가슴 가득한 슬픔을 주체하기 힘든 표정이었다. 교룡(蛟龍)이 힘찬 몸짓으로 긴 용틀임을 하며 허공에 솟아오를 것만 같은 높고 넓은 용좌에 앉아있노라니 노란 비단의 촉감이 매끄럽고 차가웠다. 세 사람은 족히 앉을 것 같은 넓이였다. 그 중앙에 턱 버티고 앉으니 양쪽의 단향나무 손잡이는 완전히 있으나 마나했다. 전에는 그저 이 자리에 앉아있는 부황(父皇)의 모습이 위엄과 지존 그 자체로 느껴졌으나 직접 앉아보니 높고 멀리 붕 떠 있는 듯한 느낌이 진정 외롭고 쓸쓸했다. 평소에 가까이했던 장정옥과 어얼타이를 비롯하여 여러 숙왕(叔王)들이 갑자기 생소하고 낯설게 느껴졌다.

순간 홍력은 무거운 방망이에 뒤통수를 얻어맞은 듯 정신이 번쩍 들었다. 자신은 더 이상 '보친왕'이 아니라 이제부터 화하만방을 두루 통어(統御)하는 천지간의 일인자가 된 것이다! 생각만 해도 얼굴이 달아오르고 가슴이 널뛰었다. 그윽한 눈빛에 존귀를 담아 어좌 앞에서 예를 갖추는 대신들을 바라보며 한참 후에야 홍력이 입을 열었다.

"모두들 간밤을 뜬눈으로 지새웠을 텐데 그만 일어나 물러들 가게!"

"망극하옵나이다……."

"아바마마께서 이같은 천근 중임을 내 어깨에 내려놓으실 줄은 정말 몰랐네."

홍력이 계속 말을 이었다.

"아바마마의 존체가 불안한 것은 어제오늘 일이 아니라 퍽 오래 전인 6년 전부터였네. 체온이 더웠다 차가웠다 하기를 반복하며 별의별 방도를 다 강구해보았지만 허사였지. 며칠 전 원명원에서 아바마마께오선 내 손을 꼭 잡아주시며 이번에는 신열이 가라앉을 기미를 보이지 않는다고 하시며 낙루(落淚)를 하셨네……. 혹시라도 이대로 몸져누우면 대신들과 합심하여 정무를 온건히 처리해 나가라고 말씀하셨지……. 그 음성이 아직도 귓가에 여전한데 아바마마는 이제 선제가 되고 말았다니, 이게 어찌된 일인가? 내 이 슬픔을 과연 주체할 수 있을는지 모르겠네."

이같이 말하는 홍력의 두 눈에서는 다시금 눈물이 흘러내렸다.

즉위황제의 첫마디치고는 다소 의외였다. 홍력은 처음부터 끝까지 옹정의 건강에 대해 심폐를 울리는 어투로 말했다. 그러나 장정옥과 어얼타이는 홍력이 뜻하는 바를 점칠 수 있었다. 그는 대행황제는 절대 '폭망(暴亡)'한 것이 아니고 오랜 세월동안 지병과의 처절한 싸움 끝에 천수를 누린 것이라고 말하고 있었다. 고로 행화춘관의 섬뜩한 장면은 깊이 파묻어 버리고 영원한 비밀에 붙이자는 것이었다. 잠시 짬이 생긴 틈에 장정옥이 한마디 끼어들려고 할 때 어얼타이가 먼저 입을 열었다.

"괴로워 마시옵소서, 폐하! 대행황제께오선 천하를 두루 통어하신 지가 10년하고도 3년이 지났사옵니다. 향년 58세이면 고수(高壽)라고 할 수 있는 것이옵니다. 선제께오선 성조(聖祖, 강희제)의 뜻을 이어받아 근정애민(勤政愛民)하시고, 조건석척(朝乾夕惕)하시어 천고에 길이 빛나실 업적을 이룩하신 성군이시옵니다. 신의 우견으로는 조종(祖宗)의 성례(成例)에 따라 묘호(廟號)를 내리시고 봉안용혈(奉安龍穴)하시는 것이 급선무라고 생각되옵니다."

"조종의 능장법(陵葬法)에 따르도록 하세."

홍력이 어얼타이를 힐끔 쳐다보았다. 그리고는 덧붙였다.

"선제를 모셨던 신하들은 모두 수릉(守陵)을 가도록 하게."

어얼타이가 비록 꼭 집어서 말하진 않았지만 홍력은 '조종의 성례에 따르자'는 어얼타이의 말속에 숨어있는 진의를 더듬어 낼 수가 있었다. 태조 누르하치, 태종 홍타이시의 성례에 따라 행화춘관에서 벌어진 사안에 대해 잘 알고 있는 태감과 궁녀들 모두를 한꺼번에 죽여 없애 소문의 근원을 철저히 봉해버리자는 뜻이었다. 홍력도 물론 옹정의 폭사진상이 까발려지는 건 원치 않지만 어얼타이가 지나치게 잔인한 생각을 품고 있다고 생각했다. 그리하여 어투를 달리하여 '나'를 '짐'으로 고쳐 말했다.

"공자가 충효를 말하고 예의염치(禮義廉恥)를 강조한 것은 궁극적으론 천하는 인(仁)에 귀속되어야 한다는 뜻을 천명하는 것이네. 짐이 사람들에게 인애를 베풀면 그 사람들 또한 짐을 배신하진 않을 게 아닌가. 행화춘관의 진상을 발설하는 자에 대해선 국법과 가법의 제재가 뒤따를 것이거늘 어찌 세조와 성조의 성유를 어겨가며 순장(殉葬) 제도를 회복할 수가 있겠는가?"

입을 열자마자 보기 좋게 훈육을 당한 어얼타이의 얼굴이 벌겋게 달아올랐다. 그는 급히 상체를 숙이며 말했다.

"실로 신의 좁은 식견이 불러온 치졸한 발상이었사옵니다. 폐하의 훈회는 천만 지당하시옵니다!"

그러자 홍력이 머리를 끄덕이며 말했다.

"자네 말도 영 일리가 없는 건 아니었지. 이 일은 자네가 맡아 더 고민해 보도록 하게. 짐의 생각엔 긴히 처리해야 할 요무(要務)가 몇 가지 있네. 일단 대행황제의 묘호를 서둘러 정해야겠네. 짐의 연호(年號)까지 정하고 나서 백관들을 소집하여 안팎에 선포하고 예부의 주지 하에 상(喪)을 치르고 나면 조정은 안정국면에 들 것이네."

잠자코 듣고만 있던 장정옥은 속으로 내심 보친왕은 강희황제가 손수 훈육해낸, 조무(朝務)에 밝은 황자임에 틀림없다며 감복해마지 않았다. 황제로서의 첫 시험대를 무난히 통과하는 모습이 그리 대견해 보일 수가 없었던 것이다. 자신이 미리 준비해 두었던 말이 빈틈없이 홍력의 입에서 나오는 데 놀랐던 장정옥이 한 발 앞으로 나서며 절을 하고는 말했다.

"폐하께오선 실로 주도면밀하시옵니다. 묘호와 연호를 정하는 데는 그리 긴 시간을 요하지 않을 것이옵니다. 신이 곧 육부구경(六部九卿)들과 순천부를 비롯한 각 아문의 주관(主官)들을 불러 지의를 대령케 하겠사옵니다."

"이런 일은 모두 이위에게 맡기도록 하세. 고무용, 가서 이위를 불러오게."

홍력이 지시했다.

"정옥, 자넨 여기 남아 묘호와 연호를 정하도록 하게."
말을 마친 홍력이 고개를 돌려 물었다.
"오숙, 십칠숙, 그리고 세 아우, 자네들은 어찌 생각하나?"
이에 윤록이 급히 대답했다.
"폐하의 말씀에 전적으로 공감하옵니다. 신들은 달리 할 말이 없사옵니다."
이쯤해서야 사람들은 비로소 분위기가 한결 가벼워진 느낌을 받았다. 두 개 조대를 거쳐오며 묘호를 정하는 데는 이골이 났다고 할 수밖에 없는 장정옥이 고개를 숙이고 한참 생각하더니 아뢰었다.
"신이 약술해 보겠나이다. 부족한 부분은 폐하와 여러 왕공들께서 지적하시고 보충해 주시는 게 어떨까 하옵니다."
홍력이 머리를 끄덕였다. 그러자 장정옥이 또박또박 끊어 말하기 시작했다.
"대행황제는 기품이 기위(奇偉)하시고 대현대지(大賢大智)하시며, 도량이 하해 같으시고 성총이 뛰어나신 분이었사옵니다……. 이로 미루어 볼 때 신은 선제의 시문(諡文)을 '경천창운건중표정문무영명신의예성대효지성(敬天昌運建中表正文武英明信毅睿聖大孝至誠)'이라 정하는 것이 어떨까 하옵니다."
궁전 가득한 대신들은 저마다 어안이 벙벙한 눈치였다. 아무리 관문(官文)이라지만 칭송이 지나쳐 어색하게 들렸기 때문이었다. 어얼타이는 "잘못 말하느니 입을 봉하고 있는 게 낫다"는 원칙 하에 아예 장정옥과 입씨름할 생각은 접었다. 다른 사람들도 비슷한 생각을 품고 있는 듯 맞장구를 치며 일제히 고개를 끄덕였다. 이의를 다는 이는 아무도 없었다.

"짐도 무난하다고 생각하네."

홍력이 말했다.

"허나 대행황제께오선 일생동안 가난하고 약한 자들을 가엾이 여기시어 수많은 선정을 베푸시었거늘 '관인(寬仁)' 두 글자를 보태어 성덕을 드높이 칭송하는 게 좋겠네."

옹정은 즉위 13년 동안 이치쇄신(吏治刷新)에 전력투구해 왔는 바 원리원칙에 치중하고 형률에 유난히 준엄한 황제로 정평이 나 있었다. 이는 자타가 공인하는 바였다. 타고난 성정이 매의 발톱 같고, 당한 것만큼 반드시 돌려주고 마는 각박한 성격은 관원들을 곤경에 몰아넣기 일쑤였다. 옹정 본인도 인정한 성격상의 취약점을 홍력은 애써 달리 해석하며 억지로 '관인(寬仁)' 두 글자를 붙이려는 것이었다!

내키진 않았지만 대신들은 그저 고개를 끄덕여 새로 즉위한 군주의 비위를 맞춰주는 수밖에 없었다. 장정옥은 '신의(信毅)' 앞에 '관인(寬仁)' 두 글자를 보태며 말했다.

"이는 시문이옵고, 묘호는 폐하께서 정하여 주시옵소서."

그러자 홍력이 잠시 생각하더니 말했다.

"짐이 생각해봤는데, '세종(世宗)' 황제라고 칭하는 게 좋겠네."

단도직입적으로 자신의 주장을 말하는 홍력의 태도는 단호하기 이를 데 없었다. 말을 마치고 좌중을 쓸어보는 홍력의 눈빛에 비수 같은 날카로움이 묻어났다. 소년 홍력을 지켜보며 살아온 장정옥이지만 마냥 온화하고 총혜한 줄로만 알고 있었다. 그러나 순간적으로 장정옥은 홍력이 옹정보다 더 시중들기 힘든 주인일 거라는 생각이 뇌리를 스쳤다. 감히 그 시선을 받을 엄두를 내지 못하고 고개를 숙인 장정옥은 그가 젊은 시절부터 지켜오던 좌우명을 떠올렸다. 그것은 '옳은 말 만 마디보다 한 번의 침묵이 소중하다[萬言萬當, 不如一默]'였다.
"사실 짐은 비위맞추기가 그리 힘든 사람은 아닐 거네."
홍력의 입 끝이 순간적으로 치켜 올라갔다. 태감이 받쳐 올린 우윳잔을 잡으며 홍력이 말했다.
"짐이 가장 경배하는 분은 조부님이신 성조마마이시고, 가장 예존하는 분은 바로 선제이신 세종마마이시네. 짐의 심성은 두 분과 일맥상통한 바 역시 경천법조(敬天法祖), 인애어하(仁愛御下)를 중히 여긴다네. 인자(仁者)는 곧 천(天)이고, 천(天)이라는 것은 바로 '건(乾)'이지. 그런 뜻에서 짐은 제호를 '건륭(乾隆)'이라 정할까 하네. 여러분들 중에는 두 개 조대, 심지어는 세 개 조대를 넘나드는 노신들도 있네. 짐의 뜻을 받들어 짐으로 하여금 성조에 버금가는 일대영주(一代令主)로 청사에 길이 남게 받쳐주어 대청의 극성시대를 열어나가게만 해준다면 짐은 결코 자네들의 공로를 잊지 않을 것이네. 뿐만 아니라 조정에서도 벼슬과 공명과 재화를 아끼지 않고 내릴 것이네."
이는 곧 건륭의 등극선언이었다. 홍력이 말한 '경천법조(敬天法祖)는 바로 성조인 강희제를 일컬어 하는 말이었다. 부황에게 예존한다는 것은 곧 인자(人子)로서의 효를 다하겠다는 뜻이었다. 가혹한 정치를 해온 부황을 본받지 않고 성조를 따라 배워 인효(仁孝)를 치세의 근본으로 삼으려는 의지가 극명한 건륭의 말을 듣고 난 대신들은 적이 안도했다. 옹정황제 밑에서 13년 동안 살 떨리는 나날을 보내며 숨죽여왔던 이들은 격세지감마저 느꼈다. 건륭의 말이 떨어지자 이들은 일제히 머리 조아려 산이 떠나갈 듯 외쳤다.

"건륭황제 만세, 만만세!"

건륭은 가슴 저 깊은 곳에서 뜨거운 피가 용솟음쳐 올라오는 느낌을 받았다. 만감이 교차하는 가운데 격동이 물결쳤다. 그는 힘주어 머리를 끄덕이며 말했다.

"오늘은 의정하기 위해 모인 자리가 아니니 서둘러 대행황제의 상사(喪事)부터 착수하도록 하세. 장정옥!"

"예, 폐하."

"짐이 말하는 내용을 자네가 지의로 작성하게."

"예, 폐하!"

허리를 곧추 펴고 앉은 건륭이 잠시 숨을 골랐다. 그리고는 천천히 입을 열었다.

"인자(人子)로서 효를 다하는 데는 천자나 서민이나 다를 바 없이 성심성의껏 예를 갖춰야 하네. 고로 짐은 천자의 거상(居喪)기간을 심상(心喪) 3년, 예상(禮喪)을 27일로 하는 구제(舊制)가 불합리하다고 생각하네. 충효를 치세의 근본으로 삼으려는 사람이 모범이 되지 않고서야 어찌 천하를 훈육할 수가 있겠나? 그런 취지에서 짐은 구제도를 바꾸려 하네. 대행황제의 염습과 입관식은 건청궁의 처마 밑에서 영붕(靈棚)을 만들어 치를 거네."

여기까지 말한 건륭은 눈을 동그랗게 뜨고 자신을 바라보는 사람들의 시선을 느끼며 말을 이었다.

"그러나 짐은 천자로서 거상(居喪)을 핑계로 정무에 소홀히 할 순 없네. 이는 곧 아바마마의 뜻을 어기는 꼴이 되기에 효를 다한다는 것이 되레 불초를 저지르는 셈이 되기 십상이지. 고로 짐은 심상(心喪) 3년 동안에도 건청궁에서 여느 때나 마찬가지로 정무를 볼 것이며, 번잡한 모든 의절(儀節)은 이군왕(履郡王) 윤도(允

祠)가 맡아서 처리할 것이네. 이렇게 하면 군국대사도 그르칠 염려가 없을 뿐더러 짐은 아들로서의 효를 다하는 일석이조의 효과를 기대할 수 있을 것이네."

이는 사실 상중(喪中)에 정무를 보는 격이었다. 천자의 거상기간을 27개월에서 27일로 바꾸자고 건의하여 채택된 구제도는 장정옥의 뜻이 받아들여졌던 것이었다. 이 역시 황제의 거상 기간이 길어 정무가 황폐해지는 걸 미연에 방지하기 위함이었다. 그러나 건륭의 주장은 얼핏 듣기에는 거상 기일을 늘린 것 같지만 실은 27일의 정식 거상기간마저 없앤 격이었다. 학식이 높고 예를 중히 여기는 장정옥마저 달리 문제 삼을 수가 없이 빈틈없었다. 그는 마른침을 꿀꺽 삼키며 건륭의 뜻에 따라 지의를 작성하기 시작했다.

"갑자기 거국적인 대변(大變)을 맞아 짐이 경황이 없어 면면을 충분히 고려하지 못할 수도 있네."

건륭이 먹물이 덜 말라서 반짝이는 초고를 들여다보더니 머리를 끄덕이며 좌중을 향해 말했다.

"장친왕 윤록, 과친왕 윤례를 총리왕대신으로 위촉하여 짐을 따라 참찬하도록 하고, 두 친왕의 봉록은 원래의 두 배로 상향조절하네. 홍효와 홍주는 병부를 주관하고, 이위는 병부상서직을 겸하여 군무와 경사의 방위를 일괄 책임지도록!"

말을 마친 건륭은 장정옥을 바라보았다. 그리고는 잠시 생각하더니 말했다.

"장정옥과 어얼타이는 원직에 변함이 없고, 일등도위(一等都尉)직을 세습할 수 있도록 상을 내리네. 상서방과 군기처의 일상업무도 겸하여 보도록 하게. 인사배정은 이렇게 알고 있게. 알아들었는가?"

"예, 폐하! 성은이 망극하옵니다!"

사람들은 일제히 머리를 조아렸다. 저마다 속으로 감은대덕(感恩戴德)의 말을 생각하고 있을 때 건륭이 벌써 용좌에서 내려서며 말했다.

"이제 그만 물러들 가게. 각자 맡은 바에 충실하면 되겠네. 짐은 건청궁에 있을 테니 무슨 일이 있으면 수시로 짐에게 주하도록 하게."

사람들이 물러가기를 기다렸다가 건륭은 미련이 다분한 눈빛으로 어좌를 바라보았다. 그리고는 다시 다가가 어좌를 한바퀴 돌고는 천천히 궁전을 나섰다. 궁전 입구를 지키고 서 있던 시위와 태감들이 휘리릭 새떼가 날아가는 듯한 옷자락 스치는 소리를 내며 일제히 무릎을 꿇었다. 건륭은 그에 아랑곳하지 않고 대충 손짓을 보이고는 월대(月臺)를 내려섰다.

홍효와 홍주가 건청궁 동쪽 낭하에서 태감들을 지휘하여 효복(孝服)을 입히고 효모(孝帽)를 나눠주느라 정신이 없었다. 건륭을 발견한 두 사람은 효복과 효모를 한아름 든 채로 종종걸음으로 달려와 무릎을 꿇었다. 얼굴 가득 처연한 빛이 감돌았다. 입을 실룩거리며 뭔가 말하려는 듯했으나 결국 아무 말도 하지 못했다. 건륭은 눈처럼 흰 의모(衣帽)와 흰 종이로 도배한 건청궁 정문 그리고 어디라 할 것 없이 바람에 나부끼는 흰 천과 병풍들을 둘러보며 얼굴이 굳어져갔다. 나지막하게 드리워진 하늘 아래엔 소슬한 가을바람이 서늘했다. 금박(金箔), 은박(銀箔)의 바람에 떠는 소리가 떠난 이의 체읍(涕泣)같았다.

"아바마마…… 어찌 이렇게…… 떠나십니까……."

상복을 갈아 입히는 두 형제에게 몸을 맡긴 채 건륭이 실성한 듯 중얼거렸다. 더 이상 눈물은 없었다. 그러나 시야는 흐릿흐릿했다. 그는 마치 눈앞의 현실이 믿어지지 않는 듯 영붕이 마련된 곳으로 두어 발작 걸어갔다. 그러던 그가 갑자기 힘없이 스르르 주저앉고 말았다!

홍효와 홍주가 다급히 달려가 건륭을 부축하여 일으켰다.

"아바마마……."

망연자실한 표정으로 두 아우를 번갈아 쳐다보던 건륭이 갑자기 메마른 포효를 토해냈다. 뜨거운 눈물이 양 볼을 타고 쏟아져 내렸다. 한참 어깨를 들썩이며 슬픔에 잠겨 있던 건륭이 그러나 애써 진정하며 홍주에게 말했다.

"지의를 전하게. 육부구경의 주관들과 북경에 있는 2품 이상 대신들은 모두 짐을 따라 원명원으로 가서 선제의 영구(靈柩)를 모셔오도록……. 여기 남은 일은 이군왕이 알아서 지휘할 것이네……."

5. 건륭의 치세지도(治世之道)

8월 23일, 건륭황제가 정식으로 보위를 승계하였다. 대행황제의 투병과정과 사인(死因)을 상술한 포고문이 만천하에 공표됐다. 스물 다섯 살의 건륭은 가슴속에 천고의 패기를 담고 젊음의 준수한 기상을 뽐내는 나이였다. 어릴 적부터 익혀온 무예와 기마술은 그의 근골을 튼튼히 만들어 주어 연 며칠 상사(喪事)와 정무로 불철주야 바빴어도 그는 여전히 3경(三更)에 잠들어 5경(五更)에 기상하여 상서방으로 나갔다. 덩달아 장정옥과 어얼타이는 그 고통이 이루 말할 수 없었고, 홍효와 홍주를 비롯한 여러 형제들도 지탱하기 힘들어했다.

사람들의 말 못하는 사정을 헤아린 듯 일주일이 지나자 건륭은 형제들더러 3일에 한 번씩 돌아가며 대내로 들어가 영전(靈前)을 지키게 했고, 숙왕들에겐 각자의 집에서 효를 지키게끔 배려했다. 그러나 어디에도 해당되지 않는 어얼타이와 장정옥은 여전히 노구를 뉘일 시간도 없이 바빴다. 다행히 상서방, 군기처와 지척인 융종문에 영붕을 설치하여 힘들어도 오며가며 다리를 혹사시키는 어려움은 면할 수 있었다.

그사이 건륭은 모비(母妃) 뉴구루씨를 황태후(皇太后)로, 빈비(嬪妃) 부찰씨를 효현황후(孝賢皇后)로 책립하는 조서를 내렸다. 또한 건륭 원년에 은과(恩科)를 보고 거국적인 대사면을 실시한다는 은조(恩詔)도 함께 내렸다. 9월 15일 사십구재가 끝나자 건륭은 옹정의 재궁(梓宮, 황제나 황후의 관)을 옹화궁에 봉안했고, 3년 심상 기간이 끝나는 대로 태릉(泰陵)에 안장키로 했다. 재궁이 옹화궁으로 옮겨가면서 사실상 상사는 끝났다. 자금성 안팎엔 흰 병풍이 전부 걷히고 다시 황사궁등이 걸리는 등 점차 일상을 회복해갔다.

9월 16일, 모처럼 휴가를 얻은 장정옥은 지칠 대로 지친 몸을 침대에 뉘인 채로 전날 밤부터 시작하여 이튿날 오후 신시(申時)까지 늘어지게 잠을 잤다. 자고 일어나니 삭신이 어디라 할 것 없이 뻐근하고 아팠다. 편복 차림에 간단히 간식으로 요기하고 난 그는 서화원에 있는 서재의 창가에 앉아 있었다. 손이 가는 대로 책 한 권을 꺼내어 미처 장을 넘기기도 전에 처마 밑에서 앵무새가 조잘거렸다.

"손님이 왔어요, 중당어른! 손님이 왔어요, 중당어른!"

"참으로 영특한 새로군."

돌연 어딘가 귀에 익은 소리가 들려오는가 싶더니 주렴이 걷히며 건륭이 불쑥 들어섰다. 너무나 뜻밖인지라 눈이 휘둥그래져 멍하니 바라만 보는 장정옥을 향해 건륭이 미소를 지으며 말했다.

"자넨 한가한 걸 못 견디는 사람인지라 짐이 심심풀이 말동무나

건륭의 치세지도(治世之道) 91

해줄까 해서 찾아왔네."

이같이 말하는 건륭의 등뒤에는 푸헝과 홍효 그리고 편군왕(平郡王) 푸펑도 보였다. 모두 건륭의 지친(至親)이고 육경궁(毓慶宮)의 배독(陪讀)들이었다. 이들은 건륭의 등뒤에 두 손 모으고 선 채로 미소를 머금고 놀라 자빠지기 일보직전인 장정옥을 바라보았다. 편복 차림인 건륭은 상비죽선(湘妃竹扇)을 부치며 긴 옷자락 끝을 살짝 들고 자리에 앉았다.

"조용하고 좋네! 추색(秋色)이 지나치게 무거워 다소 소슬한 기분이 들어서 그렇지. 오면서 들러보니 어얼타이는 아직 꿈나라에서 헤매고 있더군. 헌데 이 집은 손님이 들어도 차 한 잔 안내어 오는 구두쇠인 모양이지?"

그제야 제정신이 든 장정옥이 황공하여 땅에 엎드려 연신 머리를 조아렸다.

"부디 신이 실의(失儀)한 죄를 용사해 주시옵소서, 폐하! 신은 13년 동안 선제를 시중들어오며 이런 경우는 없었는지라 그만…… 폐하께서 친히 신하들을 찾아 걸음을 하시는 경우가 어디 있겠사옵니까! 신은 숨이 넘어가는 줄 알았나이다!"

이같이 말하며 장정옥은 연신 가인들에게 명령했다.

"어서, 어서 가서 땅속 깊이 묻어둔 설수(雪水)를 꺼내다가 폐하께 맛좋은 차를 올리도록 하게!"

"설수로 차를 끓인다? 좋지!"

건륭이 미소를 지으며 머리를 끄덕였다.

"바로 이 바깥방에서 설수를 끓이도록 하게. 물이 끓으면 짐에게 알려 짐이 손수 차를 만들어 줄 것이네. 보친왕부의 몇몇 태감은 차 끓여내는 솜씨가 이만저만이 아니라네. 그네들도 짐이 손수

가르쳤다네! 자, 앉게. 하늘이 무너질 염려는 없으니 걱정하지 말고 앉게들!"

그는 친절하게 사람들에게 자리를 내주었다.

"오늘은 우리가 손님이니 군신의 예에 얽매이지 않도록 하세. 군신간에 무릎맞대고 찻잔을 드는 일이 어디 흔하겠는가?"

사람들이 막 자리에 엉덩이를 붙였을 때 밖에서 설수 항아리를 파내던 태감 하나가 다급한 비명을 내질렀다.

"아니, 이게 뭐야!"

그 소리에 방안의 사람들이 흠칫 놀라자 장정옥이 화가 난 표정으로 창 밖을 내다보았다.

"재상어른!"

꼬마 태감이 축축한 흙 한 움큼을 손바닥에 받쳐들고 흥분을 금치 못하며 달려 들어왔다. 그리고는 생글생글 웃으며 말했다.

"희한한 물건입니다. 자홍(紫紅) 버섯이온데, 게 껍질처럼 딱딱합니다!"

괜스레 소란을 피워댄다며 버럭 화낼 준비를 하고 있던 장정옥의 두 눈이 돌연 반짝거렸다. 벌떡 일어나 태감의 손바닥을 높이 치켜들고 들여다보던 장정옥이 함성을 지르듯 큰소리로 말했다.

"영지버섯이옵니다, 폐하! 폐하께오서 누추한 신의 거처로 걸음하시니 하늘이 상서로움을……"

흥분하여 이같이 말하던 장정옥은 순간 며칠 전 건륭이 하남순무 손국새의 주장에 주비를 달아 "상서(祥瑞)를 망언하여 군주를 기만하려 든다"며 호되게 질책했던 사실을 상기시키고는 뚝 입을 다물어 버리고 말았다. 어찌할 바를 모르는 그 표정이 난감하기 이를 데 없었다. 벌써 장정옥의 속내를 넘겨짚은 건륭이 소탈하게 웃으며 말했다.

"물론 하늘이 내리는 상서로움이란 존재하지 않는 건 아니지. 천하가 흥하면 하도낙서(河圖洛書)가 나오고, 세상이 어지러우면 강물이 범람하고 호수가 뒤집히는 등 천재지변이 잇따르는 경우를 종종 보게 되니 말일세. 형신, 자넨 책을 다섯 수레나 읽은 사람이니 짐이 무조건 '상서(祥瑞)'를 보고하는 것에 민감한 건 아니라는 걸 알 거라 믿네. 손국새처럼 '만 마리의 누에가 한 올의 누에실을 토해낸다'라는 당치도 않은 소리를 하여 짐의 환심을 사려는 우매한 짓은 삼가라는 뜻이지!"

그러자 평군왕 푸펑이 끼어들었다.

"폐하께선 실로 성명하시옵니다. 폐하께서 이토록 현명하시오니 천하의 복이 아닐 수 없사옵니다. 사책(史冊)을 뒤져보면 '상서'로운 망언에 길들여진 황제치고 '속 빈 강정'이 아닌 경우가 없었사옵니다. 나중엔 신하들이 거짓보고로 군주를 기만하고 있다는 사실을 뻔히 알면서도 어리석은 군주들은 그것에 목숨을 걸었다고 역사는 적고 있사옵니다. '상서'는 실로 백해무익하옵니다."

그러자 홍효가 말을 받았다.

"그렇긴 하지만 그것이 사실이라면 보고 올려 마땅하지. 오늘 같은 경우에도 폐하께서 문득 형신의 처소에 걸음을 하신 중에 영지버섯이 모습을 드러냈으니, 이는 명명(冥冥) 중의 천의(天意)가 아니라고 할 순 없는 거네."

분위기가 점점 되살아나자 장정옥이 희색이 만면하여 말했다.

"여러 친왕들께오선 어찌 생각하실지 모르오나 아무튼 노신은 폐하께서 임행(臨幸)하신 와중에 홀연 모습을 드러낸 영지버섯이 예사롭게 보이지 않는 건 사실입니다."

"이는 형신, 자네의 가문이 번창할 조짐이네."

건륭이 웃으며 덧붙였다.

"허나 짐과 더불어 출현했다고 하니 짐도 기분이 환희롭네."

이같이 말하며 건륭이 지필(紙筆)을 가져오게 했다. 장정옥과 푸헝이 시중드는 가운데 건륭은 붓에 진한 먹물을 듬뿍 찍어 힘주어 써내려갔다. 운필(運筆)이 바람 같고, 용사(龍蛇)가 비무(飛舞)하는 듯한 먹물을 함초롬히 머금은 네 글자가 순식간에 모습을 드러냈다. 그것은 '자지서사(紫芝書舍)'였다. 장정옥을 비롯하여 사람들은 이구동성으로 심중에서부터 우러나오는 박수갈채를 보냈다. 건륭 자신도 만족스러운 표정을 지으며 휴대용 인장(印章)을 꺼냈다. 그리고는 말했다.

"짐의 옥새는 아직 각제(刻制)중이어서 선제께서 짐에게 하사하신 호가 새겨진 인장을 임시로 휴대하고 다니네."

건륭이 힘주어 인장을 찍었다. 사람들이 보니 전자체(篆字體)의 네 글자였다.

長春居士

인장을 다시 소매 속에 넣으며 건륭이 종이를 가리키며 말했다.

"이는 형신에게 하사할 것이네."

부러움이 섞인 쯧쯧! 소리가 한바탕 터져 나오는 가운데 장정옥이 머리 조아려 사은을 표하고는 두 손으로 종이를 받들어 책상 위에 올려놓았다. 그리고는 정색하여 꼬마 가인에게 분부했다.

"누구든지 손도 대지 못하게 하게. 내일 탕씨네 표구사가 오면 내가 직접 표구하는 걸 지켜봐야겠어."

장정옥이 이같이 말하고 있을 때 밖에서 이위가 닥치듯 들어섰다. 평소대로 그는 버럭 문을 밀고 들어서며 말했다.

"장상, 오늘 어쩐 일이오? 집안에는 묵향이 넘치고 밖에선 꼬마들이 난로에 부채질을 하며 차를 끓이고 있으니 분위기가 그만인데? 어쩐지 발길이 자꾸 이쪽으로 가자고 한다 했더니……."

이같이 떠들던 이위가 그제야 서안 앞에 앉아있는 건륭을 발견했다. 하던 말을 뚝 멈춘 이위는 못이 박힌 듯 그 자리에 굳어지고 말았다!

"왜 그러고 서 있나?"

건륭이 미소를 머금고 덧붙였다.

"이위 자네 짐을 처음 보나?"

그제야 제정신이 번쩍 든 이위가 급히 엎드려 연신 머리를 조아렸다.

"신은 폐하를 지켜드리는 누렁이온데, 어찌 주군을 몰라 볼 수가 있겠사옵니다! 다만 전혀 예상치 못한 일이라서 잠시 제정신이 아니었을 뿐이옵니다."

그러자 건륭이 말했다.

"안그래도 내일은 자네를 부르려고 했었는데, 마침 잘 됐네……. 푸헝, 아랫자리에 가 앉게."

이때 밖에서 꼬마 가인이 아뢰었다.

"재상어른, 물이 끓었습니다!"

말과 함께 쟁반에 앙증맞은 벽옥 찻잔 몇 개와 찻잎이 들어 있는 통을 받쳐든 가인이 들어왔다. 장정옥이 급히 다가가 쟁반을 받아 건륭의 면전에 받쳐 올렸다.

사람들은 건륭이 어떻게 차를 만들지 궁금하여 유심히 바라보았다. 먼저 찻잎을 조금 집어들고 건륭이 말했다.

"이 벽라춘(碧螺春)이 최상급은 아닌 것 같네. 내일 짐이 벽라춘 중에서도 진짜 맛좋은 여아벽라춘(女兒碧螺春) 한 봉지를 상으로 내릴 테니, 그걸 한 번 먹어보게."

조금 움켜쥔 찻잎을 찻잔마다에 약을 조제하듯 조금씩 떨구자 어느새 꼬마가인이 설수 끓인 물을 주전자에 받쳐들고 들어왔다. 건륭은 소매를 걷어올리고 직접 주전자의 물을 찻잔에 따랐다. 바싹 말라 있던 찻잎은 곧 미세한 소리를 내며 물위에 떠오르기 시작했다. 찻잎이 기지개를 켜는 모습을 유심히 지켜보며 건륭은 찻물 색깔을 확인했다. 그리고는 주전자를 들어 물을 조금씩 더 부었다. 그제야 만족스레 웃으며 자리에 앉은 건륭이 말했다.

"차를 마실 때는 노수(露水)가 최고의 맛을 내고, 그 다음이 설수(雪水), 우수(雨水) 순서라네. 물이 가벼울수록 색깔과 맛이 제격이지. 자네 이 설수는 한 해 묵은 설수라고 했는데, 설수는 술과 달라 그 해의 것이 차 마시는 데는 더 좋은 법이라네."

장정옥이 연신 고개를 끄덕이며 찻잔을 들여다보았다. 노랗게 찰랑이는 것이 마치 호박(琥珀) 같았다. 삽시간에 방안 가득 퍼지는 차의 향에 코를 벌름거리며 장정옥이 웃으며 말했다.

"신은 그저 해갈하기 위해 차를 마셨을 뿐 심오한 도리는 전혀 몰랐사옵니다. 같은 물, 같은 차에서 또 다른 향이 날 줄은 정말 몰랐사옵니다!"

이같이 말하며 장정옥은 곧 찻잔을 집어들려고 했다.

"좀 기다려보게. 이 차는 반쯤 식었을 때 제 맛을 낸다네. 혀로 핥듯 조금씩 마셔야 또 진미를 알 수 있고. 자네처럼 해갈이 목적

건륭의 치세지도(治世之道)

이라면 냉수를 벌컥벌컥 들이키는 것도 좋지."
건륭이 말을 이어나갔다.
"지금 향을 맡아보게. 방금 전과도 또 다른 향이 날걸세."
사람들이 숨을 죽이고 코를 벌름거리며 향을 음미했다. 과연 방금 전과 다른 향이 느껴졌다. 처음이 짙고 농익은 향이었다면 이번엔 담백하고 순한 유향(幽香)이었다. 마치 깊은 산골짜기에 홀로 핀 난초의 향처럼 심폐 깊숙이 청아한 기운을 느끼게 했다. 이위가 믿어지지 않는다는 듯 고개를 저으며 말했다.
"폐하께선 실로 성학(聖學)이 연천(淵泉)하시옵니다. 차 한 모금 마시는 데 이같이 대학문을 필요로 할 줄은 몰랐사옵니다. 실로 당목결설(棠目結舌)할 일이옵니다!"
이위가 폼을 잡고 평소엔 혀끝에 올리지도 않았던, 그것도 알아듣지도 못할 네 글자 단어를 사용하는 데 대해 사람들은 어안이 벙벙해졌다. 이때 뭔가 감을 잡은 듯 푸헝이 입을 감싸고 웃으며 말했다.
"이봐, 우개! 폐하께 잘 보이려다가 흉잡혔지? 성학은 '연천(淵泉)'이 아니라 '연원(淵源)'하다고 말하는 거고, '당목(瞠目)'을 자넨 '당목(棠目)'이라 잘못 말했네!"
어딘가 이상하다는 느낌은 들었으나 개의치 않았던 건륭은 푸헝의 말을 듣고는 그제야 푸우! 하고 웃음을 터뜨렸다. 사람들 모두 대청이 떠나가라 크게 웃어버렸다. 거상(居喪) 기간에 쌓였던 음울한 분위기가 삽시간에 날아가는 것 같았다.
"이위, 자넨 그러고도 무슨 배짱으로 아직 책과 친해지려 하지 않는가!"
건륭이 웃어서 벌겋게 된 얼굴에 미소를 담고 물었다.

"듣자니 자네, 부하들에게 욕도 질펀하게 맛깔스레 잘한다며?"

이에 이위가 얼굴을 붉히며 기가 한풀 꺾여 대답했다.

"책과는 도무지 친해질 기미를 보이지 않고 있사오나 욕하는 버릇은 많이 고쳐졌다고 생각하옵니다."

그러자 푸헝이 골려주듯 말했다.

"고쳐지긴 뭘! 내가 보니 날로 더해 가는 것 같던데! 자네 부하들은 하루라도 욕을 얻어먹지 않으면 불안해한다면서? 욕을 밥먹듯 하는 사람일수록 승진도 빠르다는 설도 있고. 지난번 내가 산동에 들렀을 때 자네 총독아문의 아역 하나가 내게 문안인사를 하더니 싱글벙글하며 자기가 이제 곧 승진할 것 같다고 하더군. 그래서 내가 어찌 아느냐고 했더니, '저희 이 총독께서 소인더러, 죽일놈, 썩 꺼지지 못해? 라고 욕설을 퍼부으셨거든요'라고 말하는 거 있지? 내가 그 말을 듣고 배꼽을 잡았다네."

푸헝의 말에 사람들은 벌써 다 넘어가고 말았다.

한바탕 통쾌하게 웃어버리고 난 사람들은 그제야 찻잔을 들어 조금씩 마시기 시작했다. 입안 가득 번지는 청향이 평소에 마시던 차와는 전혀 다른 맛을 풍겼다.

"차는 수중군자(水中君子)라 하고, 술은 수중소인(水中小人)이라고 하네."

건륭이 차 한 모금을 마시고 좌중을 둘러보았다. 담소를 나누던 사람들은 곧 입을 다물고 건륭의 말에 귀를 기울였다.

"짐은 원래부터 차를 즐기고, 술을 좋아하지 않는다네. 여러분들도 따라줬으면 하는 바람이네."

"그러나 인군(人君)으로서 군자만 가까이 하고 소인을 멀리한다고 하여 소인배를 전부 죽여 없애고 술집을 모조리 박살을 낼

건륭의 치세지도(治世之道) 99

수는 없다네. 왜냐하면, '소인배가 없으면 군자가 군자임이 드러나지 않기 때문[非小人莫養君子]'이네! 술이 없으면 이태백도 시와는 무연했을지도 모르지."

이같이 말하며 한 손엔 찻잔을, 다른 한 손엔 부채를 든 건륭이 자리에서 일어났다. 천천히 발걸음을 옮겨 추색이 찬란한 창 밖을 내다보며 입을 열었다.

"공자(孔子)는 중용지도(中庸之道)를 지덕(至德)이라고 했네. 이 말은 되새김질할수록 의미가 새롭다네. 천하를 다스림에 있어서도 중용지도를 따라야 하네. 모든 것은 적당히 하는 것이 좋지. 성조께선 재위 61년 동안 이를 잘 지켜오셨지."

건륭이 좌중을 향해 의미심장하게 머리를 끄덕여 보였다.

이는 건륭이 지향하는 바를 알 수 있고, 신하들로서 성의(聖意)를 미뤄 짐작하여 보좌를 제대로 할 수 있는 중요한 자리였다. 사람들은 모두 허리를 곧추 펴고 귀를 기울였다. 건륭이 조금 웃어 보이고는 말을 이었다.

"대행황제께서 즉위하셨을 때는 성조 말년의 권근(倦勤)으로 인하여 인심이 표류하고 이치(吏治)가 엉망이었지. 소인배들이 법 무서운 줄 모르고 설쳤고, 한마디로 백폐대흥(百廢待興, 황폐되었던 것들이 다시 흥하길 기다리다)의 시절이었다네. 사회 곳곳에 만연되어 있는 문란한 풍조를 시급히 바로잡아야 했고, 새로운 기강을 확립하고 거국적인 대수술이 필요한 시점이었지. 선제께선 직접 총대를 메고 앞장 설 수밖에 없었다네. 그러자 사사로운 이익에 눈먼 자들이 개인의 영달을 위해 폐하의 성심에 편승하여 가혹할 정도로 무서운 혹정을 폈지. 관대함은 추호도 없고 오로지 옭아매어 잡아끌 줄밖에 몰랐으니 백성들이 겪어야만 했던 고초를 어디에 비견할 수 있겠나! 하남성의 전문경(田文鏡)만 보더라도 국고환수에 앞장선 선구자의 모습을 보인다는 명목 아래 관가를 닭이 지붕에 날아오르고 개가 담을 넘는 아수라장으로 만들었지 않은가! 황무지를 개간한 것도 그래. 여기저기 파헤쳐 개간이라고 해놓았으면 씨를 뿌리고 곡식을 거뒀어야지. 손바닥만한 땅뙈기라도 더 만들어 백성들의 주린 배를 채워주자는 게 궁극적인 목표인데, 그 사람은 낟알 한 톨 거두지 못했고 급기야는 굶주린 하남 지역의 백성들이 이위네 강남으로 몰려가 빌어먹는 신세를 초래하지 않았던가. 그야말로 뺨을 때려 살찐 척하는 격이지! 전문경이 청렴한 관리임은 짐이 인정하네. 그러나 그는 학정(虐政)으로 치적을 쌓으려 했던 혹리(酷吏)였던 것도 사실이네!"

건륭의 두 눈에 순간적으로 불기둥이 치솟는 듯 했으나 곧 사라졌다. 자리한 신하들은 모두 옹정 2년에 하남으로 미행을 다녀온 홍력이 옹정을 배알한 자리에서 전문경을 비난했다가 옹정에게 엄히 질책당한 적이 있다는 걸 알고 있었다. 그로부터 11년이 지난 오늘 건륭이 다시 번안(飜案)을 하는 모습에 사람들이 적이 놀란 표정을 짓고 있을 때 건륭이 다시 입을 열었다.

"짐은 중용을 지향하는 사람이네. 관용과 혹정을 겸하는 정책을 펴나갈 것이니 그리 알게. 빚을 못 갚는다고 관원들을 닦달하여 스스로 목숨을 끊을 지경에까지 이르게 해서야 아니 되지. 강녕직조(江寧織造)로 있던 조인(曹寅)의 일가로 말하자면 성조 때부터 보가호종(保駕扈從)하여 혁혁한 공로를 이룩한 가문인데, 등잔불 밝힐 기름조차 없을 정도로 몰수하면 어쩌겠다는 건가!"

다른 사람들은 달리 반응을 보이지 않았지만 이위는 가슴이 섬짓했다. 조인의 집을 압수수색할 당시 그는 남경에서 양강총독으로 있으면서 일을 추진했던 것이다.

"짐은 어느 누구의 책임을 추궁하자는 게 아니네. 오늘은 관맹지도(寬猛之道)에 대해 논하는 자리가 아닌가."

건륭이 빙긋 웃으며 말을 이어나갔다.

"오늘날의 형세로 미루어 볼 때 정통인화(政通人和)를 이루고 극성시대(極盛時代)를 열려면 반드시 관(寬)으로 맹(猛)을 수정해야 하네. 이는 아바마마께서 성조의 관정(寬政)을 맹정(猛政)으로 전환시킨 것과 도리는 마찬가지이네. 강유(剛柔)는 병용해야 하고, 음양(陰陽)은 상제(相濟)해야 하네. 짐은 성조의 법으로, 부황의 마음으로 짐의 시대를 독창(獨創)할 것이네. 소인배들이 등뒤에서 비의(非議)를 조작해내는 것 따윈 전혀 두렵지 않네."

따분하고 장황한 '관맹지도(寬猛之道)'에 대한 연설이 끝났으나 사람들은 아직 저마다의 사색에 잠겨 있었다. 눈썹을 미간으로 밀어붙이고 깊이 생각하던 장정옥이 먼저 나섰다.

"신은 강산이 세 번 바뀔 동안의 긴 세월을 상서방에서 뭉그적거려 왔사옵니다. 그사이 두 번의 '정우(丁憂)'가 있었으나 모두 탈정(奪情)당하여 병들어 누웠던 며칠만 빼곤 거의 성조, 선제와 조석으로 더불어 살아왔다고 해도 과언이 아니옵니다. 솔직히 두 군주를 가까이에서 모셔오며 신 역시 성조는 관용하신 반면 세종께오선 지엄하시다고 생각했사옵니다. 하오나 신은 주군에 대한 변함없는 충정과 맡은바 정무에 대한 진력만을 신하로서의 근본으로 여겨왔사옵니다. 또한 이를 현능한 재상의 덕목으로 꼽았사옵니다. 오늘 공맹(孔孟)의 인서지도(仁恕之道)에서 비롯된 폐하의 중용론은 실로 막혔던 귀가 뻥 뚫리고 답답하던 마음과 눈이 시원해지는 느낌을 주기에 충분하옵니다. 폐하의 성학은 과연 등

봉조극(登峰造極, 산의 정상)의 경지에 이르렀사옵니다."

장정옥의 말에 사람들은 머리 조아려 동조하기에 급급했다. 홍효는 속으로 노인네가 아부 떠는 재주도 9단이로군! 하고 생각하면서도 겉으론 힘껏 머리를 끄덕였다. 한편 장화 속에 산동순무 악준이 부하 관원 류강을 비호하여 인명안을 허투루 처리해버렸다는 내용의 탄핵안을 넣고 장정옥을 찾았던 이위는 건륭의 관맹지도를 듣고는 감히 탄핵문을 꺼낼 엄두를 내지 못했다. 실없이 장화만 끌어올리며 마른기침을 했다.

"차나 한잔 얻어 마시며 머리를 쉬어갈 겸 찾았었는데, 본의 아니게 한바탕 치세지도(治世之道)를 늘어놓고 말았군."

건륭이 덧붙였다.

"맛이 좋은데, 어서 차나 마시지."

사람들은 건륭의 눈치를 보며 찻잔을 집어들고 홀짝이며 입술을 축였다. 잠시 후 건륭이 자리에서 일어나며 말했다.

"오늘 우리 군신이 쾌담을 나누는 좋은 자리를 가졌네. 벌써 신시가 저물어 가네. 이제 슬슬 가봐야지."

장정옥이 건륭을 배웅하여 밖으로 나가며 말했다.

"방금 폐하의 지의를 문장으로 윤색하여 내일 폐하의 어람을 거쳐 윤허를 내려 주시오면 정기(廷寄)로 각 성(省)의 학궁(學宮)에 내려보낼까 하옵니다. 지금 당장 정무의 급선무는 묘족들의 반란을 잠재우는 일이옵니다. 어제 양심전에서 폐하께오선 이번에 묘족들을 상대로 조정이 패한 이유를 극명하게 부석(剖析)하셨사옵니다. 묘족들이 인원이 많아서도 아니고 화기(火器)가 대단해서도 아니옵니다. 관군 내부의 불화와 흠차의 사심없는 마음이 결여되어 군심(軍心)이 흐트러짐으로써 팔을 걷어붙이기도 전에 얻어맞은 격이 되고 말았던 것이옵니다. 장조, 하원생, 동방 등 오국장수(誤國將帥)들의 죄를 묻는 것은 대단히 지당하옵니다. 다만 이 일을 처리함에 있어서 흠차대신만을 파견하는 것이 어딘가 염려되어 아직 표(票)를 작성하지 않고 있는 중이옵니다."

느릿느릿 발걸음을 떼어놓으며 머리를 끄덕이던 건륭이 이 대목에서 걸음을 멈추었다.

"그렇다면 무능한 흠차를 파직시키고 다른 능력있는 관원을 파견하면 될 게 아닌가?"

이에 장정옥이 웃으며 아뢰었다.

"한 번 패한 경험을 살려 장광사가 이번엔 사기가 충천해 있사옵니다. 수일 내에 반드시 묘족들의 반란을 잠재우고 말 것이라며 군령장(軍令狀)도 세워놓고 있는 사람이옵니다. 하온데 폐하께서 그 위에 흠차라는 댓돌을 눌러버리면 장광사는 기를 펴지 못할 뿐더러 만에 하나 실수가 있어도 서로 책임을 밀어붙이기 십상이옵니다. 신의 우견으로는 흠차를 파견하지 않는 것이 바람직할 것 같사옵니다."

"그럼 그렇게 하지."

건륭이 시위들에게 말을 대기시키게끔 하명하고는 말했다.

"오늘저녁 자네가 공무를 볼 거라니, 내친 김에 국고환수 때 낙마한 관원들의 명단도 작성해내도록 하게. 쭉정이 속에도 낟알이 있는 법이니까. 예컨대 양명시 같은 경우엔 자타가 공인하는 청렴하고 유능한 관원임에도 해마다 말썽부리는 운남성 이해(洱海)를 다스리면서 재정난에 시달리다 못해 국고에 손을 댔다가 하옥당한 지 올해로 3년째이지 않은가. 바른말을 했다는 죄로 하옥당한 사이직(史貽直)도 석방을 서둘러야 할 뿐더러 중용해야 하네. 이처럼 억울한 옥살이를 하는 관원들이 더 없나 잘 생각해보고 명단을 작성하도록 하게. 물론 짐은 무원칙하게 '관대'하진 않을 것이네. 국고환수 작업도 중단하지 않을 뿐더러 묵리(墨吏)들에게 가차없는 건 선제 때나 지금이나 마찬가지일 거네."

말을 마친 건륭은 곧 날렵하게 말 위에 올라탔다. 올 때처럼 여전히 홍효, 푸헝 등이 동화문을 거쳐 대내까지 호위했다. 이위는 끝내 장정옥을 찾아온 목적을 이루지 못하고 돌아갔다.

벌써 땅거미가 내리기 시작했고 하늘은 어느새 조금씩 흐려왔다. 건륭은 몸은 고단했으나 기분은 좋아 보였다. 대내에서 말에서 내린 그는 황후가 있는 익곤궁(翊坤宮)까지 걸어갔다. 옹정이 붕어한 이래로 황후 부찰씨와 별거하며 상을 치르느라 얼굴 못 본 지가 한참 되니 문득 그리워졌던 것이다. 건청궁을 지날 때 노을이 창망한 가운데 가랑비가 보슬보슬 내리기 시작했고, 궁인들이 궁등을 내걸고 있었다. 발걸음을 재촉하던 건륭의 귓가에 갑자기 가야금 뜯는 소리가 아련히 들려왔다. 잠깐 귀기울이노라니 가야금 소리에 맞춰 여자의 노랫소리가 섞여 있었다.

가야금을 무척이나 반기는 건륭은 그 자리에서 배회하며 조용히 음미했다. 그사이 양심전의 꼬마 태감인 진미미가 영항 쪽에서 종종걸음으로 걸어오는 걸 발견한 건륭이 물었다.

"무슨 일인가?"

"폐하께서 서 계셨사옵니까!"

진미미가 깜짝 놀라며 급히 문후를 올렸다.

"황후마마께오서 폐하와 함께 태후부처님께 문후 올리러 가고 싶다고 하시며 쇤네더러 폐하께 여쭈라고 하셨사옵니다."

건륭이 알겠노라고 대충 대답하고는 궁문을 가리키며 물었다.

건륭의 치세지도(治世之道)　105

"저곳은 어느 궁비의 처소인가?"

이에 진미미가 아뢰었다.

"선제를 시중들어오던 금하(錦霞)라고 나중에 '상재(常在)'로 승격된 궁녀이옵니다……. 잊으셨나이까 폐하, 작년에……."

그러자 건륭이 급히 손사래를 쳐 진미미의 입을 막으며 말했다.

"고무용더러 황후께 여쭈라고 하게. 짐이 달리 볼일이 있으니 먼저 자녕궁(慈寧宮)으로 가 있으라고 말일세."

금하라는 말에 심장이 뛰는 걸 주체할 수 없는 건륭이었다. 작년에 와병중인 옹정의 탕약을 직접 달이고 있던 홍력은 단아한 자태가 황홀하고 미색이 곱기로 따를 이가 없는 금하가 다소곳이 앉아 침선에 골몰해 있는 모습을 훔쳐보느라 약이 끓어 넘치는 줄도 몰랐던 기억을 잊을 수가 없었다. 또 언젠가는 좁다란 영항 골목에서 서로 부딪쳐 하마터면 입술이 닿을 뻔한 적도 있었다. 그 뒤로부터 홍력은 금하가 자신을 바라보는 흠뻑 젖은 눈매를 때때로 떠올렸고, 도발적이면서도 애교 섞인 입술이 그리워지기 시작했던 것이다…….

이내 가슴속에 후끈한 열기가 느껴졌다. 그러나 막 금하가 있는 방으로 발걸음을 옮기려던 건륭은 문득 신분이 어제 같지 않은 자신을 돌이키고는 실망하여 주춤하고 말았다. 이때 가랑비 실어 나르는 서풍에 청아한 가야금 소리가 금하의 나지막한 노랫소리와 함께 다시 귓전을 간지럽혔다.

만나자 또 천애이별이라니, 이내 가슴속엔 한이 서리네.
동풍에 꿈이 사라질까 두려워 애써 자는 척하네.
창밖에 걸린 저 달이 무료해하건만 여인은 잠들어 있네.

열린 장지문 사이로 나무에 가득 핀 배꽃이 차갑구나······.

애간장이 녹아 내리는 듯한 여인의 가냘픈 목소리를 듣고 있노라니 도무지 솟구치는 욕정을 참을 수 없던 건륭은 빠른 걸음으로 뜰 안으로 들어갔다. 소리가 나는 서쪽 편전을 바라보니 등불 앞에서 가야금을 뜯고 있는 단아한 금하의 모습이 보였다. 갸름한 달걀 모양의 얼굴이 살짝 비틀어져 옥수가 떨어질 것 같았고 볼록한 젖무덤이 가야금 뜯는 몸짓에 따라 춤췄다. 촛불을 빌려 미인을 훔쳐보는 느낌이 이토록 혼을 태우고 애간장을 녹일 줄은 몰랐다. 비등하는 욕정에 살금살금 등뒤로 다가간 건륭이 덥석 여인을 끌어안았다.

깜짝 놀란 금하가 애써 몸부림치며 뒤를 돌아보려 했으나 건륭이 힘주어 껴안고 있는 통에 빠져 나오기란 허사였다. 눈을 동그랗게 치켜 뜨고 뾰로통하여 고개를 비틀어 보았지만 누군지 얼굴도 볼 수가 없었다. 다급해진 금하가 허투루 발길질을 해대며 목소리를 낮춰 꾸짖었다.

"이거 놔, 이마에 피도 안마른 시위 놈아! 못 놔? 죽고 싶어? 내가 소리 지르는 날엔 넌 뼈도 못 추릴 줄 알아!"

그러나, 건륭은 그에 아랑곳하지 않고 금하의 가슴속으로 손을 쑥 뻗어 봉긋한 젖무덤을 움켜쥐었다. 더 이상 참을 수 없었던 금하가 손톱이 길게 자란 손가락을 뒤로 뻗어 무작정 할퀴었다. 순식간에 볼을 할퀸 건륭은 따끔한 느낌과 함께 황급히 뒤로 한 발 물러났다. 얼굴을 만져보니 손바닥에 피가 조금 보였다. 얼얼한 뺨을 매만지며 건륭이 말했다.

"손톱이 너무 모질군, 짐의 얼굴을 이렇게 할퀴어 놓다니."

"어머나, 폐하!"

순간 건륭을 발견한 금하가 비명에 가까운 소리를 지르고 말았다. 삽시간에 낯빛이 창호지같이 창백해지며 곧 혼절할 것만 같았다. 그 모습을 본 건륭이 웃으며 다가가 위로했다.

"신분을 밝히지 않은 짐의 잘못이네. 자넬 탓하진 않을 것이니 그리 놀랄 건 없네."

이같이 말하며 놀란 사슴처럼 눈을 동그랗게 뜨고 바르르 떨고 있는 금하를 다시 덮치려던 건륭의 등뒤에서 빗물에 절벅거리는 발소리가 들려왔다. 이어 대문 밖에서 고무용의 말소리가 들려왔다.

"진미미, 여기 있었어? 태후부처님께서 폐하를 모셔오라고 하셨는데!"

그러자 진미미가 대답했다.

"폐하께오선 이 궁 안에 계시오, 내가 들어가 아뢰겠소."

"일이 있어서 오늘은 그만 가봐야겠네."

건륭은 흥이 깨져 적이 실망한 듯 아쉬움이 역력한 표정을 지으며 돌아섰다. 그러나 대문 쪽으로 걸어가던 건륭은 다시 되돌아오더니 재빨리 금하의 귓볼을 핥았다. 그리고는 음탕한 웃음을 지으며 말했다.

"며칠 후에 질펀하게 놀아보자고, 알았지? 좋은 소식 기다려!"

말을 마치고 대문 밖으로 나온 건륭은 틈새에 눈을 박고 안을 들여보느라 여념이 없던 고무용과 진미미의 뺨을 한 대씩 갈겼다. 그리고는 분노에 차 말했다.

"하늘이 갈라지기라도 했다는 거야? 어느 면전이라고 감히 돼지 멱따는 소릴 지르고 그래? 짐이 태후마마에게 문후올리러 가는 걸 잊었을까봐 그래? 체통머리 없이 기웃거리기는!"

건륭이 비를 맞으며 자녕궁에 도착했을 때는 황후 부찰씨가 무릎을 꿇은 채 태후와 한마디씩 주고받고 있었다. 건륭이 들어서자 궁전 가득한 궁녀와 태감들이 일제히 무릎을 꿇은 가운데 황후도 천천히 온돌에서 내려와 몸을 낮춰 인사했다. 늦가을 비가 추적대는 소슬한 날씨인지라 자녕궁엔 화롯불이 피어오르고 있었다. 훈훈한 열기를 느끼며 건륭은 급히 우비를 벗어던지고 태후에게 예를 갖춰 인사했다. 그리고는 희미하게 웃으며 말했다.

"강녕하시죠, 어머니?"

그러자 태후 뉴구루씨가 남자처럼 웃으며 말했다.

"어서 자리하십시오, 폐하! 난 지금 황후랑 신불(神佛)에 감사 참배를 드리는 일에 대해 얘기하고 있던 중입니다. 폐하가 걸음을 하셨으면 한 것도 이 때문입니다. 근자에 내가 꿈을 꾸었는데⋯⋯ 아니, 근데 폐하의 볼이 왜 이러십니까? 어디 긁힌 것 같기도 하고."

"별 것 아닙니다. 조심성이 부족하여 나뭇가지에 그만 살짝 긁혔습니다."

건륭이 어색하게 웃으며 거짓으로 둘러댔다.

"부처님께서는 무슨 좋은 꿈을 꾸셨는지요? 어서 말씀해 보십시오. 아들도 같이 즐거워하게 말입니다."

태후가 차 한 모금을 마셔 목을 축이고 나서 말했다.

"꿈에 내가 대행황제를 따라 청범사(淸梵寺)로 갔더랬습니다. 향을 사라 기도를 하고 있노라니 옆에서 누군가가 이렇게 말하는 것 같았습니다. '보살님은 복이 있는 사람입니다. 고인이 되신 효장태황태후보다도 더 유복하신 분이 어찌하여 우리 부처님께 귀의하시고도 여태 보시다운 보시를 하지 않으시는 겁니까? 보시다시피 불신(佛身)에 도금된 금이 떨어져나가 볼썽사납거늘 그냥 스쳐 지나시지는 않으시겠지요?' 그런데, 주위를 둘러보니 아무도 없었습니다. 옹정제마저도 모습이 보이지 않지 뭡니까!"

이같이 말하며 태후가 눈물을 훔쳤다.

"어쩌면 꿈에 나타나시어 이 외로운 할망구에게 따뜻한 말 한마디 해주지 않으시고 그냥 가실 수가 있단 말입니까? 야속하기도 하시지!"

"이는 분명 길몽입니다."

건륭이 급히 웃으며 말했다.

"〈해몽서(解夢書)〉에 따르면 꿈에 절에 가면 모두 길하다고 했습니다. 효장부처님이 74세까지 천수를 누리셨으니, 어머님은 필히 백세는 누리실 겁니다! 불신에 도금하는 일은 아들이 알아서 하겠습니다."

그러자 태후가 한숨을 지었다.

"열 다섯 살에 입궁하여 자네 애신각라씨(愛新覺羅氏)를 따른 세월도 벌써 43년을 넘기고 있네. 그동안 못 겪어본 풍랑이 없고, 못 누려본 부귀영화가 없이 살아오며 더 이상 원하는 게 뭐가 있겠나. 내가 부처에 귀의하여 더더욱 열심히 기도하는 건 아직 부처님을 믿지 않는 황제를 위해서라네. 흔쾌히 불신에 도금을 해주겠노라 약조하시니 반갑고 고맙기 이를 데 없으나 내친김에 산문의 불전(佛殿)도 손을 봐주었으면 하네. 선제의 재궁(梓宮)을 배웅하며 청범사를 지날 때 보니 묘당들이 낡고 초라하기 이를 데 없었네. 부처님의 음덕을 받아 오늘의 번영을 누리면서도 꼭 부처님의 지적을 받고서야 보시를 한다면 엎드려 절 받는 부처님이 즐거우

실 리가 있겠나?"

이에 건륭이 재빨리 말했다.

"그거야 그리 어려운 일이 아니니 심려 놓으십시오, 어머니. 청범사를 수리해 놓으면 가보시고 여의치 않은 곳이 있으면 이 아들에게 말씀해 주십시오. 어머니의 지시에 따라 불사에 전력을 다하겠습니다."

말을 마친 건륭이 황후 쪽으로 돌아서는 순간 비명에 가까운 황후의 놀란 음성이 터졌다.

"폐하, 나뭇가지에 긁혔다고 하셔서 그런 줄로만 알았더니 그게 아닌 것 같습니다. 이건 분명 손톱에 할퀸 자국입니다. 어찌된 일입니까?"

그러자 건륭이 당황하며 급히 상처를 감추며 말했다.

"오늘 장정옥네 화원으로 갔다가 등나무가지에 긁혔다니까. 별것도 아닌 걸 가지고 호들갑을 떨고 그래?"

"그러지 말고 어디 한 번 찬찬히 봅시다."

태후 역시 미심쩍었는지라 돋보기를 찾아 끼고 몸을 움찔거려 온돌을 내려왔다. 그리고는 건륭의 볼을 유심히 살펴보더니 고개를 저어 말했다.

"절대 나뭇가지에 긁힌 자국은 아닙니다. 이는 분명 사람의 손톱에 할퀸 자국이니 대체 무슨 일이 있었는지 말씀해 보십시오."

단호하기 이를 데 없는 태후의 말투와 서늘한 눈빛에 주눅이 든 건륭은 구차한 변명조차 늘어놓을 수가 없게 되자 결국엔 실토를 하고 말았다.

"금하가 무례하게 구는 바람에……."

순간 태후가 흠칫하며 자리로 돌아가 앉았다. 시퍼렇게 굳어진

건륭의 치세지도(治世之道)　111

얼굴에 살의가 번뜩였다. 한참 후에야 태후가 무거운 입을 열었다.
"여우 같은 년이 감히 어디에 손을 대! 필히 태비(太妃) 반열에 오르지 못했다고 하여 앙심을 품은 게야 발칙한 것이……. 내 추측이 틀리다고 생각하십니까, 폐하?"

6. 철의 사나이

"오냐오냐했더니 된맛을 못 봤어!"
태후가 버럭 대노했다. 볼살을 부르르 떨며 태후가 베개 위에 덮여있던 길다란 노란 수건을 집어 진미미에게 던져주며 말했다.
"이걸 금하에게 갖다주고, 태후가 네년이 저지른 일을 다 알고 있다고만 전하게!"
태후가 갑자기 심각하게 나오자 다급해진 건륭은 어떻게든 일을 수습해보려고 나섰다.
"어머니! 고정하십시오. 이건…… 이건…… 제 말 좀 들어보십시오……."
"됐네. 이 일만은 내 맘대로 할거네!"
태후가 진미미를 향해 일갈했다. 그리고는 꼴도 보기 싫다며 좌중을 물리쳤다.
태감과 궁인들이 물러간 궁전 안엔 태후와 황제 그리고 황후만

덩그러니 남았다. 한동안 셋은 아무 말도 하지 않고 단조로운 자명종소리만 듣고 있었다. 건륭이 멍한 표정으로 황후를 바라보자 황후는 고개를 외로 꼰 채 촛불만 응시했다.

"긴말이 필요 없네."

태후가 등받이에 몸을 기대며 숨을 길게 내쉬며 입을 열었다.

"달리 해명이 왜 필요한가? 선제 주변엔 저런 여우같은 것들이 몇몇 있다네. 저것들의 입을 막아버리지 못하고 소문이라도 나는 날엔 황가의 체면이 뭐가 되겠는가? 하물며 황제는 지금 열효(熱孝) 중에 있는 몸인데! 선제께서 급작스레 붕어하신 이유를 내가 모른다고 생각하면 오산이네. 결국엔 여자 때문에 타락하고, 여자 때문에 삶까지 포기한 경우가 아닌가? 황제도 이참에 깊이 반성해 볼 필요가 있네. 주변에 황후, 빈비들을 한가득 앉혀 놓고도 뭐가 모자라 저런 천한 것들한테까지 기웃거리시는 건지."

건륭은 얼굴을 귀밑까지 붉히고 고개를 떨구었다. 어서 빨리 자리를 뜨고 싶었지만 태후는 나라를 말아먹은 요물들이라며 주(紂)나라의 단기(旦己)에서부터 한(漢)나라의 비연(飛燕), 당(唐)나라의 양귀비(楊貴妃)에 이르기까지 한 끼 밥을 먹고도 남을 동안 일장연설을 늘어놓았다. 건륭은 건성으로 들어 넘기는 표정이 역력했지만 태후는 끝까지 하고픈 말을 다하고 나서야 말했다.

"황후는 황제를 모시고 궁으로 돌아가게. 난 피곤해서 그만 쉬어야겠네."

건륭이 황후와 함께 자녕궁을 나와 막 수화문에 이르렀을 때 마침 의지(懿旨)를 전달하러 갔던 진미미가 돌아오고 있었다. 궁등(宮燈)을 빌어 본 진미미의 낯빛은 흉흉했다.

두 사람을 보자 겁에 질린 듯 진미미는 손을 앞으로 모으고 한쪽에 비켜섰다. 만회할 수 없는 사고를 직감한 건륭이 아무 말 없이 진미미를 노려보며 마른침을 꿀꺽 삼켰다. 그러자 황후가 먼저 입을 뗐다.

"진미미, 일…… 잘 끝냈나?"

"예, 황후마마! 깔끔히…… 처리했사옵니다……."

잔뜩 겁에 질린 눈빛으로 먹구름 두터운 건륭의 용안을 훔쳐보며 진미미가 입을 실룩거렸다.

"그녀는…… 그녀는 아무 말도 남기지 않았사옵니다. 그저 가야금 줄을 당겨 끊고 향을 세 개 사르고는 곧……."

"그래, 가야금 줄은 어디 있나?"

부찰씨가 눈물을 머금고 말했다.

"이리 내게."

진미미가 잠깐 망설인 끝에 소매 속에서 한 움큼이나 되는 가야금 줄을 꺼내어 두 손으로 부찰씨에게 넘겨주었다. 손바닥에 올려놓고 들여다보던 부찰씨가 다시 건륭에게 건넸다. 그리고는 진미미에게 말했다.

"내일 우리 궁에 와서 은을 타내어 후히 장례를 치러주도록 하게."

가야금 줄을 꼭 움켜쥔 건륭의 가슴은 마치 끓는 물에 던져진 것처럼 오그라들고 말았다. 한참 할말을 잊고 있던 건륭이 비로소 입을 열었다.

"자녕궁으로 가서 전에 강희폐하를 시중들었던 내시들을 전부 불러오게. 태후부처님이 모르게 말일세!"

잠시 후 진미미가 대여섯 명의 태감들을 데려왔다. 늙은이는

60살 가량 되어 보였고, 30살을 갓 넘긴 것 같은 젊은이도 있었다. 이들은 빗물에 젖어 축축한 땅바닥에 엎드려 건륭과 황후에게 절을 했다.

건륭이 물었다.

"태후부처님께서 묘우(廟宇)를 수리할 거란 말씀을 하시던가?"

이에 수염이 흰 늙은 태감이 절을 하고는 오리 같은 목소리를 끌어내며 말했다.

"아뢰옵니다, 폐하! 그 사실은 태후마마를 시중드는 궁인들은 다 알고 있사옵니다……."

"짐이 자네들을 부른 것은 그 때문이네."

건륭이 차갑게 말을 이었다.

"짐은 강희폐하의 치법(治法)으로 세상을 다스릴 거네. 자네들은 성조를 시중들었던 태감들이니까 하는 말인데, 효장부처님도 독실한 불자시지만 성조더러 돈을 내어 묘우를 수리해 달라고 요구하는 걸 보았는가?"

"……."

"이는 자네들의 착오네."

건륭이 말했다.

"앞으로 다시 이런 일에 봉착하면 자네들이 곁에서 성조 때 효장태후의 예를 들어가며 이는 바람직하지 않노라고 간언을 올려야 하네……. 이번은 처음이니 용서하겠지만 두 번 다시 태후마마 입에서 이런 말이 나오지 못하도록 하게."

그러자 황후가 말했다.

"부처님께서 무슨 생각을 품고 계시든지 이번만은 폐하께서 태후부처님과의 약조를 지키실 거네. 누구라도 공사에 개입하여 사익을 챙겼다간 몽땅 게워내야 할 뿐더러 필히 큰 죄를 물을 것이니 그리 알고 처신을 잘하도록 하게!"

말을 마친 황후는 곧 건륭과 함께 가마에 올랐다. 가마 안에서 건륭이 물었다.

"황후, 어찌하여 금하에게 죽음을 주는 부처님을 말리지 않았소?"

"부처님의 처리에 흠잡을 데가 없었사옵니다."

"그럼, 금하가 끊어버린 가야금 줄을 내게 주는 뜻은 뭔가?"

"폐하께서 곁에 두고 보며 심념(心念)으로 삼아야 할 것 같았사옵니다. 신첩은 속 좁은 여인이 아니옵니다."

"황후가 사비를 들여 후히 장례를 치러주는 이유는 뭔가?"

"신첩도 여자이기 때문이옵니다."

건륭과 황후의 대화는 여기서 끝났다. 그날저녁 두 사람은 서로가 뒤척이며 오래도록 잠을 청하지 못했다.

양명시는 운남성 곤명부(昆明府)에 구금당한 지 벌써 3년째에 접어들었다. 청렴하고 강직하기로 정평이 나 있는 운귀총독(雲貴總督)이 이해(洱海)를 소통시키는데 필요한 경비를 조달하기 위해 염상(鹽商)들을 소집하여 강제로 세금을 부과시킨 죄로 하옥당했던 것이다. 운귀총독으로 승진되고 얼마 안지나 연일 퍼부은 홍수로 이해의 제방이 무너지는 사고가 났다. 촌락과 논밭들은 엄청난 침수피해를 입고 사상자가 부지기수였다. 누누이 호부에 대책마련을 촉구하는 글을 올렸으나 일찌감치 국고환수를 마쳐 황제에게 치적을 보고 올려 고속승진을 하려는 단꿈에만 부풀어

있던 호부의 관원들은 번이 '자체해결'을 하라는 말뿐 누구 하나 거금을 들여 양명시를 도와주려고 하지 않았다. 설핏 계산해 보아도 적어도 은자 2백만 냥은 필요한 공정이었다. 운남, 귀주 두 개 성의 빈약한 재정으로는 엄두도 못 낼 일이었다. 아무리 머리를 짜내도 돈 나올 구멍이 없었다.

궁여지책 끝에 양명시는 염상들에게서 기름을 짜낼 궁리를 할 수밖에 없었던 것이다. 그는 운남, 귀주 두 개 성의 주요 도로를 막아 통행료를 받아냈다. 염상들은 울며 겨자 먹기로 순순히 돈을 냈고, 이를 고깝게 여긴 신임 귀주순무(貴州巡撫) 주강(朱綱)이 자신을 천거한 양강총독(兩江總督) 이위에게 서찰을 보내어 이를 고자질한 것이 사건의 발단이었다.

불의를 보면 그냥 넘어가는 법이 없는 이위가 즉각 답신을 보내왔다. 탐관(貪官)이라면 어느 누구도 돌팔매질에서 제외될 수는 없으니 걱정하지 말고 고소장을 내라고 했다. 든든한 뒷심을 업은 주강은 추호의 주저함도 없이 양명시가 "편법으로 국은(國銀)을 갈취하기 위해 무모한 토목공사를 벌였다"고 상주문을 올렸다.

옹정의 신정(新政)에 대해 어느 것 하나 제동을 걸지 않은 적이 없는 양명시지만 청렴한 관리라는 점을 감안하여 죄를 묻지 않았던 옹정은 주강의 상주문을 받아보는 순간 대노하고 말았다. 양명시를 그 자리에 둘 수 있는 명분이 깡그리 사라졌다고 생각한 옹정은 즉각 6백리 긴급편으로 지의를 내려 주강더러 운귀총독을 서리하게끔 했다. 뿐만 아니라 호부시랑(戶部侍郎)인 황병(黃炳)을 운남으로 급파하여 진상조사를 하게 했다.

장정옥의 문생(門生)으로서 스승을 위해 이참에 속시원히 원수를 갚아주어야겠다는 생각을 품은 황병은 진상조사는커녕 수레에서 내리자마자 다짜고짜 양명시를 면직시켜 하옥했고, 지엄한 대청률(大淸律)도 무시한 채 갖은 극참형구(極慘刑具)들을 동원하여 양명시를 사지로 몰아넣으려고 혹형을 가했었다.

양명시가 워낙 청렴하다 못해 궁핍하기까지 하다는 사실은 운남성과 귀주성의 관리와 백성들 모두 주지하는 바였다. 부임지에 가족들을 데려오지 않고 먼 친척조카가 곁에서 도와주는 것이 고작이었다. 집을 수색해 보았자 서 발 막대기 휘둘러도 걸릴 게 없는 적막강산이었다. 양명시에게 공금을 횡령했다는 죄명까지 덮어씌워 아예 매장시켜버리려던 두 흠차대신은 궁여지책 끝에 염상들이 으레 상납하는 세금을 양명시의 서랍에 집어넣어 그가 공금을 횡령했노라고 죄를 덮어씌웠다.

이에 격분한 3만여 명의 백성들이 궐기했다. 양명시를 심문하는 자리를 덮친 이들은 무서운 파도처럼 밀려들어 장내를 아수라장으로 만들었다. 급기야 항쇄(項鎖)를 찬 양명시가 나서서 "어떤 경우에도 왕헌(王憲)을 어겨선 안된다"며 훈계를 내려서야 백성들은 툴툴대며 물러갔다.

그러나 백성들의 서슬에 간담이 서늘해진 주강과 황병 두 흠차는 더 이상 양명시에게 고육의 형벌을 안기지는 못했다. 옹정은 양명시에게 교형(絞刑)을 내렸으나 무슨 영문인지 3년이 되도록 형을 집행하지 않고 있었다.

관직에 있을 땐 감히 물건을 보내올 엄두조차 못 내던 백성들이 하옥되어 있는 양명시를 찾아보기 위해 바리바리 싸들고 몰려왔다. 간수들을 매수하여 독방으로 옮기게 해주는가 하면 "병을 치료한다"는 핑계로 양명시의 친척조카로 하여금 들어가 시중들게끔 했다.

이름도 모를 사람들이 보내온 정성과 성원에 양명시는 총독자리에 있을 때보다 오히려 물질적으론 더 풍족한 나날을 보냈다. 해마다 추결(秋決, 가을에 집행하는 사형) 때면 백성들은 향을 사라 불상 앞에서 간절히 소원을 빌었다. 옹정황제가 부디 주필로 양명시의 이름에 가위표를 해주길 진심으로 염원했다.

 또한 양명시는 옥중에서도 책읽기를 게을리 하지 않았고 가끔씩 짬을 내어 산책을 즐기고 태극권을 연마하며 건강관리에도 소홀히 하지 않았다.

 한편 양명시를 석방하라는 상서방의 정기문서(廷寄文書)를 받은 주강은 며칠동안 문서를 책상머리에 눌러놓고 명령에 따르지 않았다. 건륭에게 상소하여 '선제의 뜻을 지킬' 것을 간언드리려던 차에 '관맹지도(寬猛之道)'에 관한 건륭의 뜻이 피력된 조유(詔諭)와 함께 양명시를 석방키로 했다는 굵직한 행문(行文)의 관보가 날아들었다. 더 이상 지체할 수 없었던 주강은 울며 겨자 먹기로 양명시를 찾아 떠났다.

 옥문(獄門)에 들어서자 전옥(典獄)이 한 무리의 간수들을 데리고 작은 골방에서 나오는 게 보였다. 저마다 술을 마셔 얼굴들이 불그죽죽했다. 정자를 번쩍이며 입구의 철제난간 앞에 멈춰선 주강이 얼굴을 길게 늘어뜨리고 목청이 터져라 고함을 질렀다.

 "명절 때도 아니고 대낮부터 무슨 술이야? 뒈지고 싶어?"
 "아이고! 총독어른 행차하셨습니까, 억……."
 전옥이 트림을 하며 말했다.
 "방금 대리현(大理縣)의 수지현(水知縣)께서 관보를 보고 양명시 어른이 곧 석방된다며 경하하는 뜻에서 술상을 봐왔지 뭡니까. 그런데 양어른이 그 주안상을 다시 소인들에게 상으로 내렸다는 거 아닙니까…….”
 술이 거나하여 누구 앞인지도 잊은 듯한 전옥을 째려보며 주강이 휭하니 작은방으로 들어갔다.
 조용하고 깔끔했다. 천장과 벽을 모두 상피지(桑皮紙)로 도배했고, 나무틀로 짜여진 자그마한 창문에는 대단히 고급스러워 보이는 매미날개 사포(紗布)가 드리워져 있었다. 침대 위엔 깨끗이 빨아 색깔이 바랜 청포이불이 반듯하게 개켜져 있었고, 벽엔 나지막한 책꽂이가 있었으나 벌써 텅텅 비어 있었다. 양명시의 조카 양풍(楊風)이 땀범벅이 되어 땅바닥에서 서적들을 포장하고 있었다.
 심정이 다소 무거운 듯 의자에 앉아 멍하니 생각에 잠겨있던 양명시가 주강이 들어서는 것을 발견하고는 천천히 일어섰다. 그리고는 담담하게 입을 열었다.
 “별래무양(別來無恙)하셨소, 주공?”
 “양공(楊公)!”
 양명시의 담담한 표정에 어지럽던 마음이 다소 가라앉은 주강이 양명시가 내주는 자리에 앉으며 미소를 머금고 말했다.
 “그동안 고생이 많았소. 그러나 기색은 걱정했던 것보단 괜찮아 보이오. 몸도 전보다 더 튼튼해진 것 같고.”
 이에 양명시가 웃으며 말했다.
 “우환에 살고 안락하게 죽어야 하지 않겠소. 하지만 이런 얘기를 하려고 온 건 아닌 것 같은데…….”
 그러자 주강이 웃으며 말했다.
 “희소식을 전하러 왔소. 양어른이 3년 동안 억울한 옥살이를 견뎌낸 끝에 오늘날 다시 천일(天日)을 보게 된 걸 경하드리오.

관인(寬仁)을 위정(爲政)의 근본으로 여기시는 당금 폐하로부터 양어른을 출옥시켜 즉각 입경시키라는 정기가 날아들었소. 고생 끝에 낙이 온다더니, 양어른 같은 경우를 두고 말하는 것 같소. 이제 비황(飛黃)이 유망하니 진심으로 감축드리오!"

이같이 말하며 주강은 곧 큰소리로 밖을 향해 지시했다.

"양어른께 수레를 대어드려라! 전에 내가 명을 받고 행사하면서 여러 가지로 지나쳤던 부분이 많았던 것 같소. 호부시랑 황병도⋯⋯ 너무 몰인정했던 것 같고. 휴⋯⋯ 여긴 맘 터놓고 말할 곳이 못 되는 것 같으니 우리 아문으로 가서 며칠 묵어가오. 내가 송별연을 베풀어 지난 앙금을 깨끗이 씻어낼 수 있었으면 하오."

그러자, 양명시가 오랜 침묵 끝에 대답했다.

"주공, 자넨 아직 나 양명시를 깊이 모르오. 난 직설적인 사람이라서 속에 있는 말을 감추지 못하오. 내 사건을 처리함에 있어서 주공의 사심이 많이 작용했었다는 걸 인정해야 할거요. 물론 세상천지에 사의(私意)에 휘둘리지 않는 사람이 몇이나 되겠소? 일일이 앉혀 놓고 따질 수도 없으니 과거지사는 그대로 덮어두는 게 좋겠소. 주공이 진정 심중이 불안하다면 내 일언(一言)을 들어서, 봄눈 녹는 3월을 넘기지 말고 서둘러 이해(洱海)를 다스렸으면 하오. 난 더 이상의 '비황(飛黃)'은 절대 바라지 않소. 이번에 입경하면 폐하께 사은을 표하고 낙향하여 매화꽃과 오래오래 동무할 수 있게끔 윤허해 주시길 주청올릴 생각이오."

양명시가 앙심을 품고 북경으로 가서 자신의 악행을 일러바칠까 불안하기 그지없었던 주강은 문제의 이해(洱海)만 다스려놓으면 용서를 받을 것 같은 생각에 크게 안도하며 희색이 만면했다.

"양어른은 과연 진짜 사내대장부요! 허나 풍문에 의하면 폐하께오선 양어른을 예부상서(禮部尙書)직에 앉힐 거라고 하오. 매화꽃과 동무하며 살고 싶다는 양어른의 뜻은 당분간 이루기 어려울 거요. 아무튼 여기 이러고 있지 말고 어서 일어나 우리아문으로 가십시다. 주안상을 마주하고 한바탕 쾌담을 나눕시다."

그러자 양명시가 대답했다.

"성의를 무지막지하게 거절하는 것 같아 안됐소만 난 남의 집에서 술 마시고 밥 먹으면 체질상 소화를 못해내오. 선물꾸러미엔 더더구나 민감하고. 그러니 사소한 것에 마음쓰지 말고 이해를 수리하는 데나 전력하시오. 성공하여 북경에 오면 내가 간단하게나마 한턱 낼 것을 약조하오."

말을 마친 양명시는 곧 자리에서 일어섰다. 창피하기도 하고 감격스럽기도 하고, 한편으론 이름 모를 질투가 느껴지기도 한 주강은 엉거주춤 일어나 공손히 물러가는 수밖에 없었다.

주강이 떠나기 바쁘게 기다렸다는 듯 옥졸들이 우르르 몰려왔다. 경하의 말을 건네고 작별인사를 하며 뭇 별들이 달을 에워싸듯 양명시를 물샐틈없이 둘러싸고 아쉬움에 눈물 젖고 즐거움에 겨워했다. 그럼에도 어딘가 신색이 다소 무거워 보이는 양명시를 향해 전옥관(典獄官)이 물었다.

"어르신, 달리 분부가 계시면 주저하지 말고 말씀하세요."

이에 양명시가 웃으며 화답했다.

"그런 건 없소. 3년 동안 이곳에서 책 읽은 시간들이 소중했고 자네들 덕분에 건강도 더 좋아졌으니, 이 고마움을 어찌 표할까 생각 중이오. 이 커다란 침대가 어찌 저 손바닥만한 출입문을 통과했을까도 잠시 생각했고."

양명시의 말에 사람들이 모두 웃었다. 밖엔 뜰 안 가득 사람들이

운집했고, 타닥타닥 폭죽 터지는 소리가 사람소리와 더불어 한바
탕 시끌벅적했다. 옷차림을 정갈히 하고 양명시가 천천히 밖으로
모습을 드러내자 사람들은 일제히 무릎을 꿇었다. 맨 앞에선 총독
시절에 양명시가 억울한 사연을 듣고 그 손을 들어주었던 가난한
백성 몇몇이 울먹이며 있었다.
 "어르신, 우리 운남인(雲南人)의 어버이이신 어르신께서 떠나
가시면 우린 이제 어떡합니까?"
 "어서들 일어나게…… 일어나게……. 눈물을 거두고……."
 눈물 흘려본 지가 언제였던지 기억이 까마득한 '철의 사나이'
양명시는 눈물범벅이 된 얼굴을 들어 간절한 눈빛으로 자신을 바
라보는 이네들의 가엾은 모습을 보며 일순 가슴이 와르르 무너져
내리는 것 같았다. 어미가 젖먹이를 떼어놓고 가는 가슴 저미는
아픔이 이러한 것이리라. 주체할 수 없는 뜨거운 눈물이 볼을 타고
내렸다. 3년 동안 쌓이고 쌓였던 비애와 슬픔이 한꺼번에 녹아
내리는 것 같았다. 급히 눈물을 닦으며 애써 위로하여 양명시가
말했다.
 "내가 무슨 덕이 있고 능력이 있다고 여러분들께서 이토록 사랑
으로 대하시는지 모르겠소! 방금 주강 총독에게는 내가 민의(民
意)를 전달했고, 주강은 이해를 반드시 다스리겠노라고 흔쾌히
대답했소. 당금 폐하께서 성명하시니 여러분들은 각자의 생활을
잘 영위해나가는 것이 폐하를 받들어 모시고 이 양명시의 기대를
저버리지 않는 것이라는 걸 명심하게……."
 말을 마친 양명시는 수천 명의 백성들이 내어준 길다란 통로를
따라 앞으로 걸어 나갔다. 조카 양풍이 단단히 묶은 서적을 등짐
가득 메고 뒤따랐다. 두 사람이 겹겹이 둘러싼 인파를 뒤로하고

앞으로 향하고 있을 때 갑자기 사람들 틈에서 누군가 한사람이 뛰쳐나와 양명시의 발 밑에 미끄러지듯 무릎을 꿇었다.
"제발 소인을 도와주십시오, 양어른!"
놀란 양명시가 발 밑을 내려다보니 체구는 작고 왜소하지만 눈썹이 짙고 눈이 부리부리한 스무 살 안팎의 젊은이였다. 그런데 그 행색은 남루하기 이를 데 없었다. 영문을 모르는 양명시가 어안이 벙벙하여 조카 양풍에게 시선을 두었다.
그러자 양풍이 웃으며 말했다.
"돌쇠라고, 산동성 덕주 사람입니다. 사고가 있어 이쪽으로 피란을 온 모양인데, 이 친구 사촌 매형이 우리가 있었던 감옥의 간수였던 걸로 알고 있습니다. 숙부님이 옥중에 계실 때 이 친구가 이것저것 바깥심부름을 많이 해주었습니다."
조카의 말을 듣고 난 양명시가 웃으며 말했다.
"듣고 보니 내가 자네로부터 은혜를 입었군. 헌데 무슨 일로 내 도움이 필요한지, 내가 어떻게 도움을 줄 수 있을지 말해보게나."
하로형의 죽음을 목격하고 그 '음혼(陰魂)'에 시달리다 못해 신씨네 객잔을 도망쳐 나온 돌쇠였다. 마땅히 오갈 데가 없었던 그는 풍찬노숙하며 운남성 대리현에 있는 사촌누이를 찾아 나섰으나 공교롭게도 몇 년 동안 소식이 끊겨있던 사촌누이는 결핵으로 목숨을 잃은 뒤였다. 맘씨 좋은 매형 덕분에 대리현에 머물면서 돌쇠는 자연스레 간수로 있는 매형을 따라 감옥을 드나들면서 양명시를 알게 되었던 것이다. 그 동안 매형과 주변 사람들로부터 양명시에 대해 보기 드문 청렴하고 강직한 관리라는 칭송을 귀에 못이 박히게 들어온 돌쇠인지라 어떻게든 연을 달고픈 마음이 간절했던 차에 양명시가 떠나간다니 이렇게 뛰쳐나와 애걸하게 되었던 것이다.

양명시가 자상하게 물어오자 일말의 기대를 품은 돌쇠가 울먹이며 자신의 고초를 하소연했다. 그리고는 애걸했다.

"어르신께서 소인을 거둬만 주신다면 소인은 그 어떤 일이든 불평 한마디 없이 다 해낼 수 있습니다. 곁에 두고 부리시다가 영 아니다 싶으면 그 날로 내쫓으셔도 괜찮습니다!"

"그렇다면 따라나서게. 다만 난 당분간만 자네를 곁에 둘 수 있을 것이네."

돌쇠의 하소연에 측은한 마음이 동한 양명시가 말했다.

"웬만하면 이런 청을 들어주지 않지만 자네 처지가 딱한 것 같아 어쩔 수 없군. 북경에 들어가면 밥벌이라도 해야 할 텐데…….자네, 글은 읽을 줄 아나?"

돌쇠의 두 눈이 희열로 반짝였다. 그는 재빨리 대답했다.

"어르신께서 선심으로 소인을 거두어주시니 필히 공후만대(公侯萬代)하시고 관운이 형통하실 것입니다! 소인은 사숙(私塾)에서 3년 동안 글공부를 한 덕에 장부를 기입하고 명부를 작성할 정도의 글은 알고 있습니다……."

이렇게 되어 돌쇠는 양명시를 따라 북경으로 향하게 되었다. 양명시는 아직 복직하지 않은 몸이었기에 운남성에서 귀주로 오는 길은 현지 역관에서 사람을 파견하여 데려다 주었다. 규정상 양명시에겐 말 한 필밖에 주어지지 않았다. 하는 수없이 책이며 물건들을 말 위에 싣고 세 사람은 걸으며 길을 재촉했다. 그러나 아무리 부지런히 걸음을 재우쳐도 속도는 점차 느려져서 이들이 귀주성에 도착했을 때는 어느새 건륭 원년 2월 21일이었다. 길에서 보름이나 소요했던 것이다.

　귀양(貴陽)에 도착한 첫날 저녁 일행 셋은 삼원궁(三元宮) 뒤편에 있는 역관에서 여장을 풀었다. 막 저녁상을 물리고 잠시 숨을 돌리고 있노라니 역승이 종종걸음으로 양명시가 투숙한 서쪽 별채로 달려와 물었다.

　"어느 분이 양어른이십니까?"

　한 쪽에서 발을 닦고 있던 양풍과 돌쇠가 당돌한 역승의 행동에 놀란 표정을 지었다.

　"날 찾는 것 같은데?"

　양명시가 손에 들었던〈자치통감(資治通鑑)〉을 내려놓으며 되물었다.

　"헌데 무슨 일이요?"

　이에 역승이 재빨리 예를 갖춰 인사하며 말했다.

　"악종기 군문께서 양어른께 지의를 전달하기 위하여 행차하셨습니다!"

　순간 양명시가 흠칫 놀라 몸을 떨며 급히 말했다.

　"어서 안으로 모시게! 악종기 장군 맞지?"

　양명시의 말이 떨어지기 바쁘게 체구가 작고 다부진 대춧빛 얼굴의 관원이 바람을 달고 성큼 들어섰다. 한때 연갱요(年羹堯)와 더불어 서역(西域)을 주름잡던 그 악종기가 틀림없었다.

　팔망오조(八蟒五爪, 여덟마리의 맹수와 다섯 개의 발톱)의 관포에 참신한 선학보복(仙鶴補服)을 받쳐입고 반짝이는 산호정자(珊瑚頂子)뒤에 꽂혀있는 눈부신 공작화령(孔雀花翎)이 화려했다. 환갑을 넘긴 나이에도 근력이 좋아 보였고, 두 눈이 형형했다. 머리부터 발끝까지 무장(武將)의 기개가 흘러 넘쳤다.

성큼 들어와서 방안을 둘러보던 악종기는 양명시의 초라한 행장에 미간을 찌푸렸다. 그리고는 큰북을 울리는 것 같은 목소리로 말했다.

"지의가 계신다! 양명시는 엎드려 지의를 받거라!"

그사이 양풍은 어리둥절해 있는 돌쇠를 잡아끌고 자리를 비켜주었다.

"죄신 양명시가 성안(聖安)을 여쭙사옵니다!"

"성궁안(聖躬安)!"

양명시가 삼고구궤의 대례를 마치길 기다렸다가 악종기가 성지(聖旨)를 펴 카랑카랑한 목소리로 읽기 시작했다.

"양명시에게 예부상서직을 제수하고, 국자감(國子監) 제주(祭酒)를 겸하게 하여 짐을 위하여 조석으로 황자들을 훈육시킬 것을 명한다!"

"성은이…… 망극하옵니다, 폐하!"

지의 낭독을 마친 악종기는 두 손으로 양명시를 일으켜 세웠다. 그리고는 말했다.

"양공(楊公), 생각보다 건강해 보여서 다행이오! 실로 달관한 사람인 것 같소!"

이에 양명시가 미소를 지어 말했다.

"'달관'이라니? 마음을 비웠을 뿐이지! 폐하를 배알하면 무슨 말을 해야 할지 모르겠소."

그러자 악종기가 말했다.

"폐하께오서 새로운 청사진을 그려내시며 자네를 출옥시키고, 또 동궁(東宮)의 태자 스승으로 위촉하셨다는 사실은 실로 놀라운 일이오. 폐하의 이같은 홍은(鴻恩)을 저버리지는 말아야 할거 아니오?"

"악장군!"

양명시가 물었다.

"그대는 사천장군(四川將軍)이신데, 이곳 귀양엔 어쩐 일이오? 지의 전달을 위해 특별히 걸음을 한 거요?"

이에 악종기가 말했다.

"난 지의를 전달하기 위해 특별히 파견을 받아서 왔소. 물론 지의가 자네한테만 해당되는 건 아니오. 지금 총독아문을 들렀다 오는 길인데, 묘족들의 반란은 위험수위를 넘고 있는 실정이오. 전직 흠차인 장조, 총병 하원생과 동방(董芳) 모두 파직당한 상태요. 이곳의 병사들 중에는 내가 청해성에서 부렸던 부하들이 많은지라 이렇게 큰 인사변경에 불복할 것을 우려하여 폐하께서 특명을 내리셔서 날 급파하신 거요. 또한 폐하께오선 자네가 아직 직급이 없어 입경하는 길에 여러 가지 어려움이 있을 걸 예견하시고 이렇게 미리 관직을 내리시어 입경시 팔인대교에 앉아 편히 올 수 있게끔 배려하셨다는 것도 알아야겠소."

지의를 받고도 미처 여기까지는 생각이 미치지 못했던 양명시로선 새로운 황제 건륭에 대한 감격으로 목이 메일 수밖에 없었다. 그는 나지막한 한숨과 함께 고개를 숙였다. 그러더니 한참 후에야 비로소 입을 열었다.

"어쩐지 귀양(貴陽, 귀주성의 성도) 경내에 들어서자마자 분위기가 이상하다고 했소. 세 걸음마다 초소가 있고 다섯 보마다 병사들이 총대를 메고 있는가 하면 여기저기에 병영이 산재해 있는 것이 예사롭지 않더니 알고 보니 조정에서 묘족들의 반란을 잠재우기 위해 대군을 동원했었구나! 그럼 이곳의 군무는 악종기 장군이 책임지겠네?"
　이에 악종기가 웃으며 말했다.
　"그렇진 않소. 원래는 내부적으로 하였지만 이젠 내가 되레 그 절제를 받아야 할 만큼 훌쩍 커버린 대신 장광사가 맡기로 했소. 난 시간을 갖고 평화적으로 흡수하자는 주장이고, 폐하의 뜻은 정반대이신지라 장광사가 투입된 것 같소."
　장광사라면 양명시도 알고있었다. 악종기 군중에서 싸움 잘하기로 소문난 명장이었다. 이제 막 옥중에서 석방된 양명시로선 피비린내 나는 정벌과 사탕을 주고 달래는 두 가지 방법 중 어느 것이 더 현명한 처사일지에 대해선 왈가왈부할 수가 없었는지라 함구할 수밖에 없었다.
　그런 속내를 헤아린 듯 악종기가 막 일어나려고 할 때 밖에서 말발굽 소리가 들려왔다. 그와 함께 아역 하나가 달려 들어와 고성으로 아뢰었다.
　"묘강(苗疆) 지역 사무대신 장광사가 도착하셨습니다!"
　양명시가 놀라워하며 물었다.
　"사전에 아무런 예고도 없이 이게 무슨 처산가? 지난번 봤을 땐 이리 방종을 떨진 않았었는데!"
　그러자 악종기가 웃으며 말했다.
　"사람이란 원래 조석으로 다른 법이라오."
　어느새 장화발 소리가 돌바닥을 크게 울리며 가슴을 쑥 내민 장광사가 방안으로 들어섰다.
　마흔을 갓 넘긴 중년의 사내였다. 흰 얼굴은 다소 길어 보였고, 짙은 빗자루 눈썹이 매섭게 치켜 올라가 살기마저 느껴지는 인상이었다. 약간 치켜 올라간 꼭 다문 입 끝이 상대를 경멸하는 것 같아 부자연스러웠다. 문 어귀에서 걸음을 멈추고 두 손을 맞잡아 공수해 보이며 장광사가 말했다.

"그간 별고 없으셨소, 양공? 동미공, 지의를 전달하셨겠지?"

악종기가 시무룩히 웃으며 머리를 끄덕였고 양명시는 일어서며 손짓으로 자리를 가리키며 담담히 말했다.

"어서 앉으시오, 장어른."

"양공께 양해를 구해야겠소. 난 잠깐 엉덩이를 붙일 수밖에 없겠소."

장광사가 두 손을 무릎 위에 올려놓고 앉았다.

"좀 쉬었다 오늘 저녁 내로 정벌계획을 짜야 하오."

양명시가 온화한 눈빛으로 눈앞의 장군을 뚫어지게 바라보았다. 그리고는 미소를 지으며 말했다.

"장군의 기개는 실로 비범하오. 이번엔 필히 묘채(苗寨, 묘족들의 집단주거지)를 단번에 갈아엎고 그 소굴을 쓸어버릴 수 있을 거라 믿어마지 않소. 혹시 장군의 출병 방략에 대해 좀 공개할 수 없겠소?"

그러자 장광사가 웃으며 악종기를 힐끔 쳐다보더니 말했다.

"양어른은 문인 출신이거늘 군무상의 일을 어찌 제대로 알겠소! 사실 악종기 장군은 내게 오해를 품고 있을 것이오. 그러나 나도 무작정 때리진 않을 거요. 공개적으로 조정에 반기를 들고 나서는 완고한 분자들만 매장시켜버리고 반드시 가짜 묘왕(苗王)을 색출해내는 데 전력할 거요!"

그러자 악종기가 말했다.

"내가 무슨 오해를 하겠소. 자네가 주장(主將)이니 내 필히 영에 따를 것이오. 군사를 세 갈래로 나누어 동시다발적으로 습격한다는 방략엔 나도 공감이오."

이에 장광사가 말했다.

"널리 이해해 주고 따라 주어 고맙소. 사실 이번에 여섯개 성의 관병들을 통솔하여 출전해서도 한번도 승리를 거두지 못한다면 난 스스로 내 목을 칠 수밖에 없을 거요."

말을 마친 장광사는 곧 자리에서 일어났다. 그리고는 덧붙였다.

"양공, 북경까지 가려면 천산(千山)을 넘고 만수(萬水)를 건너야 할 텐데 이번에 고생이 이만저만 아닐 것이오. 달리 도와줄 방법은 없고 길에서 노자에 보탰으면 하는 마음에서 은자 3백 냥을 넣었소. 언제 출발할 건지 내가 배웅을 나오겠소."

이번에는 악종기도 일어서며 말했다.

"나도 그만 가봐야겠소. 우리 경내를 지날 때 다시 볼 수 있을 것이오."

"난 서생이라 군무엔 문외한이지만 정치는 좀 안다고 자부하오."

양명시가 말했다.

"하고픈 말은 천언만어(千言萬語)이지만 한마디로 귀결하면 사람을 너무 많이 죽이지 않는 방향으로 가기를 권유해 드리고 싶소. 전쟁이 끝난 후 지방관들이 놀란 백성들의 마음을 달래주기가 힘이 들 테니 말이오. 떠날 때는 구태여 나오지 않았으면 하오. 내 성격을 모르는 것도 아니고."

그러자 장광사가 웃으며 말했다.

"여긴 군사지역이라 모든 건 내 맘대로 할 수 있다오. 자, 내 맘 담긴 이 은자부터 받으시오!"

억지로 밀어 주다시피 은자를 양명시에게 넘겨주고 장광사는 곧 악종기와 함께 떠나갔다. 엉겁결에 은자를 받아든 양명시가 역승을 불러 말했다.

"이 은자를 보관하고 있다가 내일 장광사 장군에게 돌려보내도록 하게. 내가 떠나기 전 그 앞으로 편지 한 통을 써놓을 테니 책망당할까 걱정하진 말게."

7. 복권(復權)

 양명시가 북경에 도착했을 때는 어느새 3월 하순이었다. 방산현(房山縣) 경내에 이르러서부터 양명시는 고집스레 팔인대교를 물리쳤다. 그리고는 네 사람의 교부(轎夫)가 드는 양교(涼轎)를 갈아타고 하루를 더 가서야 북경 근교의 노하역(潞河驛)에 도착할 수 있었다.
 역관에서 하룻밤을 뜬눈으로 지새우다시피 한 양명시는 이튿날 아침 닭이 두 번 홰를 치자 곧 성안으로 들어가 서화문에서 패찰을 건넸다. 잠시 후 고무용이 종종걸음으로 달려나오더니 헐떡이며 말했다.
 "어느 분이 양명시 어른이십니까? 폐하께서 들라고 하십니다!"
 양명시가 양심전 천정(天井)에 와 보니 건륭은 이미 궁전 입구에까지 나와 기다리고 있었다. 흠칫 놀라며 양명시가 급히 몇 걸음 앞으로 다가가 삼고구궤의 대례를 올렸다.

"신…… 양명시가 폐하께 문후를 올리옵니다. 폐하 만세, 만만세!"

건륭이 천천히 계단을 내려와 두 손을 잡고 양명시를 일으켜 세웠다.

"먼 길 오느라 수고했네. 여독 때문인지 기색이 심상찮아 보이네. 눈언저리도 어두운 것이 어제 잠을 설쳤나?"

이같이 말하며 궁전 안으로 들어서던 건륭이 명했다.

"양명시에게 차를 올리고 자리를 내주거라!"

양명시가 황공하여 엉덩이를 살짝 붙이고 몸을 옆으로 돌려 앉았다. 그리고는 아뢰었다.

"폐하께오서 신의 견마지구(犬馬之軀)를 마음에 두고 계시다니, 신은 황공하여 몸둘 바를 모르겠사옵니다! 경사가 가까워질수록 밤잠을 청하긴 더욱 어려웠사옵니다. 선제의 형상이 눈앞에 삼삼하여……. 아직 화갑(花甲) 전이시온데, 너무 서둘러 가셨사옵니다. 더욱이 신으로 하여금 가슴을 치게 만드는 것은 선제께서 붕어하시는 순간까지도 신에 대한 깊은 유감을 떨치지 못하셨다는 것이옵니다……."

말끝을 흐리며 양명시는 애써 울음을 참았다. 다시 슬픔이 몰려오는 듯 건륭이 침통한 어투로 말했다.

"선제의 재궁은 옹화궁에 모셨네. 내일 알령(謁靈)을 할 수 있게 지의를 내릴 테니 억울한 일이 있으면 선제의 영전에서 크게 울어 다 털어 버리게."

"우레도, 우박도, 비도, 이슬도 모두 망극한 군은(君恩)이옵나이다. 하온데 신이 무슨 억울한 사연이 있겠사옵니까?"

양명시가 목젖을 떨며 말을 이었다.

"신은 그저 운수가 사나워 선제께 커다란 불경을 저질렀다고 자책할 뿐이옵니다."

양명시 못지 않게 상심에 젖은 건륭이 침통한 표정으로 말했다.

"어쩔 수 없는 일이었지. 사실 선제께서도 주강과 황병의 말을 전부 믿진 않으셨네. 몇 번씩 사형을 집행하시면서도 자네 이름은 번번이 지워버리시곤 하셨지. 수없이 많은 밤을 창가에서 서성이며 '그 친구가 어찌 그럴 리가? 좀더 지켜보지, 좀 기다려봐야겠어……'라고 혼잣말처럼 되뇌이시곤 하셨네."

건륭의 말이 이어지는 동안 어느새 북받치는 감정을 억제하지 못하고 양명시는 손바닥으로 얼굴을 가린 채 어깨를 들썩이기 시작했다. 눈물이 손가락 사이로 흘러내렸다. 울음소리를 내면 황제의 면전에서 실례를 범하는지라 애써 참느라 온몸이 경련을 일으켰다……. 그러길 한참, 겨우 눈물을 닦으며 양명시가 말했다.

"신의 실의(失儀)를 용사해 주시옵소서……. 선제의 그 한마디에 신은 더 이상 바랄 것이 없사옵니다……."

다시 눈물이 울컥 치밀었고, 양명시는 급히 손등으로 닦았다. 양명시가 진정하기를 기다렸다가 건륭이 말했다.

"짐은 자네의 인품과 학문의 깊이를 잘 알고 있네. 그렇다고 짐은 선제의 처사가 잘못됐다고는 생각지 않네. 그 당시 정세론 그럴 수밖에 없었지. 그래서 수년이 흐른 지금 짐은 조유(詔諭)를 내려 '관대한 정치'를 펴기로 했다네. 관보를 읽어봐서 알고 있을 거라 믿네."

"신은 곤명에서 이미 배독(拜讀)하였사옵니다."

어느덧 평정을 회복한 양명시가 말했다.

"관보를 보니 손국새와 손가감(孫嘉淦)도 석방되었다고 했사옵니다. 실로 폐하의 성의(聖意)는 촛불같이 밝으시옵니다! 신도 요즘 들어 반성을 많이 했사옵니다. 탄정입무(攤丁入畝), 관신일체납량(官紳一體納糧), 국고환수 모두 선제의 양정(良政)이었다는 사실을 뒤늦게야 느꼈사옵니다. 신이 우매하고 생각이 짧았던 탓에 선제께서 문인들을 경시한다 잘못 판단하여 선제의 가슴에 못을 박는 용사받지 못할 죄를 지었던 것이옵니다. 선제의 징벌은 결코 과분한 것이 아니었사옵니다."

건륭이 미소를 머금고 듣고 나서는 물었다.

"선제의 신정을 열거하면서 양렴은(養廉銀) 제도는 뺀 걸 보니 자넨 여태 양렴은 제도에 불만이 있는 것 같네?"

"감히 불만은 품을 수가 없사옵니다."

양명시가 공손히 답했다.

"화모은자(火耗銀子)를 정부에서 거둬들여 관원들에게 양렴은을 내줌으로써 생활이 궁핍하다는 이유를 들어 대놓고 부세(賦稅)를 착복하던 관원들의 비리사슬을 끊어버린 긍정적인 효과를 본 것만은 사실이옵니다. 하오나 반면에 이에 따른 폐단은 세 가지가 있사옵니다. 폐하께서 유의해 주셨으면 하옵니다."

"음? 어디 한번 들어보세."

양명시가 고개 들어 건륭을 바라보았다. 그리고는 말을 이어나갔다.

"화모를 거둬들여도 잇속을 챙길 가망이 없으니 관원들이 전처럼 열성적으로 화모 징수에 뛰어들지 않을 뿐더러 다른 공무에도 나태해지는 경향이 심각한 문제로 대두되고 있사옵니다."

"음."

"관원들은 청관, 탐관 구분이 있고, 관직엔 한가로우면서도 재미가 쏠쏠한 자리가 있는가 하면 그 반대인 경우도 있사옵니다."
 양명시의 말은 계속 이어졌다.
 "화모귀공 정책이 실시됨에 따라 청관들과 일부 유능한 관원들이 은자가 급히 필요할 때 돌려칠 여유조차 없게 되어 반드시 해결해야 할 일을 놓치고 마는 경우가 있는가 하면 돈줄이 말라버린 탐관들은 어디 좋은 자리가 없나 싶어 그것에만 혈안이 되어 정작 맡은 바 정무엔 소홀히 하는 현상이 위험수위를 넘어서고 있는 실정이옵니다."
 "음."
 "더 우려스러운 것은 각 성(省)들에서 자율적으로 화모은자를 관리하다 보니 관원들이 돈 아까운 줄을 모른다는 것이옵니다. 자기 주머니에 쑤셔 넣지 않는 이상 얼마를 쓰든지 화모은에서 지출이 된다는 알량한 생각 하에 은자를 물쓰듯하고 있는 실정이옵니다. 강남의 번사아문 한 곳에서만 무려 3, 4백 명의 서리(書吏)와 막료, 심부름꾼들을 부리고 있다고 하니 웬말이옵니까······. 폐하, 희조(熙朝, 강희제) 때 어느 번사아문이 백 명을 초과한 곳이 있었사옵니까? 이대로 나가면 물보다 고기가 더 많은 격이 되고, 백성들의 머리 위에 군림하는 사이비 관료들이 판을 치는 날이 필히 도래하고 말 것이옵니다!"
 건륭은 양명시의 말을 귀기울여 들으며 연신 머리를 끄덕였다. 그러나 이런 의견에 대해서 그리 중요시 여기는 것 같진 않았다. 그가 양명시를 북경으로 불러온 것은 정무를 보게 하기 위함이 아니고 아들들에게 인품과 학식, 기량 모두가 뛰어난 스승을 찾아주기 위함이었기 때문이었다. 그러니 정견은 그 다음일 수밖에 없었다. 잠시 침묵하던 건륭이 입을 열었다.

"들어보니 취할 바가 있는 것 같네. 글로 적어내게. 짐이 상서방 회의를 소집하여 정무에 반영토록 해볼 것이니. 허나 뭔가를 진흥시키려면 필히 이러저러한 폐단이 따르기 마련이네. 너무 편협해서도 안되네. 둘 사이의 균형을 잘 이뤄나가는 것이 유능한 관리가 아니겠나……. 자넨 비록 예부상서, 국자감 제주로 봉해지긴 했으나 굳이 자리를 지키고 앉아 있을 필요는 없네. 이제 곧 은과(恩科)를 앞두고 있으니 순천부의 공시(貢試)를 주지하여 짐에게 진재실학(眞才實學)이 있는 인재들을 선발해주도록 하게. 은과가 끝나면 육경궁으로 들어가 강학(講學)에 전념하게. 짐이 길일을 택하여 황자들에게 스승의 예를 올리는 자리를 마련해줄 것이네."

건륭의 말이 이어지고 있을 때 고무용이 들어와 아뢰었다.

"손가감, 손국새, 왕사준(王士俊)이 패찰을 건네어 뵙기를 청하였사옵니다. 이들이 북경에 도착하는 대로 접견하실 뜻을 분명히 하셨기에 신은 이들을 수화문 밖에서 대령하게 하였사옵니다."

"신은 그만 물러가겠사옵니다."

양명시가 정중히 절을 하며 말했다.

"신은 은과 준비가 어찌되어 가는지 알아보기 위해 내일 예부에 다녀오겠사옵니다."

이에 건륭이 일어서며 말했다.

"그래, 피곤할 텐데 물러가도록 하게. 예부 쪽에는 짐이 지의를 내릴 것이니. 아, 그리고 한 가지, 손가감이 부도어사(副都御史) 자격으로 직예총독을 서리하게 됐네. 이번 은과의 주시험관은 자네이고, 부시험관은 어싼이네. 인사 변동에 대해 밖에서 들리는 소문은 수시로 짐에게 아뢰도록 하게."

양명시가 대답을 하고는 다시 물었다.

"하오면 이위가 직예총독으로 발령났다는 사실은 어찌된 것이옵니까?"

건륭이 고개를 돌려 양명시를 바라보았다.

"이위는 책은 안 읽지만 천부적으로 총명하고 자질이 뛰어난 사람이네. 도둑 잡는 데는 타의 추종을 불허하는 꼭 필요한 사람이지. 과거에 자네랑 알력이 있었던 걸로 알고 있는데, 자네나 그 친구나 둘 다 썩 괜찮은 사람들이니 과거지사는 더 이상 따지지 말게. 이위의 건강이 날로 악화되는 것 같아 짐은 그에게 형부상서 직을 주어 짐의 곁에서 이것저것 얽매이는 것 없이 일을 보도록 할 것이네……."

양명시를 궁전 밖 처마 밑까지 바래준 건륭이 명했다.

"손가감, 손국새를 들라하라."

양명시는 영항(永巷)을 따라 남쪽으로 걸었다. 막 건청문 밖의 천가를 나오자 때마침 장정옥이 관원 한 사람을 배웅하여 나오는 모습이 보였다. 걸음을 멈추고 눈여겨보니 병부에 있는 만인시랑(滿人侍郎) 겸 보군통령(步軍統領) 서리로 있는 어쌴이었다. 장정옥의 문생인 양명시가 길게 읍하여 말했다.

"그새 무고하셨습니까, 선생님!"

"어! 명시, 자네로군!"

장정옥이 반색을 했다.

"폐하를 알현했나? 잘됐네! 이제 청궁(靑宮)에 들어가 왕사(王師) 노릇을 하게 됐으니! 자, 이리 와서 소개받게. 이 사람은……."

장정옥의 말이 끝나기도 전에 두 사람은 마주보고 웃었다. 장정옥이 놀라며 물었다.

"두 사람이 아는 사이였나?"

어싼은 듬직하게 생긴 외모만큼이나 무게 있는 사람이었다. 입가엔 항상 미소가 떠날 줄 몰랐다. 장정옥의 질문에 어싼이 머리를 끄덕였다.

"15년 전부터 알고 있었어요. 장상(張相, 장정옥)께서 아끼시는 고족(高足)이잖아요! 그 당시 전 내무부에서 일하다가 이부 고공사(考功司)로 자리를 옮겼을 땐데, 명시 이 친구가 귀주순무로 발령받을 때도 제가 추천했었는 걸요!"

양명시는 미소를 머금은 채 말이 없었다. 사실 옹정 원년에 양명시를 순천부 공시의 부시험관으로 추천한 사람도 어싼이었다. 그 당시 장정옥의 동생 장정로가 주시험관으로서 부정을 저질러 요참을 당했고, 이 사건의 넝쿨을 더듬어보니 그 끝자락엔 건륭의 친형인 홍시가 당쟁에 연루되어 있었던 것이다. 그러니 어싼은 수년이 흘렀어도 여전히 민감한 사안을 비켜갈 수밖에 없었다.

"방금 말했던 대로 하게."

장정옥이 떠나가려는 어싼에게 부탁했다.

"이위가 병부의 일을 도와준다고는 하지만 보군통령아문도 절대 소홀히 해선 안되네. 그곳에 구멍이 뚫리면 어느 누구도 책임을 질 수 있는 일이 아니네."

그러자 어싼이 대답했다.

"명심하겠습니다."

구태여 양명시와 인사말을 나눌 필요가 없다는 듯 어싼이 미소를 머금고 고개를 끄덕여 보이고는 떠나갔다. 그제야 장정옥이 웃으며 말했다.

"들어가서 얘기하지."

양명시는 장정옥을 따라 군기처로 들어갔다.

영항 남쪽 골목의 서쪽에 위치한 군기처는 방 세 칸이 고작이었다. 희조 때는 한낱 시위들이 쉬어가는 곳이었지만 옹정 때에 이르러 서부 용병이 빈번해짐에 따라 군무를 전문적으로 처리하는 부서를 필요로 하여 이곳을 군기처로 탈바꿈시켰던 것이다. 상서방 대신들이 군기처의 업무를 겸하고 있었는 바 그들은 황제가 대신들을 주로 접견하는 양심전과도 가깝고 상서방과도 멀지 않은 이곳에서 거의 모든 정무를 보곤 했다. 그렇게 해가 가고 달이 바뀌면서 군기처는 점차 핵심 부서로 떠오르는 반면 상서방은 모양만 덩그러니 남아있을 뿐 그 옛날의 위상은 잃은 지 오래되었다.

양명시가 장정옥을 따라 들어와 보니 동쪽에 커다란 온돌마루가 있었고, 바닥에는 사방이 모두 구리를 입힌 나무상자들로 가득했다. 그 위엔 어디라 할 것 없이 문서가 산더미 같았고, 은은한 묵향이 어느 서재에 들어선 것 같았다. 그 드높은 위상만큼이나 사치스러운 분위기는 어디에서도 찾아볼 수 없었고, 구석진 곳에 놓여 있는 도금된 자명종이 유일한 귀중품인 것 같았다.

"재상이 사는 꼴도 그저 그렇지?"

장정옥이 감개에 젖어 양명시에게 자리를 내주며 이같이 말했다.

"강희 46년에 상서방에 입직한 이래로 벌써 30년이 다 되어가네."

그러자 양명시가 의자에서 몸을 숙이며 말했다.

"스승님께선 오로지 충정으로 군주를 보좌하시고, 매사에 신중하시어 여태 변함없는 성총을 받아오셨습니다. 필히 전시전종(全始全終, 잘 시작하여 원만하게 매듭짓다)하실 것입니다!"

이에 장정옥이 한숨을 지으며 내뱉었다.

"여태 별다른 말썽 없이 잘 지내온 건 사실이나 끝이 어떨는지는 좀더 지켜봐야 알겠네. 내리 세 개 조대(朝代)를 거쳐오며 일대 권력자였던 명주, 소어투, 고사기 등이 고루(高樓)에 오르는 모습을 보았고, 연회석에서 가무에 즐거워하는 모습도 보았고, 고루가 무너져 평지가 되는 비참한 최후까지 보았네. 난 대명(大名)을 받들어 훈업을 이룩하였을 뿐더러 책임도 막중하네. 이젠 정말로 급류를 타고 용퇴해버리고 싶네!"

양명시는 장정옥을 눈여겨보았다. 이런 말을 하려고 바쁜 사람을 급히 불러들였을 리는 없다고 생각하며 고개를 갸웃했다.

"내가 영양가 없는 소리나 하려고 자넬 부른 건 당연히 아니네."

장정옥이 수염을 만지작거리며 잠시 침묵을 했다. 그리고는 대단히 간절한 어투로 말했다.

"대관(大官)의 자리에 너무 오래 앉았다 보니 호랑이 등에서 내려오기 어려운 게 문제라네. 우리 장씨 일문은 1, 2품에서 8, 9품에 이르기까지 국록을 먹는 사람이 70명도 넘는다네. 어룡(魚龍)이 혼잡하다 보니 누가 조금이라도 사고를 치면 곧 내게 불똥이 튀기 십상이라네. 나의 동생 장정로 사건 때문에 우리 사제간이 어딘가 모르게 어색해진 것 같은데, 자네를 향한 내 마음은 변함이 없다네. 난 자넬 원망치 않을 뿐더러 되레 고마워하기까지 한다네……."

"스승님……."

"내 말 좀 들어보게."

장정옥이 말했다.

"물론 나도 인간이니 가끔씩은 동생의 죽음을 떠올리며 가슴

바늘로 찌르는 것 같이 아파올 때도 있다네. 허나 우리 장씨 일문에 경종을 울려주어 유사한 일이 재발생하는 걸 미연에 방지하게끔 해주었다는 것에 대해 내가 고마워하네."

이에 양명시가 한숨을 지어 말했다.

"역시 중당께선 도량이 넓으시고 시비곡직이 분명하신 분입니다. 이 학생은 감복해마지 않습니다."

장정옥이 온화한 눈빛으로 양명시를 바라보았다. 그리고는 말했다.

"내 밑에서 나간 문생들은 지천으로 깔렸어도 자네같이 큰그릇은 별로 없는 것 같네. 자넨 이제 동궁으로 가서 황자들을 시중들게 됐는데, 내가 젊었을 때 밟아온 길을 그대로 밟는 것 같네. 전도가 유망하고 좋은 일임에 분명하지. 허나 불가경(不可輕), 불가중(不可重)의 원칙을 잃어선 안되네. 황족들 중에도 기물(器物)이 되기 어려운 사람들이 있을 테니까. 과거에 장정로가 이를 망각하여 셋째 홍시와 붙어 다니더니 큰 권세를 등에 업은 줄로 착각하고 그 같은 일을 저지르고 말았지 않은가. 산은 산인데, 그것이 빙산이라면 언젠가는 녹아 없어지게 돼 있다는 걸 명심하게."

듣는 양명시의 두 눈이 반짝였다. 한참 후에 그는 입을 열었다.

"스승님의 말씀을 새겨서 듣겠습니다. 황자들과는 도의(道義)로 사귀고 항상 편견 없는 중립을 지켜나가도록 하겠습니다."

"바로 그것이네."

장정옥이 웃으며 말했다.

"책을 가까이하고 세상을 보는 안목을 많이 키워온 자네에게 이런 말을 하는 자체가 잔소리에 불과하다는 걸 알고 있네."

말을 마친 장정옥은 자리에서 일어섰다. 급히 따라 일어선 양명시를 밖으로 배웅해주며 장정옥이 말했다.

"폐하께서 자네가 머무를 거처를 마련해 주라고 하시기에 너무 사치스러운 건 부담스러워 할 것 같아 동화문에 있는 사합원(四合院) 한 채를 생각중이네. 원래는 조인(曹寅)의 소유였는데, 압수당해 공유재산으로 전환됐었거든. 이미 폐하께 주명하여 자네에게 상을 내리기로 했으니, 그리로 들어가게. 육경궁과도 가까워 편리할 거네. 하인들은 충분한가? 은과 시험이 끝나면 채점할 때 일손이 많이 필요할 텐데 내가 쓸만한 애들 몇 명 보낼까?"

이에 양명시가 웃으며 대답했다.

"열여덟 명의 시험관들로 충분치 않겠어요? 전 어디 억울하게 낙방한 사람은 없나 시험지를 점검해보고 앞에서 30등까지만 맡아볼 텐데요, 뭘. ……아, 스승께서 그렇게 말씀하시니 학생이 되레 스승께 추천해 올리고 싶은 사람이 있어요……."

양명시가 돌쇠의 정황에 대해 알고 있는 만큼 여쭤 말하고는 덧붙였다.

"이대로 방치해두면 그 친구는 어디 갈 데라곤 없는 처지예요. 도와주려면 끝까지 도와주는 게 도리이지만 전 제 코가 석자인지라 어찌할 방도가 생겨나지 않네요. 뭐든지 좋으니 밥 굶지 않게끔만 해주세요."

그러자 장정옥이 말했다.

"다행히 글을 읽고 쓸 줄 안다니, 군기처의 장경(章京)들 방에서 잡역(雜役)을 맡겨보지."

양명시를 배웅하여 밖에 나온 장정옥이 문 어귀에 시립해 있는 꼬마 태감에게 명령했다.

"산서 양도(糧道) 하효송(何曉松), 하남 양도 역영순(易永順),

제남 양도 류강(劉康)을 불러들이게."

말을 마친 장정옥이 때마침 가까이 다가온 푸헝을 발견하고는 물었다.

"여섯째도련님, 폐하를 배알하고 물러나는 길입니까?"

군기처 앞에 세워져 있는 철패(鐵牌)에 '문무백관 및 왕공들은 허락없이 출입불가'라고 씌어져 있는 걸 보며 푸헝이 미소를 머금고 말했다.

"폐하를 알현하진 않았소. 황후마마께서 책 몇 권 부탁하시기에 이제 막 사서 들여보내고 오는 길에 내무부의 아계(阿桂)를 만나 억지로 장기 한 판을 두고 오는 길이오. 은음공생(恩蔭貢生) 자격으로 이번 전시(殿試)에 응하고 싶은데, 어떻게 해야 하는지 잘 모르겠다고 하더군. 저기 저 사람 양명시 아니오? 가서 물어봐야지"

그러자 장정옥이 웃으며 말했다.

"인간의 욕심이란 밑도 끝도 없나 봅니다. 만주 기인(旗人)으로서 결코 낮지 않은 관직에 있는 사람이 더 큰 공명을 추구하여 시험을 보려 하니 말입니다. 양명시에게 물어 볼 것도 없이 아계 그 사람은 자기 소속 기(旗)에서 증명을 떼어 상서방 인(印)을 받아 전시 때 폐하께 주명하면 될 겁니다."

푸헝이 잘 알았노라고 하며 융종문을 나섰다.

한편 이위가 직예총독으로 발령나는 시점에서 순조롭게 이위의 막부(幕府)에 들어온 전도는 북경으로 따라들어가 한바탕 멋들어지게 깃발을 날려보려고 작심을 하고 있었다. 허나 밤이 길면 꿈이 많듯이[夜長夢多], 차일피일 미뤄지던 이위의 전근령은 좀처럼 내려올 줄 모르더니 급기야는 이위더러 고북구로 가서 군사를 검열하라는 지의가 내려지고 말았다. 전도가 낙심천만하여 풀이 죽어있을 때 다시 이위를 병부상서로 고쳐 임명했다는 지의가 날아들었다. 고북구로 가는 것보다는 훨씬 그럴 듯한 일이었지만 그마저도 부임을 허락하는 표(票)는 아직 내려오지 않고 있었다.

은과(恩科) 기일은 가까워오고 사면팔방에서 입경하는 효렴(孝廉)들의 행렬이 길게 꼬리를 물었다. 가진자들은 네 필의 말이 끄는 수레에 노복들이 구름 같았지만 포의청삼(布衣靑衫)에 고독한 그림자를 끌고 다니는 축들도 많았다. 여관마다 용문(龍門)행을 갈구하는 거인(擧人)들로 가득했다.

등불이 뭇별 같은 밤에도 도처엔 술을 마시며 시를 짓는 소리들로 거리는 시끌벅적했다. 아직 불혹의 나이를 넘기지 않은 전도는 견물생심하여 가슴 저변에 잠자고 있던 욕구가 기지개를 켜기 시작했다. 그는 이위에게 은과에 응시해 보고 싶다는 뜻을 토로했고 반대할 이유가 없는 이위는 은자 160냥까지 쥐어주며 등을 떠밀었다.

"응시하려고 작심을 했으면 여기 있는 것보다 거리에 나가 거인들과 어울리는 게 나을 거네. 자네가 바람 타고 청운을 가르게 된다면 그 역시 나 이위의 얼굴에 광채가 나는 일이 아니겠는가. 결과가 여의치 않더라도 좌절하지 말게. 다시 내게로 돌아오면 되니까."

이위의 전폭적인 지지에 힘입은 전도는 날아갈 듯 홀가분했다. 자신감이 충만하여 이위가 준 돈으로 고사장 근처에 방 한 칸을 마련한 전도는 낮엔 작시(作詩)와 시필(試筆)로 눈코 뜰 새 없고, 밤에는 밖에 나가 회문(會文)하느라 여념이 없었다. 그렇게 며칠이 지나자 전도는 벌써 적잖은 문우들을 사귀게 되었다.

이날 오후, 낮잠을 자고 일어난 전도가 찬물을 얼굴에 끼얹고 막 책상 앞에 마주 앉았을 때 밖에서 부르는 소리가 났다. 고개를 빼들고 창 밖을 내다보니 대랑묘문관(大廊廟文館)에서 알게 된 몇몇 문인 친구들이었다. 기윤(紀昀)이라는 사람이 앞서고, 그뒤로 하지(何之), 장우공(莊友恭) 그리고 내무부에서 일하는 기인(旗人) 아계도 따라 들어왔다. 한바탕 와자지껄 웃고 떠들며 들어선 이들 중에 하지가 뜰을 둘러보며 과장된 표정을 지으며 말했다.

"뜰 안 가득 타는 듯한 석류의 향이 코끝을 간지럽히는구나!"

그사이 방안에 들어선 장우공이 전도가 지은 문장을 들여다보더니 한마디했다.

"오전 내내 어째 코빼기도 보이지 않는다 했더니 새로운 구상을 하느라 골머리를 앓고 있은 게로군. 헌데 양명시 어른은 이학(理學)의 대종(大宗)인지라 화려하고 실속 없는 한낱 문자놀이에 불과한 글은 오물처럼 취급한다는 걸 모두들 잊지 말라고."

이네들 중에서 가장 젊은 아계는 공시(貢試)엔 참가하지 않을 터였다. 기윤에게로 다가가 대충 훑어보고 난 아계가 웃으며 말했다.

"문장에 귀티가 흐르고 담백한 기운이 느껴지네요. 어딘가 억센 느낌이 없는 건 아니지만 전체적으로 괜찮아 보이는데, 기윤형이 보기엔 어떠세요?"

"한마디로 석류화(石榴花)야."

기윤이 연신 감탄을 했다.

"글자마다 주옥같이 황홀하다[一字一个中口, 字字賽珠璣. 참고로, '个'는 '個'와 같은 뜻]!"

극찬을 받은 전도가 조금은 황송하여 급히 말했다.

"실로 과찬이시오!"

그 모습을 보며 아계가 웃으며 말했다.

"기윤 형은 반대말을 잘하기로 소문난 사람인지라 그 밀어(蜜語)에 속지 말라고. '석류화'란 눈은 즐겁지만 소위 '네 맛도 내 맛도 없다'는 그런 부류이고, '일개중구(一个中口)'란 말은 '일(一)'자를 '개(个)' 위에 올리면 '불(不)'자가 되잖아. 그러면 결국 곱씹으며 음미할 정도는 못된다는 뜻의 '불중구(不中口)'로 해석할 수 있지 않은가. 또 '자자새주기(字字賽珠璣)'라 했는데, '주기(珠璣)'는 '저계(猪鷄)'랑 음이 같아 달리 해석하면 글자마다 주옥같다는 것이 아니라 겨우 돼지나 닭보다는 낫다는 뜻이 되는 것이고…… 아무튼 머리 좋은 사람이 엉뚱한 짓을 하면 못 말린다더니 그 꼴 났네."

듣고 보니 뜻이 완전히 달라지는 아계의 해설에 사람들이 박장대소하고 말았다. 잠시 후 기윤이 말했다.

"이마에 피도 덜 마른 것이 심간(心肝)은 영롱해 가지고……. 그러게 문장이라는 건 글쟁이들에게 있어서 자칫 명을 재촉하는 수도 있는 위험천만한 물건이라니까! 액면 그대로 받아 넘겨야지 꼬장꼬장 캐고 곱씹고 하다 보면 엉뚱하게 와전되어 경을 치게 된단 말이지. 됐어, 모처럼 만나 이런 얘기로 시간을 죽일 거면 이 양소(良宵)에 술이나 한잔씩 꺾는 것이 제격이지."

그러자 하지도 맞장구를 쳤다.

"우리가 그냥 놀러온 게 아니라 같이 관제묘로 술 마시러 가자고 들른 거네."

이에 전도가 웃으며 말했다.

"입은 비뚤어져도 말은 바른대로 하랬다고, 내가 몇 번 얻어먹었으니 나더러 한 잔 내라는 뜻인걸 모를까봐? 좋아, 오늘은 내가 한턱내지!"

사실 관제묘(關帝廟)는 바로 근처에 있었다. 이곳은 북경에서 향화(香火)가 가장 성한 곳이었고, 하루에도 향객들이 수없이 몰려들었다. 그러다 보니 근처엔 주루(酒樓)와 가게들이 즐비하게 늘어섰고, 갖은 음식냄새가 뒤엉켜 진동하기 일쑤였다. 전도의 거처에서 나온 다섯 사람은 인파에 밀려갔다 왔다를 반복하던 중 겨우 술집을 찾아 들어갔다. 조금 '있어' 보이는 인상 덕분에 당연히 이층 칸막이방으로 안내를 받은 이들은 울며 겨자 먹기로 '통크게' 놀 수밖에 없었다. 은자 열 냥을 던져주고 기다리고 있노라니 나름대로 공을 들인 음식들이 줄줄이 오르기 시작했다.

"굶어 죽은 귀신 붙은 것도 아니고, 머리 처박고 먹기만 할 순 없잖아."

하지가 소매를 걷어올리고 술을 따라주며 말했다.

"우리 주령(酒令)이나 할까? 진 사람이 술 마시기, 어때?"

그러자 기윤을 비롯한 사람들이 일제히 좋아라 박수를 치며 호응했다. 장우공이 먼저 운을 뗐다.

하늘엔 먹구름이 가득, 어느새 눈발이 분분하구나.
반은 매화꽃에 내려앉고, 반은 송림(松林)을 덮고,
가끔씩 흩날리는 눈꽃은 복숭아꽃 피는 봄 손짓하네.

장우공의 산뜻한 주령에 맞춰 사람들은 술잔을 높이 부딪쳐 첫 잔을 비웠다. 하지가 주령을 이었다.

우레 소리 대작하더니 벌써 빗발이 굵구나.
반은 파초 잎을 때리고, 반은 호수에 떨어지네.
나머지 가랑비는 귀향하는 나그네의 어깨에 내려앉노라.

이번에는 전도가 기다렸다는 듯이 주령을 받았다.

한줄기 바람이 휘몰아치더니 하늘에서 세 개의 술항아리가 떨어졌네…….

"말도 안돼."
전도가 운을 떼자마자 아계와 하지가 이구동성으로 떠들어댔다.
"너무 새빨간 거짓말을 하면 안되지. 하늘에서 어찌 그런 것이 떨어질 수 있단 말이오? 벌주 마셔, 어서!"
그러자 장우공이 말했다.
"그쪽은 산이 많은 지역에 사는 사람이라 모르나본데, 내가 사는 곳엔 태풍이 불어닥치면 3천 근도 넘는 큰절의 동종(銅鐘)이 몇 백리 밖으로 날아가 떨어진 경우도 있는데, 무슨 소리요! 술집이 태풍에 날아가는 날엔 하늘에서 술항아리가 떨어질 법도 하지."
장우공의 억지 논리에 진 하지와 아계가 술자리를 어지럽혔다 하여 되레 벌주를 마시고 말았다. 덕분에 전도는 주령을 이어나갈 수 있었다.

항아리 하나는 이태백(李太白)에게 선물하고, 하나는 시성(詩聖)에게 올리고,
또 반 항아리 두강주(杜康酒)는 도연명(陶淵明)에게 보내리!

"그럼 나머지 반 항아리는?"
장우공이 다그쳐 물었다.
"나머지는 장우공에게 받쳐 올리리! 자네가 전도 이 친구를 그리 감싸주니 당연히 뇌물을 올려야지 않겠소?"
기윤이 이같이 말했다. 그리고는 입을 다시며 말을 이었다.
"그렇게 말하면 나도 이을 말이 있소."

하늘에 바람이 휘몰아치더니 금 5만 냥이 떨어졌네.
3만 냥은 주인에게 돌려주고 1만 냥으론 전답 사고,
오천 냥으론 납연(納捐)하여 길을 열고, 나머지 5천 냥으론 사해(四海)를 두루 돌며 가인(佳人)들을 찾아 나서리!

가인을 만나러 다닌다는 말에 사람들이 큰소리로 웃으며 갈채를 보냈다. 이때 밑에서 계단을 오르는 발소리와 함께 세 사람이 올라왔다. 가장 눈에 띄는 사람은 푸헝이었다. 그 신분이 고귀한 줄을 아는지라 사람들이 급히 일어나 반색하며 맞았다.
"마침 잘 오셨습니다, 여섯째도련님! 어서 자리에 앉으십시오. 저희들은 지금 주령을 하고 있는 중이었습니다!"
푸헝은 비범한 자태가 우뚝 솟은 산봉우리인 듯 일거수일투족이 과히 예사롭지 않아 보였다.
"오늘은 전도 이 친구가 한턱낸다고 하여 모인 자리입니다."

아계가 일일이 사람들을 소개하고는 돌아서서 푸헝을 가리켜 말했다.

"이분은 우리가 섬겨 모셔야 할 주인이신…… 내무부 총관 푸헝 어른이시오. 그리고 동행하신 이분은 전에 왜 치커장군이라고 계셨지? 그분의 손자이신 러민 어른이시고…… 이분은?"

그러자 푸헝이 미소를 지어 보이며 말했다.

"이제 막 남경에서 오는 길이니 자넨 당연히 모를 테지. 전에 강녕직조로 있던 조인 어른의 손자인 조설근(曹雪芹)이란 사람이오."

"처음 뵙겠습니다."

조설근이 좌중을 향해 허리 굽혀 인사했다.

사람들이 눈 여겨 세 사람을 보니 푸헝은 무게가 있고, 학자다운 기품이 넘치는 반면 러민은 명민하고 기품이 있어 보이나 옷차림은 정갈하지 못했다. 그 조설근이라는 사람은 이 둘과는 또 다른 인상을 풍기고 있었다. 세월을 말해주듯 닳고닳아 결마저 희미해진 흰색 비단 장포는 먼지 하나 없이 깔끔해 보였고, 발목을 살짝 덮은 천으로 만든 신발 위로는 몇 군데 기운 자국이 선명한 흰 양말이 보였다. 풍채가 도도하고 시원한 얼굴에 크지 않은 까만 눈동자가 시종 미소를 머금고 있었다. 사람을 눈 여겨 바라볼 때 순간적으로 스치는 우울한 눈빛은 주변 만물을 압도하는 기운이 다분했다. 그 기질은 삽시간에 보는 이들을 사로잡았다.

"내가 뭐랬나? 자네랑 있으면 난 홍화(紅花)를 받쳐주는 이파리에 불과하다고 했지 않은가."

푸헝이 사람들의 시선을 한 몸에 받는 조설근을 향해 웃으며 말했다.

"발길이 닿아 만났으니 같이 앉지!"

이같이 말하며 푸헝이 묵직한 은 두 덩어리를 탁자 위에 꺼내놓으며 말했다.

"주령을 계속하지, 1, 2등 한 사람이 이 은자를 가져갈 수 있네!"

8. 황숙(皇叔)

 은 덩어리를 보니 족히 스무 냥은 넘을 것 같았다. 테두리에 은 서리가 내려있고 햇빛을 받아 푸르스름한 빛을 뿜는 것이 사람을 유혹하는 광채를 띠었다.
 "은자까지 걸었으니 규칙을 세우고 제대로 해야지."
 1등을 하여 은자를 소유할 욕심에 전도가 침을 꿀꺽 삼키며 은자를 힐끗 쓸어 보고는 정색을 했다.
 "아계가 엉터리로 주령을 어지럽히는 사람이 있나 잘 감시해야겠어. 누가 주령을 제일 잘 맞췄는지는 끝에 가서 다함께 공정하게 평하는 게 어떻겠소?"
 이에 장우공이 웃으며 말했다.
 "나 참, 누가 전씨(錢氏) 아니랄까봐! 저 눈에 불똥튀는 것 좀 봐. 나는 은자 쟁탈전에서 빠져줄 테니 자네들끼리 끝을 보도록 하게. 나랑 여섯째도련님은 곁에서 관전할 테니. 앞사람이 사서

(四書)에 나오는 한 구절을 말하면 뒷사람은 그 내용에 상응한 고인(古人)의 이름을 말하는 놀이가 제격일 것 같네. 내가 운을 떼줄 테니 한번 해보게."

장우공이 이같이 말하며 서두를 뗐다.

"맹자(孟子)가 양 혜왕(梁惠王)을 만나다."

이에 옆자리 앉은 전도가 냉큼 답했다.

"위징(魏徵)!"

곧이어 하지가 말했다.

"재집간과(載戢干戈, 무기를 거두다는 뜻)!"

그러자 조설근이 술잔을 끝까지 기울이고는 담담하게 말했다.

"그거야…… 필전(畢戰)이지."

러민이 다시 웃으며 답했다.

"오곡불생(五穀不生)!"

그러자 기윤이 여유만만하게 술 한 잔을 걸치고는 웃으며 입을 열었다.

"그거 안나왔으면 울 뻔했잖아. 전광(田光) 말고 누가 있겠어."

기윤이 다시 사서의 한 대목을 읊었다.

"비록 천만인(千萬人)이 곁에 있어도 난 내 갈 길을 가노라."

아계가 긴장한 기색이 역력하여 눈꺼풀을 위로 치켜올리며 생각했다. 그리고는 간신히 기억이 떠오른 듯 무릎을 쳤다.

"그거야 양웅(楊雄)이지!"

그러자 장우공이 받았다.

"이번엔 쉬어 가는 의미에서 내가 한 문제 낼게. 우산지목(牛山之木)의 아름다움을 만끽하다."

말이 떨어지기 바쁘게 전도가 탁자를 힘껏 두드리며 말했다.

"석수(石秀)!"

그러자 사람들이 와르르 웃음을 터트렸다. 어리둥절해 있는 전도를 향해 장우공이 말했다.

"잘 나가더니 왜 엉뚱한 곳으로 빠지고 그러나! 착각했네요. '목숨 내건 셋째 도련님'으로 알려져 있는 석수는 사서에 나오는 인물이 아니라 〈수호지(水滸志)〉에 나오는 인물이지 않은가. 고로 그는 정사(正史)에 나오는 고인(古人)의 이름이 아니란 말일세."

그러자 전도가 잠시 흠칫하더니 곧 억울하다는 듯이 툴툴거렸다.

"심판이면 공정해야지, 사람 차별 두는 것도 아니고 그게 뭐요? 그럼 방금 아계가 말한 '양웅'은 수호지에서 나오는 인물이 아니란 말이오? 짐짓 모른 척하고 넘어가자니 너무하잖소!"

전도가 정색하여 목에 핏대를 세웠지만 사람들은 모두 웃고 말았다. 푸헝이 재밌다는 듯이 웃으며 말했다.

"아계가 말한 '양웅'은 〈수호지〉에 나오는 '양웅'이 아니라 왕망(王莽) 신조(新朝) 때의 양웅을 말하는 걸세."

푸헝의 말에 전도가 멋쩍어하며 뒤통수를 긁적이더니 대접에 넘치는 술을 들어 꿀꺽꿀꺽 마셔버렸다. 그리고는 손바닥으로 입을 쓱 닦더니 말했다.

"술맛 끝내준다! 우리 놀이방식을 바꿔보는 게 어떠오?"

전도가 손가락으로 은자를 가리키며 말을 이었다.

"과인(寡人)은 돈독이 올라 꼭 이기고 싶은데! 앞뒤 연(聯)의 음률이 같아야 할 뿐더러 반드시 1물1사(一物一事)를 읊어야 하는 시구를 짓는 게 어떨까 하오."

"그거 쉽지 않을 텐데?"

아계가 난색을 표했다. 장우공을 보니 그도 머리를 가로젓고 있었다. 그러자 전도가 득의양양하여 웃으며 말했다.

"혼자 힘으로 안되면 여럿이서 힘을 합쳐 날 공격해도 된다면?"

그 말에 다소 마음이 동한 아계가 잠시 생각하더니 운을 뗐다.

"적지교인중오일(赤地驕人重五日)?"

"단오절(端午節)."

아계의 물음에 전도가 침착하게 답했다. 아계가 다시 말했다.

"증경집필간우투(曾經執筆干牛鬪)?"

"괴성(魁星)."

이렇게 주거니 받거니 시간가는 줄 모르고 떠드는 동안 조설근은 내내 빙그레 웃으며 침묵을 지켰다. 조설근의 뛰어난 문재(文才)를 자랑시키고자 데려왔던 푸헝으로선 시무룩히 웃으며 연신 술잔만 비우는 조설근의 흥을 돋우어 언어의 연금술사로서의 기질을 선보이게 하는 것이 목적이었다. 오직 탁자 위에 놓인 은자 스무 냥에만 집착하여 재미도 없는 놀이를 하고 있는 모습에 싫증난 푸헝이 젓가락으로 탁자를 두드리며 술이 거나한 목소리로 노래를 부르기 시작했다.

잊었네, 적막한 유규(幽閨)에 스며든 푸른 이끼의 그림자를.
잊고 살았네, 비처럼 떨어져 먼지 속에 나뒹굴던 뭇꽃의 처절한 몸짓을. 청의홍상(靑衣紅裳)이 퇴색하고 머리가 반백이 되어 뒤돌아보니, 흘러간 일강춘수(一江春水)는 다시 오지 않는구나……!

푸헝의 노래가 끝나기도 전에 장내는 떠나갈 듯한 박수갈채가 터져 나왔다. 노랫말에 귀기울이고 있던 조설근이 아니나다를까, 처음과는 달리 흥이 동한 듯 어깨를 펴며 입을 벙긋했다. 그가 막 한 곡 뽑으려 할 때 옆자리에 앉은 하지가 뒤질세라 목을 빼들었다.

만나지 못할까 가슴 졸였지만 정작 만나니 마음은 왜 이리 떨리는 걸까. 꿈속에서 그리워 울던 그 얼굴 분명한데, 사슴을 품은 듯 어지럽게 뛰는 이 가슴 어찌하면 좋을까. 삼생원가(三生怨家)여서 다가서지 못하는 이 아픔, 뉘라서 알까…….

타인의 가슴 절절한 사연을 들어주듯 가사에 푹 빠져있던 조설근이 말했다.
"세상사란 원래 보아도, 보아도 간파할 수 없고, 느끼고 느껴도 흐리멍텅한 게 아닌가 싶소. 좋아하면 모든 속박에서 벗어나 과감하게 추구하는 것이고, 아니면 훌훌 털어 없애야 하는데, 그 무엇이든지 집착이 깊어지면 사람은 살아갈 수 없는 것 같소."
말을 마친 조설근이 가슴 가득한 감성에 불이 붙은 듯 춤까지 춰가며 노래를 불렀다.

삼춘(三春)을 간파하려면 복숭아는 몇 번 붉어야 하고, 버드나무는 몇 번 푸르러야 하는가? 소화(韶華)를 타멸(打滅)하고 청담(淸淡)한 천화(天和)를 찾고 싶네. 천상엔 복숭아가 주렁주렁 열렸고, 구름 속엔 살구꽃이 만발하다고 그 누가 말했거늘 열매 맺는 가을을 참고 견딘 사람이 과연 있을까? 들리느니 백양나무 아래 동네의 오열이요. 청풍림(靑楓林) 밑의 귀신 신음소리. 보이느니 무성한 쇠초(衰草) 속의 주인 없는 무덤이네. 어제의 가난뱅이 오늘 부유하여 노록(勞碌)하고, 화려한 봄꽃도 가을엔 시름시름 영락해가듯 우리네 인생이란 원래부터 덧없고 무상한 것이더라.

조설근의 노래가 멈췄을 때는 좌중이 숙연해진 뒤였다. 하지는 도무지 믿어지지 않는다는 표정으로 외모는 그리 출중하지 않은 조설근을 뚫어지게 바라보았다. 그러길 한참, 멍하니 벌어진 입술 사이로 한숨과 함께 이 같은 말이 새어나왔다.

"바람에 버들가지 떨어지고, 물 위에 부평초 떠다니듯 이 또한 인간의 기상은 아니로군!"

노랫말을 음미하느라 여념이 없는 푸헝의 얼굴엔 흡족한 표정이 서려 있었다. 뭐라 입을 열어 말하려 할 때 갑자기 계단을 밟는 급박한 발걸음 소리가 들려왔다. 수행원인 듯한 옷차림을 한 젊은이가 종종걸음으로 다가와 푸헝에게 뭐라고 귀엣말을 했다.

"뭐, 류통훈(劉統勳)이 왔다고?"

푸헝이 물었다.

"무슨 일이 있대?"

그러자 수행원이 다시 푸헝의 귓전에 엎드려 두어 마디 더 들려주었다.

"오늘 모처럼 즐거운 자리가 됐는데, 난 급한 일이 있어 먼저 자리를 떠야겠네."

푸헝이 웃으며 자리에서 일어났다. 그리고는 조설근의 손을 잡고 말했다.

"내가 길에서 말했듯이 은과에 응시하고 싶은 마음이 없으면 맘대로 하게. 우리 집에 묵고 있으면서 내가 국자감에서 종학을 가르치게 하든가, 자네한테 어울리는 다른 일자리를 찾아 줄 테니 그리 알게. 난 급한 일이 있어 먼저 자리를 뜨니 자넨 실컷 놀다오게."

말을 마친 푸헝은 서둘러 자리를 떴다.

푸헝이 술집을 나섰을 땐 하늘이 어두워진 뒤였다. 키가 작은 중년사내가 머리에 착 들러붙는 6각형 가죽모자를 쓰고 청포장삼차림으로 문 어귀에서 기다리고 있었다. 바로 첨사부(詹事府)에서 내각학사(內閣學士)로 발령난 지 얼마 안되는 류통훈이었다. 푸헝이 다가가 부채 끝으로 류통훈의 어깨를 쳤다. 그리고는 웃으며 말했다.

"이위가 무슨 급한 일이 있어 날 보자는 겐가?"

"쉿……!"

류통훈이 목소리를 죽여 말했다.

"여섯째도련님, 잠시만 기다리시면 알게 될 겁니다."

류통훈이 이같이 말하며 순두부를 파는 천막을 턱짓으로 가리켰다. 류통훈의 턱짓을 따라 눈길을 돌리던 푸헝은 그만 깜짝 놀라고 말았다. 그곳엔 건륭이 콩알만한 불빛을 마주하고 쪽걸상에 앉아 숟가락으로 순두부를 떠먹으며 옆에서 빈 접시를 치우고 있는 중년여인과 말을 주고받고 있는 모습이 보였던 것이다. 여인은 입담이 걸쭉할 것 같았다. 그릇을 닦아 던져놓다시피 하며 여인이 큰소리로 말했다.

"이렇게 진종일 나와 버둥거려도 겨우 입에 풀칠이나 할 정도라고요. 하루에 콩을 한두 되 갈아서 그나마 일진이 좋은 날은 은자네댓 푼을 벌고 대부분은 동전 스무 문이 고작이에요. 팔자가 얼마나 드센지 친정에서도 일만 새빠지게 하더니 시집와서도 한여름의 개 혓바닥처럼 축 늘어져 있는 남정네를 믿고 살아야 하니, 휴! 기왕 팔 걷어붙인 거 좀 제대로 된 두부집을 차려보고 싶어 큰집에 가서 돈 좀 빌려오라고 했더니 죽어라 뒷걸음치는 거 있죠? 은이 아닌 인자전(印子錢)은 절대 빌리는 게 아니래나? 한 푼을 빌리면 두 푼 이상을 갚아줘도 모자란대요······."

여인이 이번엔 그릇을 와르르 쏟아놓고 헹구며 말했다.

"요즘은 콩값도 하루가 다르게 치솟아요. 있는 사람들이 가을에 콩값이 똥값일 때 사재기해 뒀다가 조금씩 풀어놓으니 우리 같은 사람들은 꼼짝없이 당하는 거죠. 이대로 나가다간 두부가게들이 다 문을 닫고 말 거예요."

여인의 하소연을 듣고있던 건륭이 순두부를 접시째 들이마셨다. 그리고는 웃으며 물었다.

"건륭전(乾隆錢, 인자전)은 사람들이 알아주지 않아서 그런가?"

그러자 여인이 웃으면서 고개를 돌리며 말했다.

"알아주지 않다뇨? 너무 좋아해서 탈이죠. 새로 나온 건륭전엔 동(銅)이 많이 들어있어서 동장(銅匠)들이 닥치는 대로 수거하여 동기(銅器)를 만들어 판대요. 그렇게 하면 한 번에 몇 십 배의 이득은 볼 수 있다네요. 관가(官價)는 은자 한 냥에 건륭전 2천 문을 바꿔주는데, 전장(錢莊)에선 많아 봤자 천이백 문인 걸요. 우리 같은 구멍가게는 은자가 없는 데다 건륭전마저 이렇게 비싸니 세금 낼 때면 얼마나 억울한지 몰라요!"

건륭의 얼굴에 걸려있던 미소가 점차 옅어지는가 싶더니 어느새 깡그리 사라지고 말았다. 순두부 대접을 밀어내며 자리에서 일어난 건륭이 류통훈에게 말했다.

"상을 내리게!"

류통훈이 말없이 다가가 열다섯 냥 짜리 은자를 탁자에 올려놓았다. 눈이 휘둥그래져 입술만 실룩거릴 뿐 할말을 찾지 못하는 여인을 향해 건륭이 히죽 웃어 보였다. 그리고는 곧 뒤돌아서 발걸음을 옮겼다. 일반 백성들의 옷차림을 한 시위들도 먼발치에서 따라갔다.

"이 시간에 이런 데까지 걸음을 하실 줄은 몰랐사옵니다."

푸헝이 웃으며 말했다.

"태후부처님께서 아시면 신들을 호되게 나무라실 것이옵니다."

이에 건륭이 웃으며 말했다.

"이번엔 부처님께 미리 아뢰었다네. 내일아침 일찍 북경을 떠날 것이니, 오늘밤은 이위네 집에서 자보자고!"

그 말에 푸헝이 깜짝 놀라하며 걸음을 멈추었다. 그리고는 여쭈었다.

"하남으로 행차하실 것이옵니까? 단오명절 후에 걸음을 하신다고 하지 않으셨사옵니까?"

건륭이 여전히 웃는 기색으로 말했다.

"일정이란 변경될 수도 있는 거지 뭘 그리 호들갑을 떨고 그러나? 병불염허(兵不厭許, 병사에 관한 일엔 사기성도 용납된다는 뜻)라 했거늘 미복으로 순찰을 떠나면서 그만한 신비스러움도 없이 되겠나? 자칫 소문이 새나가는 날엔 오도가도 못할 게 아닌가!"

그럼에도 푸헝은 잠시 석연치 않은 기색을 보였다. 이위네 집 방향을 가리켜 그가 말했다.

황숙(皇叔)

"이위네 집은 기반가(棋盤街)에 있사옵니다. 이리로 가면 선화가(鮮花街)이옵니다."

이에 건륭이 목소리를 낮춰 말했다.

"나선 김에 십사숙(十四叔)을 만나볼까 하네……."

푸헝은 더 이상 말없이 건륭을 따라 천천히 발걸음을 옮겼다. 건륭이 말하는 '십사숙'이란 강희의 열넷째 아들이자 유일하게 옹정과 동복형제인 윤제였다. 강희 말년 태자 윤잉이 폐위를 당함에 따라 보위 쟁탈전에 나선 '여덟째당'의 핵심이었다. 조부 강희와 부친 옹정에게 윤제가 어떻게 해왔는지를 잘 아는 건륭이지만 그는 등극하자마자 "십사숙, 구숙이 감금되어 있는 담을 허물어 자유로운 산책을 보장하라"는 지의를 내렸다.

앞서 길을 안내하던 류통훈이 손가락으로 가리켜 말했다.

"폐하, 저 앞에 보이는 건물이 바로 십사패륵부이옵니다."

"음."

건륭이 짤막하게 응답을 하고는 신색이 황홀하여 힐끔 앞을 바라보았다. 시커멓고 우중충한 담이 족히 한 장 반은 넘을 것 같았다. 활 모양으로 담을 높이 쌓으면서 문 앞의 돌사자까지 담장 안으로 들여보낸 까닭에 출입문이라고는 의문 옆에 있는 네 척정도 넓이의 자그마한 구멍이 고작이었다. 그나마 내무부(內務府)와 종인부(宗人府)에서 공동 파견된 간수들이 철통경비를 서고 있어서 대단히 삼엄해 보였다.

건륭 일행이 대문께로 다가가자 간수 하나가 거칠게 고함을 질렀다.

"뭐 하는 사람들이야? 멈춰라!"

말이 떨어지기 바쁘게 사무관 차림을 한 두 사람이 달려나왔다.

실눈을 좁다랗게 뜨고 일행을 눈여겨보던 사무관의 얼굴에 즉시 배시시 웃음이 번졌다.
"아니…… 여섯째도련님 아니십니까! 이거 몰라 뵈어서 대단히 황공합니다! 날도 어두운데 어쩐 일로 이렇게 걸음을 하셨습니까!"
"주절대지 말고 어서 문이나 열어!"
푸헝이 짜증스레 손사래를 치며 말했다.
"폐하께오서 윤제를 만나기 위해 납시었다!"
그러자 사무관이 불에 데인 듯 화들짝 놀라며 황급히 주변을 두리번거렸다. 그제야 푸헝의 등뒤에 서 있는 건륭을 알아본 사무관이 사색이 되어 털썩 땅에 엎드렸다. 그리고는 수도 없이 머리를 조아리고는 벌떡 일어나 저만치 달려가 문을 열었다.
덜컹!
우렁찬 소리와 함께 철문이 열렸다. 건륭이 한 발 들여놓으며 물었다.
"자네 십사마마는 아직 잠자리에 든 건 아니지?"
둘은 연신 허리를 굽실거리며 아뢰었다.
"아뢰옵니다, 폐하! 십사마마께선 매일 4경(四更)께는 되어야 주무시곤 하옵니다. 하오나 요즘 들어 건강이 더욱 좋지 않으셔서 지금쯤은 아마 누워 계실 것이옵니다!"
"자네들이 길을 안내하도록 하게."
건륭이 안으로 들어서며 고개를 돌려 하명했다.
"류통훈, 자넨 문 앞을 지키고 서 있게."
두 사무관이 등불을 들고 앞에서 걸었다. 칠이 덕지덕지 떨어져 나간 두 번째 문으로 들어서니 뜰은 더욱 어두워 걸음을 떼기가

황숙(皇叔) 165

힘들었다. 뜰 안에 가득한 쑥이며 잡초가 키를 넘었고, 늦봄의 밤바람에 소슬한 소리가 오싹한 느낌이 들었다. 멀리 처마 밑에 달려있는 누리끼리한 호롱불 밑에 몇몇 나이 들어 보이는 태감들이 서 있었고, 방안엔 청유등(靑油燈)이 희미하고 차가운 불빛을 내뿜고 있었다.

건륭은 문득 소싯적에 십사숙과 함께 계단 밑에서 술래잡기놀이를 하던 광경이 떠오르며 일순 마음이 서글퍼졌다. 급한 마음에 부지런히 발걸음을 옮겨 방 앞으로 다가간 건륭이 나지막한 목소리로 불렀다.

"십사숙."

불빛을 빌어 들여다보니 윤제는 얼굴을 안쪽으로 돌리고 잠이 든 듯 응답이 없었다.

이번에는 푸헝이 부드러운 목소리로 불렀다.

"십사마마, 폐하께서 걸음을 하셨습니다."

"어? 폐하라고 했나……? 이리로 걸음을 하셨단 말인가?"

윤제가 벌떡 일어나 앉으며 믿어지지 않는다는 듯 중얼거렸다. 푸헝은 열넷째 윤제를 가까이에서 보긴 처음이었다. 어둑한 등불 밑에서 본 윤제는 50을 갓 넘긴 듯한 나이에 희끗희끗한 머리카락이 어지럽게 엉켜져 있었다. 낯빛은 창백하고 용모는 초췌하기 이를 데 없었다. 이미 이승을 떠난 이친왕(怡親王) 윤상(允祥)과 닮은 모습이었다. 아무리 숙왕(叔王)이라고 하지만 건륭을 보면 황공하여 깍듯이 예를 갖추는 다른 친왕과는 달리 죄신임에도 윤제는 꼼짝도 않고 그 자리에 앉아만 있었다. 얼굴은 차갑고 무표정했다. 푸헝은 건륭을 힐끗 쳐다보며 아슬아슬하여 손에 땀을 쥐었다.

한참 무거운 침묵이 흐르던 중 윤제가 입을 열었다.
"폐하, 다라니경 이불(陀羅尼經被, 왕공대신들이 죽었을 때 덮어주는 다라니경이 수놓아진 이불)을 하사하시러 걸음을 하신 겁니까?"
건륭이 한 걸음 다가가 몸을 반쯤 낮춰 반례(半禮)를 올리며 말했다.
"십사숙, 뭔가 오해가 깊으신가 봅니다. 짐은 내일 지방으로 순찰을 떠날 예정입니다. 십사숙도 이제 곧 이 새장을 벗어나 자유로운 몸이 될 것이니 떠나기 전 문안인사라도 올리려고 특별히 걸음했습니다. 그래 건강상태는 괜찮습니까?"
"괜찮고 말고가 어디 있습니까."
윤제의 말투는 여전히 차가웠다.
"폐하께서 이토록 배려해주시니 망극하옵긴 하나 참으로 유감스럽습니다. 마음이 죽은 것만큼 큰 비애는 없다고 했거늘 이내 마음은 이미 밑둥치가 썩은 고목이요, 까맣게 타버린 잿더미로 변하고 말았습니다. 이젠 놓여나고픈 소망도 잘 살아보고 싶은 욕구도 없습니다. 날 이곳에 가둔 사람은 폐하의 부친입니다. 모역죄를 지었으나 여러 가지를 감안하여 감금형에 처한다고 말씀이 계시기에 죄신이 그랬습니다. '모역죄라면 결코 그 죄를 용사받을 수 없는 십악죄(十惡罪)이니 난 능지처참에 처해지길 원합니다'라고요. 그랬더니 선제께선 '난 친아우를 죽인 비정한 황제라는 악명은 쓰고 싶지 않네'라고 말했습니다! 그 말이 우리 형제가 이승에서 나눈 마지막 말이 되고 말았습니다……."
윤제의 말투가 무거워졌다.
"……새로운 군주가 즉위하여 이렇게 걸음하셨지만 십사숙은 같은 말을 되풀이할 수밖에 없습니다. 부디 법에 따라 엄정히 처벌해 주십시오. 목을 치는 순간 나 윤제가 이마라도 찌푸리면 결코 대장부는 못 될 것입니다!"

여전히 꺾일지언정 굽어들지 않는 황숙(皇叔)을 건륭은 오래도록 바라보았다. 한참 후에야 그는 비로소 한숨을 지으며 입을 열었다.

"부친과 숙부님 사이에 있었던 일은 내게 책임을 묻지 마십시오. 난 숙부님을 농락하려는 생각도 없고 부친의 처사가 잘못됐다고 말할 수도 없습니다. 그때는 나름대로 그렇게 할 수밖에 없었던 사정이 있었을 거라고 생각할 따름입니다. 옹정 11년 이후로 부친께오서 십사숙에 대해 여러 번 말씀하시는 걸 들었습니다. 그때마다 자연스레 여덟째, 아홉째, 열째 황숙에 대한 얘기가 언급됐고, 선제께선 번번이 우울해하시며 다소 지나치지 않았나 하는 자책감에 시달리는 것 같았습니다. 그러한 부친의 모습을 곁에서 보아왔기에 그 유명에 따라 짐은 십사숙을 석방하려는 것입니다. 물론 십황숙도 석방할 겁니다. 숙왕들께선 이 조카의 유년기를 아름다운 추억으로 장식해주신 분들입니다. 이제 그만 모든 유감을 털어버리고 양지바른 곳으로 나오시어 나라를 위해 일익을 담당해주실 수만 있다면 짐은 필히 중용할 것입니다. 허나 과거의 음영에서 헤어나지 못하고 끝내 속 좁은 견해를 주장하신다면 짐도 굳이 강요할 생각은 없습니다."

순간적으로 비애가 물결친 듯 건륭은 갑자기 목놓아 울고 말았다! 애써 눈물을 참던 윤제도 펑펑 소리내어 울기 시작했다. 방금 전까지 그 오만하고 냉담하던 분위기는 온데간데없이 사라진 윤제는 가슴까지 두드리며 오열을 터트렸다.

"상천이시여…… 어찌 황가골육들이 이같은 꼴을 당하도록 방치해 두셨습니까? 큰형, 둘째형, 여덟째, 아홉째 다 개죽음을 당했습니다……. 죽는 것도 서러운데 이름까지 아키나, 싸쓰헤로 개명 당했으니…… 우우우…… 헉헉……."

십여 년 간 쌓이고 쌓였던 울분과 원한이 수문을 열어 젖힌 조수(潮水)처럼 가슴 저편에서 거센 기세로 한꺼번에 터져나오는 것 같았다. 방금 전까지도 화기애애한 술상에서 웃고 떠들던 기분에 젖어있던 푸헝은 갑작스런 거대한 감정의 소용돌이에 휘말릴세라 윤제의 절망어린 울음소리에 소름이 끼쳐 그만 도망가버리고 싶었다!

"폐하, 폐하……."

윤제가 털썩 무릎을 꿇었다. 그리고는 연신 흐느꼈다.

"살아있는 송장으로 네모난 커다란 관속에 누워있는 심정이 어떠한지 폐하께선 아십니까? 폐하의 숙부와 백부 일곱 명이 이 속에 갇혀 처참하게 죽어갔습니다……."

건륭은 마음이 아팠다. 그러나 그는 고개를 저으며 씁쓸한 미소를 지었다.

"어서 일어나십시오, 숙부님……. 숙부님의 심정 십분 이해하나 이 모든 건 천의(天意)였다고 말할 수밖에 없을 것 같습니다! 선대의 일은 과거로 묻어버리시고 건강을 잘 챙기시어 이제부터라도 거듭나시길 바랍니다. 이 조카가 숙부님을 필요로 하고 있다는 것만 염두에 두십시오!"

한참 오열을 쏟아내고서야 겨우 진정을 찾아가던 윤제가 말했다.

"신이 폐하께 불경을 저질렀습니다. 죽음에 초연해졌던 터라

눈에 뵈는 게 없었던 것 같습니다. 냉정히 생각해보니 폐하의 말씀에 수긍하지 않을 이유가 없는 것 같습니다. 이 모든 건 팔자소관이고 그 누구도 원망할 순 없다는 생각도 해보지 않은 건 아닙니다. 이제 은조(恩詔)가 내려지면 낮에 밖에 나가 두어 시간씩 산책하며 발 닿는 곳 어디든 갈 수 있다는 것만으로 신은 커다란 위안을 삼을 것입니다…… 지난번 윤아를 만났었는데, 그는 벌써 반은 정신이 나간 것 같았습니다. 묻는 말엔 대답도 하지 않고 입안 가득 화엄경이니 능엄경 따위만 중얼거렸습니다……"

"심려 놓으십시오, 황숙."

건륭이 말을 이었다.

"내일 중으로 이 높다란 담장은 흔적도 없이 사라질 테니, 가고 싶은 곳 어디든 다녀오십시오. 다만 소인배들이란 간사하고 사악하기 이를 데 없으니 그것들에게 놀아나지 않도록 행동에 각별히 신경을 써 주셨으면 합니다. 물론 짐은 웬만한 건 믿지도 않겠지만 말입니다. 허나 주장이 올라오면 짐으로선 조사하지 않을 수도 없으니 괜히 이런저런 빈축을 살 필요는 없지 않겠습니까? 짐의 생각엔 십사숙은 병사들을 이끌고 서정(西征)하여 승전고를 울린 경험이 많으신 분이니 한가로운 여가를 활용하여 용병의 이폐(利弊)에 대해 글을 써 올려보내는 게 어떨까 합니다. 지금 정세로 미뤄보아 서쪽에 또다시 병사(兵事)가 있을 것 같습니다."

건륭은 한결 마음이 차분해진 윤제를 위로하여 몇 마디 더 당부하고는 푸헝을 데리고 나섰다. 대문 앞에서 그는 영사태감(領事太監)을 부르더니 차갑게 내뱉았다.

"코가 썩지 않았으면 들어가서 십사마마 방안의 냄새 좀 맡아보게! 무슨 일을 어떻게 하는지 모르겠군!"

"폐하!"

건륭의 말이 끝나길 기다렸다가 류통훈이 재빨리 아뢰었다.

"여기서 이위네 집까지 가려면 한참 걸리옵니다. 시위들이 말을 대놓으면 그걸 타고 가는 것이 어떨까 하옵니다."

건륭이 고개를 끄덕여 승낙했다.

9. 민정(民情)을 살피다

　윤제의 마음을 돌려놓는 소기의 목적을 이룬 건륭은 마치 속병을 고친 것처럼 마음이 홀가분했다. 이위의 서재에서 단잠을 자고 난 그는 아침에 일찍 기상하는 습관 그대로 닭이 두 번 홰를 치자마자 곧 침상을 차고 일어났다. 서재 앞에서 부쿠(布庫, 무예의 일종)를 연습하여 몸을 풀고 정신이 맑은 느낌이 들자 서재로 돌아온 건륭은 책꽂이에서 볼만한 책이 없나 찾아보았다. 그러나 모두 건륭이 보기엔 너무 유치한 책들이어서 그는 실소를 하며 도로 꽂아넣고 말았다. 때마침 이위가 들어와 문후를 올리고 말했다.
　"일찍 기상하셨사옵니다, 폐하! 책들이 변변찮아 폐하의 아침 시간을 충실하게 못해드려서 황공하옵니다."
　"책은 그런 대로 괜찮은 것 같은데, 내용들이 너무 빈약한 것 같네."
　건륭이 피식 웃으며 말했다.

"푸헝과 류통훈은 일어났나? 우리 어떻게 길을 떠나는 게 좋겠나? 자넨 우릴 따라나서는데 건강상 무리하지는 않겠는가?"

이에 이위가 웃으며 말했다.

"신의 병은 가을, 겨울 두 계절에 심할 뿐 지금은 괜찮사옵니다."

이때 푸헝과 류통훈이 어느새 들어와 건륭에게 문후를 올리고 한 쪽에 물러섰다. 이위가 말을 이었다.

"미복(微服) 순방이니 만큼 이 많은 사람이 아무 명목도 없이 따라 다니는 건 문제가 되기 십상이옵니다. 신양부(信陽府)를 방문하는 차장수로 변장하는 것이 좋을 듯 하옵니다. 폐하께선 당연히 주인이고, 푸헝 어른은 마름, 통훈과 신은 하인, 그 밖의 시위들은 마부차림을 하여 뒤따르는 것이 바람직할 것 같사옵니다. 그밖에도 신이 만일의 경우에 대비하여 선박영(善撲營)에서 60여 명의 교위(校尉)들을 불렀사옵니다. 이들은 멀리 십리 뒤에서 따라오며 암호만 하면 금세 달려오게끔 조치했사옵니다. 길에서 차 마시고 밥 먹는데 조금이라도 편의를 보기 위해 신의 안사람 취아(翠兒)도 따라나서기로 했사옵니다. 아무래도 여인네들이 차 나르고 음식 마련하는 데는 남정네들보다 더 나을 것 같아서 말입니다."

"좋지, 식구대로 총출동하는구만!"

건륭이 크게 기뻐하며 말했다.

"이위, 자네 말대로 하기로 하고 준비 서두르게! 먼저 옷부터 갈아입어야지?"

이위가 문 어귀를 향해 손짓을 하자 각양각색의 옷을 한아름씩 안은 가인 두 사람이 들어와 옷을 내려놓았다. 사람들은 저마다 재밌다는 듯이 웃으며 각본에 따라 옷을 갈아입었다.

이들이 옷을 다 차려입었을 때 이위의 부인인 취아가 들어섰다. 그녀는 동작도 재게 건륭을 향해 절을 하고 머리를 조아렸다. 그리고는 몸을 일으켜 푸헝과 류통훈을 향해 몸을 낮춰 인사했다. 그녀는 일품고명부인(一品誥命夫人)인지라 류통훈이 급히 허리를 굽혀 답례를 했다. 취아가 웃으며 말했다.

"세월이 빠르기도 해라! 폐하를 못 뵌 지 벌써 팔 년째이옵니다. 지난번 태후부처님께 문후올리러 입궐했다가 먼발치에서 양심전으로 들어가시는 폐하의 뒷모습을 뵌 적이 있사옵니다. 쇤네들이 북경을 떠날 때 폐하께선 아직 동자(童子)셨는데, 지금은…… 쯔쯧…… 멋지기도 하셔라. 척 보기에도 귀티가 철철 흐르시옵니다. 하온데 선제께오선 어찌 그리 급작스레 떠나셨사옵니까, 그래?"

여자의 눈물은 한여름의 소나기 같다고 누가 말했던가. 방금 전까지만 해도 웃고 있던 취아의 두 눈에서 어느새 굵직한 눈물이 쏟아져 내렸다. 그러자 이위가 가볍게 나무라며 말했다.

"됐어, 그만해. 하도 폐하를 뵙고 싶다고 닦달을 해서 뵙게 해줬더니만 이게 무슨 짓이야? 먼 길 떠나는 날 불경스럽게!"

그러자 건륭이 웃으며 말했다.

"짐은 이렇듯 직설적인 성격이 좋네. 이부인, 못 다한 말 있으면 길에서 하도록 하고…… 우리 어서 서둘러 떠나지."

"잠시만 기다렸다 떠나시지요, 폐하! 근데 이 애꾸도사는 뭘 하느라 여태 안나타나지?"

"애꾸도사 대령하였습니다!"

이위의 말이 떨어지기 바쁘게 밖에서 홀연 응답소리가 들리더니 얼굴이 검붉은 중년사내가 성큼 들어섰다. 머리에 두건을 두르고 검은 두루마기를 입었는데 앞가슴이 조금 드러나 보였다. 발에 꼭 맞는 천 신발은 가볍고 날렵해 보였다. 건장하고 범상치 않은 무공(武功)이 한 몸에 느껴지는 그런 사내였다. 그는 문전에서 이위를 향해 공수해 보이고는 말했다.

"어젯밤 삼경(三更)에 도착하여 서재 낭하의 대들보에 매달려 눈을 붙였습니다."

이같이 말하며 한발 앞으로 다가선 애꾸도사가 건륭의 면전에서 엎드려 대례를 올렸다.

"소인이 폐하를 고견하옵니다!"

이위네 집은 어젯밤 시위와 친병들이 수풀 같은 철통경비를 섰었다. 그런데 쥐도 새도 모르게 사람이 잠입하여 황제의 처소 밖에서 두 시간 동안이나 대들보에 매달려 잠을 잤다는 데도 아무도 몰랐다는 사실에 류통훈은 가슴이 철렁했다.

건륭의 얼굴에 놀란 기색이 역력해 보이자 이위가 급히 해명했다.

"이 사람은 신이 강남에서 데리고 온 비적(飛賊)이옵니다. 이젠 신의 든든한 손발이 돼주고 있는 믿음직한 친구이옵니다. 하오나 흠안(欽案, 황제의 결재)이 아니면 절대 함부로 부리지 않사옵니다. 전에 신이 감봉지(甘鳳池)를 생포하고자 감씨네 동네를 홀로 쳐들어갈 때도 이 친구만 데리고 갔었사옵니다."

감봉지라면 강남에서 내로라 하는 대도(大盜)였다. 산동성의 두이돈(竇爾敦), 생철불(生鐵佛)과 어깨를 겨루는 사이였다. 건륭이 애꾸도사를 유심히 훑어보며 물었다.

"자네가 섬기는 사부는 무림 어느 문중의 고수(高手)인가?"

이에 애꾸도사가 연신 머리를 조아려 답했다.

"종남산(終南山)의 청풍도장(淸風道長)이셨사옵니다. 사부님께서 일찍 세상을 하직하시는 바람에 소인은 사조(師祖)이신 고월도장(古月道長)의 가르침을 받아왔사옵니다. 하오나 소인이 감히 군주를 기만할 수 없는 일이 있사옵니다. 소싯적에 아버지 원수를 갚기 위해 소인은 어린 나이에 살인을 경험했고, 나중에 커서도 사람을 죽인 적이 있사옵니다. 나중에 남경(南京)에서 이총독에게 생포당한 후, 소인의 자백을 들으신 이총독께서 그자들은 죽어 마땅하다며 소인을 거둬주셨기에 소인의 오늘이 있다고 생각하옵니다."

"만에 하나 일어날지 모르는 사태를 대비하여 암중보호를 위해 불렀사옵니다."

이위가 웃으며 덧붙였다.

"직예, 산동, 하남, 강남 일대의 강도들은 아직 이 친구의 말이라면 비실비실 뒷걸음치는 정도이옵니다."

그러자 건륭이 물었다.

"개사귀정(改邪歸正)한 후에도 악행을 저질렀었나?"

이에 애꾸도사가 웃으며 대답했다.

"총독어른과의 약조에 따라 절대 선을 행하면 했지, 나쁜 짓은 하지 않았사옵니다."

이에 건륭이 머리를 끄덕였다.

"짐은 이위의 안목을 믿네. 자네가 짐을 이렇게 만난 것도 연분이니 자네에게 건청궁 3등시위(三等侍衛) 직을 내리겠네. 어전(御前)에서 칼을 차고 있을 수 있네."

애꾸도사 오할자(吳瞎子)가 도무지 믿어지지 않는다는 듯 멍한 표정을 지으며 머뭇거리자 이위가 발을 구르며 고함을 질렀다.

"어서 사은의 절을 올리지 않고 뭘 하나, 이 사람아!"
"망극하옵나이다, 폐하!"
오할자가 급히 길게 엎드려 연신 머리를 조아렸다.

그 날로 건륭 일행은 북경을 떠나 남행 길에 올랐다. 감단(邯鄲)을 지나 창덕부(彰德府) 경내에 들어서니 거기서부터는 하남성(河南省)이었다. 때는 5월 초라 날씨가 하루가 다르게 더워지기 시작했다. 밀밭을 지나며 보니 멀리서는 밀이 고개가 무거워 엎드린 것 같아 기분이 좋았으나 가까이 가보면 머리를 절로 저을 정도로 실망스러웠다. 대가 선향(線香)같이 가늘었고, 이삭도 커봤자 중간 굵기의 붓대 정도밖에 되지 않았다. 작은 이삭은 파리 만한 것도 있었다.

건륭은 밀밭으로 들어가 대, 중, 소 크기별로 이삭을 골라 손바닥에 올려놓고 밀알을 세어 보았다. 이삭마다 평균 열 대여섯 알밖에 달리지 않았다. 연신 고개를 젓는 건륭의 표정이 어두웠다. 이렇게 가다 서다를 반복하며 이들이 태강성(太康城)에 도착했을 때는 벌써 단오명절이 지난 뒤였다.

태강은 하남성 동쪽의 이름있는 성(城)이었다. 수한(水旱) 부두가 두루 갖추어진 산동, 하남, 안휘 세 성(省)의 교통 요충지로 유명한 곳이었다. 그날 저녁 태강성에 도착하여 말에서 내리니 미리 머물 객잔을 알아보러 와 있던 시위가 다가와 아뢰었다.

"……객잔을 통째로 얻을 순 없고 그나마 요가(姚家)네 가게가 좀 널찍하옵니다. 별채 쪽에 들어있는 손님을 내보내줬으면 했더니, 주인이 그렇게는 못하겠다고 하여 우린 본채 전체를 빌리기로 했사옵니다."

민정(民情)을 살피다 177

"내가 주인이라도 손님을 마구 내쫓을 순 없겠네."
건륭이 말을 이었다.
"우리가 뭐가 얼마나 잘났다고 먼저 들어와 있는 사람을 내쫓겠나?"
일행이 많고 선불처럼 내는 정은(定銀)도 후한지라 가게주인은 직접 일꾼들을 데리고 나와 짐을 나르고 가축을 끌고 마구간으로 가는가 하면 더운물을 큰 물통으로 연신 날라 왔다. 저녁상도 객잔에서 먹는 것치고는 푸짐했다. 짐을 정리하고 저녁상을 물리고 나자 날은 완전히 어두워졌다. 동쪽 방에 누워 잠시 숨돌리고 난 건륭은 마땅히 읽을 책도 없고 하여 윗방에 있는 세 신하를 불렀다.
부름을 받은 이위 등이 차례로 들어서자 건륭이 턱짓으로 자리에 앉으라고 명했다.
"이렇게 무사태평하게 도착할 줄 미리 알았더라면 푸헝 하나만을 데리고 출발했을 텐데."
"동가(東家, 자기 주인에 대한 존칭)!"
류통훈이 상체를 조금 숙여 보이며 말했다.
"조심은 지나친 법이 없습니다."
건륭은 포개져 있는 이불 위에 반쯤 기댄 채 손을 깍지껴 머리를 받치고 천장을 멍하니 바라보았다. 그리고는 물었다.
"이번에 오면서 하남성의 민정(民情)에 대해 느낀 바가 있으면 말해보게."
이위가 먼저 입을 열었다.
"전 두 가지를 느꼈습니다. 하나는 궁색하다는 것이고, 다른 하나는 치안이 그런 대로 괜찮다는 것입니다."

이어 푸헝이 나섰다.

"궁하면 치안이 좋아질 리가 없지. 우개(이위의 호)의 이 말은 앞뒤가 모순되오. 내가 보니 촌락이라고 해봤자 인가도 드물고, 그나마 대문을 꽁꽁 걸어 잠근 집들이 많았소. 듣자니 기황(饑荒)을 못 이겨 마을을 뜬 빈집들이 많다더군. 사람이 굶주리고 추우면 무슨 일인들 못하겠소?"

이에 류통훈이 웃으며 말했다.

"폐하께오선 '미복(微服)'을 하신다지만 앞에 길을 여는 사람 있고 뒤에 호위들이 따르고 있으니 아무래도 예사 행렬은 아닌 것 같이 보일 것입니다. 게다가 우개가 데려온 그 애꾸도사의 명성이 녹림(綠林)에서는 명성이 자자하다니 괜스레 불안해집니다. 지금 얼굴을 안보이는 것이 혹시 흑도(黑道, 강호의 도적떼)의 우두머리들에게 연락하러 간 건 아닐까요?"

그러자 이위가 웃으며 답했다.

"글쎄, 이 세상엔 장담할 수 있는 것이 아무 것도 없으니 그럴지도 모르지. 그러나 내가 폐하의 신변을 책임지고 있는 한은 그런 걱정일랑 붙들어매는 게 좋겠소. 폐하께선 이번에 민정(民情)과 이정(吏情)의 현장을 둘러보시는 것이 목적이지 결코 도적과 강도떼를 붙잡기 위함은 아니니, 적당히 비켜가며 평안히 왔다 무사히 돌아가시게끔 보장하는 것이 나의 책임이요."

"자네 말처럼 적당히 비켜가는 건 좋지만 그렇게 되면 뒷골목의 치안을 제대로 들여다볼 수 없을 것 같아 아쉽네."

건륭이 가벼운 탄식을 토해냈다. 그리고는 덧붙였다.

"보아하니 이곳의 곤궁함은 그야말로 심각한 일인 것 같네. 왕사준이 순무로 있으면서 하남성은 해마다 풍년이 들었다고 거짓보고를 올리더니, 이제 그 '전통'을 손국새도 고스란히 이어받겠지? 아니면 고공사(考功司)에서 '정적(政績)이 평평(平平)하다'고 평할 테니 말이지. 난 느슨하고 관대한 정책에서 맹정(猛政)으로 바뀌는 건 힘들어도 그 반대의 경우엔 쉬울 줄 알았네. 헌데 보아하니 그렇지도 않은 것 같네."

이같이 말하며 온돌 아래로 내려선 건륭은 신발을 꿰고 방문을 나섰다. 방마다 물을 길어 나르던 사환이 건륭을 발견하고는 급히 다가왔다.

"객관(客官, 손님에 대한 존칭), 필요하신 게 있습니까?"

건륭이 고개 들어 하늘 가득 총총한 뭇 별들을 바라보며 담담하게 웃었다. 그리고는 말했다.

"그런 건 없네. 방안이 너무 더워 바람 좀 쐬려고 나왔으니 마음 쓰지 말게. 근데 방금 듣자니 동쪽 뜰에서 어떤 여인의 울음소리가 들리는 것 같던데, 무슨 일인가?"

스무 살을 갓 넘긴 것 같은 사환이 한숨을 내쉬며 대답했다.

"모녀간인데요, 황하(黃河) 북진(北鎭) 사람들입니다. 올 봄에 기황에 허덕이다 못해 모녀가 자기네들이 부치던 주인의 청묘(靑苗)를 팔아버렸나 봅니다. 이제 곧 밀 수확철이 다가오고 강남으로 볼일 있어 갔던 주인이 돌아오자 이쪽으로 도망나온 것 같습니다. 방금 땅주인이 수소문 끝에 찾아와 막무가내로 끌고 간다는 걸 제가 내일 다시 오라고 말렸지 뭡니까. 한밤중에 귀신소리를 내니 객관께서 시끄러워 주무시지 못하시는 것 같습니다!"

건륭은 아무 말도 없이 발걸음을 옮겨 중문을 나섰다. 윗방에서 바깥 동정에 귀기울이던 세 신하들이 재빨리 눈짓을 교환했다. 류통훈이 말했다.

"별일 없을 거요. 내가 나가 볼게."

건륭 일행이 투숙한 요가네 객잔은 동쪽 뜰의 방들이 금세 땅에 코를 쩧을 것처럼 위태롭게 낮았다. 코딱지만한 방들이 줄줄이 스무 개는 넘게 이어져 있었다. 방마다 마유등(麻油燈)을 켜고 있어 귀신불 같은 불빛이 새어나오고 있었다. 어떤 방에서는 도박을 하느라 밤이 새는 줄 모르고 목청껏 떠들어대는가 하면 어떤 방은 손님이 문을 열어 젖힌 채 홀로 술을 마시고 있는 모습도 보였다. 건륭이 흐릿한 마유등의 불빛을 빌어 주변을 두리번거리고 있노라니 저쪽 끝 방의 처마 밑에 시커먼 장독대처럼 웅크리고 있는 두 사람이 보였다. 그들이 틀림없다고 생각한 건륭이 천천히 발걸음을 옮겨 가까이 다가가 몸을 숙이며 물었다.

"방금 들리던 울음소리가 여기서 난 거 맞소?"

"……"

두 여인은 겁에 질려 한줌이 되어 움찔거릴 뿐 응답이 없었다. 마흔을 넘긴 것 같은 여인의 옆에 바싹 붙어 있는 여자아이는 고작 열 일곱 살 정도밖에 안돼 보였다. 건륭이 단도직입적으로 물었다.

"대체 빚진 돈이 얼마나 되오?"

"은자 열 다섯 냥입니다."

어미로 보이는 여인이 마침내 고개를 들어 건륭을 힐끗 쳐다보고는 한숨을 토해낼 뿐 말이 없었다. 건륭이 다시 물으려 할 때 방안에서 등골이 오싹해지는 고함소리가 들렸다.

"미친년이 개소리를 하고 있네!"

거친 욕설과 함께 문이 벌컥 열리더니 깡마른 50대 영감이 횡하니 뛰쳐나왔다. 노기충천하여 여인을 손가락질하며 으르렁댔다.

"옹정 10년, 이년이 내게서 은자 일곱 냥을 빌려갔소. 연 3할이면 이자가 센 편은 아니잖소? 내 땅을 청묘 째로 팔아 처먹었으니 적어도 열 다섯 냥은 받았겠지? 네년이 내게 갚아야 할 돈은 원금에 이자까지 총 38냥하고 6전이야!"

영감은 주판알을 퉁기듯 목소리가 옹골지고 카랑카랑했다. 침이 사방으로 퉁겨 건륭의 얼굴에까지 튀었다.

"이봐, 조카며느리! 나도 대가족을 먹여 살리느라 등골이 휜 사람인 걸 모르는 사람도 아니고 왜 이래? 사람이 먹어대서 그래, 가축이 씹어먹어서 그래? 이래저래 살기 힘든 판에 어쩜 땅을 통째로 팔아먹고 도망갈 수가 있느냐 말이야! 아무리 망했다지만 그래도 명색이 대갓집 딸인데, 이렇게 흉하게 변할 수가 있나!"

그러자 어미 옆에 바싹 붙어있던 여자아이가 갑자기 고개를 번쩍 치켜들더니 소리쳤다.

"이봐요, 할아버지! 하늘엔 상천이 굽어보고 있어요! 우리 친할아버지가 가산을 몰수당할 때 할아버지가 얻어 가진 은자가 좀 적어서 그래요? 잊지 마세요, 할아버지도 한때는 우리 집의 소작농에 불과했었다는 사실을요. 우리 할아버지가 내준 돈으로 오늘날 떵떵거리며 살면서도 어쩌면 그리 매정할 수 있어요?"

이 대목에서 건륭의 가슴이 갑자기 돌을 얹은 듯 충격을 이기지 못해 휘청했다. 알고 보니 모녀는 어느 환관(宦官) 가족의 후예였으나 국고환수 때 집을 압수수색당하여 패망한 것이었다.

"너의 할아버진 어디서 무슨 관직에 있었지?"

그렇게 물으려던 순간 여인이 말했다.

"딸년이 교양이 부족해 아무 소리나 한 걸 가지고 화내지 마세요. 십칠숙, ……솔직히 그 돈은 애네 아비가 북경으로 응시하러가며 노자로 챙겨갔어요. 그이가 돌아오면……"

"돌아오면 없던 돈이 하늘에서 떨어지기라도 하는가? 여전히 궁색한 효렴에 불과할 테지!"

십칠숙이라 불리는 노인은 냉소를 터트렸다.

"왕가네 조상무덤의 지기(地氣)가 전부 자네 왕진중(王振中)네 집으로 흘러든다고 착각하지 말게. 우리 진발(振發)이는 자네 그 원숭이 뺨에 쥐 이빨하고 있는 남정네보다 훨씬 앞서 가네. 벌써 납연(納捐)하여 도대(道臺) 자리에까지 올랐는걸! 네 번씩이나 미역국 먹으면 나 같으면 창피해서라도 숨어버리겠다. 평생 거지발싸개 노릇이나 할 놈! 개가 꼴찌에라도 걸리는 날엔 내가 앞으로 네 발 짐승이 되어 기어다니겠다고 전해!"

사정은 더 이상 명명백백할 수 없었다. 거칠고 각박하기 이를 데 없는 노인의 말을 들으며 건륭은 뺨이라도 한 대 갈겨주고 싶은 심정을 애써 참았다. 생각 같아선 발로 걷어차 버렸으면 속이 다 후련할 것 같았다. 그러나, 소매를 만져보니 은자가 만져지지 않았다. 건륭은 발을 굴러 보이고는 돌아서 거처로 돌아왔다.

"고정하십시오, 어르신."

뒤따라 윗방으로 올라온 류통훈이 권했다.

"세상엔 유사한 일이 많고도 많습니다. 공정하게 보면 여인이 도의상 지는 싸움입니다."

이위와 푸헝은 붉으락푸르락하는 건륭의 기색에 짓눌려 감히 큰 숨도 내쉬지 못하고 한 쪽에 물러서 있었다. 건륭이 고개를 돌려 이위를 향해 말했다.

"가서 오백 냥 짜리 은표(銀票)를 모녀에게 주고 오게!"

응답과 함께 돌아서 나가려던 이위가 푸헝에 의해 발목이 잡혔다. 이위를 불러 세운 푸헝이 건륭을 향해 말했다.

민정(民情)을 살피다 183

"어르신, 우리가 이렇게 은을 내주면 괜한 말썽을 불러일으킬 소지가 큽니다. 이일은 내일 제가 지방관들에게 지시하여 처리하게끔 하면 될 것입니다."

그러자 이위가 한숨을 내쉬며 말했다.

"이 모든 것이 다 전문경 때문입니다. 북경으로 돌아가자마자 제가 이곳 현령에게 서한을 보내어 왕진중 일가를 구제하게끔 신속히 처리하겠습니다."

두 사람의 말을 듣고 난 건륭은 지치고 피곤한 기색으로 말없이 손사래를 쳐 물러가라고 명했다.

심경이 무겁고 혼잡하여 좀처럼 잠이 올 것 같지 않던 건륭은 그러나 자리에 누워 얼마 안지나 점차 잠에 빠져들었다. 곤히 잠들어 있는 것 같던 건륭이 그러나 갑자기 "시위, 시위 어딨어! 어서, 어서!" 하고 고함을 질러댔다. 그리고는 땀이 흥건하여 벌떡 일어나 앉았다.

바깥방에서 이곳의 동정에 귀기울이며 대령하고 있던 세 신하는 건륭의 다급한 부름을 받고 정신없이 달려왔다. 눈이 휘둥그래진 이위가 다급히 물었다.

"폐하, 무슨 일이십니까……."

"깨고 보니 악몽이었네……."

건륭은 스스로도 어이가 없는지 웃음을 터뜨렸다.

"그런데, 밖엔 어쩐 일로 이리 시끄럽나?"

류통훈이 가보고 오겠노라며 일어섰다. 그러자 건륭이 손짓으로 제지했다.

"그럴 거 없네. 쉴 만큼 쉬었으니 계산하고 나가지. 떠날 채비 서두르라고 하게."

류통훈이 응답과 함께 밖에 나와보니 뜰엔 구경꾼들이 겹겹이 몰려있었다. 주인과 몇몇 사환이 스님 한 사람을 둘러싸고 뭔가 용서를 비는 듯 잔뜩 주눅이 들어있었다. 류통훈이 주춤하고 스님을 눈여겨보니 체구가 보통사람들보다 머리 하나는 더 크고 빛바랜 구릿빛 얼굴엔 근육이 불끈거렸다. 앞이마와 관골, 코 할 것 없이 보통은 넘게 튀어나와 있었고, 살이 푸짐한 눈두덩을 드리운 채 눈을 감고 있었다. 어린아이 팔뚝만큼 실해 보이는 쇠망치로 철어(鐵魚)를 두드리는데, 그 소리가 정신 사나운 정도가 아니었다. 고막이 째질 것만 같았다.

류통훈이 귓전이 어지러운 건 둘째치고 그 쇠망치의 무게가 족히 몇 십 근은 넘을 것 같다는 생각에 가슴이 철렁했다. 다시 정신을 추스르고 철어를 보니 벌어진 입이 좀처럼 다물어지지가 않았다. 그건 적어도 3백 근은 될 것 같이 투박해 보였다! 눈감고 있는 스님 앞에서 연신 허리를 굽실거리며 뭔가 용서를 비는 듯 진땀을 빼고 있는 주인을 보며 류통훈이 사환 하나를 옆으로 끌어당겨 큰소리로 물었다.

"대체 무슨 일인가?"

"확인하고 있는 중입니다!"

사환이 분노의 기색을 감추지 못하고 악에 받쳐 스님을 노려보며 이를 갈았다.

"고래도 저런 고래가 없을 겁니다. 다짜고짜 은자 30냥을 내놓으라고 합니다. 좀 봐줄 수 없냐고 했더니, 이젠 50냥을 내놓으라고 저렇게 버티고 있답니다! 범이 물어가도 시원찮을 대머리 같으니라고!"

사환의 말이 떨어지기 바쁘게 철어 두드리는 소리가 뚝 멈췄다.

민정(民情)을 살피다   185

무서운 눈빛으로 사환을 힐끗 바라보며 스님이 머리를 땅에 대고 절을 하고는 물었다.

"아미타불! 방금 젊은 친구가 뭐라고 말했소?"

"우리 손바닥만한 가게에서 수입이라고 해봤자 일 년에 8, 90냥이 고작인데, 반 이상을 걷어가 버리면 우린 뭘 먹고 살아요?"

사환이 악에 받쳐 대들었다.

"방금 대머리 중이라고 욕했어요. 왜! 세상에 이렇게 인정사정 안보고 보시를 요구하는 게 어딨어요? 생철불이면 다예요?"

이때 건륭이 후원으로부터 나왔다. 여기저기 흩어져 있던 변복차림의 시위들이 목을 빼들고 구경하는 척하며 자연스레 건륭에게로 다가들었다. 이 무법천지의 중이 바로 강호에서 그 이름도 유명한 생철불(生鐵佛)이란 말을 듣는 순간 이위는 바짝 긴장했다. 강적을 만난 게 틀림없었다. 그렇다면 이자는 건륭이 여기 머물고 있다는 사실을 알고 온 것일까, 아니면 단순히 가게를 노리고 온 것일까? 일순 당황한 이위의 등골이며 이마에서는 식은땀이 줄지어 내렸다.

다시 주인을 보니 사색이 되어 두 손을 비비며 울상을 짓고 있었다.

"대사님…… 제발 저의 사정을 헤아려 주십시오. 아무래도 저희 능력으로선 그 어마어마한 은자를 내놓을 형편이 못됩니다."

"좋은 일에 보시를 하라고 해도 정 못하겠다면 어쩔 수 없지."

중은 음산한 웃음을 터트렸다.

"이중은 자네의 살림살이를 빤히 들여다보고 있소. 있어도 내놓지 못하겠다는 건 죽어서 극락세계에 가기 싫다는 뜻이겠지. 난 끝까지 주먹은 쓰지 않을 것이니 안심하오. 그저 이 철어가 구멍날 때까지만 두드리다 갈 거요!"
　중의 말이 떨어지기 바쁘게 겹겹이 진을 친 사람들 틈에서 고함 소리가 터져 나왔다.
　"저 놈을 때려 엎어라!"
　그러나 생철불은 전혀 아랑곳하지 않았다. 화가 머리끝까지 치민 두 사환이 달려들어 높이 매달려 있는 철어를 힘껏 잡아당겼다. 그러나 철어는 조금 움직일 뿐 전혀 떨어질 기미를 보이지 않았다. 생철불이 솥뚜껑 같은 손으로 잡았다 놓으니 철어의 배 밑에 있던 뾰족한 부분이 어느새 나무 속에 박혀 들어가고 말았다.
　"요장궤(姚掌櫃), 좋은 말로 해선 안되겠소!"
　분노가 치밀어 올라 가슴이 위아래로 오르락내리락하던 사환이 달려들어 주인을 밀어내며 대꾸했다.
　"이 중이 지금 내게 겁주려는 수작이에요. 저리 비키세요. 이봐요, 생철불! 미꾸라지가 오늘 후생가외(後生可畏)가 어떤 것인지를 보여주겠소!"
　말을 마친 자칭 미꾸라지 사환이 먼지털이를 집어들었다. 그리고는 쳐다보기에도 부담스러운 커다란 철어를 향해 먼지 털어내듯 가볍게 쓸어 내렸다. 그러자 꿈쩍조차 하지 않을 것 같던 육중한 철어가 "펑!" 하는 폭발음 비슷한 괴성과 함께 땅바닥에 떨어지고 말았다. 동시에 땅바닥이 움푹하게 패였다.

10. 강호(江湖)

　전혀 예기치도 않았던 '미꾸라지' 사환의 놀라운 재주에 가게 안팎을 겹겹이 둘러싼 구경꾼 수백 명은 저마다 눈이 휘둥그래지고 말았다. 잠시 후 폭발적인 박수소리가 떠나갈 듯 터져 나왔다. 건륭이 사환을 눈여겨보니 다름 아닌 어젯밤 물을 길어 나르던 사환이었다. 자그마한 동네의 손바닥만한 가게에 이같은 재주를 가진 젊은이가 있었다는 사실에 건륭은 이게 바로 와호장룡(臥虎藏龍)이 아니냐며 적이 놀라워했다!
　한편 생철불이라는 중은 괴괴한 웃음소리를 내며 말했다.
　"결국엔 진상을 드러내고 말았구만! 이보게, 후생! 아무리 바둥거려도 내 적수는 못될 것이네. 자네 사부가 반세걸(潘世傑)이지? 날 데리고 가서 한번 만나게 해주게!"
　"사부님은 천하가 처소이거늘 나도 어디 계신지는 모르네요."
　미꾸라지가 냉소를 터트렸다.

"우리 사부님은 왜 찾는지 모르겠으나 그 이유가 궁금하네요. 아버지의 빚은 자식이 갚는 게 도리이니 혹시라도 우리 사부님한테서 빚 받을 게 있다면 내게 말해요."

생철불이 웅덩이같이 움푹한 두 눈으로 미꾸라지를 뚫어져라 쳐다보며 말했다.

"자네가 한 방에 갈까봐 걱정이네. 반세걸 그 자식, 아직 멀리 도망가진 못했을 것이니 이 근처에서 상처를 치료받고 있을 테지?"

두 눈 가득 흉광을 내뿜으며 생철불이 집게 같은 손가락을 구부려 미꾸라지에게 덤벼들려 했다. 다급해진 건륭이 시위들을 시켜 생철불을 포박하려는 움직임을 보이자 이위가 급히 팔꿈치를 잡아당기며 목소리를 죽여 말했다.

"어르신, 이는 이 바닥에서 흔히 있는 일입니다. 우린 수수방관하면 될 것입니다."

이위의 말이 끝나기도 전에 처음부터 구석자리에 앉아 말없이 차를 마시고 있던 노인이 무슨 법술을 썼는지 바람을 타고 날아오듯 기척도 없이 다가와 "탁!" 하는 소리와 함께 내리꽂히는 생철불의 손목을 잡아 힘껏 내쳤다. 그 힘이 얼마나 셌던지 생철불은 멈춰 서지 못하고 연신 몇 걸음이나 뒷걸음쳐서야 겨우 중심을 잡았다. 놀랍고 분노에 찬 눈빛으로 노인을 노려보며 생철불이 물었다.

"각하(閣下)는 누구시오?"

"애꾸도사 오할자요."

오할자가 이같이 말하며 턱밑 가득 붙어있던 흰 수염을 거칠게 잡아당겨 뜯어냈다. 그리고는 껄껄 웃으며 말했다.

"아무 데나 쏘다니며 물 흐려 놓지 말고 좋게 말할 때 광동(廣東)으로 돌아가시오. 거기선 아무나 주무르며 왕노릇 해도 누가 뭐라지 않을 테니! 여긴 강북(江北)이오. 적어도 3개월 내엔 강북 네 개 성(省)에서 사단을 일으켜선 안된다고 내가 벌써 호령(號令)을 내렸을 텐데, 자넨 청방(靑幇)의 규칙을 아직도 모르나?"

그러자 생철불이 부엉이 소리를 내며 크게 웃었다. 그리고는 고개를 저으며 대꾸했다.

"청방이 뭔데? 오할자라고? 여태 귀 막고 산 적은 없지만 못 들어봤어."

이에 오할자가 차갑게 웃으며 말했다.

"그럼 오늘이라도 늦지 않으니 내가 어떤 사람인지 알게끔 해주지. 미꾸라지, 자넨 가서 볼일 보게!"

미꾸라지가 눈이 휘둥그래져 오할자를 바라보며 소리쳤다.

"그렇다면 사숙(師叔)이시네요? 남경 경운루(慶雲樓)에서 감봉지를 생포하신 오…… 선배님?"

이에 오할자가 머리를 끄덕였다. 눈 끝으로 쓸어보니 생철불이 손을 뻗어 땅바닥에 떨어진 철어를 잡으려고 했다. 순간 오할자는 날렵하게 다가가 철어를 딛고 올라섰다. 그와 동시에 몸을 홱 비틀어 한 바퀴 돌고 내려서 보니 한 치 두께의 철어는 어느새 납작하게 땅에 붙어 있었다!

"여긴 실력을 겨룰 만한 곳이 못 되오."

오할자가 이위를 일별했다. 소름끼치는 웃음을 웃어 생철불을 향해 말했다.

"따로 장소만 정해 보오. 세상 끝까지라도 순순히 응해줄 테니!"

이같이 말하며 오할자는 발끝으로 철어를 들어올려 걸어찼다. 3백 근도 넘는 철어가 사람들의 키를 넘어 담 너머로 날아가 쿵하는 소리를 내며 떨어졌다. 구경꾼들의 숨넘어가는 소리와 함께 오할자, 생철불, 미꾸라지 셋은 자리를 떴다.

그제야 크게 안도한 이위가 서둘러 방값을 계산하고 건륭을 말에 태워 도망치듯 가게를 빠져 나왔다. 그리고는 성 북쪽에 있는 부두로 가서 황하를 건너기로 했다. 고삐를 잡은 채 재촉하는 것도 잊은 채 말의 움직임에 몸을 내맡기고 멍하니 생각에 잠겨있는 건륭을 향해 푸헝이 물었다.

"폐하, 심사가 깊어 보이시옵니다?"

"세 사람이 승부를 가렸는지 궁금해서 그러네."

건륭이 덧붙였다.

"짐은…… 직접 그 장면을 보고 싶은 마음이 간절하네."

그러자 류통훈이 아뢰었다.

"실로 굉장한 볼거리였사옵니다. 대내 시위들 중에 이같은 실력가들이 몇 명이나 되겠사옵니까?"

이위가 웃음을 머금은 채 입을 열었다.

"폐하께서 원하신다면 북경에 돌아가서 신이 그들을 불러들이든가 하겠사옵니다. 이 바닥 사람들을 농락하려면 명(名)과 의(義)를 확실히 보장해주면 문제될 게 없을 줄로 알고 있사옵니다. 자신의 몸값에 걸맞는 명성을 주고 의롭게 대해주면 이네들은 자기를 알아주는 상대를 위해 칼산이든 불바다든 서슴없이 뛰어듭니다."

그러자 건륭이 껄껄 웃으며 말했다.

"역시 이위 자네는 치도능수(治盜能手)라 뭐가 달라도 다르구

강호(江湖)

만!"

　일행 열댓 명은 성 북쪽에서 황하를 건넜다. 북쪽 언덕은 일망무제한 모래밭이 펼쳐져 있어 말발굽이 숭숭 빠져 움직이기가 여간 힘든 게 아니었다. 초여름의 햇빛이 기승을 부리고 모래밭의 열기로 숨이 막혔지만 물 한 방울 없고 쉬어 갈만한 그늘도 없었다. 기진맥진한 채 마침내 모래밭을 헤어 나와 높다란 언덕에 올라서니 그제야 시원한 강바람이 온몸 가득 불어닥쳤다. 일행은 바람에 몸을 내맡기고 금방이라도 잠이 들 것 같았다. 이때 멀리 서쪽 하늘에서 은근한 우렛소리가 굴러왔다.

"곧 비가 쏟아질 것 같사옵니다!"

　말 위에서 두 손을 이마에 얹고 서녘을 바라보며 이위가 말했다.

"오늘저녁 서릉사(西陵寺)에 머물려면 아직 60리 길은 더 가야 하는데, 서둘러야겠사옵니다!"

　이위가 말하는 동안에도 우렛소리는 끊이지 않았다. 방금 전보다 훨씬 가까워 보였고, 황사를 품은 바람이 휘몰아쳤다. 땀범벅이 된 시위들이 좋아라 하는 가운데 건륭이 서쪽 하늘을 보니 시커먼 먹구름이 낮게 드리워 무서운 속도로 돌진해오고 있었다. 건륭이 웃으면서 말했다.

"이위, 자넨 어찌 그리 호들갑을 떠는가? 우무(雨霧) 속에서 갓 쓰고 우비 입고 말을 달리는 그 기분을 자넨 몰라서 하는 소리네."

　건륭의 말이 떨어지기 바쁘게 바로 머리 위에서 우렛소리가 진동을 했다. 굉음과 함께 굉장한 그 무엇이 떨어져 내릴 것 같은 오싹함이 느껴졌다. 곧이어 옥수수 알만한 크기의 우박이 후두둑 후두둑 떨어지기 시작했다. 미처 감지하지 못했던 건륭이 느닷없이 얼굴을 강타한 우박에 흠칫하며 얼얼해진 뺨을 문질렀다. 푸헝이 날듯이 말에서 내려 눈을 부라리며 시위들에게 욕설을 퍼부었다.

"어서 폐하를 지켜드리지 못하고 멍청하게 뭣들 하는 거야! 죽일 놈들!"

그제야 시위 두 명이 덮치듯 다가가 한 사람은 허리를 껴안고 다른 한 사람은 다리를 잡아당겨 다짜고짜 건륭을 말 위에서 끌어내리다시피 했다. 다급해진 건륭은 말에서 내려서자마자 그 밑으로 숨어들려고 했다. 이위가 재빨리 말렸다.

"그건 아니되옵니다, 폐하! 말이 놀라서 냅다 뛰는 날엔 큰일납니다."

우박은 더욱 굵어졌다. 어느새 호두알 크기로 변하여 모자 쓴 머리가 뻐근해질 정도였다.

"다들 장화를 벗어서 머리 위에 얹어!"

이위가 다급히 외쳤다. 귀인다운 체면도 잊은 채 푸헝은 시위들을 따라 경황없이 장화를 벗어 머리 위에 올렸다. 건륭은 모래밭 위에 털썩 주저앉았고 시위들이 빈틈없이 막아 나섰다. 다소 놀란 가슴을 달래고 난 건륭이 웃으며 말했다.

"신발이 머리 위에 올라가는 경우는 상상조차 해본 적이 없으나 이렇게 해서라도 위기를 모면하는 게 어딘가? 역시 거지의 수완이 쓸만하군. 이위, 자넨 자네 할 도리나 하게. 짐에겐 이네들만 있으면 충분하니까."

건륭의 말이 떨어지기 바쁘게 말 한 마리가 경기를 일으키듯 울부짖더니 냅다 우박 속을 가르고 줄달음쳐 어디론가 사라져 버리고 말았다.

강호(江湖) 193

우박은 곧 멈췄지만 비는 그칠 줄 몰랐다. 순식간에 물병아리가 된 사람들은 찬바람이 불어닥치자 뼛속까지 스며드는 추위에 한껏 웅크려들었다. 건륭은 입술이 시퍼렇게 질려있었다. 시위들더러 말을 찾아오라고 지시하며 푸헝이 걱정스런 표정으로 건륭에게 말했다.

"폐하, 조금 힘이 드시더라도 이제부턴 걸어야겠사옵니다. 아니면 추위를 감당해낼 도리가 없사옵니다. 모두 신들의 준비가 치밀하지 못한 탓이옵니다······."

그의 말이 끝나기도 전에 건륭은 괜찮다는 듯 손사래를 치며 자꾸만 무거워지는 몸을 애써 추스르며 북쪽으로 걸었다. 이위가 좇아오는 걸 보며 건륭은 그제야 안심을 하며 농담을 했다.

"모두들 추위에 얼굴이 흙빛이 되었는데, 평소에 골골하던 병자는 되레 멀쩡하네?"

이에 이위가 웃으며 대답했다.

"신발을 머리에 얹고 우박 맞으면서도 발은 끊임없는 제자리걸음을 했더니 땀이 좀 났사옵니다. 폐하께서도 발걸음을 재우치시면 금세 땀이 나실 것이옵니다."

그러나 마음과는 달리 건륭은 천근, 만근이 되어 가는 다리를 주체할 수가 없었다. 흠뻑 젖어 있던 시간이 지나치게 길었던 탓일까. 사지가 굳어지며 전혀 움직여지질 않았다. 애써 걸음을 떼어보았지만 오장육부가 뒤죽박죽이 되어 끓어 번지는 느낌뿐 땀은 전혀 나올 기미를 보이지 않았다. 힘겨워하는 건륭을 지켜보던 푸헝이 가까이 다가갔다.

"폐하, 많이 안좋으시옵니까?"

"······."

건륭은 머리가 심하게 어지러워 오기 시작했다. 이를 악물고 애써 기어가다시피 하고 있노라니 하늘땅이 하나가 되어 돌아가기 시작했다. 결국 건륭은 그 자리에 쓰러지고 말았다. 류통훈과 몇몇 시위들이 크게 놀라 고함지르며 몰려왔다.

"폐하!"

눈을 꼭 감고 이를 악문 채 헛소리를 하는 건륭을 보며 이위의 이마에선 식은땀이 송골송골 배어 나왔다. 안색이 파리하여 잠시 생각에 잠긴 이위가 고함을 쳤다.

"어서 비라도 피할 곳을 찾아보게. 말을 달려 마을을 찾아 의원을 불러오게! 오한과 발열, 그리고 독소를 제거하는 약이면 무조건 사오게!"

이번에는 푸헝이 다급히 말했다.

"앞에 마을 하나가 보이니 어서 가보게! 난 서릉사에 다녀와야겠소!"

날렵하게 말 위에 날아오른 푸헝의 말 다루는 솜씨는 보통이 아니었다. 긴 울부짖음의 여운을 남기며 벌써 저만치 멀어져갔다. 류통훈이 건륭을 등에 업고 이위와 시위들이 양옆에 서서 시중들며 높낮이가 일정하지 않은 옥수수밭 고랑을 타고 마을을 향해 걸었다.

마을 입구엔 산문(山門)의 담장이 허물어져 볼썽사나운 절 하나가 있었다. 정문에 걸려있는 낡아 떨어진 편액을 눈여겨보니 희미하게 '진하묘(鎭河廟)'라고 적혀 있었다.

허겁지겁 건륭을 신대(神臺) 앞으로 데려간 이들은 여기저기 널려있는 널판자를 주어 모아 대충 몸을 뉘일 만한 침대를 만들었다. 그리고는 여전히 인사불성인 건륭을 조심스레 내려놓았다. 류통훈이 울타리를 뜯어 불을 지피려 했으나 비에 젖은 장작은 도무지 타오르지 못했다. 이위가 향이 타다 남은 잿더미를 뒤져보았다. 다행히 아직 불꽃이 조금 남아 있었다. 급히 행낭에서 조금 남은 찻잎을 가져다 올려놓으며 입김으로 불어 불꽃을 살리던 이위가 말했다.

"신만(神幔, 불상 앞에 두른 칸막이)을 뜯어와, 불 지피게."

이위가 엎드려 조심스레 불꽃을 불어 올린 결과 마침내 건륭의 옆에서 칸막이 천에 불이 옮겨 붙고, 그 위에 올린 장작이 신나게 불타오르기 시작했다. 훈기가 방안에 조금씩 퍼지면서 추위에 떨던 사람들의 한껏 움츠렸던 어깨도 펴졌다.

건륭의 혈색이 조금은 돌아온 것 같은 느낌을 받은 이위가 용기를 내어 다가가 인중을 힘껏 눌렀다. 순간 건륭이 몸을 흠칫 떨더니 실눈을 떴다.

고개를 조금 돌려 옆에서 시중들던 이위를 잠깐 바라보던 건륭이 맥없이 다시 눈꺼풀을 내리며 입술을 가볍게 움찔거렸다. 이위가 급히 귀를 가져갔다. 그제야 건륭의 입가에 맴도는 말소리가 들렸다.

"짐의 말안장에 가면 주머니에…… 활락자금단(活絡紫金丹)이 있다네. 그걸 가져오게……."

그러자 이위가 조심스레 말했다.

"폐하, 이제 곧 의원이 도착할 것이옵니다. 약은 의원의 지도에 따라 드셔야 하오니 이것만은 신이 감히 명에 따를 순 없사옵니다. 방금 전보다 혈색이 훨씬 홍륜(紅潤)하오니 심려 놓으시옵소서, 폐하."

잠시 말을 멈추던 이위가 다시 덧붙였다.

"아무래도 이대로 길을 재촉하는 건 무리이오니 신의 우견으론 인가를 찾아 폐하의 존체가 완전히 회복되신 후에 떠나는 것이 어떨까 하옵니다."

"짐도 그리 생각하네."

건륭이 머리를 끄덕였다.

밖으로 나온 이위와 류통훈은 곰방대 하나를 태울 동안의 시간에 뜰이 세 개 달린 큰 집을 찾을 수 있었다. 겉보기엔 좀 낡아 보이긴 했으나 기와를 얹은 청당와사(靑堂瓦舍)가 그리 볼품 없을 것 같진 않았다. 중요한 건 사방에 인가가 드물어 어가를 호위하기에 편리한 장점이 있다는 것이었다. 류통훈은 일말의 망설임도 없이 문을 두드렸다.

잠시 후 오래된 대문이 열리는 소리와 함께 열 여덟 살 가량 되어 보이는 여자아이가 고개를 빠끔히 내밀었다. 류통훈은 그 여자애가 바로 어젯밤 요가네 객잔에서 빚 독촉에 울고 있던 애임을 단박에 알아볼 수 있었다.

"아니, 네가 여기 살고 있었어?"

류통훈이 놀라워하며 물었다.

"절 아세요?"

소녀 역시 어리둥절해하며 고개를 내민 채 되물었다.

"전 그쪽을 모르는데요?"

류통훈이 그제야 어젯밤 옆에서 지켜봤던 사실을 쭉 열거했다. 그리고는 덧붙였다.

"너와 너의 어머니가 다시 마을로 붙잡혀온 건 은자 몇 십 냥 때문이 아니냐? 우리 주인을 며칠 시중들면 병이 나아 떠날 때 그깟 은자 몇 십 냥이 문제겠어?"

여자아이는 말없이 등돌려 들어가선 한참 후에 다시 모습을 드러냈다. 그리고는 여전히 고개를 빠끔히 내민 채 말했다.

"빈방은 많아요. 사람이 많아도 얼마든지 묵을 수 있는데, 여자들 뿐이라 좀 불편할 것 같네요."

그러자 잠시 주춤하던 류통훈이 동행하여 지금은 서릉사 답사를 떠난 이위의 처 취아를 떠올리고는 웃으며 말했다.

"걱정하지 마. 우린 정직한 장사꾼들이야. 주인이 병들어 눕지만 않았어도 이렇게 아무나 붙잡고 청하지 않았을 거야. 우리 일행 중엔 여자도 있어."

여자아이가 다시 들어갔다 나오더니 말했다.

"환자 때문에 그러신다니, 어머니께서 여기서 묵어가시래요."

거처를 마련한 류통훈과 이위는 그제야 서둘러 절로 돌아와 건륭에게 아뢰었다. 그사이 이위는 서릉사로 간 취아를 데려오게끔 사람을 파견했다. 건륭이 거처를 옮겨 왕씨 모녀의 집으로 왔을 때는 주위가 칠흑같이 어두워진 뒤였다. 하루종일 경황없이 뛰어다닌 사람들은 그제야 배가 출출한 느낌을 받았다. 그러나 병들어 있는 건륭을 의식하여 아무도 감히 배고프단 말을 입밖에 내지 못했다.

앞뒤로 달려 다니며 주마등처럼 바삐 돌아다니던 이위와 류통훈은 의원이 당도해서야 비로소 안도의 숨을 몰아 쉬었다. 이때 건륭은 이미 깊이 잠들어 있었다. 몸은 숯덩어리처럼 따가웠고 얼굴도 벌겋게 상기되어 있었다. 가끔씩 몰아쉬는 숨소리가 거칠었다.

"이 병은……."

나이 지긋한 의원이 진맥하고 건륭의 팔을 내려놓고는 말했다.

"오장육부가 모두 한열(寒熱)의 침습을 받아 두 가지 독이 비위를 다치게 하여 생긴 병입니다."

노인이 다시 고개를 휘저어가며 한바탕 이론을 설명하려 할 때 때마침 주렴을 걷고 들어선 취아가 웃으며 말했다.

"의원어른, 도리는 아무리 설명해봤자 우린 문외한이니 무슨 약을 써야 하는지만 말씀해 주세요!"

그러자 노인이 말했다.

"걱정은 하지 않으셔도 되겠습니다. 내가 지어주는 약 한 첩 먹고 땀을 쭉 흘리고 나면 곧 좋아질 것이외다. 그러나, 시일이 좀 걸리더라도 치료를 제대로 받아 뿌리를 뽑아야지 아니면 해마다 이맘때면 습관처럼 이런 병이 찾아오곤 한답니다."

이때 푸헝이 크고 작은 약꾸러미를 챙겨들고 들어오더니 전부 땅에 내려놓고 펼쳐 보였다. 적이 놀라는 노인의 표정을 읽은 푸헝이 급히 해명을 했다.

"너무 급한 나머지 갖가지 다 달라고 했습니다. 의원께서 보시고 부족한 것을 말씀해 주시면 당장 달려갔다 오겠습니다."

그 말에 의원이 웃으며 책상 앞으로 다가가더니 붓을 들어 처방전을 내렸다.

노인이 붓을 거둬들이자 푸헝이 기다렸다는 듯이 말했다.

"우리 주인의 병이 어느 정도 호전을 보일 때까지는 곁에서 지켜주세요. 댁에는 이미 사람을 파견하여 오늘 못 들어가실 거라고 말씀드렸어요. 사례금은 후하게 쳐드릴 겁니다."

이같이 말하며 의원의 저녁밥을 준비하라고 말하려던 푸헝은 그제야 저녁을 먹지 않은 사람은 의원뿐만이 아니라는 생각이 들었다. 그는 곧 취아에게 말했다.

"부인, 오늘저녁은 대충 죽을 끓여먹는 걸로 한 끼 떼워야겠으니 주인아주머니께 물어보오. 부엌을 잠깐 빌려도 되겠느냐고 말이오."

주인 모녀는 흔쾌히 부엌을 내주었을 뿐더러 취아를 도와 나섰다. 푸헝이 낭하 저쪽에서 탕약을 달이고 조금 떨어진 곳에서 여자아이가 불을 지펴 물을 끓였다. 물이 펄펄 끓기 시작하자 쌀을 넣고 죽을 쑤는 여자아이의 솜씨가 예사롭지 않았다. 취아는 미색이 곱고 얌전해 보이는 여자아이가 솥뚜껑을 열고 죽을 저어가며 열심히 끓이는 모습을 보며 내심 혀를 끌끌 찼다. 새삼 딸 욕심이 날 정도로 괜찮은 아이였다.

이윽고 죽이 다 끓어 대접에 곱게 담아내는 모습을 흐뭇하게 지켜보던 취아가 일어나 그 동그란 어깨를 감싸안았다. 그리고는 여자아이에게 쟁반을 들려 같이 들어갔다. 인기척을 듣고 문 어귀로 시선을 돌린 건륭이 그러나 여자아이에게 시선이 닿는 순간 반색에 가까운 눈빛을 보이며 얼굴에 대뜸 화색이 돌았다. 그 모습에 취아는 어리둥절해졌다. 그러나 여인의 직감으로 건륭의 눈빛이 예사롭지 않다고 생각한 취아가 웃으며 말했다.

"어르신, 혈색이 훨씬 좋아 보이시옵니다. 복중(腹中)이 허하실까 염려되어 죽을 좀 끓였사옵니다. 이 아이는 왕정지(王汀芷)라고, 영특하고 썩 괜찮은 아인 것 같사옵니다. 보시다시피 대파처럼 쭉 뻗은 것이 몸매도 늘씬하고 눈망울이 초롱초롱한 걸 보시옵소서······."

건륭도 공감한 듯 무겁게 머리를 끄덕였다. 그리고는 몸을 조금씩 움직여 반쯤 기대어 앉으며 미소를 지었다.

"이름도 사람과 잘 어울리는군. 〈악양루기(岳陽樓記)〉에 보면

'언덕에 핀 구리때와 물가에 핀 난초는 무성하고 푸르다[岸芷汀蘭, 鬱鬱靑靑]'고 하지 않았던가."

 낯선 남자로부터 칭찬을 받은 여자아이는 부끄럽고 두려운 나머지 얼굴이 발갛게 상기되었다. 어서 다가가 죽을 떠 먹이라고 연신 등 떠밀고 눈짓을 보내는 취아의 성화에 못 이겨 쭈뼛거리며 건륭에게로 다가간 정지가 허리를 굽히고 숟가락으로 죽을 조금씩 떠 건륭의 입에 넣어주었다. 뜨거워서 거의 혀끝으로 핥다시피 한 건륭은 그러나 큰소리로 칭찬을 했다.
 "맛이 참 좋네! 이렇게 맛있는 죽을 먹어보긴 또 처음이야."
 건륭의 속셈을 헤아려 짐작한 취아가 말했다.
 "얘…… 얘, 이렇게 호호 불어 식힌 다음 떠 넣어 드려야지! 옳지, 그렇게! 애가 좀 영특해야 말이지. 어르신, 그럼 천천히 드십시오. 전 우리 그이가 뭘 하나 가봐야겠습니다."
 건륭이 머리를 끄덕여 보였다. 취아가 물러가자 건륭이 물었다.
 "자네 부친은 북경으로 과거시험 보러 가셨다면서?"
 "예, 어르신."
 "학문이 깊으신가?"
 "예."
 "그런데 어찌하여 번번이 낙방하셨지?"
 "팔자소관인가 봐요. 크게 틀리는 것도 아니고 매번 아쉽게 탈락하곤 합니다."
 잠시 침묵 끝에 건륭이 다시 물었다.
 "어제 그 십칠숙이라던 노인네는 본가 친척인가?"
 정지 모녀는 건륭 일행을 돈 많고 손 큰 장사꾼쯤으로 생각하고 있는지라 시중을 잘 들어주면 빚을 갚아줄지도 모른다는 요행을 바라고 환자를 시중들기로 했던 것이었다. 그러나 젊은 남자를 이토록 가까이 하기는 처음인 데다 건륭의 불같은 눈빛이 노상 몸을 훑고 있는 바람에 정지는 쑥스러운 나머지 온몸 가득 진땀이 배었다. 정지가 부드러운 목소리로 대답했다.

"먼 친척이나이다. 전에는 저희 집 소작농이었는데, 저희 가세가 기울어지자 업신여겨 이 집까지 빼앗으려고 저러는 것이옵니다. 누가 그 검은 속셈을 모를 줄 알고……."

정지가 이같이 말하고 있을 때 푸헝이 들어섰다. 그는 정지를 힐끗 쳐다볼 뿐 아무 말도 없었다. 그러자 건륭이 물었다.

"무슨 일 있어?"

"앞에서 보내온 요즘 장사한 장부 내역입니다."

푸헝이 거짓으로 말했다.

"보시고 별 문제 없으면 답신을 보내야겠습니다."

건륭이 등불을 빌어 보니 북경에서 장정옥이 문안을 여쭙는 상주문이었다. 문후를 올린 것 외에도 장정옥은 은과 시험이 계획한 날짜에 열릴 것인지 여부를 물어왔다. 건륭이 잠시 생각하더니 말했다.

"원래 계획보다 사흘 늦어질 거라고 하게. 내가 건강이 여의치 않아 확답은 줄 수 없으나 사흘 후에 다시 연락해오라고 하게."

푸헝이 응답과 함께 물러가자 정지가 순진무구한 웃음을 지으며 말했다.

"어르신은 장사꾼 같아 보이지가 않사옵니다."

건륭의 눈에 순간적으로 경계하는 빛이 스쳤다. 그는 곧 웃으며 말했다.

"어딜 봐서 내가 장사꾼 같지 않다는 건가?"

"상인들이라면 어두워지면 객잔 찾아 잠자고 날 밝으면 떠나는 것이 생리인데, 무슨 이런 식으로 연락을 주고받겠사옵니까? 그리고 어르신의 일행이 그렇게 많은 것에 비해 찻잎은 너무 적다는 생각은 안해보셨나이까? 이대로라면 인건비도 안나오겠나이다. 소녀가 보기에…… 어르신께선 필히 미행 나오신 어느 관부의 대관(大官)이신 것 같사옵니다. 하오나 한 가지 의심스러운 건 젊은 나이에 이렇게 많은 부하를 거느릴 정도로 큰 관직을 지닌 사람이 어디 있겠사옵니까? 소녀는 어르신에게 어떤 존칭을 써야 할지 모르겠나이다."

건륭이 빙그레 웃으며 마지막 죽 한 술을 받아먹고는 우물거리듯 말했다.

"과연 대단히 영특한 친구로군. 전어른이라고 부르면 되겠네. 자네같이 귀엽고 영리한 딸이 있어서 자네 부친은 이번 시험에 필히 장원급제할 것이네."

말을 마친 건륭은 몸둘 바를 몰라하는 정지를 호시탐탐 노려보았다. 당장 덮치고 싶었으나 머리가 지끈지끈 아파오는 데는 어찌할 도리가 없었다. 건륭에게서 이상한 낌새를 눈치챈 듯한 왕정지가 서둘러 대접을 들고 문을 열고 나가며 소리쳤다.

"엄마, 죽은 다 드셨어요, 탕약은 준비됐어요?"

그렇게 3일이 지나자 건륭의 병세는 크게 호전되었다. 이위도 만일의 경우에 대비하여 늘 복용하던 환약을 챙겨왔지만 다행히 고질병은 도지지 않았다.

건륭은 점차 기력을 회복해가자 왕정지에 대한 소유욕이 더욱 크게 불타올랐다. 그러나 이목을 의식하지 않을 수 없었는지라

속만 태울 뿐이었다. 이젠 출발을 서두를 때도 됐건만 건륭은 전혀 떠날 기미를 보이지 않고 있었다. 그러던 4일째 되던 날, 아침상을 물리고 문후를 올리러 왔던 푸헝이 건륭의 심정이 좋아 보이는 틈을 타 은근슬쩍 떠보았다.

"폐하, 여기서 벌써 사흘을 묵었사옵니다. 시일이 더 길어지면 우리의 진면모가 들통날 우려가 크옵니다. 또한 북경의 회시(會試), 전시(殿試)도 예정된 기일을 어겨선 아니 되옵니다. 폐하께서 움직이실 수만 있으시면 비밀리에 가마 한 대를 대절하여 이제 그만 출발하는 것이 어떨까 하옵니다."

"자네 말이 맞네."

건륭이 더 이상 머무를 명분이 없다는 것을 느꼈는지라 이같이 말했다.

"……문제는 짐은 아직 그 애꾸도사의 운명이 궁금하여 발걸음이 쉬이 떨어지지가 않는구만. 그네들의 일은 어떤 식으로 결판이 났는지 우리가 출발한 뒤라도 사람을 파견하여 알아보도록 하게."

그러자 푸헝이 웃으며 말했다.

"애꾸도사 오할자는 어제 이미 돌아왔사옵니다. 폐하께오서 깊이 침수 드셨기에 감히 아뢰지 못했사옵니다."

"그게 과연 사실인가? 어서 불러들이게."

그러자 밖에서 대령하고 있던 오할자가 바람처럼 들어와 문후를 올렸다.

"소인 오할자가 폐하께 문후 올리나이다!"

오할자의 왼팔에 붕대가 감겨져 있는 걸 본 건륭이 한숨을 내쉬었다.

"무척 걱정했었는데, 끝내 다치고 말았군. 두어 명 딸려보냈어야 했는데. 그 깜둥이 스님은 대체 어인 일로 그리 난동을 부렸다는가? 단순히 가게를 노린 것인지 아니면 짐을 겨냥한 것인지?"

"생철불이 당한 것에 비하면 소인의 이 정도 상처는 아무것도 아니옵니다. 그자는 소인에 의해 눈알이 둘 다 빠져버리고 말았사옵니다."

오할자가 대수롭지 말했다.

"녹림에서는 진정한 호한(好漢)이라면 일대일씩 붙는 걸 원칙으로 하고 있사옵니다. 강호에서 소인을 알아주는 것도 일대일씩 붙을 수 있는 용기를 높이 사는 것 같사옵니다. 생철불이 요가네 객잔을 덮친 건 미꾸라지의 스승이라는 반사걸을 노렸던 것이옵니다······."

알고 보니 옹정 연간에 나동수(羅同壽)라는 호걸이 강호에서 '청방(靑幫)'이라는 무리를 만들었는데, 대부분이 오갈 데 없는 거지들이었다. 때론 훔치고 때론 빼앗아 부자들의 주머니를 털어 가난한 사람들을 구제하고 점차 그 대도다운 면모를 인정받아 관신들의 희사(喜事)에도 불려가 도와주기도 했다. 또 어떨 때는 장사치들의 사주를 받아 그 재화(財貨)를 목적지까지 무사히 운반해주는 역할도 했다. 돈을 벌면 공평하게 나눠가졌고 어려운 고비가 있으면 너나없이 힘을 모았다. '청방'의 창시자인 나동수는 각 지역의 거지 우두머리들을 소집하여 의리있고 무예실력이 출중한 사람을 일인자로 추천하였다. 그리고 자신의 밑엔 옹응귀, 반사걸, 전성경 등 세 명의 제자를 두었다.

이위가 산동총독으로 있을 때 운하를 통과하는 조운(漕運) 식량이 여러 번 도적떼들의 수탈을 당하는 사고가 있었다. 자신의 경내에서 활동중인 이들 '청방파'의 소행이 분명하다고 생각한 이위는 이독공독(以毒攻毒, 독으로 독을 치다)을 꾀하여 아예 이들 세 형제를 매수하여 식량을 옮기는 것을 책임지게 했더니 과연 실효를 거두었다.

그렇게 2년 동안은 무사했으나 3년째 들어 또다시 도적떼들이 말썽을 부리기 시작했다. '청방파'의 소행이 아니라는 걸 증명하기라도 하듯 나동수가 직접 나서서 범인을 검거하기에 이르렀다. 그 결과 복건성, 광동성 일대에서 활동하는 '만법일품파(萬法一品派)'가 북상했다는 사실이 알려졌고, 크게 화가 난 나동수는 세 제자를 불러 당부를 했다.

"수로가 많아 먹고살기 훨씬 편한 것들이 북방까지 쫓아와 우리네 밥그릇을 빼앗으려들다니 결코 용서할 수 없는 일이지. 반세걸, 다음 번에 식량을 운송할 때는 자네가 직접 진두지휘하라고. 까부는 놈 있으면 생포하여 이 사부께 갖다바쳐!"

그 와중에 작년 5월, 두 파벌은 태호(太湖)에서 맞닥뜨리고 말았다. 반사걸은 미꾸라지 등 몇몇 제자들을 데리고 생철불을 쓰러뜨렸고, 생철불의 두 제자를 붙잡아 나동수에게 넘겼던 것이다. 결투 끝에 반사걸도 상처를 입었고, 잠시 태강현에서 요양하고 있던 중에 미꾸라지가 가게 사환을 가장하여 곁에서 사부를 시중들어왔던 것이다.

"걱정 많이 했네. 무사히 돌아왔으면 됐네."

오할자에게서 그 내력을 듣고 난 건륭이 신발을 꿰고 내려서서 천천히 걸었다. 창밖에 요염하게 피어있는 월계화를 바라보며 건륭이 말했다.

"자네가 금번에 어가를 호위하는데 공로가 크네. 돌아가서 뭔가 언급이 있을 것이네. 자네 말을 듣고 보니 강호에서 무리들간의 파벌싸움이 위험수위를 넘어서고 있는 것 같군. 지금이라도 올바른 길로 유도하지 않으면 조만 간에 큰 사고가 우려되겠네. 이위가 '이독공독(以毒攻毒)'을 했다는데, 그것도 한 번으로 족하지 근본적인 대책은 아니란 말일세. 방금 문득 느낀 건데, 자넨 비록 시위이지만 강호상의 파벌들 사이를 드나들며 조정의 우환을 덜어주는 일이 적격일 것 같네. 개중에는 성화(聖化)에 잘 따라오는 충의로운 대장부들이 많을 거라 믿네. 방금 말했던 나동수란 청방파 두목도 조정의 조운(漕運)을 호송할 정도로 실력이 있고 양지가 있는 사람이라면 우리 조정에서 손을 내밀어 끌어올 수도 있지 않겠는가? 한번 강도떼 만나면 적게는 몇 만, 많게는 수십 만 냥의 은자를 낭패보는 마당에 그 은자로 조정을 위해 헌신할 수 있는 강호의 세력들을 키워내는 것이 훨씬 이롭지 않겠나? 허나 맘속에 다른 꿍꿍이를 품고 끝까지 교화에 응하지 않는 완고한 분자들은 강호의 정의지사들을 동원하여 없애버려야 하네. 물론 말처럼 쉬운 일이 아니니 심사숙고를 거쳐야겠지. 짐의 뜻을 이위와 류통훈에게 전하여 이에 따른 의견을 올려 보내라고 하게."

건륭의 말이 끝나기 바쁘게 왕정지가 약사발을 받쳐들고 들어섰다. 건륭은 곧 오할자를 물러가게 했다.

한편 밖으로 나온 오할자는 서안 위에 엎드려 편지를 쓰고 있는 푸헝에게 물었다.

"우개는 어디 갔소? 폐하께서 말씀을 전하라고 하셨는데."

푸헝이 미처 대답하기도 전에 서쪽 방에서 왕정지의 모친 왕씨와 이야기를 주고 받고있던 취아가 주렴을 걷고 고개를 내밀어 말했다.

"동쪽 별채에 있어요."

오할자는 말없이 이위를 찾아 나섰다. 이쪽에서 취아는 방금 전의 말을 이어나갔다.
"……정지 어머니가 의심할 법도 하지. 우리 용공자(龍公子)는 개나 소나 다하는 그런 장사꾼이 아니라 황상(皇商)이라오. 하남성 신양 지역에서 질 좋은 차를 구입하여 조정에 공급하는 그런 황상이라고. 이렇게 만난 것도 인연인데…… 며칠 안봤어도 정들어서 정지네 모녀를 두고 떠나기가 참으로 아쉽구만!"
"황상이라기보단 난 처음엔 숱한 사람들이 우르르 몰려드는 것이 마적(馬賊)들인 줄 알았지 뭐요!"
왕씨가 웃으며 말을 받았다.
"황상이라면 앞으로도 만날 기회가 있겠지. 이 앞이 역도인데 오며가며 들르면 만나지지 않겠소?"
왕정지가 임자가 있나 없나가 궁금해진 취아가 막 물으려 할 때 갑자기 건륭의 방에서 "아!" 하는 나지막한 비명소리가 들려왔다. 취아가 정신없이 달려가고 푸헝이 붓을 던지고 다가가 보니 건륭이 뜨거운 탕약에 손을 데였던 것이다. 귀밑까지 빨개진 정지가 약탕관을 받쳐든 채 어찌할 바를 모르고 있던 중 어머니 왕씨가 다가가자 잔뜩 기가 죽어 말끝을 흐렸다.
"제가 부주의로 그만……."
"아니오. 내가 손짓을 잘못하는 바람에 저절로 엎지른 거요."
세 사람 여섯 쌍의 눈길이 두 사람에게로 집중되자 건륭이 난감한 기색이 역력하여 웃으며 말했다.
"별거 아니니 다들 나가보게."
사람들이 모두 나가자 건륭이 웃으며 말했다.
"어찌하여 사람이 사람을 겁내고 그러나? 쭈뼛거리지 말고 이리와……."

 건륭은 보조개가 매혹적인 해당화 같은 왕정지를 와락 껴안았다. 그러나, 막 침대에 쓰러지려는 순간 밖에서 한바탕 소란스러운 소리가 들려왔다. 화들짝 놀라는 순간 정열이 식어버린 건륭의 표정이 굳어졌다. 방문을 열고 보니 바로 그 빚쟁이 '십칠숙' 왕조명(王兆名)이 열몇 명의 장정들을 데리고 들이닥쳤던 것이다. 화가 치민 건륭이 대뜸 시위들을 향해 대갈했다.

 "자네들은 이따위 인간들이 들이닥칠 동안 뭘 하고 있었나!"
 "이따위? 이따위 인간들이 당신보고 밥 달랬어?"
 왕조명이 사갈(蛇蝎)의 눈을 부릅떠 보이며 팔을 걷어붙였다.
 "이는 우리 왕가네 택원(宅園)이야. 난 족장(族長)의 명을 받고 조카네 집에 왔는데, 무슨 왕법이라도 범했다는 건가?"
 이에 왕씨가 급히 달려나왔다.
 "십칠숙, 또 왜 이러세요? 제가 아직 빚진 게 있어요?"
 그러자 왕조명이 차가운 웃음을 머금었다.
 "물론 은자는 갚았지. 허나 족장께선 주인도 없이 모녀만 있는 집에 이런 정체불명의 사내들을 들이고서도 집안에 알리지 않은 저의가 뭐냐고 하시며 심기가 크게 불편해하셔! 자네 한 사람이 절개를 지키지 않는 것으로 끝날 거라면 무슨 짓을 하든 우리와 상관없겠지만 이는 분명 왕씨 가문의 족규(族規)에 위배되는 짓이야!"
 왕조명이 이번에는 이위 등을 손가락으로 가리키며 말을 이었다.
 "저자들이 마을에 들어서자마자 절을 훼손하여 신령을 모시고 있는 울타리를 뽑아 장작 삼아 불을 땠다는 사실을 어찌 해명할 거야? 족장께서 병상을 지키고 계시는데, 꿈에 신령께서 대로하시더라네? 이를 분명히 하지 않고 엉덩이 털고 가버리겠다면 당치도 않은 소리지."

"끌어내!"

화를 참고 있노라니 손발이 얼음장같이 차가워진 건륭이 돌연 고함을 질렀다. 은근히 건륭의 입에서 이 말이 떨어지기만을 고대하던 시위들이 덮치듯 달려들어 왕조명 일당의 팔을 비틀었다. 느닷없는 반전에 경황이 없는 듯 왕조명 등이 인상을 험악하게 구기며 필사적으로 반항하고 있을 때 건륭이 이를 악물고 웃으며 말했다.

"반드시 이 집까지 삼켜버리고야 말겠다는 뜻인데, 꿈이 너무 옹골지지 않은가? 내가 절을 원상태대로 복구시키기를 거부할 뿐더러 아예 없애버리겠다면 어쩔 셈인가? 그밖에 자네 아들의 관직도 파면시킬 거라면 아마 뒤로 벌렁 넘어가겠지?!"

그러자 왕조명이 씩씩거리며 턱을 높이 치켜들어 뱁새눈을 부릅뜨고 물었다.

"네가 뭔데?"

"당금 천자(天子)네!"

건륭의 얼굴에 엷은 냉소가 번졌다. 그는 고개를 돌려 이위를 향해 말했다.

"짐은 지금부터 다시 북경을 향해 걸음을 재촉할 거네. 경유지의 관원들더러 직무에 충실하여 자리를 고수하는 것이 곧 짐을 향한 충정이니 쓸데없이 환송에 시간을 허비하지 말라고 전하게. 장정옥에게도 6백리 긴급편으로 지의를 전하게. 짐이 더 이상 어디에도 머무르지 않고 북경으로 직행할거라고 말일세. 이 파렴치

한 자들은 이곳 현에 넘겨 갈취와 협박공갈죄를 엄정히 물으라고 하게!"

 말을 마친 건륭은 곧 발걸음을 옮겼다. 잠시 고개 돌려 경악에 질려 있는 왕정지를 향해 의미심장한 미소를 지어 보이고는 뭇별들에 둘러싸인 달님처럼 시위들의 호위를 받으며 저만치 멀어졌다.

11. 공명의 갈림길

　순천부의 은과(恩科) 준비는 마무리 단계에 들어갔다. 주시험관인 양명시와 부시험관인 어쌴은 적이 안도하는 눈치였다. 자고로 고시기간을 춘추 두 계절로 정한 것은 명목상으론 공자가 지은 〈춘추(春秋)〉에 맞춘 것이지만 실은 이 두 계절이 춥지도 덥지도 않아 남래북왕(南來北往)하는 거인(擧人)들의 편의를 도모하기 위해서였다. 그러나 초여름이 시작되는 늦봄엔 전염병이 가장 쉽게 번져 3,4천 명에 달하는 거인들이 운집해 있다 보면 한꺼번에 수백 명씩 드러눕기 십상이어서 인재선발에 직접적인 영향을 미치는 경우도 있었다. 4월 초 고사장으로 미리 들어가며 양명시와 어쌴이 가장 우려한 것도 이 부분이었다.
　각각 만인(滿人)과 한인(漢人)인 두 청관(淸官)의 전염병을 대처하는 방식은 달랐다. 양명시는 감초, 녹두, 노근을 비롯한 각종 한약재를 대량 사들여 공원(貢院) 동쪽에 큰 솥을 놓고 탕을 만들어 거인들에게 무료로 공급하자는 주장인 반면 어싼은 백운관(白雲觀)에서 도사를 청하여 온신(瘟神)에 제사를 지내고 종이돈을 태우는가 하면 70개 구역의 5천여 개에 달하는 판자 막사마다에 향을 사르고 초탄(醋炭)에 불을 붙여 두었다. 두 사람 중 어느 것이 영험했는지는 몰라도 아무튼 이번 은과 시험에서 전염병에 걸린 사람은 아무도 없었다. 내일이면 거인들을 풀어줄 것이다. 높다랗게 매달려 있던 두 사람의 마음은 그제야 제자리로 돌아왔다.

이날 신시(申時) 무렵, 두 사람은 나란히 시험장 순찰을 돌고 열여덟 개의 시관방(試官房)을 들여다본 후에야 시험구역 북쪽에 위치한 지공당(至公堂)으로 돌아왔다. 그곳에 도착한 두 사람은 그만 저도 모르게 웃어 버리고 말았다. 다시 깊은 생각에 잠겨있는 양명시를 향해 어싼이 물었다.

"양공, 무슨 생각을 그리하오?"

"나 말이오? 각 시관방에서 올라온 시험지를 생각하고 있었소. 정신 바짝 차리고 보느라 했는데, 억울하게 탈락한 낙권(落卷)이 있지 않을까 해서 걱정이오. 재심(再審)이 필요할 것 같소."

그러자 어싼이 그렇지 않다는 듯이 웃으며 말했다.

"내가 주시험관을 몇 번 맡았어도 이번처럼 심혈을 기울여 본적은 없소. 허나 우리의 노력에도 불구하고 추호의 오차도 없게 한다는 건 불가능하오. 우린 뒤끝을 깨끗하게 마무리짓고 인재선발에 최선을 다했으면 그걸로 폐하의 기대를 저버리지 않은 거요."

그는 자리에서 일어나 서안 위에 높이 쌓여 있는 묵권(墨卷)을 훑어보았다. 그리고는 웃으며 말했다.

"한 번의 시험으로 그 사람의 실력을 전부 들여다 볼 수 있는 것도 아닌데, 이 관문을 넘지 못하면 관직에 오를 수 없다 하니 실로 불가사의가 따로 없소!"
　양명시가 천천히 걸음을 떼었다. 그리고는 한숨을 내뱉었다.
　"나도 공감하오. 그러나 팔고문(八股文)이 전혀 쓸 데가 없는 것도 아니오. 전명(前明)의 장거정(張居正), 해서(海瑞), 그리고 대청(大淸)의 웅사이(熊賜履), 범문정(范文程), 서원몽(徐元夢), 육롱기(陸隴其) 모두 팔고문이 키운 명신(名臣)들로서 사책(史冊)에 길이 빛날 인물들이잖소!"
　어싼의 대답이 이어지기도 전에 바깥 감시청(監試廳) 쪽에서 한바탕 소란이 벌어졌다. 어싼이 미간을 좁히며 아역을 불러 지시했다.
　"가서, 감시청의 순검(巡檢)을 불러오게!"
　어싼의 말이 떨어지기 바쁘게 순검이 어느새 성큼 들어섰다. 양명시가 물었다.
　"여기가 국가의 인재를 선발하는 성지(聖地)임은 주지하는 바이거늘 누가 밖에서 저렇게 무법천지로 떠드는 거야?"
　"주시험관 어른, 어디서 굴러들어 왔는지 모를 거인 하나가 지공당을 혼란스럽게 하고 있습니다!"
　"무슨 일로?"
　"두 분 어른을 뵙고 면시(面試)를 받고 싶다고 합니다!"
　양명시와 어싼은 서로를 번갈아 보았다. 이같이 뻔뻔스럽고 대담한 경우는 처음이었다. 양명시가 차갑게 말했다.
　"들여보내게."
　과연 순검의 경멸에 찬 턱짓과 함께 들어선 사람은 젊은 서생이었다. 두 사람을 향해 땅에 닿을 정도로 길게 읍해 보이며 서생이 말했다.
"만생(晚生, 자신을 겸손하게 이르는 말) 이시요(李侍堯)가 두 분 어르신께 문안 올립니다!"
양명시가 물었다.
"자네 지금 객기를 부리고 있다는 사실을 알고 있나?"
"만생은 수험생의 신분으로 주시험관님을 뵙자는데, 객기라니 웬 말씀이십니까?"
"특별한 경우도 아니고 남달리 면시를 요구해 오니 객기가 아니고 뭔가? 다들 자네같이 따로 놀면 국가법통은 어디 있고, 조정의 제도는 어찌 무색하지 않겠는가? 여봐라!"
"예!"
"감시청으로 끌고 나가 곤장 40대를 안기거라!"
"예!"
아역들이 달려왔다. 그러자 이시요가 갑자기 크게 웃으며 양명시와 어싼을 향해 손가락질을 했다.
"허명(虛名)을 뒤집어쓴 못난 선비들 같으니라고! 끌어낼 때까지 기다릴 줄 알아? 내 발로 걸어나가지. 감시청이 어디야?"
이같이 말하며 이시요는 아역들을 따라나갔다. 벌레 씹은 모습을 하며 어싼이 뇌까렸다.
"미친놈 같으니라고!"
"광기가 다분한 친구로군."
양명시가 이같이 말하며 시험관들이 추천하여 올려보낸 묵권을 뒤졌다. 과연 이시요의 이름을 단 묵권은 없었다. 양명시가 웃으며 말했다.
"또다시 낙방할 게 분명하니 다급한 김에 이같은 연극을 꾸몄는지도 모르지."

 양명시의 말이 이어지고 있을 때 용문(龍門) 내에 있는 명원루(明遠樓) 저편에서 태감 하나가 헐떡이며 달려오는 게 보였다. 그 사람을 알아본 어쌴이 말했다.

 "고무용이요. 지의가 계신가 보오."

 두 사람은 함께 지공당을 나섰다. 양명시가 막 입을 열어 물으려 할 때 고무용이 말했다.

 "폐하께오서 친림하셨습니다! 벌써 용문 밖에 도착하셨습니다. 어서, 어서 정문을 열어 어가(御駕)를 영접하십시오!"

 순간 양명시가 크게 놀라며 물었다.

 "뭐라고? 다시 한 번 말해보게!"

 "폐하께서 이미 공원(貢院)으로 납시었다고요!"

 순간 양명시와 어쌴은 삽시간에 놀라서 얼굴이 후끈 달아올랐다. 약속이나 한 듯 지공당으로 들어가 관모를 쓰고 나오며 두 사람이 분부했다.

 "각 방의 시험관들은 수험생들에게 이 사실을 알려 고사장을 사사로이 떠나선 안된다고 전하게. 이를 어겼을 시는 제명도 불사한다고 말이네. 예포(禮砲)를 울려라! 중문을 열고 어가를 영접하라!"

 잠시 후 건륭황제의 승여(乘輿)가 당도했다. 장정옥과 어얼타이, 나친 등 세 명의 군기처 대신들이 뒤따르고 있었다. 양명시와 어쌴은 급히 무릎을 꿇어 머리를 조아리며 만세를 연호했다.

 "그만하고 일어나게!"

 한 손에 상비죽선을 부치며 좌중을 둘러보는 건륭의 표정은 대단히 밝아 보였다. 명원루를 지날 때 칠이 떨어져나가 볼품 없어 보이는 처마며 기둥을 바라보며 건륭이 물었다.
"이 건물은 어느 해에 지어진 건물인가?"
"전명 만력 2년에 건립된 걸로 알고 있사옵니다."
양명시와 어쌴의 당황해 하는 표정으로 미리 짐작하여 두 사람이 답해 올리지 못할 것이라 생각한 어얼타이가 웃으며 말했다.
"강희 17년에 박학홍유과(博學鴻儒科) 시험을 치를 만한 장소로 손꼽혀 대대적인 수리를 한 줄로 알고 있사옵니다. 나중에 성조께서 전시(殿試)를 태화전(太和殿)에서 치르기로 하시면서 여긴 그대로 방치해두게 됐던 것입니다."
건륭이 다시 명원루 서쪽에 딸린 작은 건물을 가리키며 물었다.
"저건 뭘 하는 곳인가?"
"망루(望樓)이옵니다."
양명시가 따라가며 급히 덧붙였다.
"도둑의 침입을 감시하자는 것이 아니옵고 기밀이 밖으로 새는 걸 미연에 방지하고 대외적으로 관방을 엄밀히 한다는 인상을 주기 위한 것으로 알고 있사옵니다."
건륭은 웃기만 할 뿐 말이 없었다. 건륭의 눈치를 보아 기분이 밝아 보이자 양명시는 내친 김에 70개 구역의 방들을 일일이 가리키며 설명하고, 감시청을 둘러보게끔 안내했다. 그밖에도 미봉(彌封), 수권(受卷), 공급(供給) 세 곳과 대독(對讀), 등록(謄錄, 베끼기)하는 곳까지 두루 구경시켜주었다…….
설명을 들으며 내내 미소를 짓던 건륭이 순간 한숨을 지었다.
"너무 낡았어. 남경의 공원보다도 못한 것 같네! 형신, 예부더러 견적을 뽑아보라고 하게. 전부 손보는 데 은자가 대충 얼마나 필요할는지. 돈이란 쓸 데 아낄 데를 알아야 하는 법이네. 무턱대고 쌓아둔다고 만사대길한 것이 아니네. 지난번 러시아와 홍모국(紅毛國, 네덜란드)의 사신들이 짐을 배알한 자리에서 천조(天朝)의 취사제도(取士制度)에 대해 몹시 궁금해하며 공원을 견학했으면 하는 걸 짐이 불허했네. 그럴 수밖에 없는 것이 조정의 안면이나 다름없는 곳이 너무 볼썽사납게 피폐해 있으니 말일세. 사람도 얼굴이 더러우면 씻어야 할 게 아닌가?"

그러자 장정옥이 급히 말을 받았다.

"성려(聖慮)는 천만 지당하옵니다!"

건륭이 이번에는 고개를 돌려 양명시와 어쌘을 향해 말했다.

"더운 날씨임에도 무병무재(無病無災)하게 고사를 무사히 치렀으니 자네들의 공로가 크네. 고사장에서 흔히 나타나는 부정은 없었던가?"

"그건 어느 시험에서나 피해갈 수 없다고 생각하옵니다."

건륭의 시선을 받은 어쌘이 급히 몸을 숙이며 덧붙였다.

"과거시험에 응시한 전체 3,867명의 효렴들 중 남의 시험지를 베낀다든가 대타를 내세웠다든가 부정을 저지른 자는 총 42명이옵니다. 도중에 몸이 아파 퇴장한 효렴 다섯 명까지 빼면 현재 남아있는 거인들은 모두 3,820명이옵니다."

그러자 양명시가 보충설명을 했다.

"또 하나 공당을 포효하여 무리하게 면시를 요구하다 쫓겨난 자도 있사옵니다."

양명시는 이같이 말하며 이시요가 지공당을 소란스럽게 만든 경위를 들려주었다.

이미 지공당에 한 발 들여놓은 건륭이 그 말에 관심을 보였다.

"간 큰 친구로군. 어디 한 번 보게 데려다 놓게."

말을 마친 건륭은 자리에 앉지도 않고 선 채로 서안 위에 쌓여있는 묵권들을 뒤적여보았다. 몇몇 대신들은 공자의 위패 오른쪽에 고니 모양을 하고 서 있었다. 건륭이 묵권 하나를 들고 물었다.

"이것도 추천해 올라온 묵권인가?"

척 보기에 자신이 심사를 거친 묵권임을 알아본 어쌴이 급히 말했다.

"예, 폐하. 서쪽 구역의 어느 방에선가 올려보낸 묵권으로 알고 있사옵니다."

건륭이 그 묵권을 눈여겨보았다. 제목의 필체가 단정하고 대단히 멋스러워 보여 건륭의 시선을 사로잡았던 것이다. 내용을 훑어보며 붓을 들어 오자(誤字) 한 글자를 바로잡고 묵권을 내려놓은 건륭이 다시 물었다.

"낙권은 없었고?"

양명시가 급히 공당 동쪽 벽면에 길게 놓여 있는 나무상자 근처로 건륭을 안내했다. 낙권(落卷)은 18개 성(省), 각 주현(州縣)별로 깔끔하게 일목요연하게 정리되어 있었다. 대단히 세심한 건륭이지만 일부러 대수롭지 않은 표정을 지어 손가는 대로 하나를 빼내어 대충 훑어보고는 도로 집어넣었다. 신양부(信陽府) 태강현(太康縣) 쪽에는 두 부밖에 없었다. 건륭은 둘 다 꺼내어 미봉(彌封)을 뜯었다. 하나는 '태강 진하묘 왕진중'의 시험지였다. 빛 밝은 창가로 가서 읽어보니 문자는 그런 대로 괜찮았으나 단락을 나누지 말았어야 할 곳에서 단락이 나뉘어져 있었다. 건륭은 그 시험지를 제자리에 집어넣지 않고 서안 앞으로 돌아와 양명시가 이미 1차 선발을 마친 시험지 위에 던져놓았다. 그리고는 자리에 앉았다.

그제서야 그새 지공당 밖에서 무릎을 꿇고 있는 이시요를 발견한 건륭이 물었다.

"자네가 이시요인가? 무슨 대단한 재주가 있는지는 모르겠으나 감히 지공당을 포효하다니 웬 말인가?"

수십 명의 관리들이 잔뜩 숨죽이고 있는 가운데 천위(天威)를 지척에 두고 가슴이 두근거렸으나 곧 마음을 다잡은 이시요가 연신 머리를 조아리며 아뢰었다.

"아뢰옵니다, 폐하! 효렴 이시요는 시를 지을 줄도 알고 팔고문도 지을 수 있사옵니다. 하오나 연이어 세 번 미역국을 먹은 이유를 통 알 수가 없어 면시(面試)를 받고자 청을 드렸을 뿐 감히 공당을 포효한 건 아니옵니다."

그러자 건륭이 굳어진 표정으로 양명시에게 말했다.

"이 친구의 묵권을 찾아오게. 나라에 중용될 인재를 선발하는 데 있어서 그 사람이 시국을 바라보는 시각과 통찰력, 각종 시폐(時弊)에 대한 대안과 방책을 제시하는 능력의 여부를 위주로 보는 것이지 결코 그러저러한 시나 몇 줄 쓸 수 있다고 관직에 앉을 수 있는 줄 아는가? 광망(狂妄)하기는! 두 시험관의 처사가 극히 공정하고 올바르네. 허나 자네가 면시를 원했고, 때마침 짐을 만난 것도 자네의 복이라 할 수 있네. 짐은 자네의 시문(詩文) 실력을 시험해 볼 생각은 없네. 자네가 본인의 학식을 드높이 자평하고 득의양양해 하는 것 같은데, 〈사서(四書)〉 중에 '양양(洋洋)'이라는 단어가 몇 군데나 들어가 있는지 한 번 말해보게나."

문제가 좀 엉뚱하긴 했지만 사서의 범위를 벗어난 건 아니었다. 이시요는 눈알을 부산스레 돌리며 긴박하게 기억을 더듬었다. 그리고는 잔뜩 긴장된 표정으로 땅만 뚫어져라 쳐다보며 손가락까지 꺼내 꼽으며 중얼거렸다.

"그게……〈사지(師摯)〉라는 장절(章節)에 한 번 나오고, 〈중용(中庸)〉 '귀신(鬼神)' 편에 한 번, 〈중용〉 '대재(大哉)' 편에 또 한 번……"

더 이상 생각이 떠오르지 않는 듯 이시요는 머뭇거리며 입을 다물어 버리고 말았다.

"그밖에 또 있나?"

"소(小)……"

건륭이 피식 웃었다. 그리고는 말했다.

"자네한테는 좀 과분한 출제였을 수도 있지. 다른 하나는 마침 '소즉양양언(少則洋洋焉)'이라네!"

젊은 친구의 자만심을 힘껏 꼬집은 건륭의 한 마디였다. 이때 양명시가 이시요의 묵권을 찾아왔다. 필체가 시원시원하게 뻗었고 준초해 보였으나 자세히 들여다 보노라니 글자에 힘이 부족해 어딘가 나른해 보였다. 건륭이 웃으며 말했다.

"글씨는 꼭 주인을 닮는다고 했네. 중기(中氣)가 부족함이 역력하군."

이때의 이시요는 어느새 기가 한풀 꺾여 있었다. 처음 볼 때와는 한결 달라져 있는 이시요를 힐끗 일별하며 건륭이 히죽 웃었다. 그리고는 붓을 들어 이시요의 묵권의 빈자리에 뭔가를 급히 적기 시작했다. 가까이에 있던 어쌴이 눈여겨보니 짤막한 시였다.

옹중(翁仲)을 중옹(仲翁)으로 착각할 정도이니, 자네 문장은 아직 약골이네.
한림(翰林)과는 더 이상 인연이 없을 것이니, 죄를 물어 산서(山

西)로 보내 통판(通判)으로 삼노라!"

쓰기를 마친 건륭이 자리에서 일어서며 양명시에게 말했다.
"짐은 먼저 가보겠네. 자네들은 며칠 동안 더 수고하게. 때가 되면 패찰을 건네어 뵙기를 청하도록 하게."

건륭을 배웅하고 다시 지공당으로 돌아온 두 사람은 아직 물러가지 않은 좌중을 물리쳤다. 그리고는 이시요를 불렀다. 오만하고 광기어린 태도는 온 데 간 데 없고 이시요는 털썩 무릎을 꿇었다.

"두 분 어른……."

결국 이시요는 목소리가 떨려 말을 잇지 못했다. 건륭이 자신의 묵권에 무어라고 비문(批文)을 썼는지 몰랐기에 그 긴장은 고조에 달했다.

"이제 다시 안하무인으로 나올 건가?"

어쌘이 물었다.

"감히 그런 일은 없을 것입니다."

이시요의 낯빛이 창백했다.

"어르신의 곤장이 두려워서가 아니라 저 스스로가 자부해오던 토끼 꼬리만한 학문에 실망하고 말았기 때문입니다. 폐하의 면전에서 추한 꼴을 보였으니 열두 살에 진학(進學)하여 현시(縣試), 향시(鄕試)의 일등을 따냈던들 그 무슨 소용이 있겠습니까! 청운의 꿈만 가득했지 과거에 급제하여 관직에 오른다는 것이 이토록 힘겨운지는 정말 몰랐습니다! 패장(敗將)은 전쟁을 논할 자격이 없다는 걸 압니다. 고향으로 돌아가 10년 동안 책을 더 읽고 오겠습니다!"

이에 어쌘이 웃으며 말했다.

"그리 낙담할 필요까진 없네. 성덕이 하해 같으니 그 속에 한번 몸을 담가보는 것도 자네의 복이네. 자네의 묵권은 우리가 다시 심사할 것이니 가서 기다리게."

양명시는 내내 이시요의 묵권에 남긴 건륭의 시를 음미하고 있었다. 이시요가 곤장 맞아 멍든 엉덩이를 만지며 물러가자 양명시가 너털웃음을 지었다.

"아무튼 복 있는 친구야!"

이에 어싼이 웃으며 말했다.

"양어른, 그럼 이 친구의 순위는 몇 등쯤에 두는 게 좋겠소?"

그러자 양명시가 말했다.

"글쎄, 나도 고민이오. 공당을 포효한 건 벌을 받아 마땅하나 폐하께오선 '한림에는 불허'하시는 대신 산서성 통판으로 보내는 것으로 죄를 묻는다지 않으셨소? 통판이라면 종칠품(從七品)인데, 이런저런 부정을 저지르지 않고 제대로 진사 자리에 오른 사람들도 지방에 내려가면 그 정도밖에 안된다고. 성심을 잘 헤아려 절대 '동진사(同進士)' 행렬에 넣어선 안되겠소. 그래서 말인데, 순위를 6, 70등 사이에 두는 것이 무난할 것 같소."

두 시험관은 그밖에도 건륭이 손수 몇 글자씩 고쳐놓은 하남성 왕진중을 비롯한 효렴들의 묵권에 대해서도 한참 머리를 맞대고 고민했다. 결국 이는 건륭이 직접 뽑은 공생(貢生)일 것이라 짐작하여 낙권으로 처리하지 않고 합격으로 처리했다. 자신들의 사인(私印)을 찍어 화칠(火漆)로 봉하여 공원의 인장까지 찍어 공자패위 앞에 올려놓았다. 그제야 양명시는 18개 방의 시험관들과 5소(五所), 2청(二廳), 2당(二堂)의 장관(長官)들을 지공당으로 불렀다.

공자패위를 향해 일제히 삼고구궤의 대례를 올린 후 모든 이목이 집중된 가운데 밀봉해 놓은 공생들의 명단을 공원 장리(長吏)에게 넘겨주어 예부에 올려보내게끔 했다. 이렇게 은과 대전은 마침내 종지부를 찍었다. 여러 사람들을 거느리고 지공당을 나선 양명시가 서쪽 하늘을 붉게 물들인 저녁노을을 바라보며 숨을 길게 들이마셨다. 그리고는 크게 외쳐 말했다.

"용문을 열어 방행(放行)하라!"

시험을 통해 선발된 공생 수는 정원이 정해져 있었다. 이제 생각 밖에 두 명이 추가됐으니 누가 됐든 다른 두 사람을 탈락시킬 수밖에 없었다. 이번 은과에서 비록 이렇다 할 부정은 없었지만 시험관들이 지공당에 추천해 올린 묵권들은 나름대로 연줄을 등에 업고 있지 않은 경우가 거의 없었기에 누굴 탈락시킨다는 것이 꽤나 조심스러웠다. 세 편의 문장이 천의무봉이라 자부하며 못내 흐뭇하여 고사장을 나섰던 러민은 이미 추천해 올렸으니 합격은 떼논 당상이라던 시험관의 말까지 듣고는 신심백배하여 소식을 기다렸다. 그러나 방(榜)이 나붙는 날 일부러 거드름까지 피워대며 여유만만하게 현장을 찾았던 그는 부방(副榜)에조차 이름이 없는 황당한 경우를 당하고 말았다.

천안문(天安門)에서 돌아서는 러민의 두 다리는 허수아비의 그것 같았다. 술집에서 동석하여 주령을 즐겼던 거인들 중의 장우공이 방의 윗머리에 올라있었고, 기효남이 열 네 번째에 이름이 올라 있었다. 전도를 비롯하여 자신과 하지 세 사람만이 탈락하는 비극을 맛보고 말았던 것이다.

이제 어찌할 것인가? 시험이 끝나 전처럼 함께 회문(會文)하며 서로 위로를 주고받을 벗도 없고, 동향회관(同鄕會館)도 이미 봉폐됐는지라 머무를 곳도 마땅찮았다. 그렇다고 고향인 무창(武昌)으로 돌아간다고 해도 가족들은 산지사방으로 뿔뿔이 흩어졌는지라 누구 하나 반겨줄 사람도 없었다. 공명을 얻지 못하면 절대 귀향하지 않겠노라고 선언했던 터라 본가의 친척들 앞에도 무슨 체면으로 나타난단 말인가?"

뜨거운 지열이 화로 같은 광장에서 얼마나 오래 서 있을까. 문득 주위를 돌아보니 그 많던 사람들은 온 데 간 데 없고 그 넓은 광장에는 망연자실한 러민 자신만 외톨이 신세가 되어 있었다. 그는 의식적으로 주머니를 만져보았다. 아직 은자는 조금 남아있었다. 고향을 떠나올 때 맘씨 좋은 숙모가 몰래 찔러 넣어준 것이었다. 하나 이 은자로는 대랑묘의 가장 싼 방에 머문다고 해도 열흘을 넘기지 못할 것이다. 뱃가죽이 등에 가 붙었으나 배고픈 줄도 모르고 러민은 회자 나무 밑의 돌의자 위에 털썩 주저앉았다.

어디로 가야 하나. 생각할수록 막막했다. 옆자리를 보니 황주(黃酒) 두 통을 지게에 싣고 가던 사내도 아직 갈 길이 먼 듯 다리쉼을 하고 있었다. 장삼 자락을 들어 연신 땀으로 범벅이 된 얼굴을 문지르던 사내가 허리춤에서 누런 옥수수떡을 꺼내더니 다짜고짜 한 입 베어 물었다. 그리고는 입을 크게 우물거리며 씹어 꾹꾹 삼켰다. 가끔씩 물통에서 물을 따라 벌컥벌컥 들이키기도 했다. 주위를 전혀 의식하지 않는 것 같던 사내가 아까부터 멍하니 자신을 바라보는 러민을 향해 웃으며 말했다.

"척하면 삼천리야. 보나마나 미역국을 먹은 게로군. 이리 오게, 젊은이! 살다보면 떨어질 때도 있고 올라갈 때도 있는데, 뭘 그리 엄마 죽은 얼굴을 하고 있나? 술 있겠다, 안주도 있겠다! 먼저 배나 불리고 보세!"
 호탕하게 웃으며 사내가 커다란 옥수수떡 하나를 건넸다. 그리고는 바가지로 황주를 휘휘 저으며 말했다.
 "배부르면 집생각 덜 나고, 술 취하면 걱정이 반이 되는 법이네. 이걸 한 잔 쭉 들이키게!"
 "이렇게 얻어먹어도 되는지……."
 배가 고팠지만 일단 마지못해 받는 시늉을 하며 러민이 말했다.
 "다른 사람 것을 공짜로 먹어본 적이 없어서 좀 그렇네요."
 그러자 사내가 다시 떠나가라 웃어젖혔다.
 "술은 ××주인네 것이야. 안먹어도 먹었다고 할 텐데. 실컷 먹어버려. 먹고 죽은 귀신은 때깔도 곱다고 했어."
 러민은 연신 사은을 표하고 떡을 안주 삼아 황주 반 사발을 단숨에 들이켰다. 빙그레 웃으며 허겁지겁 떡을 베어먹는 러민을 바라보던 사내가 맞은편 정육점을 향해 고함을 질렀다.
 "이봐, 장 푸주한! 넓적다리 삶아놓은 것 있으면 한 접시 썰어가지고 와. 우리 주인…… 그 귀신도 물어가지 않을 놈이 술 하나는 끝내주게 빚는다니까!"
 "좋지! 안그래도 배가 고파서 기절하기 일보직전인데! 요년의 여편네, 오늘은 무슨 지랄하고 있는지 때 지난 지 언젠데 여태 밥 가져올 생각을 않네?"
 정육점 주인인 장씨가 기름기 번지르르한 돼지고기를 한 접시 담아 좋아라 하며 달려왔다. 그리고는 웃으며 말했다.
 "어떤 주인이 자네 같은 애물단지를 두었는지 뼈빠지게 장사해봤자 거꾸로 서기 십상이야! 근데 이 젊은이는 보아하니 공부를 제대로 한 것 같은데, 이번 시험에 철썩 붙은 건가?"

"부끄럽네요……."

"부끄럽긴?"

장씨는 칼잡이답지 않게 인상이 후덕하고 선해 보였다. 고기접시를 내려놓고 사람 좋게 웃으며 말했다.

"수천 명의 거인들이 북경으로 들어왔어도 춘풍에 득의한 사람들이 몇이나 되오? 사내가 그까짓것 가지고 낙심천만해서야 쓰겠나? 자자, 먼저 주린 배나 채우고 보세! 옷차림을 보니 황량(皇糧)을 먹는 기인(旗人)인 것 같은데, 걱정도 팔자네!"

순간 가슴이 미어진 러민이 중얼거리듯 말했다.

"기인도 3, 6, 9등이 있어요. 우리 집은 옹정제 때 벌써 패망하고 말았는 걸요……."

러민은 더 이상 말을 잇지 못하고 죽어라 고기만 입안으로 쑤셔 넣었다. 그리고는 황주를 벌컥벌컥 들이켰다. 말은 하지 않아도 서로의 신분과 처지가 극명하게 드러난 세 사람은 더 이상 아무 말도 하지 않고 그저 허겁지겁 먹기만 했다.

두 사람이 자리를 뜨고 나자 러민은 홀로 남게 되었다. 아직 어디로 가야 할지 대책이 떠오르지 않았다. 갑자기 배가 살살 아파 오기 시작했다. 황주며 떡, 고기가 배속에서 요동을 치고 있는 것 같았다. 열이 나서 후끈후끈 아파오는 이마를 만져보던 러민은 그제야 푹푹 찌는 이 날씨에도 자신의 몸은 땀 한 방울 없이 바짝 말라있다는 느낌이 들었다. 두려운 나머지 벌떡 일어나는 순간 배속에서 요동치던 음식물들이 울컥 하고 치밀어 올랐다.

"와—악!"

한 입 가득 오물이 터져 나왔다. 역겨운 냄새에 연신 헛구역질까지 해대며 그는 더 이상 나올 음식물이 없어 누런 신물까지 토해낼 정도로 심하게 구토를 했다. 머리는 핑글핑글 돌아갔지만 속은 좀 후련한 것 같았다. 눈앞에 별들이 날아다니고 다리가 기운 하나 없이 휘청거렸으나 이대로는 안된다는 생각에 그는 발이 가는 대로 발걸음을 내디뎠다. 그러나 채 몇 걸음 못 가 눈앞이 캄캄해지면서 러민은 그 자리에 폭 고꾸라지고 말았다……

시간이 얼마나 흘렀을까. 혼수상태에 빠졌던 러민이 정신을 차리고 눈을 떠보니 자신은 어느 허름한 방의 흙 온돌 위에 누워 있었다. 몸에는 고쟁이 하나만 달랑 걸친 채 홀랑 벗겨져 있었다. 구들엔 대나무 자리가 깔려있어 시원했고, 머리맡엔 약탕관이며 숟가락 그리고 허름한 부채 하나가 놓여 있었다. 그밖에 방안에는 아무런 물건도 찾아 볼 수 없었다. 눈을 깜빡이며 자신이 어찌하여 여기에 누워있게 됐고, 여긴 대체 누구네 집일까 하는 생각이 떠올랐지만 기억나는 건 아무 것도 없었다. 다시 머리가 아파왔다. 그는 아예 생각하는 걸 포기했다. 이때 웃통을 벗어 던진 사내아이가 주렴을 걷고 살그머니 들여다보더니 바깥쪽을 향해 외쳤다.

"아빠! 깼어요!"

"알았어, 곧 갈게! 모모(毛毛)야, 뒤뜰에 가서 누나 돼지먹이는 걸 좀 도와주고 너희 엄마더러 칼국수 한 그릇 끓여 놓으라고 해! 국수를 좀 가늘게 썰라고 아빠가 말하더라고 전해라!"

말과 함께 모습을 드러낸 뚱뚱한 노인은 다름 아닌 정육점의 푸주한 장괴명(張魁銘)이었다. 반바지 차림에 웃통을 벗은 차림인 장괴명이 뒤돌아서는 아들 모모를 다시 불러 세웠다.

"얘야, 칼국수에 기름기가 조금이라도 들어가선 안된다고 해라. 헤헤, 이제 깼구만!"

러민이 누워있는 방으로 성큼 들어선 장괴명이 구들장 언저리에 걸터앉아 헬쑥한 러민을 바라보았다. 그러는 장괴명의 넓적한 얼굴에 피곤기 서린 미소가 번졌다. 그는 부채를 힘껏 부쳐 바람이 러민에게로 가게 하며 말했다.

"더위를 먹어서 길바닥에 쓰러졌어요. 큰 병은 아니지만 위험했었지! 그런데, 난 자네를 뭐라 칭해야 하지?"

러민이 애써 일어나려 몸을 움찔거렸다. 그러나 곧 장괴명에 의해 도로 눕혀지고 말았다. 시원한 부채바람에 스르르 잠이 올 것 같았다. 감격 어린 눈빛으로 장괴명을 바라보며 러민이 말했다.

"……저의 목숨을 살려주신 구명은인이십니다……. 전 러민이라고…… 호광포정사(湖廣布政使)를 지낸 러거영의 아들입니다……."

러민은 부친이 국고환수 때 빚을 갚지 못해 집이 압수수색 당하고, 순식간에 가정이 풍비박산이 난 아픔을 견디다 못해 방황했던 일이며, 홀로 북경에 들어와 시험을 보았으나 어처구니없이 낙방한 사연을 구구절절 들려주었다.

"알고 보니 젊은이는 귀공자셨군요!"

장괴명의 눈빛이 일순 밝아지는 듯하더니 이내 암담해졌다.

"세상사란 원래 알고도 모를 일 투성이니 너무 괴로워하지 마오……. 헌데 마땅히 믿고 따를만한 친인척도 없다며 다음 시험은 3년 후에나 있는데, 어디 가서 뭘 하며 지낼 건지?"

장괴명의 말이 끝나기 바쁘게 밖에서 칼국수 그릇을 받쳐든 처녀가 팔랑팔랑 들어섰다. 러민이 보니 통이 넓은 바지와 꽃적삼을 깨끗이 빨아 입은 처녀는 늘씬하고 고왔다. 갸름한 얼굴에 오관이 단정했다. 웃을 때 잔잔한 물결을 연상케 하는 두 보조개가 매혹적이었다. 문득 자신이 윗통을 벗고 있다는 생각이 든 러민이 급히

공명의 갈림길 229

손을 뒤로하여 더듬어 옷을 찾았다. 그러나 잡히는 건 없었다. 그 모습을 본 장괴명이 자상한 미소를 지었다.
"괜찮네. 우리 딸 옥이라네."
"아빠도 참, 병들어 누워있는 사람보고 '어디로 갈 거냐'고 묻는 게 어딨어요?"
옥이가 일부러 새침한 표정을 지어 보이며 동작도 잽싸게 탁자 위에 놓여 있던 약탕관이며 숟가락을 한 곳으로 밀어놓았다. 그리고는 칼국수 그릇을 조심스레 올려놓고 애교 섞인 목소리로 말했다.
"아빠, 환자는 병이 나을 때까지 골치 아픈 생각일랑 말아야해요. 지난번 우리 집 주인이 자기네 아들한테 서생을 구해 글공부를 가르치고 싶다고 하지 않았어요? 이분을 추천하세요! 아니면 우리 집 일을 도와주게 하든가. 끼니야 우리 먹는 대로 숟가락 하나만 더 올려놓으면 될 텐데!"
얌전한 생김새와는 달리 성격이 남자 같은 옥이를 보며 러민이 저도 모르게 웃었다. 그러자 고지식한 장괴명이 서둘러 해명했다.
"먹고사는 게 전쟁인 궁색한 처지라 자식 교육 같은 것엔 신경 쓸 새가 없어서 저 아이가 버릇없이 저 모양이네……."
그렇게 하여 러민은 장괴명의 집에 머물게 되었다.

12. 관정(寬政)의 부작용

대내(大內)에 가까운 지인이 많은 전도는 은과 합격자 명단이 예부로부터 건청궁에 전달되자마자 자신은 낙방했다는 걸 알 수 있었다. 은과에서 탈락했으니 달리 방도를 강구해야만 했다. 속셈이 극히 빠른 그는 곧 상서방으로 장정옥을 찾아가 휴가를 반납하고 싶다고 청을 드렸다. 이에 장정옥이 반색했다.

"남들은 하루라도 휴가를 더 내지 못해 안달인데, 자넨 참 대단한 친구네. 안그래도 군기처 사무관들 중에서 시험휴가를 낸 이들이 많아 일손이 딸려 고민하던 중인데 잘 됐네! 지금 운남(雲南) 쪽에서 전사(戰事)가 긴박하게 돌아가는 실정이라 한시도 군기처를 비울 순 없네. 자넨 전방에서 날아오는 전보(戰報)를 뜯어서 읽는 업무만 맡아주게. 먼저 이위네 집으로 문안을 다녀오게. 폐하를 모시고 남방순시를 다녀오자마자 병들어 누웠다고 하네. 대신 문안을 전하고 전시(殿試) 끝난 후에 찾아 볼 거라고 전하게. 봐서 필요한 것이 있으면 내게 전해주도록 하게. 그리고 가는 길이니까 푸헝 어른 댁에 들러 이 문서를 전해드리게."

"예, 예, 예!"

전도가 연신 응답했다. 그리고는 동화문에서 말을 얻어 타고 부리나케 이위네 집으로 줄달음쳤다.

건강이 여의치 않은 상태에서 무리하여 건륭을 수행해 하남(河南)을 다녀온 이위는 무사히 북경에 도착한 그날저녁으로 긴장이 탁 풀리며 몸져눕고 말았다. 내방을 일절 사절한다고는 했지만 전도는 자신이 추천하여 내보낸 사람이고, 장정옥의 명을 받고 왔다하니 예외일 수밖에 없었다. 이름을 알리고 밖에서 잠깐 기다리고 있노라니 안에서 들라는 허락이 떨어졌다. 가인이 전도를 서재로 안내하며 연신 부탁을 했다.

"저희 마님께서 누누이 당부하셨습니다. 그 누가 총독어른을 방문했어도 업무에 대해선 삼가고 너무 오래 머물러서는 곤란하다고 말입니다. 다행히 전어른께선 총독어른의 건강상태에 대해 다소 알고 계시니 길게 말하지 않겠습니다."

그러자 전도가 소리죽여 웃으며 대답했다.

"걱정도 팔자야! 주절댈 시간 있으면 집구석에서 마누라 껴안고 낮잠이나 자."

멀리서 폐부가 찢기는 듯한 자지러지는 기침소리가 들려왔다. 이위의 기침소리가 멎을 때까지 기다린 전도가 발소리를 죽여 들어서며 문안을 올렸다.

"만생 전도가 삼가 문안 올립니다!"

"전 부자(夫子)예요."

이위의 침상 옆에 앉아있던 취아가 나지막이 말했다.

"얘기 나누세요, 전 조금 있다 올 테니."

눈을 감고 반드시 누워있는 이위의 낯빛은 핏기 하나 없었다. 여전히 눈을 감은 채로 이위가 장작같이 바싹 마른 손을 들어 옆자리의 의자를 가리키며 힘겹게 말했다.

"윗사람이라도 이건 너무 무례하는 건데 몸이 말을 들어주지 않으니 어쩔 수 없군……. 그래 장중당은 무고하신가!"

취아의 얼굴에 남은 뚜렷한 눈물자국으로 미뤄보아 그 병세가 결코 가볍지 않다는 것을 직감한 전도가 의자에 엉덩이를 살짝 걸쳐 앉으며 대답했다.

"장상께선 근자에 좀 바빠서 그렇지 건강엔 이상이 없는 것 같습니다."

전도가 이같이 말하며 장정옥의 말을 그대로 전했다. 전도가 전해온 말을 듣고 난 이위가 감개무량한 듯 말했다.

"난 아마 살아 숨쉴 날이 며칠 안남은 것 같네. 천하에 유아독존 인 줄 알고 살아온 나 이위에게도 죽음은 어김없이 다가오고야 만다는 사실을 이제야 실감했어! 포의(布衣) 차림에 꼬마 하나만 데리고 감봉지 일당의 소굴로 들이닥쳐 두목 감봉지를 생포했던 기억이 어제 같은데 말이야! 오할자를 내 편으로 만드는 데도 무척이나 힘들었지. 산동성의 건달들은 거의 내 손에 의해 길들여졌다고 해도 과언이 아니지. 두이돈이 조정과 대적하지만 내 체면만은 봐주게 돼 있네……. 폐하의 집을 지켜드리는 누렁이인가 싶으면 때론 강도 같기도 하고, 거렁뱅이 대장 같기도 한 것이……. 대체 나의 진면목이 무엇인지를 모르겠어. 허나 지금 당장 죽는다고 해도 여한은 없어……."

이위가 다시 희뿌연 두 눈을 맥없이 감았다.

"이봐, 전선생! 방금 했던 말은 허물없는 우리 사이에서 심심풀이 삼아 한 얘기니 밖으로 돌렸다간 자네한테 불리할 것이니 조심하게. 가서 장상께 전하게. 꼭 폐하께 주청 올려 나의 낙향을 윤허하게끔 힘써달라고 말일세."

이같이 말하며 이위는 서글픈 웃음을 지었다.

"고향의 아름다운 산수와 동무하면 몇 년 더 살아있을는지 모르지······."

전도는 마음이 무거웠다. 무거운 저울추를 하나씩 올려놓듯 자꾸만 밑으로 추락하는 느낌이 들었다. 천천히 자리에서 일어서며 전도가 말했다.

"총독어른, 다른 심려는 놓으시고 몸조리 잘 하십시오. 말씀하신 부분은 장상께 꼭 전해드리겠습니다."

"잠깐만 더 있어보게."

이위가 눈을 떴다. 전도를 바라보며 한숨을 지으며 그가 말했다.

"내 일생에 유감이 있다면 이 두 가지를 꼽을 수 있을 것 같네. 하나는 주먹 센 값을 하느라 그랬는지는 모르지만 양명시가 하는 일에 사사건건 꼬투리를 잡아 결국엔 감옥으로 등 떠민 형국이 되고만 사실이 못내 가슴이 아프네. 한때는 떨어져 못 사는 좋은 벗이었는데······. 이미 엎지른 물이니 돌이킬 수는 없겠지. 두 번째는 덕주지부 살인사건이 여태 미궁을 헤매고 있다는 것이 마음이 무겁네. 두 달쯤 전인가? 그 사건의 주범으로 지목을 받고 있는 류강이 폐하를 알현하러 왔던 중 감히 문안인사 올립네 하며 내 앞에까지 제 발로 걸어왔더군! 이는 쥐새끼가 고양이를 희롱하는 격이 아니고 뭔가? 물증 심증이 있는데도 하로형의 마누라가 종무소식이니 원고 없는 피고가 있을 순 없지 않겠나. 여기저기 수소문해서 그 여인을 찾아내도록 하게!"

생명이 오락가락 하는 마당에도 자신의 유감을 털어놓고 자책하는가 하면 못 다한 책임을 끝까지 지려고 하는 이위의 호걸다운 모습을 지켜보며 전도는 내심 자책을 금하지 못했다. 증인이라면 자신보다 더 확실한 사람도 없을 것이다. 그러나 자신은 불똥이 튈까 우려하여 여태 입다물고 있지 않는가. 마음이 혼란스러워진 전도는 경황없이 위로의 말을 건네고는 서둘러 물러나왔다.

침울한 이위네 집과는 달리 푸헝네 집의 분위기는 완전히 다른 세상이었다. 널찍하고 어마어마한 대문으로 들어서니 어디선가 생소금비(笙簫琴瑟)의 가락이 바람을 타고 은은히 들려왔다. 장정옥의 명을 받고 왔다는 말에 문지기는 두말없이 부하를 시켜 전도를 안내하게 했다. 꽃이 만발하고 버드나무가 우거진 화원으로 들어서 뒤뜰을 지나 오불꼬불 따라가노라니 진짜 화원이 보였다. 국상(國喪) 기간에는 만천하의 문무백관들이 일체의 가무(歌舞)를 엄금하는 건 주지하는 바였다. 헌데 푸헝이 이토록 대담하게 집에서 갖은 악기 소리가 울려 퍼지게 하다니! 전도는 적이 놀라며 길을 안내하는 가인에게 물었다.

"어르신께선 화원에 계시나보네?"

"황후마마께서 창춘원에서 열두 명의 희자(戲子)들을 선발하여 저희 어르신께 상으로 내리셨다고 합니다. 저희 어르신께서 크게 부담스러워 하시니 폐하께오선 3년 국상 기간이 끝나면 곧 박학홍유과 시험이 치러질 예정인데 경사스러운 날에 음악이 없으면 아니 될 말이라고 하시며 궁중에선 아무래도 교습시키기 불편하니 데리고 연습시키라고 하명하셨다고 합니다."

전도는 그것 참 신통하다며 속으로 몰래 웃었다.

몇 개의 회랑(回廊)을 가로질러 가며 멀리 바라보니 화원의 저편에 인공호수가 보였다. 그 한가운데 백옥 난간의 넓다란 돌다리가 놓여있었고, 다리 중앙에 커다란 무대가 설치되어 있었다. 호숫가의 아름드리 버드나무 밑엔 석탁(石卓)과 대나무 의자가 비치되어 있었다. 푸헝이 열 몇 명의 막우(幕友)들을 데리고 담소를 즐기고 있는 모습이 보였다. 싱그러운 바람에 호수가 파란 주름을 잡으며 까르르 웃으며 달려갔다. 버드나무가지가 수줍게 살랑거리고 연꽃잎이 어깨동무를 하며 좋아라 했다. 숨막히는 이위의 서재에서 나오자마자 선경(仙境)이나 다름없는 이곳에 발을 들여놓고 보니 전도는 당장 눈앞이 훤해지고 머리가 맑아오는 느낌이 들었다. 무대 위에서 들려오는 가녀(歌女)의 간드러진 노랫소리를 들으며 전도는 천천히 발걸음을 옮겨 푸헝에게로 향했다.

"오! 전도, 자네 왔는가? 오랜만이네."

주위 경관과 노랫소리에 취해 정신이 황홀해있던 푸헝이 그제야 전도를 발견하고는 반색하여 말했다.

"문으로 들어서는 사람의 과거를 묻지 마라. 그 얼굴에 다 쓰여져 있거니……. 옛말 그른데 없다는데, 어째 전선생 표정이 시원찮은데? 은과시험 결과가 여의치 않나 보지? 방경(芳卿)아, 얼른 가서 전선생이 들고 온 문서를 가져오너라."

그러자 푸헝의 등뒤에서 부채질을 하고 있던 하녀가 다가와 전도에게서 문서를 받아 푸헝에게 공손히 건넸다. 푸헝은 손가는 대로 그 중 한 장을 끄집어내어 대충 훑어보고는 탁자 위에 내려놓았다. 푸헝을 마주하고 앉은 사람이 눈에 익어 유심히 바라보던 전도는 그제야 그 사람이 조설근이라는 기억을 떠올리고는 반색하며 아는 체를 했다.

"어쩐지 눈에 익다했더니 설근형이군요. 여섯째도련님 댁에 초대받아 오셨나 보죠?"

 잿빛 비단 장포를 입고 상비죽선을 부치는 조설근의 모습은 품격이 돋보였다. 전도의 물음에 그는 웃으며 답했다.

 "여섯째도련님 덕분에 우익 종학(宗學)에서 일직을 담당하게 되었소. 때마침 폐하께서 열두 명의 희자들을 상으로 내리셨다고 하니 가무 교습장면을 눈요기라도 할까 해서 왔소."

 그러자 푸헝이 밉지 않게 흘겨보고 웃으며 말했다.

 "핑계는 좋아! 우리 방경이가 보고싶어 와 놓고 딴청은! 안그래, 방경아?"

 어느 정도 내막을 아는 듯 열 몇 명의 청객들이 한바탕 박장대소를 하고 말았다. 잠시 후 생쥐의 그것을 연상케 하는 턱수염을 달싹이며 청객 하나가 일어서면서 말했다.

 "둘 사이엔 벌써 불꽃이 팍팍 튀던데 뭘? 지난번 술자리에서 설근의 옆자리에 앉았다가 내가 그냥 데어죽는 줄 알았지 뭔가? 방경이가 다소곳이 술을 따르는데, 설근이 어쩌는 줄 알아?"

 청객이 그 당시 조설근의 표정이라며 모방하기 시작했다. 근엄한 표정을 지어 방경을 힐끗 훔쳐보고 누가 볼세라 급히 시선을 당겨오던 그가 못내 아쉬운 듯 다시 방경을 일별했다. 그 눈빛이 어찌나 요상하고 해괴한지 사람들은 또다시 폭소를 터트리고 말았다. 그러거나 말거나 청객은 다시 그때 방경의 몸짓이라며 흉내내기 시작했다.

 먼저 오리 궁둥이를 힘껏 내밀고 허리를 간드러지게 비틀며 두어 발짝 걸어가더니 낮게 깐 눈꼬리를 살짝 들어 조설근을 훔쳐보았다. 얼굴 붉히는 시늉까지 해가며 못내 수줍은 듯 고개를 떨구고

옷섶을 손가락에 감았다 폈다하며 다시 조설근을 훔쳐보았다.
"……어떠세요, 여섯째도련님. 제가 비슷하게 흉내냈나요?"
차를 한 모금 마신 푸헝이 마침내 그 우스꽝스런 몸짓에 푸우! 하고 입안의 차를 산지사방으로 흩뿌리고 말았다. 얼굴이 벌개지도록 웃으며 푸헝이 연신 말했다.
"똑같애, 똑같애……. 바로 그거였어!"
"지체 높으신 어르신들께서 하녀를 이런 식으로 난처하게 하는 법이 어디 있나이까?"
방경이 수줍음에 얼굴이 귀밑까지 빨개졌다. 아니나다를까, 몸 둘 바를 모르는 와중에도 조설근을 힐끗 훔쳐보고는 도망치듯 밖으로 나가버렸다.
조설근은 다소 난감한 표정으로 웃어 보일 뿐 아무 말도 없었다.
"지난번에 〈홍루몽(紅樓夢)〉이란 책을 집필 중이라더니?"
푸헝이 웃으며 말을 이었다.
"지금은 어느 정도 진척이 되어가는 지 원고 한 번 보여줘 봐! 내가 먼저 읽어봐야지."
그러자 조설근이 잠시 침묵하더니 대답했다.
"여섯째도련님께서 하명하신다면야 감히 토를 달 수 있겠습니까? 허나 탈고하려면 아직 멀었습니다. 쓰는 족족 이친왕(윤상의 아들 홍효)께서 가져가셨습니다. 도련님께서 읽길 원하신다면 방경을 보내어 가져와야 할 것입니다. 그 동안 제가 먼저 엊그제 쓴 노랫말 한 수를 적어드리겠습니다."
조설근이 이같이 말하며 자리에서 일어났다. 필지가 준비되어 있는 버드나무 옆 탁자께로 다가간 조설근은 붓을 잡고 잠시 생각하더니 부지런히 적어 내려가기 시작했다.

하나는 낭원(閬苑)의 선파(仙葩)요, 하나는 티 하나 없는 아름다운 옥(玉)이라. 기연(奇緣)이 아니라고 하기엔 너무나 기막힌 인연. 기연이라 이름짓기엔 너무 아픈 이별이네. 하나는 탄식에 잠 못 이루고, 하나는 구름 속에 숨어버린 달을 보며 눈물짓네. 하나는 물 위에 비친 달이요, 하나는 거울 속에 핀 꽃이라. 흘러도, 흘러도 마를 줄 모르는 이내 눈물은 가을에서 겨울, 봄에서 여름까지 그 언제나 멈추리오!

"좋았어!"
푸헝이 크게 감명 받은 듯 손뼉을 쳤다.
"어찌나 애절한지 굽이굽이 창자들이 고동치네. 그야말로 혼백을 녹인다고 해야 하나? 저것 봐, 방경이가 막 울려고 그러잖아!"
이같이 말하며 푸헝은 연신 가인을 불러 명했다.
"이 가사에 곡을 붙여 연습하라고 해!"
새카만 눈동자를 반짝이며 정겨운 눈매로 자신을 바라보는 방경을 향해 다정하게 웃어 보이며 조설근이 말했다.
"도련님이 자넬 내쫓지 못해 안달이신 것 같은데, 하늘이 알고 땅이 알고 우리 둘만이 아는 추억을 찾아 떠나자!"
다문 입을 양옆으로 길게 잡아당겨 웃으며 머리를 끄덕여 보이는 푸헝을 향해 방경이 공손히 몸을 낮춰 말했다.
"망극하나이다……. 이년의 목숨이 붙어있는 한은 도련님 계신 곳을 향해 염불하고 향을 사라 만수무강을 기원하겠나이다……."
말을 마친 방경은 곧 조설근을 따라 떠나갔다.
"세상천지에 보기 드문 기재(奇才)야!"
두 사람의 뒷모습을 멍하니 바라보던 푸헝이 한숨을 지었다.

"저 친구에 비하면 나 같은 황친국척(皇親國戚)들은 분토(糞土)나 다름없지."

푸헝의 탄식에 전도가 위로를 했다.

"무슨 그런 말씀을 하십니까? 사람은 누구나 그릇이 다를 뿐입니다. 아무튼 여섯째도련님 덕분에 오늘 눈요기, 귀요기는 실컷 하고 갑니다. 달리 분부가 없으시다면 그만 물러가겠습니다."

그러자 푸헝이 툭 한마디 내던졌다.

"운남에서 죽을 쑨 장조가 북경으로 압송되어 왔네. 폐하께오선 나와 류통훈더러 심문을 하라고 하명하셨네. 주심을 맡은 류통훈은 오전에 이미 지의를 받았다고 하네. 지금쯤은 양봉협도(養蜂夾道)로 들어가 있는지도 모르겠네. 자네에게 들려보낸 장정옥의 문서는 바로 장조에 대한 사건기록이네. 나도 양봉협도로 가봐야 하니 자네가 군기처로 돌아갈 거면 한 구간은 동행할 수 있겠군."

청객들이 어느새 달려나가 푸헝을 위해 말을 대놓았다.

조금 간격을 두고 가인들의 호송을 받으며 선화골목까지 온 두 사람은 손을 흔들어 보이며 헤어졌다. 양봉협도는 군기처에서 가까운 곳에 있었다. 멀리 옥신묘(獄神廟) 앞에서 자신을 기다리고 있는 류통훈을 발견한 푸헝이 말 위에서 미끄러지듯 내렸다. 고삐를 가인에게 던져주고 웃으며 다가간 푸헝이 말했다.

"언제 도착했기에 여태 이렇게 기다리고 섰나?"

"저도 지금 막 도착했습니다."

조복(朝服) 차림에 땀에 흠뻑 젖은 류통훈이 격식을 갖춰 인사를 했다.

양봉협도에 있는 옥신묘는 '묘(廟)'라는 이름에 걸맞지 않게 일찍이 임시 구치소로 바뀌어 있었다. 여기서 남쪽으로 화살이 꽂힐

만한 거리에 속칭 천노(天牢)라 불리는 형부대옥(刑部大獄)이 있었다. 희조 때 여긴 내무부에 예속돼 있었고, 법을 어긴 종실의 친귀들만 구금하는 곳이었다. 현 이친왕인 홍효의 아버지인 윤상을 비롯하여 맏이 윤제, 열째 윤아 모두 이곳에 수감되었던 전력이 있었기에 북경인들은 이곳을 '물에 빠진 생쥐' 황자들의 집이라고 비꼬았다. 듣기에도 거북한 여론을 바로잡으려는 듯 옹정 3년에 이곳은 대리사(大理寺)를 거쳐 형부의 소속이 되었고, 지금은 심판을 기다리는 죄수들의 임시감금소로 바뀌었다. 종실의 자제들이 법을 어겼을 시에는 이곳 아닌 멀리 정가장(鄭家莊)이라는 곳으로 보냈다.

이런 변화를 거쳐오면서 옥신묘는 신탑(神龕)도 신좌(神座)도 사라진 지 오래 되었고, 절로서의 의미를 잃은 지도 옛날이었다. 정전을 제외한 나머지 방들은 그리 크지 않았다. 사방을 두른 담들은 방들보다 거의 배는 높아 제아무리 햇빛이 기승을 부려도 이곳은 항상 음지였다. 사철 내내 으스스하고 을씨년스러웠다. 등에 땀이 흥건했던 두 사람이 낭하를 거쳐 정전에 도착하는 동안 온몸의 땀은 가뭇없이 잦아들고 말았다.

"휴……! 인생살이란 알다가도 모를 일이야. 그 멋쟁이 장조가 이곳에 갇혀 나 푸헝의 심문을 받게 되다니!"

얼굴이 잔뜩 굳어진 푸헝이 탄식을 내뱉었다.

"그래도 한때는 나의 스승이었는데 말이네! 여섯 살 때 내 손목을 잡고 서예를 가르쳤고, 그 뒤론 음률이며 장기, 바둑…… 안 가르쳐준 게 없었지. 그야말로 만능 재주꾼이었는데. 영락하여 이 지경에 이른 스승의 얼굴을 내가 어찌 마주할 수 있겠나?"

푸헝은 목소리가 젖어드는가 싶더니 어느새 손바닥으로 얼굴을 가린 채 훌쩍거렸다. 손가락 사이로 눈물이 흘러내렸다.
 이는 류통훈 역시 알고 있었던 일이었다. 방금 건륭을 배알한 자리에서 건륭 역시 눈물을 보이며 읍참마속(泣斬馬謖)의 아픔을 보였던 것이다. 그러나 장조가 저지른 죄는 결코 간과할 수가 없었다. 수십만의 군사들을 이끌고 들어가 몇 년 동안 어마어마한 군향(軍餉)만 축내고 산 속으로 숨어든 몇 천에 불과한 묘족들에게 얻어맞아 머리가 터지고 이마가 깨지는 패배를 당하고야 말았으니 어떤 식으로도 비호를 받을 수 없는 처지였다. 푸헝의 난감한 입장을 이해한 류통훈이 말했다.
 "이는 상심한들 소용없는 일입니다. 우리가 할 수 있는 데까지 진력을 다하여 피류의 고통을 줄여주는 수밖엔 별 도리가 없습니다. 나머지는 본인의 성권(聖眷)에 맡겨야 할 것입니다. 전 장조와 별다른 인연이 없으니 모든 건 제가 알아서 처리하겠습니다. 여섯째도련님께선 옆에서 지켜보시기만 하면 될 겁니다."
 푸헝이 눈물을 닦으며 말했다.
 "자네라면 이 경우에 어떤 형을 내려야 마땅할 것 같은가?"
 "능지처참형까지는 가지 않을 겁니다."
 류통훈이 말했다.
 "그는 국법을 어겼다기보다는 군법을 어겼다고 해야 합니다. 그 많은 병사들을 이끌고 나가 패잔병만 몇 명 달고 쫓겨왔으니 그 죄는 결코 용서받을 수가 없는 겁니다. 물론 법외시은(法外施恩)도 배제할 수 없으니 그 부분에 대해선 우리 신하들이 왈가왈부할 일이 못 된다고 생각합니다."
 이에 푸헝이 장탄식을 토해냈다.
 "글쟁이에게 총대를 메게 해 등을 떠밀었으니……."

그는 돌연 밀려오는 추억에 하마터면 해선 안될 말을 할 뻔했다. 혓바닥에 붙었던 말을 꿀꺽 삼켜버리며 푸헝이 말했다.

"건너오라고 하게."

잠시 후 목엔 항쇄를, 발엔 족쇄를 찬 장조가 무거운 쇳소리를 내며 옥신묘로 들어섰다. 이제 막 불혹의 나이를 넘겼지만 벌써 세 개 조대를 두루 걸쳐온 구신(舊臣)이었다. 강희 48년 1갑진사(一甲進士)에 합격했을 때 그의 나이는 열네 살밖에 안됐었다. 어린 나이에 한림원 서길사(庶吉士)에 선발되어 강희의 명을 받아〈성훈24조(聖訓二十四條)〉를 편찬했고, 옹정 연간에 들어와서는〈성훈24조〉를 바탕으로 하여 옹정의 성유를 곁들인〈성유광훈(聖諭廣訓)〉이라는 책자를 편찬하여 천하의 학궁(學宮)들에게 내려보냈다. 그 책은 지금까지도 거인들의 필독서로 자리잡고 있었다. 4년 전까지만 해도 그는 형부상서 직을 겸하고있으면서, 이곳 옥신묘를 관장했었다. 그러나 이젠 수갑 찬 죄수가 되어 이곳에 갇혀있으니 기막힌 인생유전이 아닐 수 없었다.

평소의 깔끔한 성격 그대로 비록 형구를 차고 있는 몸이지만 관복만은 깨끗하게 빨아 다린 듯 깔끔해 보였다. 하얗다 못해 창백한 얼굴은 담담했다. 밖으로 마중 나온 푸헝과 류통훈을 멍하니 바라보는 눈빛이 우울했다.

"장어른의 형구를 치워드려라."

안쓰러운 기색이 역력한 푸헝의 얼굴을 일별하며 류통훈이 지시했다.

"득천(得天, 장조의 호)형, 들어와 앉으세요. 얘기 좀 합시다."

장조는 그제야 정신이 돌아온 듯 두 사람을 따라 들어왔다. 푸헝은 말없이 손짓으로 장조에게 손님석에 앉으라는 시늉을 했다.

관정(寬政)의 부작용 243

류통훈은 그 밑에 자리했다.

잠시 동안 세 사람은 마주보며 아무 말도 하지 않았다. 오랜 침묵이 흐른 뒤에야 푸헝이 비로소 입을 열었다.

"기색은 그런 대로 괜찮아 보입니다, 스승님. 여기 있는 동안 달리 억울한 경우를 당하진 않으셨죠?"

그러자 장조가 자세를 바로 하며 말했다.

"여섯째도련님 덕분입니다. 간수들 대부분이 과거 이 사람의 부하들이었는지라 나름대로 대접도 잘해주고 있습니다."

이번에는 류통훈이 말했다.

"얼마 전 댁을 다녀왔습니다. 부인을 비롯하여 가내 두루 무고 하셨습니다. 심려 놓으세요. 부인께서 옥중의 의식기거를 걱정하시어 인편에 물건을 보내고 싶어하셨지만 제가 말렸습니다. 그 정도는 우리가 알아서 충분히 할 수 있으니 그럴 거 없다고 했습니다."

"정말 고마우이, 연청(延淸, 류통훈의 호) 어른."

장조는 돌연 가슴이 뭉클해지는 듯 눈동자가 붉어졌다.

"죄를 지었으니 죄값을 받아야함은 당연지사이지. 결안하고 나서 처자식 얼굴이나 한 번 봤으면 여한이 없겠소."

말을 마친 장조는 연신 눈시울을 슴벅이며 눈물을 다독거려 돌려보냈다.

지극히 인간적인 인사말을 주고받고 난 류통훈이 숙연한 표정을 회복하며 자리에서 일어났다. 그리고는 말했다.

"지의를 받고 장조에게 묻겠다!"

그 소리에 푸헝이 흠칫하며 퉁기듯 자리에서 일어나더니 류통훈의 등뒤로 가서 섰다. 장조가 황급히 자리에서 나와 길게 무릎을 꿇어 머리를 조아렸다.
"죄신 장조, 지의를 받들겠나이다……."
"자넨 문학지사(文學之士)이네."
말투를 달리한 류통훈의 무표정한 얼굴이 차가웠다.
"묘족들의 반란이 일어났을 시 선제께선 흠차대신을 파견하여 독군(督軍)할 뜻이 없었다고 하네. 그런데, 군사에 대해선 문외한인 경이 어찌하여 재삼 자천하고 나섰는지 그 이유에 대해 진실되게 주하라!"
필히 이 질문이 있을 거라고 생각하여 그 답변을 생각해두었던 장조가 주저하는 눈치없이 한숨을 지으며 대답했다.
"묘족들의 반란을 잠재우고 개토귀류 정책을 뿌리내리고자 하신 선제의 결책은 추호의 오차도 없사옵니다. 어얼타이가 자신만만하여 뛰어들었다가 군사가 불리한 국면에 처해지자 황급히 발을 빼고 돌아와 개토(改土)를 보류할 것을 주청 올렸사옵니다. 그 당시 죄신은 이를 단순히 장상(將相)들간의 불화로 인해 군령의 일치하지 못해 빚어진 현상인 줄로 착각하여 짧은 생각에 그만 섣부른 판단을 했던 것이옵니다. 갈 때는 필승의 웅심을 품고 갔으니 결국 참패를 당하고 돌아왔사오니 죄신은 국법과 군령에 따르는 길밖에 없사옵니다. 달리 교언영색으로 죄를 미화하려는 생각은 추호도 없사옵니다."
여기까지 장조의 말은 거짓없이 진실했다. 그러나 이번 사건의 진정한 막후 조종자는 바로 그의 스승인 장정옥이었다. 어얼타이의 문생인 장광사가 승리의 결실을 독점하는 걸 우려한 장정옥이 몇 번에 걸쳐 흠차대신을 파견해야만 하는 까닭을 은근히 내비쳤고, 풍류스런 유장(儒將)으로 명성을 떨치고 싶었던 장조가 맞장구를 치면서 결국은 오늘날의 참패를 불러오게 됐던 것이다.
"군사를 이끄는 장사(壯士)로서 공평하고 정확해야 하며 사심이 없어야 아래위가 한마음이 되어 똘똘 뭉칠 수 있지 않겠나."
류통훈이 건륭의 말을 복술했다.
"그런데 어얼타이를 겁쟁이라 비웃으며 자천하여 간 사람이 어찌하여 달도 못 채우고 '개토귀류는 상승지책(上乘之策)이 아니다'라는 밀주문을 보내기에 이르렀는가? 양위장군(揚威將軍) 하원생이 자네와 알력이 있어 부장(副將)인 동방(董芳)만을 중용하는 꼴이 미워 두 사람 사이를 결사적으로 이간질했던가? 자네는 진정 조정을 위해 일하러 간 것인가, 아니면 하원생과 동방 두 사람 사이를 이간질하러 간 것인가?"
날카로운 힐문이었다. 사실 이 사건의 뿌리는 어얼타이와 장정옥의 명쟁암투(明爭暗鬪)로 거슬러 올라가야 했다. 허나 두 사람 모두 건륭의 왼팔, 오른팔로 대단한 성총을 한 몸에 받고 있는 권신들이거늘 어찌 함부로 직주할 수 있으랴? 잠시 생각하던 장조가 대답했다.
"모두 죄신이 흠차로서의 역할을 제대로 못한 까닭이옵니다. 하오나 작심하고 두 사람 사이를 이간질 시키려든 건 맹세코 아니옵니다."
지의에 따라 질문은 할 수 있지만 반박을 하거나 지의에 없는 내용을 물을 수 없는 류통훈이 다시 물었다.
"경략대신(經略大臣) 장광사는 전군을 통솔하는 통수였거늘 자넨 어찌하여 각 부 병마들의 협동심을 자극하여 용병을 독촉하는 데만 전력하고 돌아오라는 선제의 뜻을 어기고 사사로이 월조(越俎)할 수가 있단 말이던가? 국사가 장난처럼 보이던가? 경이

국사를 우습게 대하고 군정에 소홀히 하였으니 짐이 법에 따라 경을 버리는 것은 당연지사일 것이네!"

"폐하께서 죄신을 이같이 책망하시니 죄신은 다만 쾌히 죄를 인정하는 수밖에 달리 아뢰올 말씀이 없나이다."

장조는 쿵쿵 소리가 나도록 머리를 조아렸다.

"죄신은 죄값을 치르는 한 목숨을 내놓아도 추호의 원망도 없사옵니다. 다만 죄신은 죽기 전에 한 마디만을 간언하고자 하옵니다. 죄신은 장광사를 그저 고집스럽고 제멋대로인 사람인 줄로만 알고 있었나이다. 하오나 3년 동안 같이 해오면서 그 심흉의 편협함에 과히 놀랐사옵니다. 깊이 알수록 겉 다르고 속 다른 패서(敗絮) 같은 존재였사옵니다. 이 사람을 절대 중용하셔선 아니 되옵니다!"

이로써 지의에 명시된 질문은 끝났다. 장조의 답변 중에 아직 큰 문제는 없었다고 생각하며 푸헝은 내심 안도했다. 푸헝을 쓸어보던 류통훈이 크게 고함을 쳤다.

"여봐라!"

"예!"

궁전 밖 낭하에 대령 중이던 간수들이 우르르 몰려들었다. 류통훈이 위엄 있게 좌중을 쓸어보고는 대갈했다.

"장조의 화령을 떼어내거라!"

"예!"

순간 장조의 낯빛이 파리하게 질렸다. 자신을 향해 달려드는 간수들을 손짓으로 막으며 그는 길고 깡마른 손을 드르르 떨며 관모에 달려있던 산호정자를 비틀어 거기에 꽂혀있던 공작화령을 떼어내어 정자와 함께 두 손으로 공손히 받쳐 올렸다. 그리고는 길게 엎드리며 말했다.

"망극하옵나이다, 폐하……."

푸헝이 급히 달려가 장조를 일으켜 세웠다.

"부디 보중하십시오. 의식기거는 제가 알아서 챙겨드릴 테지만 사적으로 무릎 맞댈 여유는 없을 것 같습니다. 필요한 것이 있으면 이곳 전옥(典獄)에게 말해 제게 전해 주도록 하세요. 절대 자학을 해선 안됩니다. 폐하께 주할 때 공로를 분식하고 착오를 덮어 감추지 말고 자책을 많이 하십시오. 저희들이 노력해볼 여지를 두셔야 합니다."

푸헝의 두 눈에선 다시금 눈물이 쏟아져 내렸다. 그러나 어느새 안정을 찾은 장조는 침착하게 말했다.

"여섯째도련님께서 조정에 대신 주해 주십시오. 난 하루빨리 숨을 거두는 것만이 진실된 사죄라 생각하오니 사약을 내려주시라고 말입니다."

사제간의 대화가 끝나가자 류통훈이 전옥을 불러 큰소리로 지시했다.

"장조를 4호실 단칸방에 수감하도록 하라. 밤낮으로 시중꾼을 붙이고 지필(紙筆)도 항시 준비해놓도록. 절대 소리지르거나 무례를 범해선 안되네. 알아들었어?"

"여섯째도련님, 그리고 연청 어른, 난 그만 들어가야겠습니다."

암담한 표정의 장조가 푸헝과 류통훈을 향해 머리를 조아려 보이고는 옥졸을 따라갔다. 한줄기 바람에도 날아가버릴 것만 같은 초라한 뒷모습을 바라보며 푸헝이 한숨을 지었다.

"괜한 욕심을 부려 저렇게 곤욕을 치르는 게 아닌가."

그러자 류통훈이 웃으며 말했다.

"여섯째도련님은 아직 부인지인(婦人之仁)이 있으신 것 같습니다. 괜한 욕심이라고 무마시켜버리기엔 장조의 죄가 불러온 파괴력은 너무 큽니다. 적어도 그는 오국용신(誤國庸臣)입니다. 죄를 논한다면 죽어 마땅합니다."

그러자 푸헝이 씁쓸한 미소를 지었다.

"내가 그 죄를 무마시키고자 하는 게 아니라 글쟁이가 총대를 메겠노라고 자천했을 때는 뭐가 씌었다고 볼 수밖에 없을 것 같아서 그래. 자넨 장조를 잘 몰라서 그런데, 결코 무능한 족속은 아니거든."

이같이 말하며 자리에서 일어난 푸헝이 덧붙였다.

"성급히 단죄하려 들지 말고 시간을 갖고 천천히 심문하게. 장광사가 팔을 걷어붙였으니 이번에 승전고를 울리면 폐하께서 기분 좋으신 김에 장조에 대해 좀 관대해질지도 모르잖은가."

말을 마친 푸헝은 곧 자리를 떴다. 푸헝의 생각과는 달리 류통훈은 워낙에 견원지간인 장광사와 장조의 관계로 미뤄볼 때 장광사의 '승전고'가 장조에게 이로울 리가 없다고 생각했다.

양봉협도를 나선 푸헝은 숨돌릴 새도 없이 군기처로 장정옥을 찾아갔다. 그러나 장정옥은 상서방으로 가고 없었다. 다시 상서방으로 달려가 보니 장친왕 윤록, 이친왕 홍효가 자리한 가운데 장정옥과 어얼타이가 양옆에 앉아있었다. 2품정자를 단 대신 한 명이 문 어귀에서 안에 있는 몇몇 대신들을 향해 강하게 자신의 주장을 피력하고 있었다. 어딘가 안면이 있어서 자세히 살펴보니 하동총독(河東總督)인 왕사준(王士俊)이었다.

"윤아, 윤제는 비록 선제의 골육이지만 그 당시 선제의 과감한 대의멸친은 천만 지당하신 처사였습니다."

왕사준이 푸헝을 힐끗 바라보았다. 그리고는 말을 이었다.

"지금 당금 폐하의 하해와도 같은 은덕에 힘입어 놓여난 것에 대해선 의친의귀(議親議貴)에 속하는지라 달리 이견은 없습니다. 하지만 관보에 과거의 죄를 인정하고 제덕(帝德)과 황은(皇恩)에 감격한다는 식의 글마저 한 글자도 올리지 않았다는 것이 못내 이해가 가지 않습니다. 그렇다면 선제께서 그들을 하옥시킨 것이 그릇된 처사라는 말씀입니까?"

왕사준은 사람들의 의견을 청하는 듯한 눈빛으로 좌중을 훑어보았다.

좌중은 무거운 침묵에 휩싸였다. 어얼타이가 먼저 입을 열었다.

"폐하께오선 왕어른더러 우리 상서방과 얘기해 보라고만 하셨을 뿐 달리 지의는 안계셨잖소. 우린 듣고만 있을 테니 할말 있으면 다 해보오."

"그러죠."

왕사준이 차갑게 말했다.

"난 갈수록 머리통이 굳어져서 여러 왕공대신들이 호롱박에 무슨 약을 넣고있는지는 점칠 수 없습니다. 설득력 있는 연유도 없이 죄인을 석방시킨 것도 부족해 윤제를 왕으로, 윤아를 보국공(輔國公)으로 봉했는데, 실로 코웃음에 코가 비뚤어질 지경입니다. 보국이라니? 그 사람이 대체 어느 나라를 지켰단 말입니까? 윤사, 윤당의 나라를 지켰단 말인지, 아니면 윤잉의 나라를 지켰다는 뜻인지 통 모르겠군요. 연갱요와 책동하여 모반을 일삼은 왕경기(汪景祺)의 가족을 석방시키고, '연갱요 사건'에 연루된 모든 죄인들에게까지 면죄부를 찍어준 것은 또 어찌 해석해야 합니까? 선제께서 죄를 지었으나 이미 개과천선한 증정(曾靜)을 사면시키면서 만천하에 명조(明詔)를 내려 '짐의 자손들 중에서 이 사람이 전에 짐궁을 욕되게 했다 하여 과거를 들춰 주살하는 일이 있어선 아니 되겠다'라고 하셨거늘, 여러 대신들은 어찌 감히 지의를 어기고 증정을 주살할 수가 있단 말입니까?"

속사포같이 이어지는 왕사준의 힐문에 푸헝은 깜짝 놀라고 말았다. 어마어마한 왕공대신들을 전혀 의식하지 않는 그 용기가 가상했다.

"자, 흥분하지 말고……."

장정옥이 친히 차 한잔을 따라 밀어보냈다.

"목마를 것이니 차를 마셔가며 얘기해 보게."

"감사합니다, 중당어른."

왕사준이 찻잔을 들어 한 모금 마셨다. 그리고는 여전히 주변을 의식하지 않고 말했다.

"선제께오선 국고환수에 전력을 다하시어 탐관오리들을 엄히 다스리는 쾌거를 이룩하셨습니다. 여러 대신들은 사책을 두루 섭렵하신 분들이니 누구보다 잘 아실 겁니다. 전명 이래에 이치(吏治)가 가장 깨끗한 조대를 꼽으라면 어느 군주를 꼽을 건가요? 두말할 것 없이 옹정 연간이라는 것은 주지하는 바입니다! 헌데 선제의 숙원이었던 국고환수 작업이 무기한 중지상태에 빠졌고 깊은 동면에서 깨어나 한껏 기지개를 켜며 슬슬 팔을 걷어붙이는 탐관들에 의해 국고는 다시 마비 일보직전이라 하니 실로 말문이 막히고 분통이 터집니다. 그리고 선제께서 개간을 장려하고 농상(農桑)을 부식(扶植)하기 위한 고육지책으로 일 잘하는 농민들에게 명목상 8품 관직을 수여하기로 한 정책은 분명 효과가 뚜렷한 선정(善政)이었는데, 어찌하여 그것도 아무런 이유없이 폐지되었는지 모르겠습니다……. 대체 여러분들은 선제를 어찌 평가하기에 선제의 치적을 이토록 매몰차게 부정하는 겁니까? 당금 폐하의 왼팔, 오른팔이라는 대신들이 대체 해놓은 일이 무엇입니까? 정말 비애를 느낍니다. 툭 까놓고 말해서 지금은 세종(世宗)의 국책을 뒤엎는 상주문은 모두 대접받는 실정입니다! 당치도 않습니다!"

차 한 모금으로 목을 축이고 난 그는 다시 냉소를 머금은 채 말을 이어나갔다.

"여러분들이 지의를 받고 물어오니 난 평소 입 간지러워 겨우 참아왔던 말들을 속시원하게 쏟아냈을 뿐입니다. 이상입니다."

몇몇 왕공대신들은 서로를 번갈아 보았다. 말재주가 없어 자신이 없는 윤록이 장정옥에게 말했다.

"형신, 자네가 말해보게."

"그대의 담력에 감복하오."

장정옥이 천천히 입을 열었다.

"그대의 상주문은 우리 상서방을 고발했을 뿐더러 폐하의 '관정(寬政)'마저도 한꺼번에 쓸어 넣은 격이네. 자네의 견해에 대해선 이미 구경(九卿)에 내려보냈으니 가타부타 언사가 있을 것이네."

이에 어얼타이가 가벼운 기침을 하여 목청을 가다듬고 말했다.

"폐하께오선 이미 자네의 주장을 어람하셨네. 죄가 있나 없나, 있으면 어떤 죄명인지는 우리가 의논을 거쳐 주청을 올릴 것이오. 자넨 지금 복건성 순무로 재임중이지? 이젠 돌아갈 필요가 없겠네. 푸헝이 자리했으니 좀 있다 데려가 당분간 양봉협도에서 명을 대기하도록 하게."

"오늘은 이 정도로 하지."

윤록이 웃으며 자리를 털고 일어났다. 그는 왕사준에게로 다가가 어깨를 두드리며 말했다.
"진짜 사내다운 기질이 맘에 드네. 지금이라도 늦지 않으니 사흘 내에 자신의 망언을 인정하는 사죄문을 올리면 내가 폐하의 면전에서 사정을 해볼 수도 있는데……. 아니면 뒤늦게 땅을 치며 후회해도 소용없을 거네."

그러자 왕사준이 피식 웃었다. 그리고는 푸헝에게로 고개를 돌리며 대답했다.

"장조도 양봉협도에 있지 않습니까? 우릴 한 방에 가둬줄 순 없겠습니까? 허송세월을 보내느니 이참에 시 공부라도 좀 해둘까 해서 말입니다."

푸헝은 장정옥이 자신더러 다녀가라는 쪽지를 보낸 이유가 왕사준을 압송하는 일 때문이라는 사실을 깨닫고는 다소 황당한 눈치였다. 잠시 머뭇하던 푸헝이 말했다.

"일단 가서 보지."

13. 어가과관(御街誇官)

하남(河南)에서 귀경한 건륭은 장광사(張廣泗)로부터 희소식이 날아들기만을 고대했다. 은과를 통한 인재선발과 맞물려 한바탕 거국적인 잔치를 준비하고 있었다. 그러나 기대에 잔뜩 부풀어 있는 그에게 찬물을 끼얹는 일이 발생하고 말았다. 장조(張照)의 사건을 마무리짓기도 전에 왕사준(王士俊)이 만언(萬言)에 달하는 주장(奏章)을 올려 등극 이래 건륭의 여러 가지 시정(施政)에 대해 전혀 취할 바가 없다는 식으로 혹평을 내렸던 것이다. 그 때문에 며칠동안 기분이 가라앉아 있던 건륭은 왕사준을 접견하고 돌아온 장친왕(莊親王) 윤록(允祿)으로부터 왕사준의 언사를 전해듣고는 펄쩍 뛰었다. 붙는 불에 기름을 끼얹은 격이었다. 크게 노하여 우윳잔을 용안 위에 힘껏 내려놓으며 건륭이 분노에 떨었다.

"짐이 선제께 불초를 저질렀다며 사람들이 뒤에서 수군대는 건 알고 있었네. 하지만 왕사준처럼 공공연한 발언을 해오는 경우는 처음이었네. 짐이 관정(寬政)을 베푼다고 하니 머리 위에 올라앉아도 괜찮을 줄 아나본데, 이같이 무례한 경우는 결코 간과할 수 없지!"

이를 갈며 입술을 잘근잘근 씹던 건륭은 급기야 냉소를 터트렸다.

"혹정을 펴는 건 일도 아니지. 조서(詔書) 한 장이면 알아볼 테니까! 앞으로 이같이 허튼 소리를 하는 자들이 있거들랑 짐의 이 같은 지의를 전하게! 자네 생각엔 왕사준이 이같이 무식할 만큼 담대하게 구는 것이 혹여 조정에 누군가 뒤를 받쳐주는 자가 있는 것 같지 않나?"

"폐하!"

윤록이 잠시 어리둥절해 하더니 우물거리며 말했다.

"신은 폐하에 대해 왈가왈부하는 소리는 못 들었사옵니다. 왕사준은 허황된 명성을 낚으려는 한인들의 치졸한 졸장부 근성이 있어서 이런 식으로라도 이름을 날려보려고 저러는 것입니다. 한인들은 다 마찬가지입니다. 장조 역시 잘난 척하려다가 인생 종친 거 아닙니까. 한마디로 한인들은 별볼일 없는 이들입니다."

언제나 그렇듯이 연관성도 없는 말을 늘어놓는 윤록을 보며 건륭은 그만 웃어버리고 말았다.

"십육숙, 한인들 중에도 훌륭한 사람들이 있어요. 전체적으로 조수(操守)하는 면에서 만인들에 미치지 못하는 건 사실이죠. 어얼타이 이 친구는 사실 우리 만인들 중에서도 그 품성이 최고라고는 할 수 없는 사람이에요. 그럼에도 짐이 그를 기추 부문에서 중용하는 건 왠지 알아요?"

어가과관(御街誇官)　255

윤록이 전혀 짐작이 가는 데가 없다는 듯 눈을 휘둥그래 뜨고 건륭을 바라보며 말했다.

"잘 모르겠사옵니다."

이에 건륭이 웃으며 말했다.

"우리 만인들에게는 허장성세만 하고 책을 멀리하는 바람직하지 못한 경향이 많아요. 그런 증세를 보이는 대부분의 만인들과는 달리 어얼타이는 마음이 편협한 반면에 글공부를 많이 하였고 몸가짐이나 생활태도가 올바른 편이에요. 알다시피 밑에서 올려오는 주장은 모두 한문으로 되어 있어요. 상주문을 읽어보는 사람도 한인이고, 정무를 보는 사람도 한인이죠? 이대로 나가다간 대권이 한인들에게 넘어가지 말란 법도 없지 않겠어요?"

이에 윤록이 급히 맞장구쳤다.

"천만 지당하신 말씀이옵니다. 육부의 경우에 각 부처마다 각각 두 명씩 만인과 한인 상서들이 있사온데 실권은 한인 상서들에게 있다고 하옵니다. 만인 상서들은 보살처럼 높이 모셔져 아부와 사탕발림소리에나 길들여져 있고 실속은 전혀 없다고 하옵니다. 이대로 나가다간 조정이 한인들로 득실거리지 말라는 법이 어딨겠사옵니까?"

"그래서 말인데……"

건륭은 잠시 뜸을 들이더니 말을 이었다.

"십육숙은 종실의 자제들 교육을 바짝 틀어쥐어야겠어요. 불필요한 학과목은 과감히 없애버리고 한인들의 정치를 배울 수 있는 과목만 선택하세요. 호랑이를 잡으려면 호랑이 굴에 들어가야 하고, 상대를 이기려면 잘 알아야 하는 법이에요. 절대 한인들에게 동화되어서는 안돼요. 옛 친왕들 가운데서는 십육숙이 지존이시니 고북구(古北口), 봉천(奉天)에서 연병(練兵) 중인 십칠숙과 손아래의 몇몇 왕, 패륵들 모두 십육숙이 챙겨야 해요. 이네들을 잘 키워내는 것이 그 무엇보다도 중요한 일이라는 걸 명심하세요."

"예, 폐하! 명심하겠사옵니다. 능력은 모자라오나 진력하겠사오니 부당한 면이 보이시면 수시로 지적해주시기 바랍니다."

두 사람이 이같이 주고받고 있을 때 태감 고무용이 들어왔다. 건륭이 물었다.

"준비 다 됐나?"

"예, 폐하! 준비 완료됐사옵니다. 장정옥이 주청 올리라 해서 왔다고 하옵니다. 폐하께오선 여기서 바로 건너 가실는지 아니면 먼저 건청궁으로 걸음 하실는지 여쭤보라고 했사옵니다."

"짐은 여기 있다가 곧바로 갈 거네. 그만 물러가세요, 십육숙. 한참 얘기를 나누고 나니 갑갑하던 속이 좀 시원해진 것 같네요."

건륭이 자리에서 일어서며 말했다.

"짐은 오늘 보화전(保和殿)에서 은과 진사들을 접견하기로 했어요. 못 다한 이야기는 다음기회에 계속하도록 하죠. 십육숙은 성실하긴 하나 고지식한 면이 있어서 그것이 지나치면 남에게 우습게 보여 목덜미 잡히는 경우도 있을지 모르니 짐이 했던 말 잘 음미하여 일 처리에 좀더 과감했으면 해요."

윤록이 그렇게 해보겠노라며 연신 굽실거리며 물러갔다. 건륭은 곧 태감들의 시중을 받으며 옷을 갈아입었다. 모든 준비가 끝나자 고무용이 수화문 밖으로 달려가 큰소리로 외쳤다.

"폐하께서 납신다! 승여(乘輿) 대기하라!"

이와 때를 같이하여 음악소리가 잔잔히 퍼지기 시작했다. 몇

십 명의 창음각(暢音閣) 공봉(供奉)들이 악기를 연주하며 뒤따랐고, 백여 명의 시위와 태감들로 구성된 의장대가 앞에서 안내하여 호탕한 기세로 천가를 나서 삼대전(三大殿)을 향해 걸었다. 건청문 맞은편의 돌계단 앞에서 호종(扈從)들은 전부 멈춰서고 두 명의 시위만 건륭을 호위하여 계단을 올라갔다. 나친, 어얼타이와 장정옥, 이렇게 세 명의 상서방 대신들이 벌써 보화전 뒤편에 영접을 나와 있었다. 오늘의 접견 대전(大典)을 주지하는 사람은 나친이었다. 장정옥과 어얼타이 둘을 거느리고 엎드려 문후를 올리고 난 나친이 목청 높여 외쳤다.

"폐하께서 납시었다. 새로 합격된 진사들은 무릎꿇어 영접하라!"

보화전에는 음악소리가 대작했다. 창음각의 교습 태감들로 이루어진 정예악단 64명이 각자 다른 방위에서 황종(黃鐘), 대소(大召), 대여(大呂), 태족(太簇), 협종(夾鐘), 고세(姑洗), 중여(仲呂), 생빈(笙賓), 촌종(村鐘), 이칙(夷則), 남소(南召), 무사(無射), 응종(應鐘) 등 12여(呂)의 악률(樂律)을 위주로 생(笙), 황(簧), 소(簫), 적(笛), 금(琴), 쟁(箏), 공후(箜篌)의 화성(和聲)으로 구중을 울리는 음악을 연주해냈다. 그 속에서 64명의 공봉들이 손에 규판(圭板)을 들고 다소곳이 앉아 노래를 부르기 시작했다.

설한(雲漢)이 성시(聖時)에 가까우니 동관(冬官)에 명하여 고운 무늬를 새겨 기둥과 문지방이 화려하네. 서까래도 다듬지 않으면 정갈하지 않듯이, 오경(五經)도 복중(腹中)에만 썩혀두면 똥이 되어 역겨운 냄새를 풍긴다네. 현재(賢才)는 지혜를 썩히지 않고, 성총의 기본으로 삼아 거듭난다네. 신선을 부러워하여 허망(虛妄)을 좇지 마라. 진실된 인재만이 옹희(雍熙)를 빛냈거늘…….

나친은 걸어가며 몰래 건륭의 신색을 훔쳐보았다. 건륭은 노랫말을 열심히 듣고 있는 듯했다. 두어 번 눈썹을 모으며 뭔가 입을 열어 물으려는 듯했으나 곧 입을 다물었다. 궁전 앞으로 도착하자 구중천을 날려버릴 듯하던 악기소리가 멈췄다. 양명시와 어쌘이 맨 앞에 무릎을 꿇어 소리 높이 외쳤다.
"황제폐하 만세!"
"건륭황제 만세, 만만세!"
이번에 시험에 합격한 진사들이 일제히 머리를 조아리며 만세를 연호했다.
건륭은 미소를 머금고 머리가 희끗희끗한 사람도 보이고 앳된 얼굴들도 있는 신과(新科) 진사들을 향해 머리를 끄덕여 보이며 대전 안으로 성큼 들어갔다. 수미좌에 자리하자마자 나친이 한발 앞으로 다가와 깍듯이 예를 올렸다. 그리고는 고무용이 받쳐들고 있는 노란 비단 겉봉의 금책(金册)을 받아 들고 큰소리로 말했다.
"전시 4등, 1갑 진사 료화은(廖化恩)은 앞으로 나오라!"
"신, 대령하였사옵니다!"
대답과 함께 서른 살 가량의 진사가 구르듯 종종걸음으로 달려 나왔다. 더워서인지 긴장해서인지 옷이 땀에 젖어 몸에 착 달라붙어 있었다. 공손히 예를 갖춰 문안을 올리고 난 료화은이 조용히 명령을 대기했다. 거칠게 오르내리는 그의 가슴이 진정되길 기다렸다가 나친이 천천히 입을 열었다.
"신과 진사들의 명단을 창명(唱名)하라. 실의(失儀)하는 일이 없도록 조심하라!"

"예!"

료화은이 대답과 함께 마치 강보에 싸인 갓난아이를 받아 안듯 조심스레 금책을 건네 받고는 궁전 입구로 걸어나왔다.

전시 합격자 명단을 창명하는 일은 장원에 급제된 것보다 뭇 사람의 이목이 더 집중되는 일이었다. 뜨거운 태양 밑에서 거의 한 시간을 무릎꿇고 있는 진사들은 기진맥진하여 후줄근해 있었다. 료화은의 모습이 보이자 그제야 진사들은 힘을 내어 고개를 쳐들었다. 자꾸만 차 오르는 숨을 애써 조절하며 료화은이 금책을 펼쳐 카랑카랑한 목소리로 읽어 내려가기 시작했다.

"건륭 원년 은과전시 1갑 제1명(第一名) 진사 장우공(莊友恭)!"

미리 알고 있던 사실이었지만 이같이 장엄한 금전 앞에서, 천자가 굽어보는 면전에서 거명당한 기분은 말 그대로 구름을 타는 느낌이었다. 세 번째 줄에 무릎꿇어 있던 장우공은 머리가 한없이 팽창하는 황홀감에 사로잡혀 순간 눈앞의 사물들이 아롱아롱하게 변했다. 꿈인 듯 생시인 듯 어정쩡하게 앞으로 나섰다. 흩날리는 실처럼 가벼운 발걸음으로 여덟 명의 1갑진사들을 데리고 걸어나와 건륭을 향해 삼고구궤(三叩九跪)의 대례를 올렸다.

이어 찬례관(贊禮官)이 장원 장우공과 방안(榜眼), 탐화(探花)를 안내하여 건륭에게로 다가갔다. 거기서 셋은 길게 엎드려 사은을 표하고 각자의 방(榜)을 받았다. 그렇게 가슴 떨리는 순간이 반시간쯤 이어지고 나서야 세 사람은 비로소 장정옥과 어얼타이, 나친 등 세 보정대신(輔政大臣)의 안내를 받으며 태화문을 나섰다.

그곳엔 벌써 순천부(順天府) 부윤(府尹)이 영접 나와 있었다. 평소엔 감히 범접하기도 어려웠던 순천부 부윤이 친히 세 정갑(鼎甲)을 안내하여 천안문 정문을 활개치며 통과했다. 천만인의 환호를 받으며 동 장안가(長安街)에 임시로 마련된 채붕(彩棚)에서 잠화주(簪花酒)를 마셨다. 이 순서가 바로 몇백 년 동안 변함없이 전해내려 온 소위 '어가과관(御街誇官)'이라는 것이었다. 감히 꿈조차 꿀 수 없었던 천안문 정문을 버젓이 통과할 때부터 장우공은 머릿속이 하얗게 탈색해 가는 기분에 사로잡혔다. 그는 마치 실성한 사람처럼 멍하니 사람들을 따라 걷기만 했다. 마음속은 밝았다, 어두웠다 명암을 종잡을 수 없고 희비가 뒤엉켜 혼잡하기만 했다.

모든 전의(典儀)가 끝나고 구경꾼들의 갈채 속에서 세 정갑은 다시 만나길 기약하며 헤어졌다. 장우공은 갈수록 상태가 심각해졌다. 길옆의 구이집을 지나며 보니 아무도 맨발 바람으로 뛰쳐나와 장원급제한 자신을 '우러러' 보며 갈채를 보내는 사람들이 없었다. 장우공은 즉시 자신을 집으로 호송하던 예부의 아역들에게 멈추라고 명령했다. 그리고는 날렵하게 말에서 굴러내려 횡하니 구이집으로 들어갔다.

윗통을 벗어 던진 채 고쟁이만 입고 부채를 부치고 있던 주인이 머리에 번쩍이는 금화(金花)를 꽂고 색깔 눈부신 진사복을 차려입은 진사가 들어서자 깜짝 놀라 퉁기듯 일어났다. 허둥거리며 옷을 찾았으나 두리번거리는 곳마다 옷은 보이지 않았다. 당황한 김에 주인은 그대로 무릎을 꿇어 벌거벗은 채로 인사를 했다. 그런 주인을 뚫어지게 바라보던 장우공이 무표정한 얼굴로 내뱉듯 말했다.

"난 장원에 급제했소."

"알고 있나이다. 소인도 이제 막 장안가에서 돌아오는 길이옵니다."

주인이 말을 이었다.

"어르신께선 천하제일이라는 장원에 급제하신 분이 틀림없나이다!"

얼굴에 비계가 철렁이는 주인이 웃어서 실눈이 된 우스꽝스런 모습으로 연신 엄지를 내둘렀다.

"앞으로 필히 재상 자리에까지 오르실 겁니다!"

"그럼……"

장우공이 은자 하나를 던져주며 여전히 무표정한 얼굴로 말했다.

"알고 있었군……"

더 이상 할 말이 없는 듯 장우공은 밖으로 나왔다. 묵묵히 말 위에 올라타더니 80냥 짜리 은표를 꺼내어 예부의 이목(吏目)에게 건네주며 말했다.

"난 혼자 다니고 싶으니 먼저 돌아가오. 얼마 안되지만 오늘 수고한 몇 사람들끼리 술 한 잔이라도 나눴으면 하오. 나중에 내가 다시 청하겠소."

땡볕에 지칠 대로 지쳐있던 그네들인지라 이제나저제나 장우공의 입에서 돌아가라는 소리가 떨어지기만을 기다렸다는 듯이 냉큼 은자를 받아 챙기고 사은의 말과 함께 벌써 저만치 사라져버렸다.

때는 음력 6월이라 한여름이었다. 가마솥 같은 햇살이 연일 기승을 부리고 매미마저 지쳐 조용해진 나무들은 미동도 않았다. 집집마다 문을 활짝 열어 젖히고 수박이며 냉차를 잔뜩 늘어놓고 더위를 달래고 있었다. 행인이 드문 길거리를 하염없이 걸으며 장우공은 밖으로 뛰쳐나와 환호를 보내지 않는 가게마다 찾아 들어가 은자를 던져주고는 몇 마디 어정쩡한 아부를 사들고 나오곤 했다. 동네 꼬맹이들이 좋은 볼거리가 생겼다며 쪼르르 쫓아다니는 것 외에 어른들은 더위를 피해 어디론가 종적을 감추고 길바닥은 마냥 한적하기만 했다.

그렇게 네 댓 집을 들르고 난 장우공은 이번엔 고깃집을 지나게 되었다. 집 앞에 커다란 버드나무가 있었고 그 옆에 흰 천막을 치고 이제 막 가마에서 꺼낸 듯한 고기를 지키고 서 있는 처녀가 눈에 띄었다. 장우공이 다가가 뭔가 입을 열어 말하려 할 때 처녀 옆에 부채를 부치며 앉아있던 남자가 일어섰다. 두 쌍의 눈이 허공에서 부딪치는 순간이었다.

"아니, 장우공 장원이 여긴 어쩐 일이오!"

"어? 러민!"

전혀 예기치 않던 만남에 두 사람은 거의 동시에 놀란 소리를 질렀다. 러민이 대뜸 옆자리의 옥이에게 말했다.

"이분은 전에 나랑 문우(文友)사이였는데, 지금은……."

"지금은 난 장원에 급제했소."

장우공이 미풍에 팔랑이는 버드나무가지를 뚫어져라 바라보며 말했다.

"방금 어가과관 장면을 못 봤소?"

러민은 지극히 장원답지 않은 그 모습에 흠칫 놀랐다. 표정은 왜 이리 황홀해 보이고 점잖지 못하게 무슨 말을 이렇게 하는 것일까? 멍하니 장우공의 모습을 바라보니 눈빛은 술 취한 듯 꿈꾸는 듯 몽롱했다. 어딘가 이상한 것이 분명했다. 러민은 당혹스러운 눈빛으로 옥이를 바라보았다. 그러나 옥이는 손수건으로 입을 막고 내내 깔깔 웃기만 했다. 다급해진 러민은 발을 구르며 안달을 했다.

"이봐, 옥이! 왜 그리 실성한 사람처럼 웃기만 하는 거요? 어서 들어가 의자나 하나 내다 주오."

러민의 말이 떨어지기 바쁘게 장우공이 정색을 했다.

"웃긴 왜 웃소? 완벽한 내 문장 실력으로 따낸 장원인데!"

"오해하지 마세요. 그래서 웃은 건 아니에요."

옥이는 장우공의 정신이 이상하다고 생각하며 이같이 말했다. 그리고는 의자를 가져와 장우공을 앉히고 말했다.

"더위 먹어 기절하기 일보 직전인데, 난데없이 하늘에서 장원이 떨어지니 좀 당혹스럽네요! 우리 집은 돼지만 잡지 장원을 잡아본 적은 없거든요!"

"이봐, 옥이!"

러민이 옥이를 나무랐다. 그리고는 장우공을 향해 말했다.

"아무튼 경하 드리오. 헌데 옥이의 말이 좀 듣기 거북하긴 하지만 일리는 있는 것 같소. 장원이면 장원다운 무게가 있어야 하고, 이제부턴 자기관리에도 신경써야 하지 않을까 싶소. 내가 알기론 장원랑(壯元郞)이 이다지 가벼운 사람은 아니니 뭔가 병들어 있는 것 같소. 잠깐만 있어 보시오. 내가 가서 설근이 형을 모셔 올테니. 방금 내가 돼지간을 가져다 줬는데, 설근 형이 의도(醫道)에도 일가견이 있거든."

그러자 장우공이 말했다.

"무슨 말을 그리 하나? 내가 무슨 병이 들어 있다는 건가? 난 장원이라고! 내 실력으로 따낸 장원 말이야! 알겠어?"

갈수록 언어상의 착란을 보이면서도 급기야는 언성까지 높이는 장우공을 보며 러민은 그가 정신이 이상해졌다는 걸 확신했다. 당해 본 적이 없는 일이라 내심 당황하면서도 러민은 문득 〈유림외사(儒林外史)〉의 범진(范進)이라는 인물이 떠올랐다. 잠시 고민 끝에 그는 옥이를 한 쪽으로 잡아당겨 목소리를 낮춰 말했다.
 "한번 재주껏 골려줘 봐. 나한테 해왔던 것보다 더 심하게 말이야!"
 그사이 '골려준다'는 말을 들은 장우공이 중얼거리듯 말했다.
 "골려준다고? 누굴? 설마 난 아니겠지? 평생 누구 애태울 줄 모르고 정직하게 살아온 글쟁이인데."
 "누가 누굴 골려준다고 그러세요!"
 옥이가 냉차 한 잔을 따라 장우공의 탁자 위에 올려놓으며 정색을 했다.
 "난 무식해서 그런지 신통방통한 느낌이란 없네요. 장원······ 장원이 다 뭔데?"
 차 한 모금을 입안에 넣었던 러민이 컥! 하는 뼈가 목에 걸린 듯한 괴성과 함께 찻물을 내뿜고 말았다. 자신이 시켜놓고도 과분하다는 느낌에서 애써 웃으며 위기를 모면했다.
 그러나 장우공은 발끈했다.
 "영리하게 생긴 처녀가 어찌 그리 어리석은 질문을 할 수가 있단 말이오? 여태 장원이 뭔지도 모르고 살았다니 한심하군. 장원이란 말이오, '천하제일인(天下第一人)'이란 뜻이지!"
 이에 옥이가 일부러 크게 깨달은 듯한 과장된 표정을 지으며 말했다.
 "어머머, 장원이 그리 대단한 사람이었어요? 그럼 제가 오늘 대단한 불경을 저지르고 말았네요! 천하제일인이라? 그럼 몇 백 년에 한 번씩 나오나요?"

그러자 장우공이 무뚝뚝하게 말했다.

"3년!"

"3년에 한 명 꼴로 장원이 나온다고요?"

옥이가 한심하다는 듯이 혀를 끌끌 찼다.

"난 또 공자나 맹자처럼 5백년에 한 번씩 나오는 줄로 알았지 뭐예요! 3년에 한 번씩이면 우리 집 돼지가 새끼 낳는 것보다 좀 희소할 뿐이네요!"

그러자 장우공이 얼굴 가득 씁쓸한 웃음을 지어 보이며 말했다.

"곱디 고운 처녀가 어찌 사람을 돼지새끼에 비유한단 말이오! 금전응시(金殿應試), 옥당사연(玉堂賜宴), 어가과관(御街誇官), 경연잠화(瓊筵簪花)를 거쳐 천안문 정문을 씩씩하게 걸어나왔는데! 친왕, 재상들도 이토록 체면이 서고 영광스러운 날은 없을 것이오!"

아무리 찔러도 제정신이 돌아올 줄 모르는 장우공을 보며 잠시 고민에 빠져있던 러민이 뭔가 결심을 한 듯 비장함마저 감도는 표정을 지었다.

"황량일몽(黃粱一夢)이라도 언젠가는 깰 때가 있는 법이오. 장우공, 자네의 모든 비리가 들통나고 말았소!"

"뚱딴지같이 그게 무슨 소리요?!"

"내가 방금 관보를 읽어봤는데……."

장우공이 몸을 흠칫 떨었다. 얼굴엔 긴장이 감돌았다. 역시 이 방법이 효과가 있다고 생각하며 러민이 차갑게 말했다.

"자네가 시험관을 매수하여 시험지를 미리 빼돌렸다는 소문이

파다하네. 손가감 어사가 상서하여 자네를 탄핵하는 바람에 구중이 진노하고 조야가 끓는 가마솥이라오. 폐하께서는 즉시 목을 치라는 명을 내리셨고, 푸헝의 감형(監刑) 하에 수일 내에 자네의 수급을 딸 거라고 하오. 그런데도 여기서 장원타령이나 하고 있다니 웬말이오!"

러민의 말이 끝나기도 전에 장우공은 벌써 사색이 되어 털썩 그 자리에 주저앉고 말았다. 대경실색하여 넋이 빠져 앉아 있는 모습이 백치나 다름없었다. 러민이 다가가 흔들어 보았으나 장우공은 아무런 반응도 없었다! 밑둥 잘린 나무처럼 손만 놓으면 그대로 퉁! 하고 넘어갈 것만 같았다. 이번에는 러민이 크게 당황하고 말았다. 병을 고쳐 준다는 것이 되레 장원을 죽이는 형국이 된다면 이를 어찌하나!

그 모습을 빤히 쳐다보던 옥이가 입가에 악의 없는 냉소를 걸며 골려주듯 말했다.

"그만한 담력도 없이 총대 메고 나서긴? 괜찮아요, 장원까지 급제한 악바리가 그리 쉽게 갈 줄 알아요?!"

이같이 말하며 옥이가 장우공의 인중을 힘껏 꼬집어 비틀었다. 그러자 죽은 듯 반응 없던 장우공이 "아아!" 하며 오만상을 찌푸리며 아프다는 반응을 보였다. 그리고는 깊은 생각에서 헤어난 듯 정신이 번쩍 들어하며 어찌된 영문인지 어리둥절해하는 표정을 지으며 두 사람을 번갈아 보았다.

"내가 왜 여기 와 있지? 이상하다?"

연신 두 눈을 깜빡이며 머리를 흔들어 보기도 하는 것이었다. 장우공은 기억을 더듬는 것이 분명했다. 눈길도 더 이상 꼿꼿하지가 않았다. 처음 들어설 때와는 판이하게 다른 평소의 모습으로 돌아온 듯한 장우공이 멍하니 러민을 바라보았다. 한참 후에야 그는 피식 실소하며 말했다.

"술…… 술이 과했던 것 같아……. 여기까지 어떻게 왔는지 전혀 기억나는 바가 없어……."

장우공이 못내 멋쩍어 하며 뒤통수를 긁적이고 있을 때 저쪽에서 대나무로 짠 빈 가마를 들고 다가오는 사람들이 보였다. 마름인 듯한 사람이 멀리서 외쳤다.

"장어른! 방안(榜眼) 어른께서 댁을 방문하셨습니다. 어찌 이런 데서 이런 사람들과 가까이 앉아 계실 수가 있습니까!"

그러자 장우공이 서둘러 자리를 털고 일어나 러민을 향해 공수하며 말했다.

"집에 사람이 와 있다니 그만 가봐야겠소. 언제 시간 나면 술이라도 한잔하게 우리 집으로 놀러오오!"

말을 마친 장우공은 곧 옷자락을 휘날리며 떠나갔다.

은과의 전시(殿試)가 끝나자 군기처엔 묘강(苗疆, 묘족들이 집단으로 거주하는 변강 지역)의 경략대신 장광사로부터 첩보상주문이 날아들었다. 건륭 원년 봄, 군사를 재정비하고 난 장광사는 군권을 자신의 수중에 거둬들였다. 군사를 세 갈래로 나누어 묘족들이 또아리를 틀고 있는 상구고(上九股), 하구고(下九股)와 청강 하류지역에 맹공을 가하여 자신감을 얻고 사기를 진작시킨 장광사는 잠시 휴식을 겸한 정비를 거쳐 다시 군사를 여덟 갈래로 나누어 적들의 마지막 소굴이라 불리는 우피대청(牛皮大菁)이라는 곳을 사면팔방으로 겹겹이 포위했다. 깎아지른 듯한 기암괴석이 하늘을 찌르고, 삼면에 호수가 있어 수백 리 길에 물안개가 걷힐 줄 모르는 곳이었다. 지세가 험준하여 작전배치에 난항을 겪었고 주변환경에 극히 익숙해있는 적들과 눈먼 싸움을 벌이기엔 대단히 부담스러운 곳이었다. 더욱이 하원생과 동방, 그리고 장조 모두 이곳에서 큰 고배를 마셨었는지라 장광사는 소심하리만치 신중에 신중을 거듭했다.

먼저 우피대청으로 통하는 길목을 차단하여 적들의 양도(糧道)를 차단해버렸다. 그리고 지난번 전투에서 투항해온 묘족들을 선도부대에 투입시켜 험지로 침투하여 지리에 익숙케 하고 깊은 산속에 숨어있는 적들의 동향을 면밀히 살펴오게 했다. 작전은 수차례에 걸쳐 수정되고 점차 대승을 위한 완벽한 단계에까지 이르렀다. 이젠 실수할 리 없다는 자신감에 불타오른 장광사는 사기충천한 병사들을 직접 이끌고 안개가 가장 무겁다는 5월의 어느 날 밤을 틈타 봉화를 지폈다. 그리고, 깊은 잠에 곯아 떨어졌던 적들은 사방팔방으로 목을 옥죄어오는 살벌한 장광사의 병사들에 의해 불과 열흘만에 무기를 내려놓고 투항을 해오고 말았다.

첩보를 받은 어얼타이와 장정옥은 당면 건륭의 최대 관심사가 바로 묘강 지역의 군국요무(軍國要務)인지라 절략(節略)을 따로 쓸 여유도 없이 상주문 원본을 들고 부랴부랴 양심전으로 향했다. 패찰을 건넨 두 사람이 부름을 받고 들어갔을 때 건륭은 명단이 적힌 책자를 들고 상서방 대신인 나친을 접견하고 있었다.

"자네 의견이 아주 건실하네."

건륭이 장정옥과 어얼타이더러 면례하라는 시늉을 하고는 말을 이었다.

"짐이 보니 한림원에 경륜과 연륜이 깊은 한림들이 많더군. 이젠 한 자리씩 내주어 외관으로 방출해야 할 때가 된 것 같네. 늙어 죽을 때까지 책상머리에 엎드려 쓸데없는 문장이나 끄적거려서야 쓰겠나? 이번에 합격한 진사들의 묵권을 30부 정도는 읽어보았네. 실력들이 괜찮더군. 이 서른 명을 먼저 한림원으로 들여 외관으로 나가는 한림들의 빈자리를 메우게끔 하게. 시독(詩讀)에 능한 사람은 시독을 시키고, 시강(詩講)에 능한 사람은 시강하게 하고 자네가 알아서 처리하게. 짐이 보기에 자넨 여느 국척과는 달리 타인에 대한 의존성이 덜하고 일 처리가 노련하고 잽싼 것 같네. 때마침 정옥이가 왔으니 따로 지의를 전할 필요는 없겠네. 내일부터 나친 자네도 군기처대신직을 겸하도록 하게. 문무에 두루 통달해야 완벽한 재목이라고 할 수 있지 않겠나."

말을 마친 건륭은 장정옥에게로 시선을 돌렸다.

장정옥이 환한 기색으로 웃어 보이며 급히 장광사의 상주문을 받쳐 올렸다. 겉봉으로 보아 귀주에서 날아온 상주문임을 금방 알아차린 건륭의 손이 바빠졌다. 급히 속지를 꺼내어 펼쳐 제목과 끝 부분을 아래위로 훑어보던 건륭이 어린애처럼 펄쩍뛰며 흥분에 겨워했다.

"됐네! 마침내 승리했네! 짐의 가슴속에 또아리를 틀고 있던 수 천 가지 심사가 한꺼번에 떨어져나가고 말았네!"

감격에 겨워 어찌할 바를 모르던 건륭이 급히 창가로 다가가 밝은 빛을 빌어 자세히 읽어보았다. 그리고는 장정옥에게 넘겨주며 말했다.

"상주문 전문을 즉각 관보에 올리도록 하게. 장광사를 2등공작(二等公爵)에 봉하네. 공로가 있는 부하 장령들은 장광사가 명단을 올려 보내는 대로 부의(部議)를 거쳐 상을 내리도록 하게."

말을 마친 건륭은 옆에서 시무룩해있는 어얼타이를 보며 농담조로 말했다.

"이봐 서림(西林, 어얼타이의 성은 '西林覺羅'이다), 설마 우리 군이 완승을 거뒀다 하여 기분이 나쁜 건 아닐 테지?"

"폐하! 농담을 그리하시니 신은 창피하여 쥐구멍이라도 찾고픈 심정이옵니다."

어얼타이가 급히 몸을 굽혀 보이며 말했다.

"반란을 일으키는 그 묘족들도 여전하고, 귀주성도 그대로이거늘 여태 패배를 거듭한 것은 모두 신의 전략이 부실했던 까닭이라는 자책감에 마음이 무거울 따름이옵니다. 죄를 물어주신다면 달게 받겠사옵니다. 또한 신은 이런 생각도 잠시 해 보았사옵니다. 전쟁이 휩쓸고 간 자리는 백골이 널려있고 산천초목이 흉한 몰골을 드러내고 있을 것입니다. 놀란 백성들의 마음의 상처를 잘 치유해주어야 할 줄로 알고 있사옵니다. 장광사 군중의 무관들을 문직(文職)으로 변경하여 현지에 주둔케 해서는 절대 아니 되옵니다. 반드시 청렴하고 백성을 자식처럼 아끼는 어버이 같은 관원이 투입되어야 하겠사옵니다."

어얼타이의 진심어린 간언에 장정옥도 속으로 적이 감명을 받았다. 그가 말했다.

"서림의 말이 지당하긴 하나 워낙 힘든 자리라 관원들이 선뜻 나서려는 사람이 없을 것이옵니다. 선례를 비춰보면 관직을 포기할지언정 서남으로는 안가겠다는 관원들이 많았사옵니다. 신의 우견으론 아직 세속적인 것에 물들지 않는 신과 진사들 중에서 지현(知縣)을 선발하여 보내고, 지현들 중에서 유수한 관원들을 지부(知府)로 앉히는 것이 어떨까 하옵니다. 못 가겠노라고 버티는 자는 당장 파면시켜 관직엔 영원히 오를 수 없을 것이라는 뜻을 분명히 하고, 선뜻 나서는 진사들에겐 봉록과 양렴은을 배로 올려주고, 3년에 한 번씩 물갈이를 하는 게 어떨까 하옵니다."

"좋은 발상이네!"

들을수록 흡족하여 건륭이 말했다.

"방금 얘기했던 대로 하게. 자네 셋이 이부 관원들과 함께 적임자를 정하여 짐의 접견을 받도록 하게. 이 일은 서둘러야겠네."

말을 마친 건륭은 온돌로 돌아와 다리를 포개고 앉았다. 그리고는 다시 웃으며 입을 열었다.

"방금 짐이 나친을 부른 건 신과 진사들을 접견하는 대례에서 주악(奏樂)이 여율(呂律)과 어울리지 않는 곳이 너무 많은 것 같아서네. 조정의 제례경전(祭禮慶典)은 아송(雅頌)으로 경천교민(敬天敎民)하는 것이지, 결코 초야의 백성들이 잔치에서 젓가락으로 접시를 두드리는 소리가 나서야 아니 될 말이지. 짐이 귀기울여 들어보니 편종(編鐘)이나 태족(太簇)에 문제가 있는 것 같아. 그러니 나친, 자네는 예부와 함께 악기를 전면 개조하고 조회의 악장(樂章)을 다시 만들도록 하게. 조정의 대전(大典)에 분위기를 띄우는 예악이 품위를 잃어서야 민간에서 뭘 보고 배우겠나? 자네 생각엔 악장을 다시 만들만한 사람이 누가 있겠나?"

세 대신은 서로를 마주보며 거의 동시에 '장조'라는 이름을 떠올렸다. 나친이 먼저 조심스레 입을 열었다.

"오국(誤國)의 죄명을 쓰고 수감되어 있는 사람을 천거하기는 대단히 조심스럽사오나 이일은 장조 아닌 다른 사람은 누구도 감히 엄두를 못 낼 것이라 생각되옵니다……."

장정옥은 자신이 못하는 말을 대신 해주는 나친이 내심 고마웠다. 제자 장조가 어얼타이와 불편한 사이여서 이런 자리가 퍽 부담스러운 장정옥은 그저 머리를 숙인 채 생각에 잠겨 있는 척할 수밖에 없었다. 바로 이때 어얼타이가 다소 의외의 말을 꺼냈다.

"장조는 비록 그 죄를 용사받기 어려운 죄인이긴 하오나 실로 유용한 인재임은 자타가 공인하는 바이옵니다. 수감하지 않고 옥신묘에서 자유롭게 일할 수 있게끔 멍석을 펴주어 대죄입공(戴罪立功)을 기대해보는 것이 어떨까 하옵니다."

"자넨 이 일을 너무 용이하게 생각하고 있네."

건륭이 웃으며 말했다.

"악서(樂書) 하나 펴내는 것이 그리 쉬운 줄 아나? 얼마나 많은 자료를 섭렵하고 얼마나 고된 작업을 거친 후에야 비로소 훌륭한 음악이 만들어진다는 걸 모르고 하는 소리라고. 아무리 명민한 친구라고 하지만 감옥 안에서 어찌 감흥이 떠오를 수가 있겠는가! 타의 추종을 불허하는 그 문재(文才)가 아까워 도무지 죽음을 줄 수 없네. 풀어주게, 무영전(武英殿) 편찬부서에서 일하며 악장 만들기에 전념하게끔 하게."

건륭의 심경이 대단히 좋아 보이는 틈을 타 어얼타이가 재빨리 말했다.

"왕사준의 건의사항에 대해서도 육부에선 이미 의논을 마쳤사옵니다. 대불경죄(大不敬罪)를 물어 참립결(斬立決)에 처하기로 했사옵니다. 하오나 폐하, 신의 식견으론 왕사준이 비록 광패무례하고 일 처리에 있어 가혹한 면이 없지 않아 있사오나 전문경과 흡사하여 성정이 대쪽 같은 면도 있사옵니다. 죽음만은 주지 않고 군중으로 보내어 봉사시켜 새롭게 거듭나길 기대해 보는 게 어떨까 하옵니다."

"그의 죄는 군전(君前)에서 무례를 범했다는 것만은 아니네."

건륭이 잠시 침묵하여 멀리 시선을 고정시키더니 천천히 말을 이었다.

"성조 때에도 곽수(郭琇) 같은 명신들은 군전에서 꼬박꼬박 말대꾸를 했었네. 세종 때 손가감, 사이직도 그랬고. 하지만 그네들은 그로 인해 징벌을 받지 않았을 뿐더러 모두 진급했고, 명신(名臣)이 되었다네. 짐은 왕사준이 군전에서 몇 마디 대꾸했다하여 죄를 물으려는 게 아니네. 그는 짐의 국책을 부정했고 짐이 세종황제의 업적을 부인한다고 크게 떠들고 있다네. 이는 짐이 정녕 받아들일 수도 용사할 수도 없는 일이네!"

건륭은 입술을 팽팽하게 당기고 깊은 생각에 잠겨있는 것 같았다. 오랜 침묵 끝에 마침내 결단을 내렸다.

"참립결은 일단 보류하게. 짐이 좀더 고민해보고 결정하세……"

14. 불타는 욕정

묘족들의 반란을 평정하고 개토귀류(改土歸流)에 성공한 건륭의 마음은 이루 형언할 수 없이 홀가분했다. 장장 7년 동안 끌어왔고 국은 수천만 냥을 쏟아 붓고도 진척이 없어 옹정이 몇 번씩이나 몸져누웠어야만 했던, 그랬어도 끝내는 미완으로 남기고 간 숙원이었다.

그런데 자신이 즉위한 지 일년도 채 못되어 완승으로 개토귀류에 종지부를 찍게 되었으니 건륭은 크게 기뻐할 수밖에 없었다. 전국의 전량(錢糧)을 면제시키고 나서 얼마 안지나 강남(江南), 강소(江蘇)를 비롯한 호북(湖北), 광동(廣東)에 밀과 벼가 옹골차게 익었고 산동(山東), 산서(山西)에는 면화와 밀의 대풍작이 기대된다는 희소식이 꼬리를 물었다. 도처에 백성들의 칭송가가 들려왔고 기쁨에 들뜬 건륭은 곧 '모반과 강도, 강간치상죄를 제외하곤 일률적으로 감형시키라'는 지의를 만천하에 내렸다.

7월 15일 우란분절(盂蘭盆節)을 지나 건륭은 나친을 대동하고 천단(天壇)을 참배하러 갔다.

"폐하!"

갈 때는 담소를 즐기며 시간가는 줄 모르던 건륭이 돌아오는 길에는 내내 침묵하고 있자 나친이 궁금증을 못 이겨 물었다.

"뵙기에 기분이 썩 좋아 보이지가 않사옵니다, 폐하."

그러자 건륭이 나친을 힐끔 쳐다보고는 희미한 미소를 띄우며 말했다.

"기분이 좋지 않아서가 아니라 심사가 깊어서 그러네."

잠시 멈추었다가 건륭이 덧붙였다.

"자넨 자손 대대로 훈척(勳戚)이었지. 강희 초년에 자네 부친 어삐룽이 네 명의 보정대신 중 한 사람이었고. 선제와 짐을 가까이에서 시중들어온 자네는 우리 대청의 '조(祖)'자가 들어가는 세 황제를 어찌 평가하나?"

나친으로선 이 질문에 답하는 것이 대단히 조심스러울 수밖에 없었다. 평소에도 말을 아끼는 편인 나친은 서두르지 않고 침착하게 답을 생각했다.

"신은 나름대로 태조(太祖)를 창세지조(創世之祖), 세조(世祖)를 입국지조(立國之祖), 성조(聖祖)를 개업지주(開業之主)라고 생각하옵니다."

"정답이네."

건륭이 머리를 끄덕였다.

"사실 짐이 가장 본받고 싶고, 빈복(賓服)하는 분은 성조이시네. 이 말은 짐이 처음 하는 말은 아니네. 가시밭길을 헤쳐 나오고 탄약과 화살이 난무하는 살육의 현장을 거쳐 최후의 승자가 되어 창세(創世)하고 입국(立國)한다는 것은 물론 아무나 해낼 수 있는 일이 아니지. 하지만 황제가 선제(先帝)들이 축조해 놓은 튼튼한 장벽에 안주하여 수성(守成)에만 매달리지 않고 과감히 조상들의 그늘에서 탈피하여 자신만의 색깔을 낸다는 것이 훨씬 더 어렵다는 걸 아는가! 선제는 재위 13년 동안 조건석척(朝乾夕惕)하시며 나날이 발전된 모습을 갈구하셨네. 애석하게도 하늘이 허락한 시간이 너무 짧은 것이 유감이지만 선제인들 어찌 열 선조들을 능가하는 업적을 쌓고 싶지 않았겠는가? 짐은 올해 스물 여섯이네. 하늘이 짐에게 천년(天年)을 윤허한다면 짐은 필히 천의(天意)를 저버리지 않을 것이네. 감히 '조(祖)'자는 바라지 않지만 후세들이 우러러볼 수 있는 수업(守業)의 '종(宗)'으로 길이 남고 싶네. 이변이 없는 한 그리 될 수 있으리라 믿네."

폐부에서 우러나오는 진심을 들으며 나친은 적이 감명을 받았다. 그는 서둘러 입을 열었다.

"폐하의 인덕지언(仁德之言)은 필히 하늘을 감화시킬 것이옵니다. 혹시 폐하께오선 성친왕부(誠親王府)에 소장되어 있는 〈황얼사가(黃蘖師歌)〉라는 책을 읽어보셨사옵니까?"

건륭이 그건 왜냐는 듯 잠시 어정쩡한 반응을 보이더니 고개를 끄덕였다.

"그렇네만…… 그건 왜 묻나?"

그러자 나친이 말했다.

"그 책에 짤막한 시 한 수가 있사옵니다. 모두들 폐하를 위한 축복가라고 입을 모으고 있사옵니다."

그러자 건륭이 당치도 않다는 듯이 고개를 저었다.

"그건 고서(古書)인데, 어찌 짐을 거론할 수가 있겠는가? 선제께서 계실 적에 우리 형제들에게 절대 점성에 관한 잡서(雜書)들을 가까이 하지 못하게 하셨지. 그래서 짐은 그런 따윈 믿지도 않네. 허나 오늘은 심심한데 한번 들어나 보지."

건륭의 말이 떨어지기 바쁘게 나친이 읊어 내려가기 시작했다.

朝臣乞來月無光, 叩首各人口渺茫.
又見生來相慶賀, 逍遙花甲樂未央.

단숨에 다 읊고 난 나친이 해석을 했다.

"'조(朝)'에 '걸(乞)'자가 오니 '월(月)'이 무광(無光)하다 했사옵니다. 이는 '조(朝)'자에 '월(月)'대신 '걸(乞)'자를 붙여보라는 뜻이 아니겠사옵니까? 고로 첫 구절은 '건(乾)'자를 뜻하옵니다. 고수(叩首)하고 난 사람들마다 입이 묘하다고 했사오니 두 번째 구절은 '고(叩)'자의 '구(口)'를 제거하라는 뜻이고, 세 번째 구절은 '우(又)'를 보면[見] '생(生)'이 온다[來]고 하였으니, '융(隆)'자의 뒷부분이 아니겠사옵니까? 이렇게 뜯어보면 첫 세 구절은 '건륭(乾隆)'을 뜻하옵고, 마지막 구절은 '건륭조(乾隆朝)가 60년 화갑(花甲)까지는 무난하게 맞을 것'이라는 예측을 하고 있는 것이옵니다. 수백 년 전의 선철(先哲)들이 이미 수백 년 후의 60년 건륭성세(乾隆盛世)를 예고하고 있었다는 건 실로 하늘의 조화가 아닐 수 없사옵니다."

수레가 가볍게 흔들렸다. 시선을 창 밖의 황톳길에 꽂은 건륭이 나지막이 입을 열었다.

"60년이면…… 60년이라면 많은 일을 할 수 있는 세월이네. 자네가 공들여 해석한 것이 한낱 '억지가 아닌 황얼사의 진심이길 바라네. 성조께서 61년 동안 보위에 계셨으니 짐은 60년이면 족할 테지! 허나 아직 태평성세와는 거리가 머네. 자네가 더 진력하여 짐을 보필해준다면 가능하지 못할 일도 없지 않겠나."

건륭의 깊은 믿음에 나친은 가슴속에 격정이 물결쳤다. 애써 가슴을 진정하고 뭔가 입을 열어 말하려 할 때 어가는 어느새 서화문 밖에 도착하여 내려앉고 있었다. 태감이 바퀴 달린 디딜 것을 밀어왔고 군신 두 사람은 차례로 가마에서 내렸다.

가을의 문턱에 선 태양은 여전히 강렬했으나 살랑살랑 서풍은 서늘한 기운을 실어 나르기 시작했다. 접견을 기다리는 한 무리의 관원들 틈에서 하남총독인 손국새를 발견한 건륭이 목소리를 낮춰 나친에게 무어라고 말했다. 그리고는 좌중을 향해 고개를 끄덕여 보이고는 대내로 들어갔다. 그사이 곧추 손국새에게로 다가간 나친이 말했다.

"폐하께서 자네를 먼저 들라고 하시네."

"예, 폐하!"

손국새는 산서순무인 칼지산과 사천순무 진시하(陳時夏)와 동시에 지의를 받고 술직차 북경으로 왔던 것이다. 그럼에도 황제가 자신을 단독으로, 그것도 가장 먼저 불러준다는 사실에 손국새는 중시 받는 느낌에 사로잡혀 종종걸음으로 나친을 따라나섰다. 군기처를 지날 때 문서를 한아름 안고 나서는 전도와 마주쳤지만 손국새는 감히 멈춰 설 엄두를 못 내고 걸어가면서 '우리 조카네 집에 있을 거니까 시간 있으면 놀러오게. 북경에서 며칠은 머물러야 할 것 같아'라고 한마디 던졌을 뿐이었다. 발걸음도 총총히 양심전에 도착하여 직명을 말하자 곧이어 안에서 건륭의 목소리가 들려왔다.

"들게."

"짐이 자네를 먼저 부른 건 하남성의 황무지 개간에 대해 궁금한 점이 있어서네."

손국새의 예가 끝나길 기다렸다가 찻잔을 들고 있던 건륭이 말했다.

"짐이 몇 차례에 걸쳐 하남성에서 올려 보낸 황무지 개간 보고서를 대조해 본 결과 숫자가 많았다 적었다 일정치가 않더군. 어찌 된 일인가?"

이에 손국새가 급히 아뢰었다.

"신이 총독위임장을 받을 당시 전임총독인 왕사준은 그 동안의 개황면적을 69만 5천 44 무(畝)라고 조정에 보고 올린 걸로 알고 있사옵니다. 그사이 폐하께오선 개황면적이 들쭉날쭉하다고 하시며 하남성에서 거짓보고를 올린다고 크게 질책하셨사옵니다. 신은 총독아문과 순무아문의 모든 사관들을 주현으로 내려보내어 실사를 했사옵니다. 결국 현재 농사를 지을 수 있는 실제 개황면적은 38만 3천 4백 무에 불과했사옵니다. 신의 우견으론 하남성의 개황면적이 명확하지 않은 것은 황하의 침수와 관련이 깊다고 보여지옵니다. 황수(黃水)가 지나간 후에 다시 개간을 하다보니 고무줄처럼 면적이 불었다 줄었다 한 게 아닌가 하옵니다. 부디 통촉하시옵소서, 폐하! 신이 방금 보고 올린 숫자는 절대 거품 없는 진실된 숫자이옵니다."

긴장한 나머지 얼굴 가득 땀범벅이 된 손국새를 바라보던 건륭이 웃으며 말했다.

"자넨 면적을 불린 전임들과는 달리 책임이 두려워 일부러 줄인 건 아니겠지?"

그러자 손국새가 손가락으로 눈두덩을 타고 내리는 땀을 걷어내며 말했다.

"이는 각 지역의 아문에서 올려보낸 숫자이옵니다. 실제보다 적게 보고 올리진 않았사옵니다. 물론 조금의 오차도 없다고는 망언할 수 없사옵니다."

"일어나 앉아서 말하게."

건륭이 웃으며 나무걸상을 가리켜 보이고는 말했다.

"짐은 여태 자네들에게 개황(開荒) 자체가 잘못됐다고 지의를 내려 비판한 적은 없지 않는가? 문제는 하남성의 세 총독들을 보면 전문경에서부터 자네에 이르기까지 하나같이 윗사람의 뜻을 저울질하여 거기에 영합하기에만 바빴어. '모범총독'의 허명에 목숨걸고 황무지 개간 면적을 배로 불리는 전문경만 있는 줄 알았더니, 자넨 또 짐의 '뜻'을 미리 파악하여 실제 면적보다 반으로 줄여 보고 올리지 않는가. 개봉(開封), 남양(南陽), 섬주(陝州) 지역엔 대 풍작이 예상됨에도 흉작이라고 울상을 지으니 얼핏 듣기엔 전문경과 정반대의 길을 걷는 것 같지만 실은 똑같이 간사하네. 짐이 자네를 억울하게 매도하는 건가?"

손국새가 들으니 건륭은 호된 질책보다는 진심으로 잘못을 깨우쳐주려는 자상함이 엿보였다. 높다랗게 매달려 있던 마음을 내려놓으며 손국새가 급히 아뢰었다.

"폐하께오선 절대 신을 억울하게 하신 건 아니옵니다. 솔직히 신의 심사는 그보다 더 지저분하옵니다. 신은 왕사준이 폐하의 시책에 부정적인 발언을 하는걸 보며 불똥이 튈세라 왕사준과 멀리하기 시작했사옵니다. 그 사람이 개황면적을 실제보다 불렸으니 신은 더 적으면 적었지 불리지는 말아야겠다고 생각했을 뿐이옵니다. 또한 하남성이 부분적으로 풍작은 예상되오나 전체적으로는 백만 석 가량이 모자라는 건 사실이옵니다."

"자넨 왕사준과는 다른 사람이네."

건륭이 미소를 거둬들이며 말했다.

"왕사준은 짐과 선제를 전혀 융합 불가능한 물과 불 사이로 보고있네. 그는 대놓고 짐이 이미 정한 방략(方略)에 반기를 들었고, 이를 충신의 직언이라는 미사여구로 포장하여 직언을 한 신하로 대접받길 원했지! 짐이 과연 실정(失政)한 점이 인정된다면 어찌 아랫사람들의 과감한 진언을 두려워하고 간과할 수가 있겠는가? 짐이 마음대로 선제의 성헌(成憲)을 뜯어고친다고 말하는데, 이는 그 사람의 오해일 뿐이네! 짐이 관정(寬政)이라는 이름 하에 너무 무르게 군다며 비난하는 왕사준은 '능리(能吏)'라는 명성이 탐나 하남성에서 백성들에게 갖은 혹정을 일삼았지. 이런 일이 만약 선제 때 탄로났다면 그는 아마 진작에 죄값을 치렀을 것이네. 그가 하옥당할 때 어얼타이는 적극적으로 그를 위해 변호하고 탄원했었네. 그러나 왕사준은 '대학사가 부무(部務)를 겸하는 건 타당성이 결여됐다'는 식으로 어얼타이를 빗대어 비난했네. 그 사람은 바로 이렇듯 간사하고 의리없는 소인배라네. 그의 부정을 손꼽자면 열 손가락이 부족하겠으나 짐은 어찌할 생각은 없네. 앞으로 고향 귀주(貴州)로 돌아가 일반 백성의 삶을 살게 하는 것이 그 사람에 대한 최고의 배려가 될 것이니 앞으로 관직과는 영원히 인연이 없을 것이네!"

그러자 나친이 말했다.

"하오나 전문경은 취할만한 장점이 돋보이는 사람이옵니다. 그가 재임 중에 하남성엔 탐관이 사라지고 도적떼들이 종적을 감췄사옵니다. 이는 실로 본보기로 삼아야 할 장점이옵니다."
"나친의 말이 맞네."
건륭이 손국새를 향해 덧붙였다.
"짐이 자네한테 훈회를 내리고 싶은 부분이 바로 이것이네. 짐의 심중을 잘 헤아려 상대가 누가 됐든 그 사람의 장점을 취하여 자신의 취약한 점을 끊임없이 보완하여 훌륭한 총독이 되어주었으면 하는 바람이네. 그만 물러가게!"
손국새가 물러가기를 기다려 나친이 절을 하며 아뢰었다.
"폐하의 훈회(訓誨)를 귀동냥해 들으니 마음이 살찌는 느낌을 받았사옵니다. 더욱 분발하겠사옵니다. 다음은 누굴 접견하실 예정이온지 신이 불러들이겠사옵니다."
"하남은 '모범'지역인지라 짐이 친히 접견했네."
건륭이 자리에서 일어서며 웃으며 말했다.
"나머지는 자네와 장정옥이 접견하도록 하게. 짐은 자녕궁으로 부처님께 문후올리러 가봐야겠네."
말을 마친 건륭은 곧 하명하여 묵직한 관복을 벗겨내게 했다. 얇고 가벼운 장포로 갈아 입히고 노란 띠를 매어주며 나친이 우려 섞인 목소리로 말했다.
"올해는 가을이 좀 이른 것 같사옵니다. 폐하의 입성이 너무 얇은 것 같사옵니다."
"괜찮네."
건륭이 천천히 발걸음을 떼였다. 저만치 걸어가던 그가 갑자기 웃으며 물었다.
"나친, 듣자니 자네가 사나운 개 두 마리를 기르고 있다던데 그게 사실인가?"

"그렇사옵니다."

나친이 말했다.

"사사로이 집으로 찾아와 청탁하는 이들을 근절시키기 위한 고육책이옵니다. 벼룩도 낯짝이 있다지만 어떤 관원들은 실로 낯짝이 있는지 없는지 의심스러울 정도로 한심하옵니다. 지난번에는 산동성 포정사아문의 도대라는 작자가 그렇게 구박을 받았으면서도 어느새 또 기어 들어와서 한다는 말이 좋은 벼루 하나를 얻었는데, 직접 신에게 선물하고 싶다는 것이옵니다. 별로 값나가는 물건도 아니고 장식용으로도 괜찮을 것 같아 승강이 끝에 받아 포장을 뜯어보니 그건 벼루가 아니라 묵직한 순금덩어리였사옵니다. 신은 두 말 없이 도망치듯 뛰쳐나가는 그자의 등을 향해 힘껏 던져버렸사옵니다!"

건륭이 머리를 끄덕였다. 그리고는 말했다.

"그 일은 짐이 들어서 알고 있네. 자네의 속마음은 알고도 남음이 있으나 장정옥은 개를 기르지 않고도 수십 년 동안 별탈 없이 재상을 하고 있다는 사실을 명심하게. 자네를 찾아오는 사람들이 다 그런 부류의 사람일 리는 없지 않은가. 무작위로 개를 풀어버리면 진실로 할 말이 있어 찾아오는 사람들에게도 문전박대를 하는 격이 되지 않는가. 자네가 탐욕에 젖어있다면 미친개인들 검은 돈을 향한 자네의 집념을 꺾을 수 있겠는가?"

건륭의 농담에 나친도 웃어 버리고 말았다.

"신은 사적인 일과 공사(公事)를 분간하지 못하고 집에까지 찾아와 시끄럽게 구는 치들이 너무 짜증스럽다 못해 이 방법까지 강구해 냈던 것이옵니다. 대문에 발을 들여놓기도 전에 개가 사납게 '왕왕' 짖어버리면 뱃속 가득 나쁜 생각을 담고 오던 자들이 화들짝 놀라 저만치 달아나다 보면 나쁜 생각도 좀 사라지지 않을까 싶었사옵니다."

나친의 억지스러운 해명에 건륭이 하하 크게 웃으며 나친을 가리켜 말했다.

"겉보기엔 어벙한 것 같지만 실속은 기가 막히게 차리는 친구로군."

이같이 담소를 주고받는 사이 어느덧 자녕궁이 눈앞에 보였다. 건륭이 자녕궁으로 들어간 사이 나친은 어디론가 볼일을 보러갔다.

궁원의 천정(天井)에 들어선 건륭이 금시계를 꺼내보니 이제 막 오시(午時)가 다 되어 가는 시각이었다. 궁원 안은 물 뿌린 듯 조용했다. 손짓으로 태감을 불러 건륭이 물었다.

"태후부처님께선 이미 정오 침수에 드셨는가?"

그러자 태감이 아뢰었다.

"그렇지 않사옵니다! 황후마마를 비롯한 여러 귀주들께서 대불당 서쪽 별채에서 부처님을 모시고 작패놀이를 하고 계시옵니다!"

건륭이 정전을 돌아가 보니 과연 몇몇 여인들의 숨 넘어갈 듯한 웃음소리가 들려왔다. 간간이 태후의 시원시원한 웃음소리도 섞여있었다. 건륭이 소리나는 곳을 따라 들어가 보니 황후 부찰씨와 귀비 나라씨가 태후를 마주하고 지패(紙牌)를 들여다보느라 여념이 없었다.

문 어귀에서 등을 돌리고 앉은 여인이 하나 더 있었으나 2품고명부인의 복장을 하고 있었다. 누구인지는 언뜻 감이 잡히지 않았다. 주위에서 시중들던 궁녀들이 먼저 건륭을 발견하고는 황급히 무릎을 꿇었다. 그제야 번쩍 고개를 쳐든 나라씨가 2품고명부인 복장을 한 여인을 데리고 한 쪽으로 물러나 무릎을 꿇었다. 황후 부찰씨는 천천히 자리에서 일어났을 뿐 무릎은 꿇지 않았다.

"황제폐하, 납시었습니까?"

수중의 지패를 내려놓으며 태후가 웃으며 반겼다.

"이번에는 내가 돈을 싹쓸이 할 판이었는데 참으로 아쉽습니다! 훼방꾼이 아들이니 때려 줄 수도 없고. 황제가 문무백관들이 작패를 놓고 연극 구경하는 걸 불허했다고 하니 우리 여자들이 이런 뒷골목으로 숨어들 수밖에 없지 않습니까."

얼굴 가득 함빡 미소를 지은 건륭이 태후에게 청안을 올렸다. 사람들에게 일어날 것을 명하고는 말했다.

"아들은 효로 천하를 다스립니다. 이네들이 아들을 대신하여 효도를 행하니 아들은 그저 반가울 따름입니다!"

건륭이 이같이 말하며 나라씨가 옮겨놓은 의자에 앉았다. 그제야 스무 살 가량에 미색이 고운 고명부인을 샅샅이 뜯어볼 여유가 생긴 건륭이 여인을 유심히 바라보았다. 갸름한 달걀모양 얼굴에 살결이 아기의 얼굴을 연상케 했다. 묘하게 어울리는 홑꺼풀 눈에 추파가 일렁거렸고, 꼭 다문 입가엔 애교 섞인 보조개가 매혹적이었다. 까맣고 반들반들한 긴 머리는 높이 올려 비녀를 꽂았고 수줍은 듯 발가스레한 양 볼은 물오른 복숭아 그대로였다. 그야말로 이슬을 함빡 머금은 작약(芍藥)이요, 빗물 영롱한 해당화(海棠花)였다.

한눈에 홍분을 느낀 건륭이 설레는 가슴을 겨우 달래며 다정스런 음성으로 물었다.

"뉘네 부인이며 이름은 무엇인가?"

"노비의 남정네는 푸헝이라는 사람이옵니다."

건륭의 따가운 눈빛에 수줍어하며 여인이 급히 무릎을 꿇어 아뢰었다.

"친정은 성이 과얼쟈씨이옵니다……."

"오, 과얼쟈씨네 가문의 딸이로군. 소명(小名)은 뭐라고 부르나?"

"소명은 당아(棠兒)라 부르옵니다……."

"일어나게!"

건륭이 마침내 그녀에게서 눈길을 거둬들였다. 그리고는 태후를 향해 고개를 돌리며 웃으며 말했다.

"초야의 민가에서라면 매형이 처남의 처를 몰라본다면 커다란 웃음거리가 되겠죠. 오늘은 좀 한가한데 모처럼 어머니를 모시고 작패나 놀아볼까."

그러자 태후가 빙그레 웃으며 말했다.

"황제가 시간을 내어주신다면 우리야 더할 나위 없이 좋지요."

건륭이 희색이 만면하여 궁인들에게 연신 하명했다.

"양심전으로 고무용을 찾아가 금과자(金瓜子, 해바라기 씨 모양의 작은 금 조각)를 좀 가져오게!"

말을 마친 건륭은 곧 황후와 함께 나란히 태후를 마주하고 앉았다.

한 사람이 더 많아지자 눈치 빠른 당아가 뒤로 물러나려 했다. 그러자 나라씨가 급히 눌러 앉혔다.

"그쪽은 황후마마의 친정 식구인데 빠지면 안되죠. 폐하를 모시고 작패놀이를 하는 것도 흔치 않은 행운인데!"

살살 눈웃음을 치며 나라씨가 말했다.

불타는 욕정　287

"전 부처님의 패를 봐드리겠나이다. 누구라도 부처님에게 눈속임을 하지 못하게 말이옵니다."

건륭은 작패를 섞으며 연신 나라씨를 훔쳐보았다. 나라씨의 말속에 숨은 뜻을 알아채지 못한 태후가 웃으며 말했다.

"그래, 그래, 우리 둘이 한 편이 되어 황제의 돈을 한번 따먹어 보세."

그러자 건륭이 말했다.

"시작하기도 전에 난 벌써 사면초가의 위기에 몰리고 말았군요. 다들 바둑알로 판돈을 대체하면서 나만 금 조각을 내놓다니 이거 너무 불공평한 거 아닌가?"

그러자 건륭의 아랫자리에 앉은 당아가 미소를 머금고 말했다.

"하얀 것은 은자 1냥에 해당하고, 까만 것은 금 1전(一錢)이옵니다……."

당아가 입을 열자 건륭이 금세 다가앉으며 말을 걸려고 했다. 이때 윗자리에 앉은 나라씨의 웃음 섞인 말소리가 들려왔다.

"자, 정신을 가다듬고 놀이에 전념합시다. 부처님께서 서풍(西風)을 때리셨습니다!"

건륭이 작패 하나를 집어들었다. 펴보니 남풍(南風)이었다. 이미 손에 하나를 움켜쥐고 있던 건륭은 두 개를 한데 모아 세워놓고는 잠시 생각 끝에 그 중 하나를 내놓았다.

"이걸 내놓으면 당아가 냉큼 집어먹겠지?"

그러자 당아가 샐쭉 웃으며 말했다.

"노비는 그 패가 필요치 않사옵니다."

당아가 몸을 앞으로 숙여 패를 집어가고 던져놓고 할 때마다 그 몸에서 나는 향이 코끝을 간지럽혔다. 은쟁반 위를 구르는 구슬

소리 같은 목소리에 상큼한 미소가 눈앞에 아른거리는 것도 참기 어려운데 향기까지 솔솔 날아드니 건륭은 온몸이 후끈거리고 욕정이 발끈하여 작패에는 전혀 관심을 둘 수가 없었다. 당장 어떻게든 불붙는 욕구를 해소하고 싶었지만 네 사람의 여덟 개 눈동자가 지켜보는 데야 어찌할 도리가 없었다. 그사이 고무용이 작은 봉지에 담긴 금 조각을 들고 들어서자 건륭이 옆에 놓으라고 턱짓을 하며 '구만(九萬)'이라고 적힌 작패를 던졌다. 이와 동시에 냉큼 그 패를 집어간 황후가 일렬로 정돈된 작패를 넘어뜨리며 웃으며 말했다.

"이제나저제나 그 패를 기다리고 있던 중이었사옵니다!"

"그래, 패배를 인정하네!"

건륭이 웃으며 말했다.

"결국엔 황후가 선수를 치는구만!"

이같이 말하며 여럿이서 함께 시끌벅적 패를 섞던 중 건륭의 손이 당아의 손에 닿고 말았다.

불에 덴 듯 흠칫하는 당아를 바라보며 황후 부찰씨가 웃으며 말했다.

"폐하께오선 앉아만 계셔도 됩니다. 패는 저랑 당아가 섞어도 충분하옵니다."

그러자 눈 깜짝할 사이도 놓칠세라 건륭과 당아의 일거수일투족을 빠짐없이 지켜보고 있던 나라씨가 이상야릇한 미소를 흘리며 말했다.

"작패놀이에선 패를 잘 섞는 것이 무엇보다 중요하옵니다."

머쓱하게 웃으며 손을 거둬들인 건륭이 태후에게 말했다.

"어제 상서방의 의사(議事) 결과에 따르면 푸헝은 이제 곧 공물(貢物) 상납을 독촉하러 강남으로 가게 됐습니다. 남방 여러 성의 번고(藩庫)에 있는 은자들도 국고로 수거해야 하니 좀 시일이 걸릴 듯 싶습니다. 태후부처님께서 필요한 물건이나 드시고 싶은 음식이 있으시면 당아더러 푸헝에게 전해주게끔 하십시오."

자신의 남정네가 곧 먼길을 떠날 거라는 사실을 모르고 있었던 당아가 패를 쌓으며 말했다.

"그렇지 않아도 방금 태후부처님께오선 광동(廣東)의 여지(荔枝)와 감귤 생각이 나신다고 했사옵니다. 다른 것도 필요하시면……."

이같이 말하던 당아가 돌연 뚝하고 입을 다물어버리고 말았다. 건륭의 발이 상 밑에서 당아의 발등을 건드렸던 것이다. 당아는 황급히 발을 움츠려 거둬들였다.

이때 부찰씨가 웃으며 말했다.

"부처님께서 공봉하시는 옥관음(玉觀音)을 언제부터 모셔온다고 하시던 것이 여태 시간만 끌고 있다네. 이번에 동생이 남방으로 내려간 김에 직접 골라 모셔오라고 하게……."

그러나 그녀 역시 말을 미처 끝맺지 못했다. 발이 또 이유없이 툭 건드려졌기 때문이다. 부찰씨가 대뜸 건륭을 바라보았다. 삽시간에 얼굴이 빨개진 건륭이 급히 수습을 했다.

"그래, 옥관음부터 얼른 모셔야지."

작패를 계속할수록 태후와 건륭만 번갈아 가며 이길 뿐 황후와 당아는 점점 시들해지고 말았다. 건륭이 웃으며 딴 돈을 태후 곁에서 시중 들던 궁인들에게 상으로 내렸다. 이는 역대로 내려온 규칙이기도 했다.

"폐하!"

종수궁(鍾粹宮)으로 돌아와 황제와 함께 저녁 수라상을 받고 있던 부찰씨가 주위에 사람이 없는 틈을 타 건륭에게 반찬을 집어주며 목소리를 낮춰 정중하게 말했다.

"걔는 우리 친정 동생의 처가 되는 사람입니다. 그리 처사하시면 아니 되옵니다!"

건륭의 얼굴이 다시 귀밑까지 붉어졌다. 역시 부찰씨에게 음식을 집어주며 건륭이 말했다.

"이걸 먹어보시오. 담백하고 영양만점이라 여인네들의 미용에 최고라고 했습니다……. 짐에겐 여자라곤 그대밖에 없습니다. 그 같은 경우는 그저 심심해서 건드려봤을 뿐이니 신경 쓰지 마세요. 그렇다고 큰 실수를 한 건 아니지 않습니까?"

그러자 부찰씨가 웃으며 말했다.

"내 발을 그 여자 발인 줄 알고 건드려놓고도 실수를 안했다고요! 후궁전에 미모의 빈비들이 수십 명씩이나 되는데도 모자라옵니까? 신첩은 질투 때문에 이러는 건 절대 아니옵니다. 폐하의 존체가 염려되어 말씀 올리는 것이옵니다! 게다가…… 그 여자는……."

황후가 갑자기 당황해하며 입을 막았다. 무슨 말을 하려 했는지 얼굴이 벌써 빨갛게 달아올랐다.

부찰씨는 차하얼 지역의 총관(總管)으로 있는 이영보(李榮保)의 딸이었다. 문인 출신인 이영보는 자녀들에 대한 훈회에 대단히 엄격한 편이어서 여자애들은 철이 들면 외친(外親)들은 절대 만날 수 없고, 잡서들도 가까이 하지 못하게 했다. 이에 반해〈여아경(女兒經)〉과〈주자치가격언(朱子治家格言)〉은 매일 읽어야 하는 필독서였다. 어려서부터 어멈을 따라 침선과 자수를 배웠고 들고 나는 예의도 몸에 밴 부찰씨는 열두 살에 입궐하여 건륭의 배필로 맺어졌다. 온(溫), 양(良), 공(恭), 검(儉), 양(讓) 다섯 가지 미덕을 두루 갖춘 부찰씨를 좋아하지 않는 사람은 아무도 없었다.

  건륭은 이러한 황후에 대해 '사랑'이라기보다는 '존경'하는 면이 더 컸다. 늘 대빈(大賓)같이 어렵고 사생활에 대해선 잘 터놓지 않는 편이었다. 마냥 근엄하고 무거워만 보이던 황후가 갑자기 수줍어하며 얼굴까지 붉히는 모습을 처음 보는 건륭은 당아에게서 불붙었던 욕구가 다시 치솟아 올랐다. 그는 눈을 가늘게 뜨고 웃으며 말했다.

  "그 여자라니? 어느 여자 말입니까? 황후가 얼굴 붉히는 모습을 처음 보니 이상야릇한 기분이 듭니다. 황후는 덕이며 용모, 언사 모두 최고입니다……."

  이같이 말하며 황후에게로 다가간 건륭이 다짜고짜 황후를 덮치듯 껴안고 볼이며 입 그리고 목에 뽀뽀를 해댔다. 휘장 밖에서 수라를 시중들고 있던 궁녀들이 깜짝 놀라 저마다 구석으로 숨어드는가 싶더니 어느새 모두 자취를 감추고 말았다. 그사이 황후를 안고 침상으로 다가간 건륭이 허겁지겁 옷섶을 헤집으며 거친 숨소리를 냈다.

  "황후 정말 아름답습니다……. 정말입니다. 짐은 황후가 이같이 고운 모습을 처음 봅니다. 다들 나라씨가 어여쁘다고 야단법석들이지만 짐이 보기엔 황후의 매력엔 비할 바가 못되는 것 같습니다……."

  "과연 정말이십니까, 폐하?"

  "그럼요."

  "신첩은 기분이 날아갈 것 같사옵니다, 폐하."

"그런데 황후는 어찌하여 눈을 감고 계십니까?"

"지금은 눈을 뜨고 싶지 않사옵니다."

건륭의 품에 꼭 안긴 채 부찰씨가 가벼운 한숨과 함께 나직이 속삭였다.

"눈을 뜨면 신첩은 더 이상 꿈속에 있지 않사옵니다. 꿈속에서만 신첩은 비로소 진짜 여자가 돼 있을 뿐 눈을 뜨면 일거수일투족이 틀에 맞게 움직여야만 하는 황후로만 남는 것이 부담스럽사옵니다. 천하 모성의 표본이 되어야 하고 귓전에 스치는 소리도 듣지 말고, 눈은 항상 앞만 바라봐야 하오며…… 여인의 본능이라는 질투조차도 맘대로 못하니……."

황후의 하소연을 들은 건륭이 그녀를 껴안았던 팔을 풀었다. 그리고는 눈을 똑바로 뜨고 천장만을 뚫어지게 바라보았다. 무슨 영문인지 몰라 부찰씨가 눈을 뜨고 물었다.

"왜 그러시옵니까, 폐하?"

그러자 건륭이 웃으며 말했다.

"황후가 했던 말을 음미하고 있었습니다. 여인으로서의 황후는 과히 억눌려 살아온 것 같습니다. 이제부터라도 눈 감고 싶을 때 감고, 뜨고 싶을 때 뜨며 좀 마음 편히 행동하시오, 황후. 솔직히 짐은 꽃과 방초에 약한 면이 있으나 마음속 깊이 두고 있는 사람은 역시 황후밖에 없습니다. 그럼에도 짐은 황후와의 사이에 뭔가 장벽이 가로막고 있는 것 같아 곤혹스럽습니다. 그게 대체 무엇인지는 짐도 잘 모르겠습니다."

"신첩 역시 그렇사옵니다."

부찰씨가 고개를 다소곳하게 숙인 채 말했다.

"폐하께선 일대 영주(令主)를 꿈꾸시는 군주이시고, 신첩은 그런 폐하의 아내이자 신하이기 때문에 그렇지 않나 생각하옵니다……."
 요염한 여인에서 다시 지엄한 황후로 돌아온 부찰씨의 표정이 근엄했다.

15. 재상(宰相)의 귀감

 그날저녁, 집으로 돌아온 당아는 황제, 태후, 황후와 함께 작패를 놀았던 사실과 태후가 자신을 얼마나 애중히 여기고 황제가 상상을 초월하는 자상한 사람이라는 데 놀랐다며 자랑을 늘어놓았다. 그리고는 금 조각이 한줌 들어 있는 주머니를 꺼내어 흔들었다.
 "폐하께서 일부러 져주신 거예요. 복을 나누어주신다고 하시면서……. 그리고 당신을 흠차로 파견 보낸다시던데, 당신이 이제부터 관운이 따르려나봐요. 이 금 조각을 옷상자 밑에 깊숙이 넣어두고 다니세요. 누가 알아요, 큰 행운을 가져다줄지!"
 "됐소. 당신이나 금비녀 만들어 곱게 단장하고 다니시오."
 푸헝이 웃으며 말했다.
 "폐하께서 내게 하사하신 여의주만 해도 여러 개요. 그깟 금 조각 몇 개를 얻었다고 좋아서 어쩔 줄을 모르네."

푸헝의 심드렁한 반응 따윈 전혀 개의치 않고 당아는 건륭이 자신에게 관심을 보였던 순간, 순간을 떠올리며 흥분에 가슴이 설레었다. 괜스레 수줍어지며 다시 금 조각을 손수건에 정성껏 싸 주머니에 집어넣으며 당아가 홍조 띤 얼굴로 말했다.

"이건 폐하께서 상으로 내리신 게 아니라 내가 놀음에 이겨 따낸 거라니까요. 그래서 당신한테 자랑할 생각에 한껏 들떠 있었는데, 당신은 참 인정도 없네요! 나중에 오늘 이 기분 톡톡히 갚아줄 테니 그리 아세요. 그건 그렇고 태후께서 당신을 대단히 잘 보신 것 같았어요. 바르게 자란 것이 과연 미스한의 자손답다고 하시며 극찬을 아끼지 않으셨어요. 그러자 폐하께오선 흠차 임무를 제대로 수행하고 돌아오면 당신을 군기처 장경(章京)으로 들일 뜻을 내비치기도 하셨어요!"

"정말?"

푸헝이 적이 놀라워하며 말했다.

"흠차로 파견될 거라는 사실은 들어 알고 있었지만 난 그저 ……."

이에 당아가 습관처럼 귀밑머리를 살짝 뒤로 넘기며 푸헝의 말허리를 끊었다.

"미리 알고 있었으면서 왜 저한테는 알려주지 않았어요? 그래도 명색이 한 이불 덮고 자는 부부인데! 제 생각엔 당신은 아직 젊고 경험이 부족한 데다 여태 독자적으로 이렇다할 일을 맡아본 적이 없는 사람이니 흠차로 정식 발령받아 내려가기 전에 장상(張相, 장정옥)을 찾아 뵙고 임시방편일지라도 가르침을 받는 것이 어떨까 싶네요. 이번 임무를 멋들어지게 완수하고 개선하면 황후의 얼굴에도 광채가 날 게 아니에요. 그러면 폐하나 태후의 면전에서 당신을 띄워줄 수도 있겠고. 멀리 갈 것도 없이 혜빈(惠嬪)의 아버지 고진(高晉)만 해도 보세요. 강남의 염정(鹽政)에서 빛을 발하더니 하도총독(河道總督)으로 승진하고, 거기서도 치수에 안간힘을 쏟더니 이젠 양강총독(兩江總督)까지 지내게 되지 않았어요? 그 사람은 빈비 자리에 있는 딸 덕에 빛을 본 것이 아니라 딸 혜빈이 되레 아비의 후광을 업고 귀비(貴妃)로 승격했잖아요. 당신은 황후의 친동생이니 그 사람보다야 나아야 하지 않겠어요? 내가 시집올 때 당신은 뭐 '미인과 영웅', 끝내주는 궁합을 운운하더니 자칫하면 한낱 '미인에 국구(國舅)'로 남게 될지도 모르겠네요. 당신 연극을 좋아해서 잘 알 테지만 연극에 등장하는 국구들 중에 어디 하나 좋은 명성을 얻고 간 사람이 있어요?"

"됐네, 그만하게. 난 한마디도 제대로 못하게 허리를 툭 쳐버리고 자기는 아주 장편소설을 쓰네."

푸헝이 웃으며 말했다.

"황제를 이제 딱 한 번 가까이에서 보고는 남편을 이리 훈계하려 드는데, 우리 누이처럼 황후라도 되면 완전히 우주의 이치를 다 깨달은 도학파가 되겠네? 물론 집안에 내조 잘하는 현처(賢妻)가 있음으로 인해 남자가 적잖은 화를 비켜갈 수 있다는 생각은 하네. 그건 폐하도 마찬가지야. 우리 누이 같은 여자를 못 만났더라면 그 풍류스러운 사람이 밖에서 얼마나 실수를 하고 다녔을지 상상조차 할 수 없어!"

마치 자신의 자그마한 비밀을 다 알고 있는 것 같은 푸헝의 말에 당아는 속으로 흠칫했다. 애써 진정하며 당아가 말했다.

"그 말은 도무지 믿어지지가 않네요. 내가 보기에 폐하께오선 대단히 근엄하고 점잖아 보이시던데. 사람을 대하고 일 처리를 함에 있어서도 잣대가 분명하고 거리 조절도 제대로 하시는 것 같고."

그러자 푸헝이 당치도 않다는 듯이 피식 웃었다. 건륭과 금하 사이에 있었던 일을 들려주고 난 푸헝이 다시 말했다.

"그렇게 억울한 죽음을 당하게 해놓고서는 엊그제 꿈에 또 금하를 봤대. 어서 빨리 환생하여 다시 궁으로 돌아오라고 말했다지 뭔가. 아무튼 못 말려! 지난번 하남에 가서는 신양에 있는 왕정지라는 여자아이를 점찍었나봐. 이번에 내려가면 내가 매파 역을 맡아야 할 것 같아!"

눈을 동그랗게 뜨고 귀를 쫑긋 세우고 듣던 당아가 토라진 듯 홱 등돌려 앉으며 비아냥거렸다.

"그러는 당신은 얼마나 점잖아서요? 집에 첩을 셋씩이나 두고도 폐하께서 상으로 내리신 열두 희자들 속에 파묻혀 살면서. 방경이도 실컷 단물을 빨아먹고는 남에게 선심 쓰는 척하며 등 떠밀어 보내고! 언젠가는 나도 방경이 신세 되지 말란 법은 없지 않겠어요?"

"됐어, 그만해. 화내지 마시라고, 부인! 방경이가 조설근에게 시집간 뒤로 자네 속병을 덜었잖은가? 속으론 좋아서 쾌재를 불러놓고선 딴청은! 지난번 설근이가 집필한 〈풍월보감(風月寶鑑)〉을 자네도 재밌게 읽었다며? 미녀와 수재의 만남이니 안팎으로 궁합이 딱 맞을 게 아닌가!"

당아의 심사를 알 리가 없는 푸헝이 다가가 그녀의 머리를 쓸어 내리며 말했다.

"걱정 붙들어매시오, 부인. 선친은 성조 때의 명신이셨소. 지켜봐 주오. 내가 필히 선친을 능가하는 업적을 쌓아 조상들의 영전

(靈前)을 빛내 드릴 것이오. 어떨 땐 국구의 신분이 부담스럽기 그지없소. 일 잘하면 국구라서 황후의 후광을 업었다 하며 수군대고, 일을 못하면 '어마어마한 세력'이 뒤를 받쳐주는데 그 정도도 못하느냐며 비난을 퍼부으니 말이오. 이래도 욕바가지, 저래도 욕바가지…… 힘이 드오. 그렇다고 이것도 저것도 아닌 맹물 같은 존재가 돼선 안되잖소?"

말을 마친 푸헝은 곧 행차할 차비를 하라고 가인들에게 명령했다. 그러자 당아가 급히 말렸다.

"꼭 지금 나가셔야 해요? 날도 저물었는데, 급한 일이 아니면 내일 보시죠."

푸헝이 의복을 갈아입으며 말했다.

"장상을 만나봐야겠소. 어떤 말은 사적인 자리에서 할 수밖에 없어서 그러오. 정식으로 성지(聖旨)가 내려지면 본격적으로 바빠질 텐데, 오늘저녁에 다녀오는 것이 좋을 것 같소."

남편의 뒷모습이 어둠 속으로 멀어지는 걸 하염없이 바라보며 당아는 마음이 실타래 엉킨 듯 복잡했다. 금 조각을 품에 안고있노라니 남편과 황후, 태후, 건륭의 얼굴이 언뜻언뜻 스쳤다……. 형언할 수 없는 감정이 마음속 갈피, 갈피에 번져나갔다.

푸헝이 장정옥의 부저(府邸)에 도착했을 때는 어둠이 짙게 깔린 시각이었다. 문전에 황제가 하사한 두 개의 궁등(宮燈)이 걸려 있었고, 네 개의 백사등(白紗燈)까지 밝아 어둠을 저 멀리로 밀어내고 있었다. 안팎이 대낮 같은 가운데 대문 기둥에는 옹정으로부터 하사받은 '황은춘호탕, 문치일광화(皇恩春浩蕩, 文治日光華)'라는 어필이 금빛 찬연한 빛을 발하고 있었다. 몇몇 외성 관원들이 객청(客廳)에서 조용히 담소하며 차례를 기다리고 있었다. 푸헝을 발견한 문지기가 급히 달려와 인사를 올렸다.

"중당어른께오선 손님을 맞고 계십니다. 여섯째도련님은 다른 사람들과 다르시니 소인이 안으로 모시겠습니다."

"그러지 말고 먼저 들어가 아뢰도록 하게. 장상께서 다른 일 때문에 짬을 내기 곤란해하시면 난 내일 이 시간에 다시 와도 되니까."

푸헝의 말이 끝나기도 전에 문지기는 어느새 저만치 달려가고 있었다. 이렇게 정식으로 접견을 기다려보기는 처음인 푸헝인지라 잠시 동안이지만 기다리는 시간이 지루하게 느껴졌다. 객청으로 들어가 사람들과 이야기를 나눠보고 싶었지만 아는 얼굴 하나 없는 자리가 되레 불편할 것 같아 몇 번 주저한 끝에 포기하고 말았다. 이때 방금 그 문지기가 헐레벌떡 달려나오는 게 보였다. 그러나 그는 푸헝에게는 아무 말 없이 먼저 객청으로 들어가 몇몇 관원들에게 인사하고는 웃으며 말했다.

"대단히 죄송합니다. 장상께오선 여태 점심도 거르신 채 관원들을 접견하고 계시지만 아직 어싼 어른과 류강 어른과의 대화가 끝나질 않고 있습니다. 저기 푸헝 어른도 흠명을 받고 기다리고 계시니 장상께오선 여러분더러 일단 댁으로 돌아가시라고 하십니다. 내일아침 조정에 나가시면 제일 먼저 여러분들을 불러주실 거라고 하시면서 정말 오늘저녁을 넘기면 곤란한 용무가 있는 분이 있으면 소인이 다시 들어가 아뢰겠나이다. 장상께오선 지금 바쁘셔서 경황이 없으시니 내일 직접 사죄의 말씀을 전하시겠다고 하십니다."

벌써 자리에서 일어선 관원들이 연신 괜찮다는 듯 손을 저으며 말했다.
"중당어른께 전해드리게. 급한 일은 없으니 내일 우리가 다시 찾아 뵙겠다고 말일세."

관원들이 떠나가고 푸헝은 가인(家人)을 따라 대문 안으로 들어왔다. 푸헝이 웃으며 말했다.
"장상께서 이 정도로 다망하신 줄은 몰랐네."

가인이 등불을 치켜들고 앞에서 안내하며 말했다.
"그래도 나친 재상께서 군기처로 드시면서 장상께선 많이 여유가 생긴 것이 이 정도입니다! 소인이 장상을 시중 들기 시작한 이래로 하루에 세 시간 이상 주무시는 걸 본 적이 없습니다!"

푸헝은 내심 감탄을 금하지 못했다. 가인을 따라 꼬불꼬불 돌고 돌아와 보니 역시 전에 차를 마시던 서재였다. 문전에 어서(御書)로 된 '자지서옥(紫芝書屋)'이라는 네 글자 편액이 걸려있는 것이 전과 다르다면 다른 점이었을 뿐이었다. 낭하에서 잠시 멈춰 섰던 푸헝이 서재 안으로 성큼 들어섰다. 그리고는 읍해 보이며 말했다.
"중당어른, 대단히 다망하시네요!"
"여섯째도련님, 어서 자리하시죠."

두 명의 관원들과 대화 중이던 장정옥이 급히 자리에서 일어나 웃으며 말했다.
"도련님께선 국척이시라고 예전 같으면 맘대로 드나드셨을 텐데, 오늘은 어쩐 일로 이리 격식을 갖추시는 겁니까? 아, 제가 소개해 올리겠습니다. 이 사람은 어싼이라고······."

장정옥이 입을 열자마자 푸헝이 피식 웃으며 말했다.
"잘 알고 있어요. 예부시랑으로 있죠?"
"전에는 그랬습니다만 지금은 병부시랑으로 있습니다."

장정옥이 웃으며 다른 한 사람을 가리켰다.

"그리고 이이는 산동성 양도(糧道)로 있는 류강이라는 사람인데, 탁이(卓異)입니다. 그곳 순무 악준(岳濬)이 '산동제일청관(山東第一淸官)'이라며 극찬한 인물입니다. 폐하께오서 북경에 남겨두고 싶다고 하시며 병부에서 원외랑 직을 맡게 되었습니다. 인사하지, 이분은 건청문의 이등시위 푸헝 어른이시오. 이제 곧 흠차대신으로 지방순시를 다녀오실 거요."

그러자 류강이 푸헝을 향해 허리 굽혀 인사하고는 말했다.

"지난번 이위총독께서 산동성에 계실 때 산동성아문에서 뵌 적이 있습니다. 여섯째도련님께선 아마 관직이 미천한 소인을 몰라보실 겁니다."

푸헝이 아래위로 류강을 쓸어보더니 시무룩한 표정으로 말했다.

"아니, 나도 본 기억이 나네. 자넨 하로형 사건 때 덕주지부로 있었던 친구가 아닌가?"

하로형이란 말만 나오면 등골이 오싹해지는 류강이 급히 말했다.

"여섯째도련님께선 실로 총기가 뛰어나십니다! 그해 여섯째도련님께서 직접 산동으로 행차하시어 장대비 속에서 친히 구제양곡을 내어주시는 모습을 지켜본 산동인들은 지금도 여섯째도련님이시라면 엄지를 내두르며 칭송해마지 않습니다. 하오나 일부 서리(胥吏)들은 조정의 관원들이 모두 이렇게 열심히 하면 자기네들은 숨막혀 못 산다며 구석자리에서 불만을 토로하는 모양입니다."

치켜올렸다 다시 적당히 깎아 내리는 류강의 화술에 깜빡 넘어간 푸헝이 흡족한 표정으로 큰소리로 웃었다.

"난 수재(水災) 입은 백성들을 구제하러 갔지 서리들의 비위 맞추러 간 게 아니었으니 상관없네. 그네들이 날 한 번씩 욕할 때마다 상천은 내 수명을 한 살씩 늘려주신다네! 장상, 못 다한 얘기가 있으면 계속하세요. 난 급한 일은 아니니까."

"중요한 얘기는 이미 다 했습니다."

제자리로 돌아온 장정옥이 차 한 모금을 마시고 나서 말했다

"서남의 개토귀류를 정착시키기 위해 7년 동안 조정에서 쏟아 부은 국은(國銀)이 적어도 2천만 냥은 넘을 것이오. 아직 전사한 병사들의 가족들에 대한 보상금은 계산하지도 않았는데 말이오. 그대들은 병부로 들어간 이상 연병에 총력을 기울여야겠소. 장조가 직무를 해제 당하기 전 올린 주장을 읽어보고 군사에 대한 문외한인 나까지도 깜짝 놀랐소. 우리 군 몇천 명이 묘족들의 토채(土寨)를 포위하여 공격을 시작했는데, 싸우다보니 묘인(苗人)들은 고작 몇십 명이 나와서 우리 군 몇천 명과 대적하고 있더라고 하지 않소. 그 몇천 명이 적들의 꾐에 빠져 자기들끼리 총부리를 겨냥하고 싸워 숱한 사상자를 내는 참극을 빚었다하오. 그야말로 웃지 못할 일이 아닐 수 없소. 물론 주장(主將)이 지휘능력이 없고 작전에 소홀한 잘못도 있지만 내가 보기엔 병사들이 평소에 훈련을 게을리 하여 체력이 뒷받침돼 주지 못한 점도 패배의 요인이었던 것 같소. 어쨌, 이번 사건을 계기로 우리 군이 각성해야겠소. 전군의 훈련을 강화하고 고북구뿐만 아니라 각 성의 녹영(綠營), 기영(旗營)들도 소집하여 훈련을 시켜야겠소. 무기고도 둘러보고 인사배치에도 신경을 써가며 상서에게 그대들의 의사를 적극 반영시키도록 하오. 부(部)에서 힘에 부치는 일은 즉각 군기처로 보고

올리도록. 그리하면 내가 주청을 올려 처리할 테니까."

똑바로 앉아 귀기울여 듣던 어싼과 류강은 연신 알겠노라고 대답했다. 류강이 말했다.

"소인은 군무를 처리해본 적이 없습니다. 하지만 산동성 기영, 녹영들에서 군량을 전부 저희 양도에서 조달해가곤 했기에 군영들에서 공액(空額)을 횡령하는 현상이 심각하다는 것쯤은 알고있습니다. 방금 장상께서 묘족들의 반란을 잠재운 건 잠시 숨돌린데 불과할 뿐 서부 대소금천(大小金川) 지역에도 전사(戰事)가 불가피하다고 하셨는데, 소인이 각 영방(營房)마다 돌면서 실제 공액을 얼마씩 먹나 조사해 보도록 하겠습니다. 실사가 끝나는 대로 어싼 어른과 저희 병부 주관과 상의하에 군사정돈에 관한 건의사항을 상주 올리도록 하겠습니다."

그러자 장정옥이 웃으며 말했다.

"좋은 생각이긴 하지만 이는 어디까지나 병부의 업무에 속하는 부분이기 때문에 자네들은 상서에게 보고를 올리도록 하게. 아, 그리고 병영실사를 한다고 했는데 이위한테는 가지 말게. 병세가 심각한 실정이니 차도가 보이는 걸 보고 조사를 해도 하게."

말을 마친 장정옥이 자리에서 일어났다. 두 사람이 물러가기를 기다렸다가 푸헝이 웃으며 말했다.

"장상, 매사에 이렇듯 상담(詳談)을 해야 할 테니 어찌 배겨낼 수 있겠어요? 어얼타이, 나친에게도 자주 들르는 편인데, 이토록 바쁘지는 않은 것 같았어요. 장상이 하는 일이 너무 구분이 없다고 생각지 않으세요?"

"어쩔 수 없습니다. 요즘 워낙 제구실을 못하는 관원들이 많아 한 가지라도 챙기지 못하면 큰 구멍이 뚫리는 수도 있기 때문입니다."

장정옥이 탄식과 함께 덧붙였다.

"물론 좀 여유있게 일하는 수도 있겠습니다만 이리 극성을 부리며 사는데 내가 익숙해져 있다보니 아랫사람들도 내가 한가해 보이면 이상한가 봅니다. 말에 오르기는 쉬워도 내리기는 힘들다는 말이 이래서 나온 것 같습니다!"

장정옥이 자조 섞인 웃음을 지으며 서안 위에서 상주문 하나를 꺼내어 푸헝에게 건네주었다.

"류통훈의 상주문입니다. 나랑 나친을 참핵한 내용인데, 한번 보십시오."

푸헝이 적이 놀라워하며 받아보니 커다란 제목이 한눈에 안겨왔다.

　　신 류통훈이 상서방대신 겸 군기처대신인 나친, 장정옥을 주합니다.

장장 수천 자에 달하는 상주문은 보기만 해도 무거워 보였다. 건륭이 이미 어람을 마친 듯 손톱으로 표시해 놓은 부분이 있었다.

　　……대학사 장정옥이 세 조대를 거쳐오며 드높은 업적을 쌓은 이 시대의 거목임은 주지하는 바입니다. 하오나 만절(晩節)에 신중을 기해야겠사옵니다. 여론이 곱지 않사옵니다. 동성(桐城) 쪽에서는 그곳 관리의 반 이상이 장씨(張氏)와 요씨(姚氏) 천지라며 크게 반발을 하고 있는 실정이옵니다. 이 두 가문은 원래 동성의 명족인데다 요즘 들어 관직을 얻는 사람이 많아지다 보니 그 비중이 나날이

늘어나고 있는 모양이옵니다. 동성의 안정을 도모하려면 필히 이 두 가문의 관원들이 서로 비호하고 사다리를 놓아주는 작태를 근절시키고, 그네들로 하여금 오만을 거두고 겸손한 덕목을 갖추게끔 해야 할 것이옵니다. 앞으로 3년 내엔 특지(特旨)없인 이 두 가문의 관원들에 대한 발탁기용을 막아버릴 것을 주청올리는 바이옵니다…….

그 밑에는 건륭의 주필(朱筆) 어비(御批)가 선명했다.

짐은 장정옥과 나친이 과연 진실로 권력을 남용하여 사익을 꾀했다면 류통훈이 감히 이런 주장을 올리지 못했을 것이라고 생각하네. 역으로 이런 상소문이 올라왔다는 것은 이 두 대신의 결백을 증명해주는 격이네. 두 관원은 결코 끄지 못할 불을 지필 사람들이 아니란 말일세. 오랜 세월 중책을 맡고 있다보면 갖은 모략과 중상의 표적이 되는 건 당연지사이니 장정옥, 나친 두 대원은 개의치 말고 이를 도약의 계기로 삼길 바라네. 미진(微塵)같이 작은 것일지라도 드넓은 가슴에 미움은 담지 말게. 그것은 대신으로서의 풍모에 손상이 가는 일일테니까.

푸헝이 상주문을 장정옥에게 건네주며 말했다.
"류통훈이 장상의 뒤통수를 치리라곤 꿈에도 몰랐네요. 결국 자기 손으로 따귀 때린 격이 됐지만 말이에요."
"절대 그리 생각지는 마십시오, 여섯째도련님."
장정옥이 그 깊이를 가늠할 수 없는 눈빛으로 푸헝을 바라보며 말했다.

"이 주장을 통해 저는 류통훈이 진심으로 날 위해주고 있다는 걸 온몸으로 느꼈습니다. 류통훈은 저를 둘러싸고 일어나는 의혹을 불식시켜주었습니다. 진정 덕으로 사람을 아끼는 군자의 풍모를 지닌 대신입니다. 전 되레 그 용기에 감복하고 그 마음씀씀이에 감동을 받았습니다."

그러자 푸헝이 웃으며 말했다.

"할말이 있으면 나처럼 댁으로 방문할 일이지, 이렇게 주장을 올려버리면 관보를 통해 만천하에 알려지게 되니 중당의 체면에 손상이 가지 않을 수가 없지 않아요?"

이에 장정옥이 웃으며 말했다.

"그러기에 강산엔 해마다 인재가 나지만 각자의 풍소(風騷)는 수백 년을 이끈다고 하지 않았습니까? 사실 순치제(順治帝) 때부터 지금까지 웅사이, 오배, 소어투, 명주, 고사기 등 보정대신들이 있었지만 충신, 간신 구분을 떠나 나처럼 이리 장구한 사람은 없습니다. 풍운을 만나 헤쳐나가는 것도 물론 힘이 들겠지만 물러날 때를 알고 발을 빼는 것은 더 힘들 것입니다. 장장 수천 자에 달하는 류통훈의 주장을 읽어보노라니 내가 하고 싶었지만 감히 못했던 말들이 많았습니다. 나나 어얼타이, 이위 같은 사람들은 전시전종(全始全終)을 바라고는 있지만 여의치 않으면 평생 뼈가 물러나도록 고생만 하고 물러날 때는 입안 가득 개고기를 물게 될지도 모르는 일입니다(구육불상석(狗肉不上席)이란 말이 있는데, 나쁜 일을 뜻함). 이젠 여섯째도련님처럼 젊고 유능한 관원들이 치고 나와야 할 때입니다."

가르침을 받기 위해 찾아왔던 푸헝은 진심어린 장정옥의 말에 속으로는 감명을 받았지만 일부러 웃으며 농담조로 말했다.

"장상의 말씀을 들으니 꼭 주제를 알고 빨리 물러나라는 뜻으로 들리네요."

이에 장정옥이 허허 소리내어 웃으며 말했다.

"안그래도 넘겨짚어 생각할까봐 걱정했습니다. 여섯째도련님은 대장부로서 한창 팔을 걷어붙이고 일에 목숨을 걸 때입니다. 불이(不二)의 재학(才學)을 지니신 분입니다. 필히 실력으로 승부수를 던져 공명을 이룩하셔야 합니다. 국척(國戚)이라곤 하지만 필경 '외척(外戚)'에 불과합니다. 내가 알기로 개국 이래 여섯째도련님처럼 젊은 대원에게 흠차라는 중책을 내리신 건 이번이 유일무이한 경우입니다. 이는 폐하께서 여섯째도련님을 중용하실 뜻이 있음을 시사하는 바이니 절대 자포자기하는 처사가 있어선 안되겠습니다. 농담이라도 그런 소릴 하실 줄 알았더라면 류통훈의 주장을 보여드리지 않았을 겁니다."

그러자 푸헝이 말했다.

"걱정마세요. 난 아직 화친왕(和親王) 같은 지경에 이르지는 않았으니까!"

화친왕이란 홍주(弘晝)였다. 비록 건륭이 형제간의 우애를 중히 여기어 즉위 초에 '의정왕(議政王)'으로 봉했으나 홍주는 언제 한 번 제대로 '정무(政務)'를 논의해 본 적이 없었다. 언제나 그러하듯 그의 가장 큰 일은 여전히 새를 조련시키고 곰방대 따위나 그리는 것이었다. 홍주가 '왕'답지 못한 행실을 밥먹듯 하고 다녀도 건륭은 번번이 '예나 지금이나 변한 게 없는 사람'이라며 대수롭지 않게 넘기곤 했다. 이번엔 푸헝이 자신을 홍주에 비유하자 장정옥이 말했다.

"그건 다섯째마마를 잘 모르셔서 하는 소리입니다. 다섯째마마는 똑똑한 분입니다."

다섯째가 왜 똑똑한지에 대해선 언급하고 싶지 않은 장정옥이 말했다.

"여섯째도련님, 안그래도 폐하로부터 여섯째도련님이 곧 남행을 떠나실 거란 말씀을 듣고 내일 상서방에서 이런저런 얘기를 나누려고 했었습니다. 이번 남행을 통해 자신의 몸값을 어떻게 올려야 할지는 스스로 고민해보시기 바랍니다!"

"공물상납을 독촉하는 건 성례(成例)가 있으니 어려운 일은 아닐 겁니다. 내무부에서 파견되어 현지에 가 있는 사람들이 공물상납엔 선수들일 테니 무슨 착오야 있겠습니까?"

푸헝이 신중하게 대답했다.

"폐하께선 아직 어떤 임무를 수행해야 하는지에 대해서 명확히 언급하시지 않으셨으나 태후마마한테서 들으니 각 지역의 번고에 있는 국은을 국고로 거둬들이라는 말씀도 계셨어요. 올해는 전국의 전량(錢糧)을 전면적으로 면제하는 해라서 새로 상납된 은자도 없을 텐데 폐하께오선 지방 번고에 은자가 얼마 남아있는지를 알고 싶으신 게 아닌가 생각되네요. 하지만 형부의 류통훈을 나의 부사(副使)로 딸려보낸다는 데 대해선 성의(聖意)를 점칠 수가 없네요!"

푸헝의 말에 귀기울이며 장정옥이 말했다.

"내가 알기론 이는 모두 주된 임무가 아닙니다. 폐하께서 두 사람을 흠차로 파견하신 건 채풍(采風)을 위해서입니다. 정상관대(政商寬大)의 정책이 일년이 지난 오늘날 지방관들이 어떻게 실행해왔는지, 업주들은 이를 어찌 생각하며, 빈민들은 어떤 혜택을 입었는지가 궁금하신 겁니다. 이밖에 광동, 복건, 절강 등 성에

광산(鑛山)을 세웠는데, 항의농성이 잦아 툭하면 휴업을 한다고 하니 무슨 배경이 있지는 않은지 궁금하신 겁니다. 또 지난번 광동총독이 올린 주장에 따르면 민간에선 일명 '천생노모회(天生老母會)'니 '천지회(天地會)'니 '백양교(白陽敎)'니 하는 사교(邪敎)들이 창궐하다고 했습니다······. 어떤 건 꼭 사교라고 할 순 없지만 일부 배부르고 등 따스한 대호(大戶)들이 강호의 호객(豪客)들을 불러들여 점을 보고 연무연공(演武練功)을 하며 붙어 다니다 보면 사단을 일으키기가 십상이라고 합니다. 아무튼 어느 지역이나 다 있는 귀신놀음엔 일부 관원들까지 개입되어 있어 색출해내기가 어렵지 않을까 생각됩니다. 순시를 떠나신 김에 이 부분에 대해서도 관심을 갖고 조사해 보십시오. 폐하께서 대단히 궁금해하시는 사안입니다."

그제야 푸헝은 이번 순시에 딱히 주어진 임무가 없는 이유를 깨달았다. 주제는 그냥 뭉뚱그려 '고찰(考察)'이었으나 푸헝은 자신이 크게 기용되리라던 장정옥의 말을 믿지 않을 수가 없었다. 격동으로 가슴이 널뛰었다. 그는 의자에 앉은 채로 장정옥을 향해 공수해 보이며 말했다.

"장상, 오늘 마음 속 깊이 얻은 바가 많네요. 지난번 폐하를 따라 하남성을 순시할 때, 폐하께서 유난히 강호(江湖)의 일에 관심을 보이기에 무림(武林)의 현재(賢才)들을 물색하시느라 그러신 줄 알았어요. 헌데 이제 보니 제가 식견이 너무 좁았어요. 그 당시 백련교(白蓮敎)라는 사교가 인심을 고혹(蠱惑)시키고 재해 때마다 난동을 부추긴다는 말을 들은 기억이 나네요. 군주로서 촉각을 곤두세울 법도 한 일이죠."

푸헝의 준수한 얼굴을 한참 들여다보던 장정옥이 길게 숨을 내쉬었다. 그리고는 말했다.

"나나 어얼타이는 이젠 한물갔으니, 그런 일은 여섯째도련님 같은 젊고 유망한 대원들에게 기대하는 수밖에 없을 것 같습니다! 문무를 겸비하고 기마와 활솜씨가 뛰어나신 여섯째도련님은 이 시대의 선두주자가 되기에 손색이 없습니다! 지금은 나친이 직위가 더 높지만 장거리달리기를 하자니 끈기가 부족한 게 아쉽습니다. 이젠 나이 일흔을 넘기고 나니 가끔씩 영문 없이 서글퍼질 때가 있습니다……."

갑자기 표정이 우울해진 장정옥의 입에서 숨죽인 한숨이 새어나왔다. '침묵이 곧 금이다'는 신조로 30년이 넘도록 재상의 자리를 지켜온 역사에 길이길이 기록될 재상에게서 격려의 말을 들은 푸헝은 흥분으로 가슴이 터질 것만 같았다. 그는 쾌마가편(快馬加鞭)하는 마음으로 진력하여 필히 장정옥 같은 재상으로 발돋움하겠노라는 다짐과 함께 키워주신 은혜에 꼭 보답하겠노라는 구구절절 감사의 말을 하고는 자리에서 일어났다.

"나친을 배우지 마십시오. 이 장정옥은 더더욱 따라 배울 바가 못됩니다."

푸헝을 문밖까지 배웅하여 별이 총총한 밤하늘을 향해 흰 김을 토해내며 장정옥이 마디마디에 힘을 주어 말했다.

"난 문무를 겸비하지 못했는지라 처사에 패기가 없고 틀에 박힌 안목이 답답한 사람입니다. 창의력이라곤 없고 평생 살얼음 위를 걷는 심정으로 조심조심하며 살아왔습니다. 다행히 내가 섬긴 주군 모두 영주(英主)였으니 오늘날까지 버텨왔지 혼주(昏主)를 만났더라면 악인의 충실한 주구로서 하늘에 사무치는 죄행으로 점철된 삶을 살았을 겁니다! 나친은…… 소심한 사람입니다. 신중하게 보일 수도 있지만 사실 자기 주장이 없는 사람입니다. 지대재소(志大才疏, 뜻은 크나 재능이 미치지 못한다)한 사람이라고 폄하하고 싶지 않습니다. 그러나, 그는 주군께서 결책을 하신 뒤에야 북 치고 장구치는 사람입니다. 문 앞에 망아지만한 미친개를 두 마리 기르고 있는 사람이 '재상'입니까? 깊이 생각하면 그러한 소행은 본인이 자신의 인품에 자신감이 없기 때문으로 풀이할 수밖에 없습니다."

장정옥의 말은 그야말로 일도견혈(一刀見血)이었다. 장정옥의 이토록 깊은 성부(城府)와 식견에 푸헝은 오체투지(五體投地)의 경외심을 느꼈다. 잠시 침묵 끝에 푸헝이 말했다.

"정말 피가 되고 살이 되는 가르침이었어요. 부디 보중하세요!"

장정옥과 깊은 대화를 나눈 이튿날 푸헝은 정식으로 흠차로 위임한다는 지의를 받았다. 흠차양강순안사(欽差兩江巡按使)의 신분으로 수일 내에 출발하여 현지의 국은 상납을 독촉하라고 했다. 혼인을 한 이래로 떨어져 살아본 적이 없는 당아는 마음이 심란했다. 그러나 일부러 주안상을 마련한다, 짐을 꾸린다 하며 바쁘게 움직였다. 먼길 떠나는 남정네가 걱정스러운 마음에 가인들 중에서 건장한 축에 드는 이들을 딸려보내려 하자 푸헝이 웃으며 말했다.

"차라리 나더러 집을 메고 가라고 하지 그래? 내가 밖에서 여자들 치마폭에 싸여 해롱대고 다닐까봐 걱정되면 아예 자네가 하녀로 변장하여 따라나서지. 그런 걱정은 내가 더 심할 걸? 이리 고운 마누라를 누가 훔쳐가기라도 하면 어떡하나 밤잠도 못 잤구만."

그러자 당아가 얼굴에 살짝 홍조를 띠우며 애교스레 눈을 흘겼다.

"이럴 때 속보인다고 해야 하는 거죠? 내가 뭐라고 하지도 않았는데, 그런 말은 왜 해요? 벌써부터 여자 후릴 생각에 흥분돼 잠을 설쳤나보지? 그런데 당신만 아문(衙門)이 없으니 흠차의장(欽差儀仗)은 어디서 책임지나요?"

"난 병부의 감합(勘合)을 소지하고 있으니 현지의 역관들에서 영송(迎送)을 할 것이야. 걱정하지 말아."

푸헝이 당아의 손등을 다독이며 말했다.

"원래는 흠차 신분이니 대접이 굉장한가 본데, 내가 전부 거절했어. 난 비공개적으로 길을 떠날 거요."

순간 당아가 눈을 동그랗게 치뜨며 달려와 다그쳐 물었다.

"그게 사실이에요? 그냥 해본 소리는 아니겠죠?"

그러자 푸헝이 대답했다.

"그냥 해본 소리라니! 순시를 나가는 사람이 목표를 드러내고 다니면 북경에 있는 거나 다를 게 뭐가 있겠어? 가는 곳마다 입에 발린 소리나 귀아프게 들어야 하고 비굴하고 간사한 상통들이나 구역질나게 봐야 하지 않겠어?"

이에 당아는 미간을 찌푸렸다.

"지난번에 아계(阿桂)가 편지에서 그러는데, 섬서성 부임지로 가는 길에 강도를 만나 하마터면 끌려갈 뻔했다잖아요!"

"그럼 자기 남편이 아계보다 못해서 끌려가기라도 한단 말인가?"

푸헝이 찻잔을 내려놓으며 웃음을 터트렸다.

"그저 한 사람이라도 더 붙여 날 감시하지 못해서 그러지?"

"아휴! 맘대로 해요, 맘대로! 화류병(花柳病)에만 걸려오지 않으면 난 상관없어요! 왜요? 어디 외출하려고요?"

갑자기 옷을 갈아입은 푸헝을 바라보며 당아가 물었다.

"이위한테 다녀와야겠어. 자네 말을 듣고 보니 비오기 전에 우산을 준비해두는 자세가 바람직할 것 같아. 이위에게 애꾸도사라고 기가 막힌 인물이 있거든. 한번 빌려 써야겠어. 말이 씨가 된다고 자네 말이 들어맞아서 어디 끌려가 봉변이라도 당하면 자넨 이 멋진 남편을 영영 다시 못 볼 게 아닌가."

말을 마친 푸헝은 일부러 새침한 표정을 짓고 있는 당아를 향해 웃음을 지어주며 밖으로 나갔다.

16. 사교(邪敎)

　금추(金秋)로도 불리는 8월은 춥지도 덥지도 않아 원행(遠行)에 안성맞춤이었다. 그러나 푸헝이 북경을 떠나 얼마 못 가 날씨는 변덕을 부리기 시작했다. 바람이 거세어지고 막막한 가을구름이 하늘을 잿빛으로 덮어버렸다. 경사(京師), 직예(直隸) 일대의 옥수수나 키 큰 농작물의 추수는 이미 끝난 뒤라 광대무변한 전야(田野)에는 서풍이 무서운 구석 없이 기승을 부리며 황사와 부토를 실어 냅다 뿌려버리곤 했다. 숨이 막히고 얼굴이 얼얼해졌다.
　직예성의 보정(保定) 일대를 지날 때는 바람은 다소 잦아든 것 같았으나 대신 비가 추적대기 시작했다. 마치 거대한 체에서 물을 걸러 내리는 것 같이 빗줄기가 굵었다 가늘었다 지칠 줄 모르고 내렸다. 혼탁한 경사를 벗어나 가을비의 정취에 젖어보는 푸헝은 처음엔 주위 사람들과 담소를 즐기며 좋아했다. 그러나 연 며칠 동안 이어지는 추적추적 빗소리와 우악스런 바람소리에 그는 더 이상 낭만을 느낄 기분이 아니었다. 단조롭고 무미하기만 했다. 수행한 애꾸도사 오할자 등은 푸헝의 잔뜩 고조됐던 기분이 가라앉는 이유를 모른 채 따라서 침묵했다. 인적이 드문 지역을 간신히 통과하고 나니 석가장(石家莊) 경내에 들어섰다. 동으로는 덕주부(德州府)의 부두로 이어지고, 남북으로 역도(驛道)가 관통되어 있는 이곳 획록현(獲鹿縣)엔 갈수록 사람들이 북적대고 인가가 오밀조밀 모여 앉은 것이 사람 사는 냄새가 물씬했다.

저녁 무렵이 되자 빗줄기는 훨씬 가늘어져 있었다. 옅은 어둠이 내려앉은 우중충한 큰 읍내를 지나면서 오할자가 말 등에 앉은 채 채찍으로 읍내를 가리키며 웃으며 말했다.

"꼬박 7일 동안 밤낮 가리지 않고 퍼붓더니 이제야 지쳤나 봅니다. 소인네의 이 몸뚱아리는 아무렇게나 굴려도 괜찮으나 여섯째 도련님은 존귀한 몸이시니 쉬어가는 것이 좋겠습니다. 저 앞 읍내에서 오늘밤과 추석인 내일까지 푹 쉬고 모레 다시 길을 재촉하는 것이 어떻겠습니까?"

"그래, 벌써 중추절이구나. 그것도 까맣게 잊고 있었네!"

푸헝은 서글픈 웃음을 지으며 말을 이었다.

"청명(淸明) 비에 혼이 나간다더니, 이제 보니 추석에 내리는 비도 사람의 넋이 나가게 만드는구만! 안그래도 지탱하기 힘들었는데, 잘 됐소. 여기서 쉬어가지."

그러자 옆에 있던 소칠(小七)이라는 하인이 웃으며 말했다.

"강남으로 가실 거면 수로로 가는 것이 경치 구경도 하고 힘들면 뱃전에 기대어 쉬어가기도 하고 제격이라고 소인이 그렇게 권해드렸어도 강행하시더니 그래 얼마나 노곤하십니까! 덕분에 소인도 뼈가 물러나는 것 같습니다."

그러자 푸헝이 웃으며 말했다.

"네가 뭘 안다고 그래! 난 하남에 먼저 들르려고 그런단 말이야. 그래도 수로로 가야겠어? 게다가 지금은 조운(漕運) 철이라 남래북왕하는 선박들이 많아 한번 막히면 반나절이라고. 그래서 어느 천 년에 강남구경 하겠어?"

그 말에 오할자가 고개를 갸웃하며 말했다.

"산동 덕주에서 하선(下船)할 거라고 하셨는데, 하남은 무슨 일로 가시려는 겁니까?"

이에 푸헝이 말했다.

"신양(信陽)에서 찻잎을 좀 사고 싶어서 그러네."

그사이 일행은 읍내 한가운데로 들어섰다. 말에서 내려 고삐를 끌고 걷노라니 각자 자기네 객잔의 이름을 새긴 등롱(燈籠)을 치켜든 사람들이 우르르 몰려왔다. 서로 자기네 집으로 끌어가려고 귓전 어지럽게 떠들어댔다. 정신이 사나워질 지경이었다. 푸헝이 보니 우악스레 밀고 밀리는 사람들 틈에 비집고 들어올 엄두도 내지 못하고 먼발치에 억울한 듯 서 있는 젊은이가 있었다. 그는 길게 생각할 여지도 없이 그 젊은이를 손짓으로 불렀다.

"우린 이 집…… 기가객잔(紀家客棧)에 들 것이니 모두 물러가거라!"

푸헝 일행이 젊은이를 따라와 보니 그리 멀지 않은 곳에 공터가 보였다. 그 맞은편에 북향의 객잔 건물이 보였다. 문루(門樓) 앞에 내걸려 있는 희끄무레한 등불을 빌어보니 커다란 글씨가 내걸려 있었다.

百年老店紀家

대문 양옆에는 크기가 일정치 않은 돌사자가 세워져 있었다. 큰 것은 웬만한 어른 키 높이 정도 되었고, 작은 것은 웅크리고 앉은 원숭이 같았다. 오할자가 문지방을 눈여겨보니 정교한 꽃무늬가 조각된 석판(石板)으로 되어 있었고, 중간 부분은 벌써 닳아 초승달 모양으로 패여 있었다. 돌사자의 발과 이빨 그리고 목덜미는 사람들이 들고나며 얼마나 만져댔는지 반지르르했다. 그것만 보더라도 이는 백년 된 객잔이 틀림없는 것 같았다. 오할자는 그 명성을 믿고 적이 안심했다. 한편 그 돌사자를 유심히 살펴보던 푸헝이 호기심에 젊은이에게 물었다.

"그런데 이 돌사자는 왜 크기가 일정치 않지? 저쪽에 공터가 넓은 걸 보니 집을 한 채 허문 것 같은데, 무엇 때문에 천막을 두르고 있는 건가?"

그러자 젊은이가 대답했다.

"이 사자는 3대째 대물림 받아 내려오는 사자라고 합니다. 이 사자를 조각하신 조상님이 석장(石匠) 출신이시고, 폐하의 보화전을 지을 때도 불려갔을 정도로 재주가 뛰어났다고 합니다! 저흰 관가(官家)도 아닌데 돌사자가 똑같이 크면 아문으로 착각하여 오해를 받을 수도 있지 않겠습니까? 그래서 크기가 다르게 만들어 놓았다고 합니다. 오며가며 사람들이 많이 신기해하는 편입니다. 저쪽 공터는 석어른네 집터였는데, 헐고 새 집을 짓는다고 합니다. 내일 추석날 석어른의 땅을 부치는 모든 소작농들이 다 모여 술 한잔 하나 봅니다."

젊은이가 이같이 말하며 푸헝 일행을 윗방으로 안내했다. 이부자리를 펴주고 세안할 물과 발씻을 더운물을 부지런히 나르며 젊은이는 입이 한시도 쉴 새 없었다.

"올해 여긴 대풍작이 들었다곤 하는데 그러면 뭘 합니까? 소작세가 어찌나 센지 땅 1무(畝)에 낟알 3석을 거둬도 7할은 지주에게 바쳐야 하니 입에 풀칠이나 하겠습니까? 내일 다 모인 자리에서 한바탕 무협연극이 벌어질 것이니 기대하십시오!"

젊은이는 의외로 말하기를 좋아했다. 그 말뜻을 충분히 알아듣지 못했으나 푸헝은 두 발을 맞붙여 비비며 웃는 얼굴로 말했다.

"이제 보니 언변이 아주 좋은 친구로군. 그런데 아까 손님 끌 때는 왜 멍청하게 한 쪽에 물러나 있었는가!"

그러자 젊은이가 웃으며 말했다.

"돼지 잡을 때 꼬리부터 치는 수도 있듯이 손님 맞는 학문도 각양각색이랍니다. 제가 먼발치에 비켜 서 있어도 어르신은 그 많은 아우성들을 뿌리치고 저를 불러주시지 않으셨습니까? 연분이 끌리는 것은 막을 수 없다는 거 아닙니까?"

입담 한번 걸쭉할 것 같았다. 푸헝이 대야에서 발을 치켜들자 젊은이가 재게 더운 물수건으로 발을 닦아주었다. 그리고는 미리 담백하게 타두었던 차를 권했다.

젊은이가 대야를 들고 나가려하자 푸헝이 불러세웠다.

"잠깐만 있어보게. 말을 참 재미나게 하는 것 같은데, 소작농과 업주가 무협연극을 벌인다는 게 무슨 뜻인가?"

이에 젊은이가 웃으며 말했다.

"해마다 이맘때면 어김없이 발생하는 일입니다. 업주와 소작농들 사이에 소작세 인상인하를 두고 한 치의 양보도 없이 맞서다보면 치고 박고 심지어 피까지 보게 되는 거죠. 업주는 소작세를 올려 받겠다, 아니면 땅을 돌려달라는 입장이고 소작농들은 인하는 못해 줄 망정 올려받다니 웬 말이냐며 발끈하고 나서니 추석날이 피 보는 날로 변하고 만지가 오래됐습니다. 작년 추석 때도 호씨네 소작농들이 호씨네 집을 포위하고 난동을 부리다 못해 살인방화까지 일삼았지 뭡니까? 결국 지부에서 류현령이 직접 친병들을 거느리고 나와 길길이 날뛰는 두목들을 셋씩이나 목을 치고서야 겨우 수습된 적도 있습니다. 이곳 소작농들은 열 받으면 왕법이고 뭐고 안중에도 없습니다!"

푸헝은 그제야 어슴푸레하게나마 알 것 같았다. 8월 15일은 고고한 달빛 아래에서 수박 먹고 월병 먹으며 토끼 잡는 놀이가 전부가 아닌, 시골에선 업주와 소작농들간의 결산과 내년 농사계획이 세워지는 자리이기도 하다는 것을. 푸헝이 다시 입을 열어 뭔가 물으려 할 때 밖에서 고함소리가 들려왔다.

"이봐! 나귀(羅貴), 어딨어! 서쪽 별채에 손님 들었어!"

나귀가 큰소리로 응답하고는 푸헝에게 말했다.

"이제 그만 안식하십시오. 필요한 물건 있으면 분부만 내리십시오, 어르신!"

이같이 말하며 나귀는 곧 푸헝이 발씻은 물이 담긴 대야를 들고 나갔다.

대충 저녁을 먹고 나니 어느새 창밖엔 휘영청 달이 밝았다. 뜰밖에 있는 숱이 적은 나뭇가지 사이를 뚫고 하늘거리는 잠자리날개 같은 부드러운 월광이 방안에 은근히 비춰들었다. 신발을 아무렇게나 꿰고 가벼운 장포 차림에 방을 나선 푸헝은 뜰을 천천히 거닐었다. 고개 들어 하염없이 달님을 바라보고 있노라니 살금살금 뒤따라 나온 오할자가 웃으며 말했다.

"달을 보니 시흥(詩興)이 북받쳐서 그러십니까? 소인이 사람을 시켜 월병이며 수박을 사오라고 했습니다. 올 추석은 조촐하게나

마 우리끼리 보내야 할 것 같습니다."
"오늘은 이상하게 시흥이 메말라 버리고 말았네."
바깥거리에서 조잡하게 들려오는 사람소리를 들으며 푸헝이 말했다.
"왜 저리 시끌하지? 석씨네 집의 '무협연극'이 시작됐나? 우리도 한번 눈요기나 하지."
그러자 소칠이 낭하에서 웃으며 말했다.
"그런 건 아닙니다. 방금 소인이 나가보니 한 무리의 유랑무예꾼들이 외줄타기를 하고 있었습니다. 구경꾼들이 엄청납니다!"
순간 호기심이 동한 푸헝이 신발 뒤축을 잡아당겨 신으며 말했다.
"그래? 그런 구경거리가 있다면 우리도 빠져선 안되지."
무작정 뛰어내려가는 푸헝의 뒤를 따라 오할자 등은 어쩔 수 없이 뒤따라갔다.
일행 여섯이 한바탕 시끌벅적한 거리로 나와보니 어둠 속에서 사람들이 인산인해를 이루고 있었다. 맞은편 공터에 있는 네 개의 등롱이 마침 사람들이 겹겹이 둘러선 중앙을 비추고 있었기에 그 안에서 어떤 일이 벌어지고 있는지는 한눈에 알아볼 수가 있었다.
50살 가량 되어 보이는 긴 수염의 노인과 열 댓 살의 사내아이가 윗통을 벌겋게 드러낸 채 서 있었고, 그 옆엔 스무 살 가량 되어 보이는 처녀가 등롱을 등지고 서 있었다. 체구는 왜소한 편이었고, 허리춤엔 검 한 자루가 걸려 있는 것 같았다. 어둠 속이라 얼굴은 보이지 않았다. 동서 방향으로 긴 나무막대기가 두 개 세워져 있었고, 가느다란 노끈이 팽팽하게 당겨져 있었다. 노인이 좌중을 향해 공수해 보이며 말했다.

사교(邪敎)

"표고도인(飄高道人)이 다시 한번 형제자매 여러분께 심심한 경의를 표하는 바입니다. 난 먹고살기 위해서도 아니고, 떼돈 벌고자 이런 자리를 마련한 것도 아닙니다. 〈탄세경(嘆世經)〉에 '견치(犬齒) 81년에 수행 60년이지만 깨달은 건 아무 것도 없어 되레 손녀를 스승으로 모시고 환원해야겠네'라는 말이 실감이 나는 사람입니다! 그저 사람이 좋고, 좋은 사람과 좋은 인연을 맺는 것을 보람되게 생각할 뿐입니다. 방금 어떤 선생이 내가 타는 줄이 너무 굵어 진풍경이 못된다고 했는데, 그럼 이번엔 줄을 바꾸겠습니다. 이 사람의 제자인 연(娟)이의 머리댕기를 한번 걸어볼까 합니다. 어느 분이 나오셔서 한번 확인해 보겠습니까?"

순간 푸헝은 가슴이 철렁했다. 〈탄세경〉이라면 백련교도들이 외우고 다니는 경서(經書)라고 들었다. 백련교가 강서성에서 성행하고 있다고 했는데, 아직 직예도 벗어나지 못했음에도 벌써 선교하는 사람을 만난 것이다. 어둠 속에서 푸헝은 오할자를 힐끔 쳐다보았다. 그러자 눈길을 받은 오할자가 슬며시 푸헝의 팔꿈치를 치며 알았노라고 했다. 적이 놀랐던 푸헝이 웃으며 말했다.

"머리댕기를 밧줄 삼아 외줄타기를 한다니 도무지 믿어지지가 않는구만!"

"믿지 못할 법도 하지요."

도인이 푸헝을 향해 읍해 보이며 말했다.

"그럼 객관께서 친히 확인해 보십시오!"

푸헝이 한가운데로 다가가 만져보니 과연 머리댕기라고 할 정도로 가늘었다. 별로 힘주어 당기지도 않았는데도 실은 툭하고 끊어졌다.

"실례했소. 머리댕기 맞네."

푸헝이 자못 멋쩍어하며 실을 도인에게 넘겨주었다. 그러자 도인이 히죽 웃으며 끊어진 줄을 잇는 시늉을 했다. 순간 무슨 수법을 썼는지 실은 전혀 끊어진 흔적 없이 다시 팽팽하게 이어져 있었다. 불과 몇 초밖에 안되는 동안에 발생한 일이었다. 사람들은 '와!' 하고 박수갈채를 보내며 함성을 질렀다.

바로 이때, 연이라고 불리던 처녀가 물찬 잉어처럼 허공에 치솟아 오르더니 날렵한 공중회전을 거쳐 나비가 꽃잎에 내려앉듯이 살짝 실 위에 내려서는 것이었다. 두 손을 춤추듯 흔들며 보검까지 뽑아 든 처녀는 궁장(宮裝) 차림이었다. 노란색 긴치마는 발끝을 덮고 있었고, 짧은 분홍적삼의 소매 끝은 금실로 수놓은 듯 반짝거렸다. 미려한 얼굴엔 표정 하나 없었다. 입을 꼭 다물고 가느다랗다 못해 보이지도 않는 실 위에서 천천히 태극검을 춤추듯 돌려대는 연이는 가끔씩 두 다리를 일자로 뻗은 채 허공에 솟아오르는가 하면 줄 위에서 수십 번도 넘는 쾌속회전을 선보이기도 했다. 아슬아슬하여 땀을 쥐게 만들면서도 한시도 눈을 떼지 못하게 만드는 현란한 동작들이 이어졌다. 매를 향해 날아드는 독수리를 닮은 모습도 있었고, 가을 호수 위에 비친 기러기 모습을 연상케 하는 동작도 있었다. 그럼에도 무명실은 그저 미세하게 떨릴 뿐이었다. 안팎으로 겹겹이 둘러선 구경꾼들은 저마다 눈이 휘둥그래져 잔뜩 숨죽이고 고개 꺾어 처녀를 주시했다. 처녀가 아스라이 높이 솟구쳤다가 연속 회전을 하며 땅위에 사뿐하게 내려섰을 때야 사람들은 비로소 길게 안도의 숨을 토해내며 떠나갈 듯한 갈채를 보였다.

"과히 탁월하고 비범한 실력이로군."

푸헝이 손바닥 얼얼해질 정도로 박수를 치며 찬탄해 마지 않았다. 그는 이들 셋이 사교(邪敎)를 선전하러 다니는 사람들이라는 사실도 까맣게 잊은 채 옆에 있는 하인들에게 말했다.

"북경에서 외줄을 타며 갖가지 재주를 부리는 경우를 많이 봤어도 이 같은 묘기는 처음이네!"

이때 연이 처녀가 허리춤에서 자그마한 쟁반 하나를 꺼냈다. 그러자 도인이 좌중을 향해 넉살좋게 웃으며 말했다.

"처음부터 얘기했듯이 우린 도인이지 무예를 팔아 돈 버는 사람들이 아닙니다. 이 자리에 모인 형제자매분들처럼 착한 사람들과 선연(善緣)을 맺기 위한 수단으로 부족한 기량이나마 조금 선보였을 뿐입니다. 쟁반 위에 능력이 닿는 만큼 마음이 가는 만큼 보시를 하십시오. 그러면 여러분들 가정에 재화(災禍)를 면하고 무한한 복이 깃들 것입니다."

쟁반을 꺼내는 순간 눈치 빠른 구경꾼들은 벌써 뿔뿔이 도망가고 제자리에 남은 사람은 반도 안되었다. 재앙을 면케 해준다는 말에 귀가 솔깃한 여인네들이 동전을 던져주는가 하면 머리에 꽂았던 은비녀까지 서슴지 않고 뽑아 공손히 건넸다. 푸헝의 차례가 되자 그는 급히 소매 속을 만져보았다. 엽전은 없고 스무 냥 짜리 은자만 있었다. 꺼내놓자니 사람들의 시선이 부담스럽고 외면하자니 열성껏 박수갈채를 보낸 사람으로서 그리할 수도 없는 노릇이었다. 푸헝이 잠시 망설이는 동안 처녀는 푸헝의 앞에서 더 이상 머무르지 않고 쟁반을 그 옆자리로 옮겼다. 가까이에서 본 연이 처녀는 누가 봐도 미인이라 할 정도로 미려했다. 푸헝은 무슨 생각에서인지 묵직한 은자를 꺼내어 한 사람 건너로 팔을 뻗어 쟁반 위에 내려놓았다. 그리고는 나직이 말했다.

"이 돈으로 더 아름답게 치장하세요."

이같이 손큰 사람은 드문지라 도인이 급히 다가와 읍해 보이며 말했다.

"귀인께오서 선연을 맺으심에 이같이 후하시니 필히 수불무량(壽佛無量)하실 것입니다! 연이의 칼춤이 더 보고 싶으시면 말씀하세요."

그러자 푸헝이 웃으며 말했다.

"내가 무슨 '귀인'이라고 그러오? 찻잎에, 도자기에 돈 되는 것이라면 닥치는 대로 내다 파는 순 '장사꾼'인데. 연이 처녀가 외줄 위에서도 그같이 현란한 동작을 선보였으니 맨땅에서 검무를 추면 더 장관이겠는데? 괜찮다면 이 앞에서 한 번만 더 물찬 제비의 자태를 보여줬으면 그 동안의 여독이 싹 가실 것 같소."

도인이 미처 무어라 답하기도 전에 저만치 동쪽에서 징소리, 북소리가 진동하기 시작했다. 몇몇 아역 차림을 한 사람들이 등롱을 치켜들고 길을 비키라며 고함을 질러대는 가운데 뒤에서 두 대의 가마가 모습을 드러냈다. 석씨네 집의 가인들이 아역들과 더불어 고래고래 목줄을 뽑으며 아직 남아있는 구경꾼들을 쫓았다.

"어서 가서 회의에 참석하지 않고 뭣들 하는 거야! 그깟 거지새끼들 노는 게 뭐가 재밌다고 죽치고 있어? 석어른께서 현령어른을 모셔왔어!"

그렇게 남아있던 사람들도 뿔뿔이 떠나간 자리에는 떠날 채비를 하는 이들만 남았다. 푸헝이 다가가 물었다.

"혹시 어느 객잔에 묵고 있는지 가르쳐 줄 수 없겠소?"

이에 도인이 대답했다.

"출가인들은 발 닿는 곳이 거처입니다. 우린 읍내 동쪽에 있는 관제묘에 머물고 있습니다. 연이의 검무를 좀더 보고 싶다고 하셨으니 그리로 가십시다."

그러자 푸헝이 말했다.

"기왕 선연을 맺는 김에 내가 객잔의 뜰 하나를 전부 빌렸으니 그리로 가세. 빈방도 있고 뜰도 넓으니 그곳으로 옮기는 게 낫겠소. 그대들보고 방값 내라는 소린 안할 테니."

도인은 사양 않고 연이더러 어서 짐을 꾸리라고 했다. 그리고는 사내아이에게 지시했다.

"얘, 요진(姚秦)아! 넌 절에 가서 우리 이불을 가져오너라."

그렇게 도인 일행은 푸헝을 따라 객잔으로 들어갔다. 푸헝이 비어 있는 서쪽 별채의 방 세 칸을 내어주고는 윗방으로 올라가 하인에게 주안상을 차려오라고 명했다. 그리고는 검무를 제대로 보려면 안뜌이 대낮처럼 밝아야하니 초를 많이 사오라고 했다. 도인이 밑에 있는 틈을 타 오할자가 푸헝의 귓전으로 다가와 귀엣말을 했다.

"여섯째도련님."

"왜?"

"조심하는 게 좋겠습니다."

"왜?"

"강호에서 그 이름을 들어본 적이 없는 사람입니다. 저것이 제대로 된 쿵푸는 아닙니다."

푸헝이 머리를 끄덕였다. 그리고는 나지막이 말했다.

"나도 어느 정도는 알고 있는데, 저네들이 신봉하는 것에 대해 궁금해서 그러네. 우리랑 원수지간도 아니고 보시도 두둑이 했는데 우릴 속이거나 해칠 리는 없어……."

푸헝의 말이 끝나기도 전에 도인이 들어섰다. 말문을 뚝 멈추며 푸헝이 웃으며 말했다.

"어서 앉으시오. 아무리 생각해 봐도 우린 보통 인연이 아닌 것 같소. 오늘이 마침 추석이라 달 밝은 처마 밑에서 술잔을 기울이며 검무를 감상하는 느낌이 일대 쾌사(快事)가 아닐 수 없소."

묵묵히 구석자리를 지키고 있는 오할자에게로 시선이 닿은 도인이 물었다.

"외람되지만 두분 귀인의 존성대명(尊姓大名)을 여쭤봐도 되겠습니까?"

"무슨 존성대명씩이나! 난 성이 사씨(師氏)이고, 이름은 영(永)이오."

"난 오량(吳亮)이라고, 일명 오할자(吳瞎子)라 불리기도 하오."

오할자가 내뱉듯 무뚝뚝하게 말했다.

"그런데, 도인은 어찌 우릴 자꾸 귀인이라 칭하오?"

도인이 조금은 조소어린 표정을 지으며 턱을 치켜들었다. 그리고는 말했다.

"오할자라면 당연히 호락호락한 인물은 아니지. 필히 뭔가 '제대로 된 쿵푸'를 품고 있는 사람일 테지. 아니면 어찌 만천하의 표국(鏢局)에서, 그리고 흑백 양도(兩道)의 고수들 모두 오할자라면 끔뻑 죽겠소?"

오할자는 자신이 귀엣말처럼 한 말조차 이 사람이 밖에서 엿들었다는 사실에 속으로 더욱 경계했다. 잠시 도인을 노려보던 오할자가 헤헤! 하고 상대를 비하하는 웃음을 지으며 떠보았다.

"그러는…… 표고도인은 어느 '도(道)'의 도장(道長)인지?"

"난 황도(黃道)요."

표고가 크게 웃으며 답했다.

"난 정양교(正陽敎)의 선교사란 말이오. 온몸을 던져 세상을 구도하는 정양교 말이오. 엉덩이 살을 베어 타인의 상처를 치료해주고 심장을 떼내어 굶주려 죽어가는 독수리를 살려주는 의롭고 정대광명한 사자(使者)이거늘 무슨 못할 짓을 한 것도 아닌데 우릴 '조심'하라니 웬말이오?"

"도장은 과연 신기(神技)가 대단한 사람이오! 방금 이 친구가 했던 말은 속에 두지 말았으면 하오. 워낙 험한 세태인지라 밖에 나와 낯선 사람 만났을 때 서로 주의를 줄 수는 있지 않겠소?"

푸헝이 웃으며 말했다.

"방금 '정양교'라고 했는데, 내가 보기엔 유가, 불가, 도가 가운데 어디에 속하는 것 같기도 하고, 아무 데도 얽매이지 않은 독창적인 교파인 것 같기도 하오. 혹시 '백련교'라고 하는 그 갈래는 아닌지? 아, 내가 뭘 알아서가 아니라 이쪽에 대해선 너무 문외한이라 궁금해서 물어볼 뿐이오."

그러자 표고도인이 수염을 쓸어 내리며 한숨을 내쉬었다.

"대도(大道)를 추구하는 길은 수없이 많거늘 어찌 이거라고 꼭 집어 말할 수 있겠습니까? 하지만 우리 정양교는 귀인께서 말씀하신 것과 정반대입니다. 우린 백련교를 반대하는 교파입니다. 우리 구세가(救世歌)를 들어보시면 감이 올 것입니다."

말을 마친 도인은 읊조리듯 조용히 노래를 흥얼거리기 시작했다.

백련교, 지옥에 떨어져 생사고통을 받아 마땅한 백련교.

백련교, 내생에도 후생에도 영영 지옥에서 허덕일 백련교.
백련교, 사람을 현혹시키고 재물을 빼앗는 몹쓸 놈들.
왕법을 범하는 한이 있어도 내 필히 널 붙잡아 족치리!

도인의 실체에 대한 의혹은 남아있었지만 푸헝은 다소 안심이 되었다. 그사이 절로 이불 가지러 갔던 요진이라는 사내아이가 돌아오고, 가인들도 과일이며 맛깔스런 음식이 즐비한 주안상을 차려 처마 밑에 내어놓았다. 푸헝이 웃으며 말했다.

"하기야 동네방네 발품 팔아 돈이나 만지는 우리 같은 장사꾼들이 이 교(敎), 저 파(派)를 따져선 뭘 하겠소. 돈 되는 것도 아닌데. 자자, 어서 자리하지!"

도인을 객석에 앉히고 직접 술을 따라 연이에게 술잔을 건네며 푸헝이 말했다.

"첫잔은 신기에 가까운 묘기를 보여준 우리 연이처녀에게 올리고 싶었소."

술잔을 받아든 연이는 도인을 바라보았다. 도인이 머리를 끄덕여 보이자 그제야 연이는 고개를 뒤로 젖혀 단숨에 술잔을 비워버렸다. 그리고는 다소곳이 고맙다는 뜻을 표하고는 술잔을 푸헝에게 건넸다. 달빛을 빌어 보니 술잔을 잡은 섬섬옥수가 탐스러웠다. 푸헝이 잠시 넋이 나간 듯 멍하니 있는 사이 "안좌간검(安坐看劍)!" 하는 연이의 앳된 고함소리가 귓전을 때렸다. 몸을 날렵하게 뒤로 젖혀 두어 번 공중회전 끝에 연이는 벌써 뜰 중앙에 가 있었다. 그야말로 '마녀비천(魔女飛天)'이 따로 없었다. 어느새 뽑아든 은빛의 눈부신 두 보검을 장난감 다루듯 치고 깎고 찌르고 휘두르며 굵은 풍설(風雪)이 대지를 휩쓸 듯 뜰을 활보했다. 강호에서 주로 다루는 칼이나 창법에 대해 누구보다 잘 알고 있는 오할자이지만 찻잔을 잡고 입을 꾹 다문 모습이 예사롭지 않아 보였다. 태극, 아미(峨嵋), 유운(柔雲), 곤륜(崑崙)…… 강호의 권법 그 어느 것도 아니었다.

그사이 연이는 또 다른 변신을 시도했다. 소름끼치는 서슬이 번쩍이는 보검을 들고 달팽이처럼 회전하여 마치 하나의 은구(銀球)를 보는 듯했다. 회전하며 일으키는 돌풍에 마당에 널려있던 낙엽이 저만치 휘말려 올라갔다.

마침내 오할자가 탁자를 두드리며 엄지를 내둘렀다.

"대단하군. 이건 천수관음수법(千手觀音手法)이라는 건데! 그런데 힘을 너무 빼면 오래 버티지는 못할 걸?"

"사어른, 벼루 있습니까?"

도인이 푸헝에게 물었다. 그러나 눈 하나 깜짝하지 않고 동작 하나, 하나를 주시하는 푸헝은 그 소리를 듣지 못했다. 도인이 조금 큰소리로 다시 한번 물었을 때에야 푸헝은 비로소 깊은 잠에서 깨어나듯 화들짝 놀라며 말했다.

"어? 아, 지금 나보고 벼루 있나 물었소?"

이같이 반문하고 난 푸헝이 하인들에게 지시했다.

"말안장 주머니에 벼루며 지필(紙筆)이며 다 있으니 가져와."

소칠이 응답과 함께 달려가 벼루와 먹을 가져다 물을 넣고 갈기 시작했다. 한참 후에야 커다란 벼루에 반은 차게끔 먹이 갈려졌다. 말없이 다가온 도인이 다짜고짜 벼루를 들고 가더니 신들린 듯 검 솜씨를 보여주고 있는 연이를 향해 힘껏 먹물을 부어버렸다!

놀라움에 찬 사람들의 비명에 가까운 고함소리가 들려왔다. 장검에 휘둘려 산지사방으로 떨어지는 먹물에 처마 밑에 숨어들었던 사람들의 옷이며 얼굴에 먹물자국이 흉흉했다. 경악에 찬 사람들이 아수라장을 만들고 있을 때 연이는 천천히 무검(舞劍) 속도를 죽이기 시작하더니 어느새 쌍검을 칼집에 밀어 넣었다. 그리고는 먹물벼락을 맞은 사람들을 향해 공손히 허리 굽혀 사죄를 표했다. 여전히 찬 서리가 돋은 것 같은 무표정한 얼굴이었다. 그제야 무슨 영문인지 알아차린 사람들이 일제히 박수갈채를 보냈다.

벌떡 일어난 푸헝이 빠른 걸음으로 다가갔다. 칼을 거두고 서 있는 연이를 둘러싸고 한바퀴 돌며 유심히 몸에 먹물이 있나를 살펴보았다. 신기하게도 정작 그 몸엔 먹물 한 점 찾아볼 수 없었다. 연신 고개를 저으며 푸헝이 감탄을 금치 못했다.

"그야말로 신기임에 틀림없어. 이 같은 보석을 세진(世塵) 속에 매몰되게 할 순 없지!"

그 말에 표고도인이 오할자를 향해 말했다.

"오어른, 내가 이 사어른을 귀인이라 칭하는 데는 문제가 없지요? 찻잎, 도자기나 넘겨 파는 장사꾼 입에서는 이런 말이 나올 수 없거든."

오할자는 술잔을 잡은 채 아무런 대꾸도 없었다. 푸헝의 타는 듯한 눈빛을 못 이겨 고개를 살짝 숙이고 있는 연이에게로 다가간 도인이 흡족한 표정으로 말했다.

"오늘 기대 이상으로 실력이 발휘된 것 같아. 내가 봐왔던 중 가장 만족스러워!"

"실로 감탄을 금할 수 없소."

푸헝이 희색이 만면하여 다가가 말을 이으려 할 때 갑자기 밖에서 시끌벅적한 사람소리가 들려왔다. 잠시 말을 멈추고 귀를 기울이는 사이 한 무리의 거친 사내들이 벌써 고래고래 고함을 지르며 앞뜰로 밀려들고 있었다. 푸헝이 대뜸 미간을 좁히며 말했다.
"무슨 반란이라도 일어난 건가? 소칠이 네가 어서 나가봐!"
응답과 함께 나간 소칠이 중문 입구에 다다르기도 전에 횃불을 치켜든 열 몇 명의 아역들이 거세게 닥쳐들었다. 미처 뭐라 물을 사이도 없이 소칠은 벌써 거구의 사내에 의해 저만치 내던져지고 말았다! 소칠의 비명소리를 들은 푸헝 일행이 부랴부랴 달려나왔다. 아역들 중 두목인 듯한 사내가 면상을 험악하게 일그러뜨리며 푸헝을 일별하더니 같이 따라온 장정을 불러 말했다.
"이 중에서 범인이 있는지 잘 살펴봐!"
"네, 장반두(蔣班頭, [班頭]는 두목을 일컫는 말)!"
퉁기듯 다가가 좁다랗게 실눈을 뜨고 푸헝 등을 유심히 살펴보던 장정이 돌연 흠칫하며 뒷걸음쳤다. 그리고는 대경실색하여 표고도인이 데려온 사내아이 요진을 가리키며 고함을 질렀다.
"여기 있습니다, 바로 이놈입니다!"
그러자 장반두가 소름끼치는 웃음을 웃으며 말했다.
"넓고도 좁은 세상이라더니, 네가 죄를 짓고도 내 손바닥을 벗어날 줄 알았어? 이 무리들을 전부 잡아들여!"
"누구 맘대로!"
푸헝의 등뒤에서 쇳소리가 나는 음성이 들려왔다. 오할자였다.
"할말 있으면 조용조용히 할 것이지 왜 다짜고짜 사람을 치는 거요?"
"지금 사람 친 게 문제요?"
장반두가 키가 자기 어깨밖에 못 미치는 오할자를 무시하듯 냉소를 터트렸다.
"지금 이 무리들 중에 살인범이 있단 말이오!"

거칠게 내뱉고 난 장반두는 성큼 달려들어 오할자의 가슴팍에 주먹을 안겼다. 그러나 순간 장반두가 손가락이 마디마디 끊어지는 아픔을 참지 못하고 비명을 지르며 한발 뒤로 물러나고 말았다. 장반두의 주먹이 닿은 오할자의 가슴은 말 그대로 쇳덩이였던 것이다. 주먹이 아파 오만상을 찌푸리면서도 장반두는 눈을 벌겋게 뜨고 열 몇 명의 아역들에게 덤비라는 손짓을 보냈다.

아역들이 벌떼처럼 오할자에게 달려들어 발로 차고 주먹으로 때렸다. 하지만 오할자는 꿈쩍도 않았다. 당황한 아역들이 전부 달려들어 오할자의 두 다리를 껴안고 뒤집어 보려했으나 여전히 미동도 않았다. 뿌리 깊이 내린 나무 같았다. 장반두 등을 간담이 서늘하게 한 것보다는 표고도인의 기를 꺾는 데 큰 역할을 했다는 생각에 푸헝이 내심 흡족해하며 말했다.

"오할자, 벌써 오줌을 질질 싸고 있을 테니 그만하고 이리 오게!"

오할자가 아직도 애처로이 자신에게 매달려있는 아역들을 향해 코웃음을 치며 가볍게 몸을 움직였다. 그러자 다리를 껴안고 낑낑대던 아역들이 순식간에 저만치 나가떨어지고 말았다. 뒤도 돌아보지 않고 탁자로 다가간 오할자가 술주전자 뚜껑을 집어들었다. 자기(瓷器)로 만들어진 엄지만한 뚜껑손잡이를 엄지와 식지 사이에 집어넣고 가볍게 움켜쥐었다 손을 펴는 사이 그 손잡이는 어느새 가루가 되어 있었다. 그 모습을 지켜본 표고도인의 눈빛에 순간적으로 두려움이 스쳤다.

그제야 푸헝이 말했다.

"우린 법을 지키는 정직한 장사꾼들이오. 과연 우리들 중 누군가 살인을 저질렀다면 나부터라도 비호해 줄 생각은 추호도 없소."

이같이 말하며 푸헝이 요진을 가리키며 장정에게 말했다.

"……아직 젖비린내가 나는 이 아이가 사람을 죽였다고? 두 눈으로 똑바로 봤어?"

"예……."

푸헝의 서늘한 눈빛에 겁을 집어먹은 장정이 잠시 망설임 끝에 말했다.

"분명합니다!"

"언제 어디서 누굴 죽였다는 거야?"

"방금 연회석에서 저희 석어른을 죽이고 달아났습니다!"

그러자 푸헝이 고개를 뒤로 젖혀 크게 웃으며 말했다.

"여태 이 뜰 안에서 우리랑 한 발짝도 떨어지지 않고 같이 있었는데, 무슨 당치도 않은 소리야? 진짜범인을 놓치고 아무나 대타로 끌어가려는 수작 아니고 뭔가? 자네들의 현령을 불러오게, 내가 직접 얘기할 테니!"

17. 노신(老臣)들의 퇴장

푸헝의 위엄에 그 내력이 궁금해진 장반두가 부하들에게 뜰을 봉쇄하라고 명하고 물러간 지 얼마 안되어 관원 하나가 팔자걸음을 하며 들어섰다.
"날 보자고 했소? 어디서 온 뉘시오?"
문 어귀에서 관원이 푸헝을 향해 말했다.
"안에 들어가서 얘기하지."
푸헝이 담담하게 손짓으로 안내했다. 그리고는 표고도인을 비롯한 사람들에게 말했다.
"아직 사건의 정체가 불명하니 자네들은 잠시 방으로 돌아가 있게. 내가 먼저 이곳 현령에게서 자초지종을 들어볼 테니까."
표고가 말없이 연이와 요진을 데리고 방으로 돌아갔다. 등잔불에 불을 밝히며 도인이 요진을 뚫어지게 바라보았다. 그 눈빛을 읽은 요진이 창 밖을 내다보며 주위를 확인하고는 웃으며 말했다.

"처음부터 죽이려고 했던 건 아니에요. 누나가 검술을 보여줄 때 그 틈을 타 거리에 놀러나갔다가 그 영감이 소작농들을 개 패듯 패는 장면을 목격했지 뭐예요. 장정들을 시켜 소작농들을 진흙탕에 쓸어 눕히고 발로 짓밟는데, 그건 차마 눈뜨고 볼 수 없었어요. 그 현장을 눈 뻔히 뜨고 지나칠 수가 없잖아요. 그래서 한번 혼내 줄 요량으로 표창(鏢槍) 하나를 꺼내 던졌는데, 하필이면 방향이 빗나가 숨통을 명중할 줄이야……"

그러자 연이가 말허리를 툭 꺾어놓으며 나무랐다.

"사부님께서 절대 관가를 건드리지 말랬잖아? 어찌 사부님의 지령을 어길 수가 있단 말이야? 방향이 빗나갔다고? 그 말을 어찌 믿어?"

"진짜 빗나가서 그리 되어버렸어요."

요진이 히히 웃으며 장난치듯 말했다.

"누이는 오늘따라 관가 편을 드는 것 같네요? 착각하지 마세요. 누이가 표창을 실은 반세걸(潘世傑)의 배를 빼앗은 것 때문에 관부에서는 아직 체포령이 발효중이라고요! 누이 혹시……"

표고의 굳어진 얼굴을 보며 요진은 더 이상 말을 잇지 못했다. 푸헝이 북경을 떠나자마자 표고는 뒤를 밟으라는 윗선의 명을 받았던 것이다. 푸헝의 신분은 진작부터 알고도 남음이 있었다. 젊고 유능한 황실의 친귀를 내 편으로 만들어 신생 교파의 이권을 보호받을 수만 있다면 더 이상 바랄 게 없을 것이다. 천방백계(千方百計)로 푸헝의 환심을 사 가까워지려고 안간힘을 쓰고 있던 중 막내 제자에 의해 예기치 않던 불상사가 발생하고 말았던 것이다. 이렇게 되고 보니 당장 눈앞의 안전이 문제가 되지 않을 수 없었다. 한참 깊은 생각에 잠겨있던 표고가 거칠고 무거운 한숨을 토해냈다.

"네가 큰 화를 저지르고 말았어. 위에서 호통을 치고 나서면 어찌할 거야? 그 영감이 소작농을 괴롭히긴 했어도 죽이진 않았잖아. 그런데 넌 그 사람을 죽여버렸으니 우리 정양교의 교리에도 위배되는 행위가 아닌가. 어찌 그리 조심성이 없어!"

그 시각 윗방에서는 푸헝이 이미 류현령에게 자신의 신분을 밝힌 뒤였다.

"자네 말로는 업주와 소작농들이 설전을 벌이고 있는 와중에 누군가 석응례(石應禮)를 죽였다고 하는데, 소작농들이 때려죽인 것도 아니라면서 어찌하여 자넨 애꿎은 소작농들을 고문하는가? 소작농들이 봉인가? 그리고 자넨 명색이 한 지역의 부모관이라는 사람이 체신없이 소작농들과 업주의 술자리에 끼다니! 이는 은연중에 석아무개의 기를 살려준 격이 됐다네. 그 도리를 알겠는가?"

"잘 알겠습니다."

류현령이 연신 굽실거리며 말했다.

"사실은 석응례와 이곳 소작농들이 함께 소인을 청하러 현아문까지 왔었습니다. 직예성을 통털어 이곳 정정부(正定府)처럼 소작인들 사이에 분쟁이 심한 곳도 없습니다. 석응례는 이곳의 으뜸가는 지주이다 보니 소작농들도 최고로 많습니다. 그런 연유에서 쌍방을 잘 다독거려 유혈충돌을 피해갈까 해서 소인이 참석했을 뿐 지주를 비호하려는 생각은 추호도 없었습니다."

그러자 푸헝이 말했다.

"그게 과연 사실이라면 자넨 억울한 누명을 쓸 뻔했네? 진실은 언제든지 밝혀지겠지만 석씨가 끝없는 탐욕 끝에 중추절이 제삿날이 되고 말았다는 사실은 개탄스럽군."

이에 류현령이 조심스레 말했다.

"지금의 소작세도 센 편인데, 부세(賦稅)를 감면시키라는 성지(聖旨)에도 불구하고 더 올리려고 했으니 석응례가 지나치게 탐욕스러웠던 건 사실입니다. 흠차마마의 말씀 천만 지당하십니다."

천천히 일어나 창가로 다가간 푸헝이 휘영청 밝은 만월을 바라보았다. 웃음기가 싹 가신 얼굴에 일말의 우울한 기색이 감돌았다. 깊은 한숨을 토해냈다.

"만월이 좋다고 해도 천하의 구석구석을 다 비추지는 못하는구나!"

"흠차마마, 그게 어인 말씀입니까……."

"황은이 호탕하다곤 하나 백성들에겐 미치지 못한다는 뜻이네."

달빛에 비친 긴 그림자를 천천히 끌고 다니며 푸헝이 감개에 젖어 말했다.

"태평한 나날이 이어질수록 토지가 집중되는 현상은 날로 심각해지니 문제일세. 단위수확량이 높아갈수록 땅값도 천정부지로 치솟으니, 이게 무슨 괴리인가? 경성에 들어앉아 책을 백 수레 읽으면 뭘 하나, 나와보니 현실은 이토록 참혹한데!"

고개를 돌려 미미하게 뜀박질하는 촛불을 응시하며 푸헝이 류현령에게 하는 훈시 같기도 하고 자기성찰의 목소리 같기도 한 어투로 말했다.

"3할의 부자가 6할의 땅을 독점하고 있으니 가난한 사람들은 그 가난이 대물림될 수밖에! 내가 필히 주상께 주하여 대책을 마련해 볼 거네. 진정한 관원이 되려면 결코 용이한 일이 아니네. 특히 자네 같은 지방관은 더 어려울 것이네. 명심하게, 어떻게든 토지가 몇몇 사람들에게 집중되는 걸 막아야 하네. 땅을 바라보고 사는 백성들이 토지소유권이 없으면 탐욕스럽고 몰인정한 지주들에게 이용당할 수밖에 없다네. 그리되면 아무리 황은(皇恩)이 호탕하다고 해도 가난한 백성들은 여전히 그 혜택의 울타리 밖에 있을 수밖에 없을 테고."

잠시 말을 멈추고 생각에 잠겨 있던 푸헝이 문득 화제를 돌려서 물었다.

"자네 혹시 이곳 백련교의 움직임에 대해 알고 있나?"

"직예성의 각 주현들에 이루 헤아릴 수도 없는 교파들이 활동하고 있습니다. 천일교, 정양교, 홍양교, 백양교······."

'정양교'라는 말을 듣는 순간 푸헝이 속으로 흠칫 놀라며 말했다.

"내 말은 백련교가 있냐고?"

그러자 현령이 실소를 머금었다.

"방금 말씀 올린 교파들이 전부 백련교라는 사교(邪敎)의 별칭입니다. 어디 감히 대놓고 자신을 백련교라고 말할 수 있겠습니까? 민간에서 돌팔이 의료행위를 하며 괴이한 약들을 팔고 다니는가 하면 신을 청하고 점을 본다며 떼거지로 몰려다니곤 합니다."

음침한 눈빛으로 표고도인 일행이 머물러 있는 방을 노려보던 푸헝은 그제야 그들이 백련교의 한 줄기라는 사실을 확신하기에 이르렀다. 가느다란 무명실 위에서 갖은 칼춤 묘기를 보이던 연이의 모습이 귀신불처럼 뇌리를 스치는 순간 푸헝은 등골이 서늘해지는 느낌에 사로잡혔다. 아랫입술을 깨물며 잠시 생각하던 푸헝이 불렀다.

"류현령."

"서쪽 별채에 머물러 있는 세 사람이…… 사교 선교사들이오."
"어느 교라 했습니까?"
"정양교."
"……."

처음엔 요진이 현장을 한 발짝도 떠나지 않았다던 푸헝의 확신은 흔들리기 시작했다. 잠시 후 푸헝이 말했다.

"이네들이 석응례를 살해했다고 단언키는 어려우나 사교를 전파하러 다니는 것 자체가 불법이니 당장 붙잡아들이게."

류현령이 급히 응답하며 물러가려 하자 푸헝이 머리를 가로저었다.

"워낙에 재주가 뛰어난 치들이라 자네가 데려온 그네들 가지고는 어림도 없네."

"하오면……."

"소리소문 없이 친병대를 동원시키게."

"알겠습니다!"

"그리고 저것들이 요술을 부릴 걸 미리 대비하여 사기(邪氣)를 제압할 수 있는 법물(法物)도 준비해 놓게. 반드시 생포해야 하네."

"예, 흠차마마!"

류현령이 아역들을 데리고 객잔을 떠나간 뒤 푸헝이 오할자를 불러 방금 두 사람의 대화내용을 들려주었다. 그리고는 물었다.

"자네 저것들을 사로잡을 자신이 있는가? 혹시라도 자신이 없으면 우리는 지금이라도 객잔을 떠나는 게 나아."

그러자 오할자가 웃으며 말했다.

"저네들이 비상한 재주를 지닌 건 사실이오나 그리 겁먹을 정도는 아닙니다. 한번 붙어보겠습니다."

긴장과 흥분으로 들떠있던 가슴이 조금 안정되자 방을 나선 푸헝이 낭하에서 웃으며 큰소리로 불렀다.

"이봐 표고도장, 그것들 다 갔네! 이리 건너와서 술이나 한잔하세."

그러나 아무런 응답이 없었다.

푸헝이 다시 불렀으나 역시 묵묵부답이었다. 순간적으로 뭔가 이상하다고 느낀 오할자가 다가가 먼발치에서 두 손을 뻗어 문을 밀었다. 한줄기 거센 바람이 휘몰아쳐 들어가 책상 위에 있던 촛불을 습격했다. 진저리치며 꺼질 듯 하더니 겨우 되살아난 불빛을 빌어보니 방안에는 그을음만 사방에 휘날릴 뿐 사람은 아무도 없었다!

"벌써 낌새를 차리고 도망가버렸군."

푸헝이 덧붙였다.

"붙잡아도 해칠 생각은 없고 대체 정양교가 어디에 바탕을 두었고 지향하는 바는 무엇인지 그런 게 궁금했었는데……. 교화의 가능성이 있다면 그 뛰어난 재주를 좋은 일에 빛을 발하게 할 수도 있었는데."

푸헝은 어찌된 일인지 분노보다는 실망이 컸다. 다신 연이를 만날 수 없을지도 모른다는 생각이 달빛에 비친 그의 그림자를 초라하게 만들었다.

푸헝으로부터 장장 만언(萬言)에 달하는 주장을 받은 건륭은 서둘러 주비를 달지 않았다. 하찮은 일로 치부해서가 아니라 너무 중요한 사안이라 판단되었기에 생각할 시간이 필요했던 것이다.

푸헝이 북경을 떠난 이후로 건륭은 각 지역에서 올려보낸 재해보고서에 정신이 혼란스러운 데다 9월 15일에는 예부에서 주관하는 박학홍유과 시험도 잡혀있는지라 경황이 없었다. 공교롭게도 대학사 주식(朱軾)의 병세가 가중되고 며칠 전에는 다른 대학사인 진원룡(陳元龍)이 병으로 죽고 말았다. 이밖에도 이위와 어얼타이도 병상 신세를 지게 되었다. 건륭은 정무가 번잡한 와중에도 짬을 내어 태의(太醫)들을 접견하여 이네들의 병세를 물었고 공물로 상납된 신선한 과일을 이들 노신들에게 하사하기도 했다.

불과 한 달 사이에 네댓 명의 노신들이 연이어 몸져눕자 건륭은 당황함을 금치 못했다. 무슨 일이 일어나고야 말 것 같은 불길한 징후에 휩싸였다. 나친은 기추 요직에 오른 지 얼마 안됐는지라 정무나 군무 모두 경험이 부족한 편이고, 대들보처럼 믿고 있는 장정옥도 일흔 살 고령에 접어들어서는 기력이 현저히 떨어지는 느낌이 들었기 때문이다. 설상가상 이 두 대신들마저 드러누울까 적이 염려한 건륭은 10월이 지나 서화문 밖에 있는 집 두 채를 이들에게 하사했다. 그리고는 장정옥을 특별히 배려하여 집에서 주장을 처리할 수 있게 했다. 상서방까지 왔다갔다하는 번거로움을 덜어주고 급한 일이 있어 접견이 필요할 때는 수시로 접견이 가능할 만큼 거리도 가까웠다. 얼마나 효과가 있을지는 모르지만 일단 그렇게라도 조치를 해놓고 나니 건륭은 훨씬 마음이 가벼워졌다.

그러나 건륭이 잠시 숨을 돌리기도 전에 예부, 국자감에서 동시에 비보가 날아들었다. 양명시가 중풍으로 쓰러졌다는 것이었다! 건륭은 즉각 고무용을 시켜 나친을 불러오게 했다.

"폐하······."

들어온 지 한참 됐으나 건륭이 고개를 숙인 채 깊은 생각에 잠겨 있자 감히 인기척을 내지 못하고 잠자코 있던 나친이 뒤늦게 자신을 발견한 건륭을 향해 머리를 조아렸다.

"오늘 노작(盧焯)의 보고를 받았사옵니다. 절강성에서는 터질 위험에 처해있던 제방을 전부 견고하게 수리하여 홍수위기를 무사히 넘겼다고 하옵니다. 허나 노작 본인은 물 속에 너무 오래 있어 몸져누웠다고 하옵니다."

"병세가 위중하다던가?"

"풍한이 들어 머리가 어지럽고 아플 뿐 큰 문제는 없다고 하옵니다. 폐하께서 염려하시고 계실 것을 우려하여 다른 사람에게 상주문을 대필시켰다 하옵니다."

건륭이 크게 안도의 숨을 내쉬었다.

"요즘 짐은 주위에 몸져눕는 신하들이 너무 많아 누가 아프다하면 가슴이 다 철렁 내려앉는 것 같네. 요즘 들어 왜들 이렇게 비실대는지 모르겠네. 자네도 상서방에서 아랫사람들의 일상에 좀더 관심을 가져주도록 하게!"

상서방은 역대로 주장을 전달하고 군정(軍政) 요무를 참찬하는 역할만을 위주로 하던 곳이었다. 옹정 연간에 군기처가 설치된 이후로 권력중심이 그리로 옮겨진 데다 건륭이 즉위하자마자 건청문에서 정무를 보기로 함에 따라 상서방은 몇몇 한림들만 남아 건륭의 필묵을 시중드는 빈 껍데기로 전락하고 말았다. 역대로 1,2품 대원들은 병가(病暇)를 내더라도 태의원에서 황제에게 직주하기 때문에 사실 상서방과는 아무런 관련이 없었다. 그러나 나친은 건륭의 심경을 헤아려 감히 이견을 말할 엄두를 내지 못했다. 한참 후에야 그는 대답과 함께 소매 속에서 주장으로 보이는 문서를 꺼내었다. 그리고는 입술을 움찔거리며 말했다.
"이건…… 이건 주식의 유언장이옵니다. 주식은 오늘아침 인시(寅時)에 이미 유명을 달리했사옵니다……."
유언장을 받아들고 눈을 지그시 감으며 깊은 한숨을 토해내던 건륭이 말했다.
"짐의 훌륭한 스승이었네! 드물게 좋은 사람이었지……. 〈역경〉을 가르치면서 홍효가 말귀를 못 알아들으니까 열 번도 넘게 같은 내용을 반복하는 걸 보았네. 옆에서 지켜보는 우리도 짜증이 나는데 주식 스승은 홍효가 마침내 이해할 때까지 처음 모습그대로였지. 방포(方苞)랑 상서방에 있을 때 방포는 포의(布衣)이고 주식은 2품대신이었어. 그럼에도 관직이 없는 일개 포의인 방포를 항시 깍듯하게 예우하는 모습을 종종 보며 짐이 한 번은 그렇게 하는 것이 예법에 어긋나지 않느냐고 물었지. 그랬더니 그가 하는 말이 '세인들은 모두 귀천을 따져 예를 행하지만 소인은 인품과 학식을 중히 여겨 소인보다 뛰어난 사람이면 무조건 예를 갖춥니다'라고 하더군. 그 말이 아직 귓전에 생생한데 사람은 벌써 떠나고 없다니!"
담담해 보이던 건륭의 얼굴에 슬픔과 비애가 번졌다. 주식의 유언장 앞부분은 투병 중에 몇 번씩이나 친히 병상까지 걸음 해준 주군의 성은에 대한 감은 대덕의 말이 구구절절 가슴을 울렸고 뒷부분은 본인의 마지막 소망을 간단히 적었다.

국가의 만사(萬事)는 군심(君心)이 근본이옵니다. 정무에 있어 으뜸가는 일은 재력을 튼튼히하고 사람을 잘 다스리는 것이옵니다. 신이 조사해 본 바로 지금의 국고는 충분히 유사시를 대비할 수 있을 정도가 되옵니다. 추후에라도 언리지신(言利之臣)들이 세수 증대를 주장하오면 성명하신 폐하께오서 이를 엄히 질책하여 주시기 바라옵니다. 용인술(用人術)에 있어 사정(邪正)과 공사(公私)는 그 차이가 미세하여 자칫 혼동하기 십상이옵니다. 군자와 소인배를 가리는 데 있어 진퇴를 거듭하시어 신중에 신중을 기하셨으면 하옵니다! 이 두 가지가 신이 눈을 감기 전에 꼭 올리고 싶은 말씀이옵니다.

그리 길지도 않은 유언장을 한참동안 들여다보던 건륭이 무거운 한숨을 토해내며 주장을 용안(龍案) 위에 올려놓았다. 그리고 말했다.

"그만 물러가게! 내무부에 지의를 전하여 장정옥에게 인삼 1근을 하사하도록 하게. 그리고 예부더러 서둘러 주식 스승의 시호를 만들어 어람을 청하라 하게."

"예, 폐하!"

나친이 물러갔다. 서안 위에 한 척은 더되게 쌓여있는 주장을 보며 닿지 않은 발길을 억지로 옮겨놓으려던 건륭이 멈춰 서며 태감들이 들어와 의복을 갈아 입혀줄 것을 명했다. 그제야 아침수라를 들지 않았다는 생각이 든 건륭이 다과를 두어 접시 내오게 하여 대충 요기를 하고는 말했다.

"짐이 주식 스승의 집엘 다녀올 것이네."

점차 먹구름이 짙어지는 하늘을 보며 진눈깨비라도 내릴지 모른다는 생각에 고무용이 급히 들어가 시라소니 가죽외투를 꺼내들고 총총히 건륭을 따라나섰다.

주식의 집은 북옥황가(北玉皇街)에 위치하고 있었다. 평소에 사람을 가까이하는 성격이 아니고 학문에만 정진하는 편이었는지라 친분이 두터운 사람들이 거의 없는 주식이었다. 그를 반영하듯 건륭의 수레가 북옥황가에 들어서는 동안에도 길에는 오가는 관교들을 찾아볼 수 없었다. 하얀 천 조각들이 스산한 북풍에 진저리치며 떨고 있는 주식네 뜰에 들어서니 드문드문 들어서는 문상객들을 맞는 주식의 처 주은씨(朱殷氏)와 효복(孝服) 차림의 세 아들의 모습이 눈에 띄었다. 건륭을 발견한 악대가 먼저 구슬픈 음악을 멈췄고, 황급히 달려나온 주은씨와 세 아들이 문전에 엎드려 길게 절했다.
 "폐하께오서 친히 미말(微末)한 인간에 불과한 선부(先夫)의 영전을 찾아주시다니 황공하기 그지없사옵니다……."
 "미말이라니? 주식 스승만한 사람이 어디 그리 흔하다고 그런 말을 하나?"
 건륭이 일으켜주는 시늉을 해 보이자 주은씨가 흐느끼며 일어났다. 천천히 영당(靈堂)으로 들어가 보니 손가감과 사이직이 엎드려 있었다. 두 사람을 향해 머리를 끄덕여 보이며 영전으로 다가간 건륭이 친히 향을 피우고 허리를 굽혀 심심한 애통의 뜻을 전했다. 서안 위에 준비되어 있는 지필이 보이자 건륭은 돌아서서 필을 들었다. 그리고는 잠시 생각 끝에 뭔가를 적어 내려가기 시작했다.

　　삼조(三朝)의 충신으로 이바지해온 세월, 충성을 다해 몸바친 40년 춘추.
　　추수(秋水)같은 율신(律身)으로 후세에 귀감이 될 그 음용(音容), 짐의 마음에 오래도록 간직되리라.

346　제1부 풍화초로(風華初露)

붓을 내려놓고 주은씨에게로 다가간 건륭이 자상하게 물었다.
"가계엔 어려움이 없는가? 애들은 몇인가?"
이에 주은씨가 연신 눈물을 훔치며 대답했다.
"슬하에 아들은 셋이옵니다. 큰아이 주계(朱堦)는 공부(工部)의 주사(主事)로 있사옵고, 둘째 주기(朱基)는 올해 성은에 힘입어 2갑진사에 합격하여 대리사에서 일직을 담당하고 있사옵니다. 이제 스무 살 된 막내 주필(朱必)은 작년에야 진학(進學)하였사옵니다. 지아비는 평생 남의 돈 한 푼 탐내지 않고 살아왔사오나 그 동안 폐하께서 부족한 것 없이 하사해 주신 덕분에 가계엔 별 어려움이 없사옵니다."
건륭이 둘러보니 집은 널찍했으나 낡고 볼품이 없었다. 벽에는 손가락 하나는 들어가고도 남을 틈이 벌어져 있었다.
"이 집은 성조께서 하사하신 집이거늘 오랫동안 수선하지 않아 볼썽사납게 됐으니, 짐이 새 집을 한 채 하사하겠네. 주식 스승의 기도위(騎都尉) 작위는 막내가 세습하도록 하고, 해마다 광록사(光祿寺)에서 얼마간의 보조금이 나올 것이네. 둘째 주기는 대리사에 있지 말고 짐이 이부더러 경기(京畿) 지역에서 빈자리 하나 알아보라고 할 테니 그리로 가게. 일상에서 무슨 어려움이 있으면 주저하지 말고 예부에 호소하게. 그네들이 잘 보살펴줄 것이네."
건륭의 지대한 관심에 주은씨는 다시금 눈물을 왈칵 쏟았다. 그녀는 터져 나오는 오열을 애써 틀어막으며 띄엄띄엄 말을 이었다.
"망극하옵나이다, 폐하……. 이 아이들을 잘 키워 폐하께 충정을 다하도록 하겠나이다……."
건륭의 눈가에도 어느덧 눈물이 맺혔다.

"자제들이 아직 관품이 낮으니 탈정(奪情)하는 일은 없을 것이네. 짐이 나중에 부의금을 챙겨보낼 테니 그걸로 장례를 치르도록 하게."

이때 윤록과 홍효가 수십 명의 관원들을 데리고 마당으로 들어서는 모습이 보였다. 자신이 오는 줄 알고 뒤따라왔다고 생각하며 건륭은 한숨을 지었다. 그리고 손가감과 사이직을 향해 말했다.

"양명시가 병들어 누워있다고 하니 짐이 그리로 가봐야겠네. 자네들도 따라나서게."

말을 마친 건륭은 곧 밖으로 나왔다. 수십 명의 관원들이 일제히 무릎을 꿇었다.

"40년 관직 생활에 빈한하길 이 정도라면 자네들은 믿겠나? 그동안 얼마나 많은 유혹이 있었겠나! 굶주린 사람이 입안으로 밀어넣는 고깃덩이를 마다한다는 것은 웬만한 수양으로는 불가능한 일이지. 자네들 중 이런 집에서 사는 사람 있나?"

관원들을 향해 이같이 말하고 난 건륭은 곧 손사래를 치며 떠나갔다.

양명시의 집 앞도 쓸쓸하고 한산해 보이기는 마찬가지였다. 이는 얼마 전 새로이 하사받은 사저(私邸)였다. 수레에서 내려선 건륭이 주위를 둘러보며 말했다.

"설마 잘못 찾아온 건 아니겠지? 헌데 어찌 문지기도 없단 말인가?"

그러자 손가감이 말했다.

"지극히 양명시다운 발상이옵니다. 여기 문 위에 붙어 있는 안내문을 보시옵소서, 폐하!"

손가감이 가리키는 곳을 보니 과연 글이 선명한 목판이 붙어있었다. 그 위엔 이렇게 적혀 있었다.

　　동궁(東宮)에서 강학(講學)하는 것도 나라의 중대사이다. 내방하는 여러분들이 학문상의 가르침을 주고자 걸음을 하셨다면 쾌히 문을 열어줄 것이나 사적인 청탁이 있어서 왔다면 안됐지만 그만 발걸음을 돌리시라!

"양명시의 거객방(拒客榜)이옵니다."
사이직이 보충설명을 했다.
"신들도 명시와 친분이 두터운 사이오나 예외는 아니옵니다."
"자고로 사대부는 위대한 가르침으로 자신을 독려하지."
건륭이 한숨과 함께 말했다.
"다들 주식과 양명시와 같다면 얼마나 좋겠나. 태평시대가 이어질수록 무신(武臣)들은 죽음을 겁내고, 문신들은 돈을 좋아하게 되니 과히 구제불능일세."
이같이 말하며 건륭은 성큼 뜰 안으로 들어갔다.
스산한 바깥 풍경과는 달리 뜰 안은 한바탕 시끌벅적했다. 낭하에서는 열 몇 명의 태감들이 쓸고 닦고 청소하느라 땀을 흘리고 있었고, 동쪽 별채에선 탕약 달이는 냄새가 솔솔 새어나왔다. 몇몇 어의(御醫)들이 서쪽 별채에서 목소리를 낮춰 진맥 결과를 놓고 상의 중이었다. 건륭이 두 대신을 대동하여 들어서자 사람들은 모두 그 자리에 굳어버리고 말았다. 건륭이 미간을 좁히며 물었다.
"여기 책임을 맡은 사람이 누군가?"
그러자 태감 하나가 엎어질세라 달려와 무릎을 꿇었다.
"쇤네 풍은(馮恩)이 폐하께 문후를 올리나이다!"

"누가 자네들을 이리로 보냈나?"

건륭이 버럭 화를 냈다.

"지금 이게 환자를 시중드는 건가? 시끄러워서 없던 병도 생기겠군."

그러자 풍은이 조심스레 아뢰었다.

"일곱째패자 홍승(弘昇)께서 보내주셨사옵니다. 소인은 원래 육경궁에서 시중들고 있었사오나 양태부(楊太傅)께오서 몸져누우시니 집에 일손이 부족하다고 하시며……."

제자들이 태감을 파견하여 스승을 시중들게 했다는 사실을 알게 된 건륭은 더 이상 말이 없었다. 윗방으로 들어가보니 양명시의 처자가 온돌에 걸터앉아 양명시에게 물을 떠먹이고 있었고, 열댓살 가량 되어 보이는 두 하녀가 수건을 받쳐들고 서 있었다. 건륭을 알아보지 못하는 세 사람은 뒤따라 들어온 사이직과 손가감의 2품복장으로 미루어 건륭이 웬만한 인물은 아닐 거라는 생각을 하며 황공해 몸둘 바를 몰라했다. 이때 밖에서 달려들어 온 양명시의 조카 양풍(楊風)이 다급히 말했다.

"마님, 이분은 당금 폐하십니다."

"폐하!"

부인이 기절초풍할 듯 놀라며 두 하녀와 함께 털썩 무릎을 꿇었다. 눈물이 그렁그렁한 채 건륭을 바라보았으나 입을 심하게 떨며 그녀는 아무 말도 못했다. 가까이 다가가 땀이 흥건한 양명시의 이마를 만져보며 건륭이 말했다.

"온돌이 너무 더운 것 같네. 양공, 그래 좀 어떠한가?"

정신이 혼미한 채로 눈을 감고 누워있던 양명시가 자신을 부르는 소리에 천천히 눈을 떴다. 건륭을 알아보고 흐리멍텅하던 눈빛에 순간적으로 광채가 돌았다. 두 줄기의 흐릿한 눈물이 볼을 타고 귓전으로 주르르 흘러내려 베갯잇을 적셨다. 입술을 실룩대며 가슴이 세차게 차오르는 모습을 보며 뭔가 할말이 있으리라는 생각에 건륭이 허리를 굽혀 입가에 귀를 대보았다. 그러나 아리송하게 '황자(皇子)'라는 말뿐 알아들을 수 있는 말이 없었다. 그 뜻을 대충 짐작하여 건륭이 말했다.

"황자들은 너무 걱정하지 말게. 그 동안 잘 가르쳐 놓았는데, 하루아침에 빗나갈까봐 그러나? 병이란 덮칠 때는 태산 같지만 사라질 땐 명주실 빠지듯 한다고 했네. 조급해하면 병세만 가중되니 여유를 가지고 천천히 치료하게."

양명시는 하염없이 눈물만 쏟았다. 애써 입을 우물거렸으나 여전히 말은 한 마디도 알아들을 수가 없었다. 급기야 양명시는 오른팔을 꺼내들었으나 반쯤 치켜올린 팔은 이내 맥없이 툭 떨어지고 말았다. 그는 간절한 눈빛으로 손가감을 바라보았다.

"폐하!"

비통한 감정에 사로잡혀 있던 손가감이 놀란 표정으로 말했다.

"할말이 있나보옵니다. 지필(紙筆)을 챙겨주었으면 하옵니다."

손가감의 말이 맞다는 듯 양명시가 안도의 한숨을 내쉬며 눈을 깜빡거렸다. 건륭이 허우적대는 양명시의 손을 잡으며 말했다.

"자네의 병은 반드시 호전될 것이니 맘 편히 먹게. 윤계선(尹繼善)의 아비 윤태(尹泰)도 중풍에 걸렸으나 25년도 더 넘게 살았지 않은가."

뚫어져라 건륭을 바라보던 양명시가 그나마 성한 오른팔로 몸을 일으켜 앉으려고 안간힘을 썼다. 남편이 황제에게 뭔가 긴히 아뢸 말이 있다고 생각한 양부인이 급히 딱딱하여 글씨 쓰기에

노신(老臣)들의 퇴장   351

편리할 것 같은 부채를 내밀었다. 손가감과 사이직의 부축을 받아 반쯤 일어나 앉았던 양명시는 그나마 감각이 남아있는 오른쪽 반신(半身)에 기댄 채 필을 들었다. 그러나 손이 심하게 떨려 도무지 글씨를 쓸 수가 없었다. 잠시 진정 되기를 기다려 다시 필을 댄 양명시가 비뚤비뚤 그 형체를 겨우 알아볼 수 있게끔 적은 글씨는 여전히 '皇子' 두 글자였다. 이를 악물고 '그려낸' 세 번째 글씨는 그 실체를 확신할 순 없지만 '之'자에 가까운 것 같았다. 절망스레 붓을 내던지고 양명시는 털썩 자리에 쓰러지고 말았다. 눈물이 비오듯 했지만 여전히 한 마디 말도 하지 못했다.

"양공, 아무리 큰 걱정이 있을지라도 당분간은 아무 생각 말고 몸조리에나 전념하게."

양명시가 힘겹게 쓴 글씨 역시 황자라는 사실에 내심 놀라며, 그러나 아무런 내색도 하지 않고 건륭이 부드럽게 말했다.

"짐은 자네를 믿네. 그러니 자네도 짐을 믿어줘야 하네. 자네 병이 호전됐다는 소식이 들리면 다시 찾아올 것이니 그리 알게."

말을 마친 건륭은 곧 두 신하를 데리고 양명시의 집을 나섰다.

〈제②권에서 계속〉